metal fırtına

ORKUN UÇAR-BURAK TURNA

metal fırtına

ORKUN UÇAR-BURAK TURNA

Bu kitap
***Osman Okçu**'nun yayın yönetmenliğinde*
***Neval Akbıyık**'ın editörlüğünde*
yayına hazırlandı.
***Kapak** tasarımı **Kenan Özcan** tarafından yapıldı.*
1. Baskısı 2004 Aralık ayında 50.000 adet,
2. Baskısı 2005 Şubat ayında 50.000 adet,
3. Baskısı 2005 Şubat ayında 50.000 adet,
4. Baskısı 2005 Şubat ayında 50.000 adet,
5. Baskısı 2005 Mart ayında 50.000 adet,
6. Baskısı 2005 Mart ayında 50.000 adet,
7. Baskısı 2005 Mart ayında 50.000 adet,
8. Baskısı 2005 Nisan ayında 50.000 adet,
9. Baskısı 2005 Temmuz ayında 50.000 adet,
10. Baskısı 2005 Eylül ayında 50.000 adet
olarak yayınlandı.
Kitabın Uluslararası Seri Numarası
(ISBN) : 975-263-109-6

Baskı ve cilt:
Milsan Basım
Muammer Aksoy Cad.
Milsan Çıkmazı No:38
Tel: (0 212) 697 10 00

TİMAŞ YAYINLARI

***İrtibat** : Alayköşkü Caddesi. No.: 11*
Cağaloğlu / İstanbul
***Telefon** : (0212) 513 84 15*
***Faks** : (0212) 512 40 00*

www.timas.com.tr
timas@timas.com.tr

TİMAŞ YAYINLARI/1192
POLİTİK KURGU-ROMAN/1

metal fırtına

ORKUN UÇAR-BURAK TURNA

TİMAŞ YAYINLARI
İSTANBUL 2005

BURAK TURNA

20 Ocak 1975 yılında İstanbul'da doğdu. İlk, orta ve lise öğrenimini Yeşilköy'de tamamladı. Kıbrıs Girne Amerikan Üniversitesi'nden İşletme lisansını aldı. Medya sektöründe, dergi ve kitap çevirmenliği, ekonomi muhabirliği yaptı; sonrasında bankacılık, tekstil gibi çeşitli işlerde çalıştı. Halen çeşitli sahalarda çalışmaya devam ediyor. Yazma serüveni, günlük, öykü gibi ara adımlar olmadan doğrudan roman yazmakla başladı, ancak hayal kurma serüveni, bilincinin açıldığı ilk andan beri sürüyor. Metal Fırtına, yazarın ilk romanıdır. Roman dışında Felsefe metinleri ve İngilizce-Türkçe olarak senaryo yazmaya devam ediyor. Yazarın kendi geliştirdiği mantık sistemini anlattığı, SistemA: Mutlak Sistem Teorisi ve Zaman Makinesinin Mantıksal Altyapısına Giriş isimli felsefe kitabı bitmiş ancak henüz yayınlanmamıştır. Üçüncü Dünya Savaşı isimli ikinci romanı ve Metal Fırtına'nın devam kitabı Metal Fırtına 2/Kurtuluş da TİMAŞ tarafından yayınlanmıştır.

www.burakturna.com
info@burakturna.com

ORKUN UÇAR

Orkun Uçar: 1 Haziran 1969'da Kocaeli-Gölcük'te doğdu. İÜ İletişim Fakültesi'nden mezun oldu. Uzun yıllar gazete ve televizyonlarda çalıştı. 1999 yılında Nostromo Dergisi Bilimkurgu Kısa Öykü Yarışması'nda birincilik alınca yazarlığa profesyonel olarak devam etmeye karar verdi. 2000 yılında internet üzerinde Xasiork Ölümsüz Öykü Kulübü'nü hayata geçirdi. 2002 yılında Sibel Atasoy'la birlikte Ölümsüz Öyküler Yayımevi'ni kurarak Türk bilimkurgu ve fantastik edebiyatının ilk adımlarını atmaya çalıştı. On kitaptan oluşacak epik fantezi Derzulya serisinin iki kitabını yayınladı.
Kızıl Vaiz (2002)
Kara Gezgin (2003)
Şu anda Deccal isimli romanı üzerinde çalışıyor.

www.derzulya.com
orkun@derzulya.com

1. Bölüm: SAVAŞ BAŞLIYOR

23 Mayıs 2007 – Saat: 00.10
KERKÜK'ÜN KUZEYDOĞUSU

Karanlık, doğanın örtüsü haline gelmişti. Sessizliğin içinde, böcek çığlıkları bile duyulmuyordu. Irak'ın dağlık kuzey bölgesinin sınırındaydı burası. Çölün sona erdiği topraklarda düzlükler ve yükseltiler birbirine karışmaya başlıyordu, ufuk çizgisindeki dağlık alan, karanlığın içinde ancak bir gölge olarak beliriyordu. Geniş düzlük alanları ara ara tepeler kesiyordu. Zor bir coğrafyaydı; hem toprak, hem de insan olarak. Çok şeylere gebe bir dünyanın manzarasıydı, geleceğin karmaşasını içinde beslediğini belli etmiyordu pek.

Bu donmuş an, önce hafif bir titreşimle bozuldu. Ardından o düzlüklerden birisinin sınırındaki kayalık alanda taş parçalarının toprak üzerinden aşağı doğru yuvarlanma sesi ve hemen ardından bot sesleri duyuldu. Askerler koşarak kayadaki yarığın içinden çıktılar ve hızla tepeden aşağı indiler. Üniformaları dışındaki her yerleri siyah çamurla kapatılmıştı. Yorgundular, neredeyse iki gündür en alt seviyede öğünle yaşamaya çalışıyorlardı ve şimdi de uzun bir mesafeyi, üzerlerindeki kırk kiloya varan yükle koşmak zorundaydılar. Tek şansları, yokuş aşağı koşacak olmalarıydı ama yaklaşık iki kilometre ötedeki yabancı askerî birliğe görünmeden bu mesafeyi almak gibi zor bir durum ile yüz yüzeydiler.

On iki askerden oluşan öncü gözetleme timinin başındaki Üsteğmen Alper en önde hızla aşağıya doğru koşmaya başlamış, hemen peşinden de erler büyük bir hızla ileri atılmışlardı. Değil iki kilometreden, yüz metreden bile fark edilmeleri neredeyse imkânsızdı. Karanlığın içindeki gölgeler hızla tepeden aşağı kaydı, koşu bir süre düzlükte de devam etti. Çok güçlü bir askerî birliğin karargâh merkezine bakan bir tepeden gözlem yapmışlardı, fark edilmeleri halinde vurulmamalarına imkân yoktu. Yirmi dakika süren koşunun ardından büyük bir kayanın arkasına sıralandılar. Takımın en irisi ve makineli tüfekçisi Serdar, kayanın biraz açığında siper alıp nişangâhını, geldikleri istikamete yöneltti. Üsteğmen Alper tek dizinin üzerine çökmüştü. Telsiz eri hemen yanına geldi ve kriptolu mesaj modunu açtı:

"Şahin'den Baykuş'a, tamam."

Telsizden gelen cızırtıyı dinlediler bir süre:

"Şahin'den Baykuş'a, tamam."

Üsteğmen sabırsızlanmaya başlamıştı:

"Baykuş'tan Şahin'e. Devam edin. Tamam."

"Baykuş, Kerkük'ün on beş kilometre kuzeydoğusunda 101. Piyade Tümenine bağlı olduğunu sandığımız, tugay büyüklüğünde bir birliğin merkez karargâh koordinatları belirlendi. Olağanüstü bir askerî hareketlilik var. Bildiriyorum...."

"Baykuş'tan Şahin'e. Sağ olun. Tamam."

"Anlaşıldı. Tamam."

Alper sürünerek, dürbünle karargâhı gözleyen komando er Uygar'ın yanına geldi. Uygar dürbünü uzatırken parmağıyla iki noktayı işaret etti. Eski, beyaz bir kamyonet, karargâhın kapısından oyalanmadan geçmiş, büyük bir çadıra doğru ilerliyordu. Araç, çadıra girmeden önce ellerinde silahlarıyla birkaç poşulu, aracın içinden çıktı.

Uygar, "Bunlar Peşmerge'yse kafamı keseyim," dedi.

Alper cevap vermedi. Son zamanlarda Kerkük'te Kürt olmayan

nüfusa karşı yapılan saldırılar iyice artmıştı. Ankara'nın uyarıları ne Kürt hükümetinde, ne de ABD'de ses buluyordu. Amerikan hükümetinin dış politikası tamamen Rum, Ermeni ve Yahudi lobisinin eline geçmiş gibiydi. Kıbrıs konusunda da gerilim iyice tırmanıyordu.

Kuzey Irak'ın karışmaya başlaması ve Türkmen varlığının tamamen ortadan kalkma tehlikesinin baş göstermesi ile birlikte, Türkiye'nin bir zamanlar reddettiği askerî katkı, sanki zorunlu olarak gerçekleşmişti. Bütün bu gelişmelerin yanında istihbarat raporları, Amerikan kuvvetlerinin Suriye'ye müdahale etmeye hazırlandığına işaret ediyordu. Esad Hükümeti zordaydı. Yorumcular, belki de bu nedenle ABD'nin, Türk Ordusunun Kuzey Irak'a girişine ses çıkarmadığını belirtiyordu.

Askerlerin sessizliğe alışkın kulakları, derinden gelen bir sesin varlığını algıladı. Düzenli bir ivme ile artan bir titreşimdi bu. Üsteğmen Alper birkaç saniyede sesin ne olduğunu anladı. Bu bir helikopterdi ve açık bir şekilde, bulundukları noktanın belli bir uzaklığında daire çiziyor olmalıydı ama ne bir ışık, ne de bir siluet görülebiliyordu. Dakikalar boyu karanlığı gözlemlediler, tam siper almış vaziyetteydiler ama silahlarını doğrultacakları bir hedef yoktu ortada. Kısa bir süre sonra ses uzaklaştı ama bu sefer daha uzaktan, daha farklı sesler gelmeye başladı. Üsteğmen Alper, makineli tüfekçiyi daha iyi bir yerde siper alması için uyardı. Serdar hemen arkadaşlarından beş on metre ileride, daha alçak bir kaya parçasının arkasına saklandı. Birbirleri ile işaretleşmek üzereydiler ki iki siper noktasının arası bir anda aydınlandı, şimşek çakmış gibiydi. Türk Deniz Piyade Tugayı istihbarat timinin askerleri neye uğradıklarını şaşırmışlardı, gözleri görmüyordu, kulaklarına gelen sesler sanki metal bir koninin içinden geçer gibi ulaşıyordu. Hiç kimse neler olduğunu anlayamıyordu. Makineli tüfekçi Serdar ile diğer askerlerin arasında şiddetli bir patlama olmuştu. Patlamanın hemen arkasından birkaç yüz metre ötedeki değişik noktalardan mermi yağmaya başladı. İzli mermiler arka arkaya gece karanlığını delip sessizlik perdesini yırtıyordu.

Alper gözlerini açtı, az önce olması gereken noktadan birkaç metre ötedeydi. Üzerindeki elbiseler yanmış ve paralanmıştı. Vücudunun bazı yerlerinden kan aktığını hissedebiliyordu sadece. Bunun dışında fazla bir his yoktu bedeninde. Az ötesinde, yerde yığılı gölgeler gördü; bazıları hareketsizdi, bazılarıysa çok güçlü olmayan bedensel tepkiler veriyorlardı. Yerinden kımıldamaya çalıştı ama çok zorlanıyordu, şimdi etrafı görmek çok daha zordu ama izli mermilerin geldiği yerleri görebiliyordu. "Az önceki helikopter, asker getirmiş olmalı," diye düşündü. "Çok kalabalıklar."

Yine helikopter sesleri gelmeye başlamıştı, bu sefer sesler birden çoktu. Aniden irkildi Üsteğmen, az ötesinde korkunç bir gürültü meydana gelmişti. İnsan üstü bir gayretle doğruldu. Kayayı siper alan Serdar kendine gelmiş olmalıydı ki, makineli tüfeğini konuşturmaya başlamıştı. Eli, hiç durmadan tetiği çekiyordu. İzli mermilerin ateşlendiği noktalara onlarca mermi yolluyordu. Serdar bir an yanına baktı, Üsteğmen ile göz göze geldiler, gülümsediler. Alper G-3'ünü seriye ayarladı ve birkaç darbede şarjörü karşı tarafa boşalttı, yere yattı. Bir süre için düşman ateşi kesilmişti. Bu aradan yararlandı ve telsizcinin yanına süründü. Telsiz görevlisi askere baktı ama eline gelen şey nedeniyle irkilip geri çekildi. Çok kötüydü durumu, şarapneller boynunu kesmişti, yaşayıp yaşamadığını bilmiyordu. Telsizi sırtından alıp uzaklaştı. Az önce ateş açanlar toparlanmış, bu sefer Serdar'ı öldürmek için ateş ediyorlardı. Üsteğmen ne yapacağını şaşırdı. Serdar çok iyi siper aldığı için vurulmamıştı ama seken mermiler etrafı cehenneme çevirmişti. Telsizi çalıştırmayı denedi, herhangi bir hasar yoktu ama cızırtılı arka sese pek çok İngilizce konuşma karışıyordu. Üsteğmen karşısındaki Amerikan askerlerinin çok heyecanlı olduklarını anlayabiliyordu. Sürekli telsizden bağırıyorlardı:

"Take'em out, take'em out!!"*

---

* Öldürün onları, öldürün!

Üsteğmen Alper, telsizden merkeze ulaşmaya çalıştı. Bir süre sonra zayıf ve derinden gelen bir cevap duydu:

"Baykuş'tan Şahin'e, konumunuzu bildirin."

"Şahin'den Baykuş'a. Az önce size verdiğim koordinatların iki kilometre kadar güneydoğusunda ve yoğun ateş altındayız. Amerikalılar her taraftan ateş ediyor, askerlerimin çoğu şehit oldu komutanım. Helikopter sesleri duyuluyor, her an roket ateşi bekliyorum, tutunmaya çalışıyoruz."

Üsteğmen Alper'in sesi karşı taraftaki telsizden çok umutsuz olarak algılanıyordu. Deniz Piyade Tugayının Kerkük'e yakın merkez karargâh çadırındaki tabur komutanları hiddetle ayağa kalkmış, olanların ne anlama geldiğini çözmeye çalışıyorlardı. Hiçbir düşmanca harekette bulunmamış olan bir ileri kol takımına, böylesine acımasızca saldırmanın altında nasıl bir neden olabilirdi? Kuzey Irak'taki Türk askerî varlığı ABD Irak'ı işgal ettiğinden beri bir gerilim kaynağı olmuş, hatta Çuval skandalı diye anılan; istihbarat amaçlı olarak bölgede bulunan, Özel Kuvvetlere bağlı askerlerin gözaltına alınması olayı patlamıştı. Telafer ve Kerkük'teki saldırılar gerilimi tırmandırmış ama asla böylesi bir sıcak çatışma noktasına gelmemişti. İki taraf da birbirine temkinli davranıyordu. Şimdi bu saldırı neden olmuştu?

Tabur komutanı olan binbaşıları tutmak çok zordu. Hepsinin elinde birer kalaşnikof vardı ve tek başlarına bölgeye gitmek için can atıyorlardı. Tugay Komutanı Tümgeneral İhsan Er, telsizden Genelkurmay ile görüşmeye uğraşıyordu. Elektronik karıştırmanın yol açtığı kesilmeler meydana geliyordu bazen ama bir süre sonra tekrar iletişim kurulabiliyordu. Çadırın içi sigara dumanı ile dolmuştu, üst düzey askerler dışındaki subaylar dışarı çıkartılmış ve "Hazır ol" emri verilmişti kendilerine. Deniz Piyade Tugayı, Türk Ordusunun gözbebeği ve savaşa en hazır birliğiydi. Ancak karşılarındaki birlik, eğer yanılmıyorlarsa, ki yanılmadıklarından emindi hepsi de, Apache helikopterleri ile desteklenen yirmi bin kişilik bir tümenin en hızlı tugaylarındandı.

"Çocuklar, askerlerimizi öldürüyorlar, ne yapacağız?" dedi Tümgeneral İhsan Paşa.

"Komutanım, yardımlarına koşalım," dedi bölük komutanı Yüzbaşılardan birisi.

"Evet, zaman kaybetmemeliyiz," diye atıldı Tugay Komutan Yardımcısı Albay.

"Ya Genelkurmay?" Tümgeneral çok endişeliydi; verecekleri karar, içinden çıkılmaz bir olaylar zincirini başlatabilirdi. Sanki Amerikalılar bunu istermiş gibi yakınlarına gelmişlerdi. Büyük kuvvetler birbirlerine yaklaştığı zaman uç kolların arasında temas yaşanmaması neredeyse imkânsızdı ve Amerikan tümeni bu hareketi ile resmî olarak düşmanca bir tutum sergilemiş kabul edilebilirdi.

"Komutanım, saldırı altında olan Genelkurmay değil, bizleriz." 1. Tabur 2. Bölük Komutanı Yüzbaşı Hakkı Sayın'ın sesi sert ve bakışları deliciydi, yüzündeki siyah boyalar nedeniyle korkutucu bir ifade yerleşmişti yüzüne. Çadırdaki konuşmalar devam ederken emir vermiş ve acil olarak teğmen, astsubay ve erlerden oluşan yirmi kişilik bir tim oluşturulmasını istemişti. Makineli tüfekler ve roketatarlar taşıyan askerler beş dakika sonra çadırın önündeydi.

"İzin verin, ben, komutamdaki yirmi askerle yardımlarına koşmak istiyorum. Tüm tugayı ya da bir taburu harekete geçirmek zaman alır ve zayiatı artırır. Benim fikrim, tugayın hemen ciddi savunma pozisyonuna geçmesi ve bizimle kontak halinde kalması. Koordinatlar belli, bölgeye hava saldırısı istenebilir."

İhsan Paşa, Yüzbaşı ile gurur duyuyordu, bir general kadar hevesli ve düşünceliydi.

"Tamam Yüzbaşı, hemen harekete geçin ve kalanları kurtarın. O herifleri püskürtmeni istiyorum. Biz savunma pozisyonu alıp Genelkurmaydan emir bekleyeceğiz, gerekirse bütün gücümüzle yükleniriz."

"Emredersiniz Komutanım!" Yüzbaşı Hakkı Sayın'ın sesi çadırdakilerin kulak zarını çınlattı. Konuşmasını bitirince hızla dışarı çıktı ve koşarak az ilerideki kamyona yöneldi. Askerler de aynı çabuklukla iki kamyona doluşup çatışmanın tam ortasına doğru yola çıktılar. Yaklaşık kırk beş dakikalık mesafedeydi çatışma merkezi. Tugayın komuta karargâh merkezi, tepelerin arasına kurulmuştu ve kamyonlar yolda hızla ilerlerken tabur ve bölüklerin arazide dağınık halde savunma hazırlığına geçmekte olduğunu fark edebiliyorlardı. Kamyon farlarının yarım yamalak aydınlattığı gece karanlığında insan siluetlerinin koşuşturduğunu, siper kazdığını ve yüzlerindeki kamuflaj boyalarını yenilediklerini görebiliyorlardı.

Yüzbaşı Hakkı, öndeki kamyonda şoför yanına oturmuştu. Eli sıkı sıkıya tetikteydi. Ortamın heyecanı nedeniyle genç subay ve erlerin, durumun ne anlama geldiğini bilmediklerine emindi. Onlar bir çeşit terörist saldırıyı bertaraf etmeye gittiklerini düşünüyorlardı.

Aradan otuz dakika geçtikten sonra patlamaları ve makineli tüfek seslerini duymaya başladılar. Yüzbaşının yüzünde garip bir ifade vardı, anlamsızdı tamamen, dudakları oynuyordu. Sesler askerleri tedirgin etmişti. Çok fazla ses vardı, nasıl bir çatışmanın içine gidiyorlardı?

Üsteğmen Alper, hâlâ nasıl hayatta kaldıklarına şaşırıyordu doğrusu. Erlerden üçü daha kendine gelmiş ve ateş etmeye başlamıştı. Hepsi kan içindeydi ama hiç konuşmadan karşıdan ateş gelen bölgeye kilitlenmiş durumda silah sıkıyorlardı, yaşamıyor gibiydiler. Telsiz açıktı ama söyleyecek fazla bir şey yoktu. Karşılarındaki düşman, baş edilebilecek bir güçte değildi; biraz sonra mermileri tükenecek ve birer birer şehit olacaklardı. Saldırının uyarısız gelmesinden, onları teslim olmaya davet etmeyecekleri belli olmuştu. Bu duygu ile rahatladı Üsteğmen Alper, gözlerinin önüne çocuğu ve karısı geldi. Şehirde yalnız başına yaşayan annesini düşündü. Hepsi belirsiz birer görüntüye dönüşüyordu aklında, onlar mı artık yoktu, yoksa kendisi mi yok oluyordu tam kestiremiyordu. Ellerine baktı, ailesine dokunan ellerine, onlara sevgiyle dokunan elleri şimdi kan ve toprak içindeydi. Bu eller... Onlara bir daha dokunamayacaktı. Ateş etmenin bir anlamı kalmamıştı ama emrindeki birkaç asker, zafer kazanacakmışçasına savaşıyordu.

"Cem, nasıl gidiyor?" Az ilerisindeki İstanbullu askere seslendi, sesi hırıltılı ve yarı çığlık atar gibi çıkmıştı

"Düşmana zayiat verdiriliyor komutanım." İstanbullu asker savaşın şoku içindeydi. Nişan almadan attığı mermilerin hedeflerine ulaştığını zannediyordu ama izli mermilerin gökyüzünde uçan ateşböceklerinden daha tehlikeli olduğu söylenemezdi. Alper Üsteğmen, yüzü kaskatı kesilmiş halde tetiğe basan temiz yüzlü çocuğa baktı. Kim bilir kimler onun eve bir an önce dönmesini bekliyordu; kendi gibi bebek suratlı sevgilisi, güleç annesi ve oğlunun işinin başına geçmesini bekleyen sevgi dolu bir baba, ya da buna benzer birileri. Ama o, ölümün kenarında kendinden geçmiş bir halde umutsuzca var olmaya çalışıyordu.

Büyük bir patlama daha oldu. Masmavi ve parlak bir ışık çıkartmıştı bomba. Az önce kendine gelen iki er acı içinde bağırmaya başladı; birisi Uygar'dı. Diğerinin adını unutmuştu. Alper'in zihni garip tepkiler veriyordu, hayatının bazı detaylarını da unutmaya başlamıştı. Vücutları şarapnel parçaları ile dolmuştu yerdeki askerlerin. Sadece bakabildi, hiç hareket edemedi Üsteğmen. Yerde kıvranıyorlardı. Kulakları uğuldamaya başladı Alper'in. Birkaç dakika içinde o da onların yanında olacaktı herhalde. O artık şehit bir askerdi, yaşamdan ölüme geçişin olduğu yerdeki huzuru hissetti. Ölüm, gerçekleşmeden önce bir korku aracı olabilirdi sadece, oysa onun kapısı açıldığında artık sonsuz bir huzur vardı. Alper kulaklarından kan aktığını hissetti, az önceki uğultu dayanılmayacak hale gelmişti. Başka bir sesti bu, yere vuran nal sesleri gibiydi, büyük bir süvari ordusu dağlardan kopup geliyordu sanki.

Yüzbaşı Hakkı, kamyonu kullanan askere, "Dur!" emrini verdi. Yüksek bir kayalığın köşesini henüz dönmüşlerdi, kayaların üzerinde zayıf bitkiler vardı ama alan, o kadar girintiliydi ki birkaç askerin böyle yoğun bir çatışmada bu kadar uzun süre dayanmış olmasına şaşırmadı. Henüz çatışmanın olduğu yeri göremiyordu ama hemen kayalığın arkasında olduğunu biliyordu. Kamyondan atladı ve el işareti ile askerlerin inmesini istedi. Yirmi asker hızla kamyonları terk etti. Yüzbaşı şoförlerin de inmesini istedi. O kamyonlara ihtiyaçları olacağını sanmıyordu. Koşarak kayanın kenarına geldi ve başını uzattı, diğer askerler, arkasında tek sıra halinde dizilmişti. Gözleri dehşet içinde açıldı Yüzbaşının. İrkilmişti, bedeni bu irkilmeyi olanca gücüyle dışarı yansıttığı için askerler ona iyice yaklaşıp, silahlarına sıkı sıkıya sarıldılar.

"Allahım!" diye bir hırıltı çıkardı Yüzbaşı. Diğer takımın komutanı Üsteğmen yanına yaklaşıp başını uzattı. Onun da yüzü, üstünden farksız hale gelmişti.

Karşılarında cereyan eden manzarayı anlatmak zordu. Yüzlerce ışık huzmesi çok dar bir alana doğru yağıyor ve orada ortadan kayboluyordu. Hedefledikleri alan, çelik eritme kazanını andırıyordu. Işık huzmeleri bir araya gelip sürekli yanan bir ateş görünümü kazanıyordu. Ateşin yoğunlaştığı bölgeden atılan birkaç izli mermiyi görünce Yüzbaşı ve Teğmenin gözünden yaşlar boşandı. Hâlâ sağ bir iki asker vardı orada ve şehit olmaları an meselesiydi. Bulundukları nokta, çatışmanın tam paralelinde kalıyordu, her iki tarafa da eşit mesafedeydi. Yüzbaşı, askerleri başına topladı:

"Çocuklarım, biz buradan sağ çıkamayız, isteyen varsa hemen kamyona atlayıp karargâha dönsün. Bu vebali üzerime alamam."

Askerlerin gözleri doldu, kimseden ses çıkmıyordu. Helikopterlerin sesleri artmaya başlamıştı. Birazdan oradaki ufacık direniş cebine roketleri yollayıp işi bitireceklerdi.

"Olmaz komutanım!" diye haykırdı erlerden birisi. Diğerleri de ona katıldı, gözlerinde umut yoktu ama çelik gibi bakıyorlardı komutanlarına. Hepsi silahlarının emniyetini kapatıp tetiklerini seriye ayarladı.

Beş tane makineli tüfekleri vardı. İki asker de roketatarı kullanacaktı.

"Hep beraber izli mermilerin kaynaklarına ateş açacağız çocuklar. Roketleri helikopter sesi gelen tarafa gönderin, gölge görürseniz ona doğru ateş edin. İlk ateşten sonra serbestsiniz çocuklarım, Allah ne verdiyse. Ben direnen askerlerimin yanına koşacağım, beni korumaya çalışmadan o pisliklere ateş edin."

"Emredersin komutanım!" diye karşılık verdiler.

Yüzbaşı telsizi aldı, karargâhla bağlantı kurdu:

"Baykuş, bu son mesajımızdır. Direnen askerlerimizin yanındayız ve düşman unsurlara saldırmak üzereyiz. Çok ateş var, sağ dönmemiz mucizedir. Kendinizi kollayın! Bu kuvvet, sonrasında sizi hedef alabilir. Allah yardımcımız olsun."

Cevap beklemeden telsizi kapattı. Herkes derin bir nefes aldı. Ne yapacaklarını biliyorlardı ama sonucun ne olacağı hakkında hiçbir düşünceleri yoktu. Tek bildikleri, az sonra her yerin kan gölüne döneceğiydi. Karşılarındaki düşmanı şaşırtmak ve kayıp verdirmek zorundaydılar, eğer bunu yapabilirlerse belki kurtulabilirlerdi.

Yüzbaşı elindeki M-16'nın dürbünü ile etrafı kolaçan etti. İlk ateşi o açacaktı ve sonra her taraf karışacaktı. Hedef nişangâhında Amerikalı askerleri açıkça görebiliyordu, çok iyi siper almamışlardı. Savaşmaktan çok eğleniyor gibi görünüyorlardı. Kendilerine ateş edilmesi umurlarında değil gibiydi, birkaç yaralı Türk askerinin ateşi onları korkutmuyordu. Yüzbaşı makineli tüfeğin yerleştirilmiş olduğu siperi hedefledi. En çok izli mermi ondan çıkıyordu. Siperde makineli tüfekçi dışında iki asker daha vardı. Onlar da ara sıra birkaç el ateş ediyorlardı. Yüzbaşı Hakkı gözlerini kıstı, "Bismillah," dedi ve tetiğe bastı. M-16'nın ilk patlaması ile kıyamet koptu, yanındaki askerlerin kulakları sağırlaştı, sanki bir kuyunun içine girmişlerdi. Az önceki psikoloji ortadan kalkmıştı, şimdi seslerin bir anlamı yoktu, hepsi tek başına gibiydiler. Yüzbaşının yolladığı mermiler Amerikalı askerlerin üzerine yağdı ve makineli tüfek hemen sustu. Yüzbaşı, nişangâhından Amerikalı askerlerin kıvranarak yere yattığını görebiliyordu ve eğer yanılmıyorsa kulaklarından sızmaya çalışan çığlık sesleri de onlara ait olmalıydı. Siperdeki üç asker de vurulmuş ama ölmemişti. Hepsinin hayatî organlarını koruyan çelik yelekleri vardı. En azından artık sorun çıkarmazlardı.

Yüzbaşı, yanındaki askerlerin naralar atarak silahlarını ateşlediğini duydu ve dönüp onlara baktı. Önündeki görüntü hiçbir korku filmiyle karşılaştırılamayacak kadar korkunçtu. Yirmi asker ellerindeki silahları yüz metre kadar ötelerindeki kayalıklara boşaltıyordu. Bazen nişan alıyor, bazen nişan almadan bölgeyi tarıyorlardı. Makineli tüfekçiler, yanlarına Belçika yapımı FN makineli tüfeklerini almışlardı. Korkunç bir hızda ve serilikte ateş edebiliyordu bu silah. Şimdi bulundukları kayalıktan Amerikalı askerlere ateş kusuyorlardı. Karanlıktaki araziden ardı ardına çığlıklar yükselmeye başlamıştı. Az önce direnmeye çalışan birkaç askere ateş edilmiyordu artık. Aslına bakılırsa ateş tamamen kesilmişti. 101. Hava İndirme Tümenine bağlı askerler kayalıkların altına sinip canlarını kurtarma derdine düşmüş olmalıydı. Bu sırada roketatarlar ateşlendi ve gecenin derin karanlığı içinde, arkasında koyu bir duman izi bırakarak gökyüzüne doğru yükseldi, orada ortadan kayboldu. Roketlerin patladığı yerlerden etrafa saçılan kaya parçalarını seçebiliyorlardı. Ay ışığı gölgeleri berraklaştırıyordu. RPG'lerin etrafa saçtığı parçacıklar pek çok Amerikalı askeri yaralamış olmalıydı. Tiz çığlıkların sesleri daha da artmıştı.

Askerler şarjör değiştirirken ateş yavaşladı. Yüzbaşı yanındakilerin şaşkın bakışları arasında bir ceylan gibi zıplayarak karanlığın içinde kayboldu. Ayak seslerini duyabiliyorlardı. Tekrar Amerikalıların bulunduğu noktalara ateş etmeye başladılar. Roketler tekrar aynı bölgeyi hedeflemişti. 101.'nin genç askerleri için durum ciddileşiyordu. Çığlıklar artık bir senfoniyi andırıyordu, kötü yakalanmışlardı.

Üsteğmen Alper rüya gördüğünü zannetti, ölmek üzere olmalıydı, beyni ona umut aşılayacak görüntüler oluşturuyordu. Üzerlerine yağan ateş sona ermişti. Şimdi kendilerine ateş edenlerin olduğu siperlerden acı bağırışlar yükseliyordu. Bir an için olsun küçük bir umut taneciği belirdi ama bunu hemen reddetti. O artık ait olduğu yere gitmeye hazırlanıyordu, böyle kandırmacalar ile harcayacak zamanı yoktu. Etrafına bakındı, ilk ateşte şehit olan askerlerin bedenleri paramparça olmuştu, yağan mermiler sürekli onları bulmuştu. Birden karanlığın içinde büyüyen bir gölgenin ona doğru koştuğunu gördü. Yüzünde bir gülümseme belirdi, işte cesur biri çıkmış ve son kalan canları almayı kafasına koymuş olmalıydı. Elini silahına attı, kolları halsizdi ama ölmeden bu cesur adamı da yanında götürmek niyetindeydi...

"Ben Türk'üm!... Yüzbaşı Hakkı. Oğullarım, ateş etmeyin."

Ses tam zamanında kulaklarına ulaştı, yoksa tetiği çekmesine ramak kalmıştı. Öylece kalakaldı Alper, gölge üzerine geldi ve yanında eğildi, gözleri kan dolduğu için tam olarak seçemiyordu ama eline dokunan sıcaklıktan dost olduğunu anlamıştı. Bunun ne anlamı vardı ki, ne değişecekti?...

Amerikalı askerlerin bulunduğu alandan bir ses geldi, yılan ağzından çıkmış gibi şiddetli bir sesti. Bir ateş huzmesi büyük bir hızla Yüzbaşı Hakkı'nın geldiği kayalığa doğru uçup patladı, kıvılcımlar saçıldı etrafa. Yüzbaşı Hakkı'nın ağzından, "Allah!!!" diye bir çığlık koptu. Askerlerini bıraktığı kayalıkta patlamıştı füze, hiç ateş gelmiyordu şimdi oradan. Az önce susmuş olan Amerikan ateşi yeniden başladı, Amerikalılar şaşkınlıklarını üzerlerinden atmış ve şimdi her iki noktaya doğru karmaşık bir ateş yağmuruna başlamıştı. O anda bir helikopterin silueti görüldü, birkaç yüz metre ötedeki tepenin arkasından... Helikopter hızla tepenin arkasından çıkıp 30 mm'lik topu ile Türk askerlerinin bulunduğu kayaya doğru ateş yağdırdı. Çatışma alanı o kadar küçüktü ki, helikopter ateşi bütün araziyi aydınlatmıştı. Yüzbaşı Hakkı, ilerideki birkaç Amerikalı askerle göz göze geldi. Anlamsız bakışlar çarpıştı. Helikopterin ateşi durdu ve hemen ardından kanat altından art arda büyük ışık huzmeleri fırladı. Hakkı Beyin az önce terk ettiği kayanın olduğu alan cehenneme dönmüştü. Kulaklarına inanmak istemiyordu ama yanan Türk askerlerinin acı dolu çığlıkları kulaklarına geliyordu.

Üsteğmen Alper ile konuşamamıştı bile, onun yüzündeki anlık rahatlamayı gördüğü an görevini yerine getirdiğini anladı Hakkı Yüzbaşı. Helikopterin mekanik seslerini duyabiliyorlardı. Ölümcül savaş makinesi büyük bir hızla onların oldukları noktaya dönüp tekrar ateş etmek üzere hareketlenmişti ki, az önce alevlere bürünen kayanın olduğu alandan atılan roket, helikopterin hemen kuyruğunun altında patladı. Siyah dumanlar çıkararak dönmeye başladı. Saniyeler sonra çok uzaklardan bile görülen bir alev topuna dönüşmüştü. Geri hatlardaki Amerikalı askerler için moral bozucu bir görüntüydü.

Hakkı Bey, ölümden dönmüştü, birkaç dakika daha fazla yaşayacağı anlamına geliyordu bu. 101.'nin askerleri hiç nefes aldırmadan tekrar ateşe başladı. Kurşunlar vızıldayarak geçiyordu başlarının üzerinden, yere yapışmışlardı ve az sonra izli mermiler onları bulacaktı.

Alper gözlerini kapatmış, başında ağrılar yaratan uğultuları dinliyordu, yüzü gülüyordu. Büyük metal bir kutunun içinde, başka bir dünyada gibiydi. Sesler yaklaşıyordu, artarak geliyordu, bağırışlar az öncekilerden farklıydı. Gözlerinin önüne bir görüntü geldi Alper'in. Uzaktan yaklaşan bir karaltı, gittikçe büyüyordu; gümbürtüler duyuluyordu ama karaltı hiçbir değişiklik göstermeden genişliyor ve ona doğru yaklaşıyordu. Sesleri ayırt etmeye başlamıştı. At sesleri geliyordu kulaklarına, binlerce nal sesinin çıkardığı dev senfoniyi dinliyordu şimdi. İçindeki yalnızlık duygusu kaybolup gitti, coşku selleri gökyüzünden kopup üzerine yağmur gibi yağıyor ve ruhunu ferahlatıyordu. Atları seçebiliyordu şimdi, engellerin önünden kanatlanarak geçiyorlardı sanki.

"Allah'ım!" diye boğuk bir ses koptu gırtlağından, onları görüyordu, gözyaşları boşaldı. "Onlar!" diye bağırdı. Atlarının üzerinde gözlerini ileri dikmiş, kalpaklı Türk askerleri uçarak ilerliyorlardı.

Üsteğmen Alper felç olmuştu, hareket edemiyordu, içindeki mutluluğu tarif edemezdi. Bütün dünyada yalnız kendisine ait bir hissi yaşadığının farkındaydı. Yüzü aydınlandı birden, boğazı kurudu. Bir şimşek çaktı zihninde, gök gürlemesine benzer bir ses doldurdu her yeri. Her yer karanlığa bürünmeden önce geriye dönüp baktı.

Patlayan roket herkesi öldürmüştü. Hakkı Bey, parçalanan bacaklarına baktı, ikisi de yerinde değildi. Gülümsedi, silahını çekip birkaç mermi sıktı yaklaşan askerlere. Koca bir çelik kütle alnına çarptı, sonrasında derin bir uyuşukluk kapladı bedenini. Toprağa bakıyordu gözleri, ağzının içi taş parçaları ile dolmuştu. Hissediyordu, başlarına toplanmışlardı ve dikkatli biçimde etrafı arıyorlar, ölü Türk askerlerinin üzerine kurşun sıkıyorlardı. Sıra Yüzbaşı'ya geldiğinde durdular, yaşadığını fark etmişlerdi, tek bir patlama sesi duyuldu.

23 Mayıs 2007- Saat: 01.40
DENİZ PİYADE TUGAY KOMUTANLIĞI GEÇİCİ KARARGÂHI
KERKÜK'ÜN KUZEYDOĞUSU

Telsizden gelen sesler dayanılacak gibi değildi. Tugay komutanı ve subaylar toplantılarını yaptıkları portatif masanın başında çaresizlik içinde, az ötelerinde devam eden korkunç mücadelenin seslerini dinlemek zorundaydı. Çatışmaya giren askerlerin hiçbirisi karargâhtan yardım istememiş ya da başka bir amaçla iletişim kurmamıştı. Orada kendi kaderleriyle baş başa olduklarının bilincindeydiler ve karargâh personelinin kulaklarıyla şahit olduğu bir dövüşün içinde ölüyorlardı yavaş yavaş.

Sesler azalmaya başlamıştı ve her nasılsa açık kalmış olan telsizden tek tük silah patlamaları duyuluyordu. Tümgeneral İhsan Er de dahil olmak üzere bütün subaylar gözyaşları içerisindeydi, ellerinden bir şey gelmiyordu. Genelkurmay Başkanlığı, tugayın bütün gücüyle çatışmaya girmemiş olmasına memnun olmuştu.

Bu olayın büyük bir çatışmayı ateşlemesini istemiyorlardı ancak durumu tam olarak tahlil etmek zaman alacaktı.

"Baykuş, bize çatışma ile ilgili son durumu bildir. Tamam." Genelkurmay Başkanı Hikmet Pars'ın telsizinden gelen talimatı kesin ve emrediciydi.

"Kartal, çatışma sona erdi. Askerlerimiz şehit oldu. Tamam." İhsan Er'in sesindeki ifade bir cümleden fazlasını anlatmaya yetmişti. Sözleri telsiz cızırtıları arasında kaybolmuştu.

"Anlaşıldı Baykuş. Önlemlerinizi en üst seviyeye çıkartın ve hayatta kalmaya çalışın. Sizi o cehennemden çıkarmak için her şeyi yapacağız. Tamam."

"Kartal, Kuzey Irak'taki diğer birliklerin durumu nedir? Tamam."

"Baykuş, durum iç açıcı değil. Diğer iki tugayımız sıkışmış durumda ve manevra alanları yok. Eğer hareket etmeye çalışırlarsa size olan onlara da olacak. Tamam."

"Ne yapalım?"

"Savunmada kalın. Asker araziye dağılıp sipere girsin. Hava savunma tertibatınızı kontrol edin. Üzerinize gelen öncü olursa uzaktan ateş açarak size yaklaşmasını önleyin. Sizi oradan helikopterlerle çıkartabilir miyiz, onu araştırıyoruz."

"Buna gerek yok, eğer bize yurda dönmemizi emrederseniz döneriz. Helikopterleri riske atmayalım. Bu adamların ne yapacağı belli olmaz. Tamam."

"Haklısın Paşam. O halde bulunduğunuz yerde kalın ve çok iyi siper alın. Taburları takım takım dağıtın. Tam bir komando savaşına hazırlık yapın. Tamam."

"Anlaşıldı Komutanım. Tamam."

Tümgeneral İhsan Er, tabur ve bölük komutanlarına döndü, herkesi gözle görülür bir endişe almıştı. Durum her saniye daha da kötüye gidiyordu. Otuz beş asker çatışmada ölmüştü ve hiçbir şey yapacak durumda değildiler.

"Çocuklar, hızla birliklerinizin başına intikal edip, daha önce belirlenmiş olan bölgelerde sipere girin. Çok iyi siper alın, takımları dağıtın, birbirlerinden en aşağı otuz metre uzakta siperler kazsınlar. Siperleri hava tehditlerine karşı güçlendirmeye çalışın. Bir süre burada dayanmak zorunda kalabiliriz."

"Komutanım, savaşa mı girdik?" Tabur Komutanı Yüzbaşı'nın sesinde keder vardı, bir şeyleri geride bırakmış olmanın verdiği bir duygu.

Omuz silkerek, "Bilmiyoruz oğlum. Ama sanırım bunu öğrenmemiz an meselesi," dedi Tümgeneral İhsan Er.

Subaylar koşarak çadırı terk edip ciplerine atladılar. Askerlerinin güvenliğinden onlar sorumluydu, karşılarındakini henüz düşman diye niteleyemiyorlardı, güçlü olduklarına şüphe yoktu ve güçlerini hiç tereddüt etmeden kullanıyorlardı.

CNN International: Kuzey Irak'ta çatışma...

13 ABD askeri öldü, 30 yaralı var. Ordu yetkilileri, Amerikan güçlerine saldıran 35 Türk askerinin öldürüldüğünü açıkladı.

Beyaz Saray, saldırgan tavır nedeniyle, Türk Hükümeti ile başlaması öngörülen ikili görüşme trafiğini iptal ettiklerini belirtti. Başkan, "Suriye ile var olan sorunumuzu halletmeye çalıştığımız bir dönemde, Türk Ordusunun bu saldırıyı gerçekleştirmiş olmasını şiddetle kınıyoruz. Gereken yapılacaktır," dedi.... Amerikan Kuvvetleri bugün itibariyle harekete geçti... Suriye sınırını aşan birlikler ilerliyor. Dışişleri Bakanı Condoleezza Rice, "Esad dönemi sona ermek üzere, Ortadoğu nihaî şekline doğru hızla ilerliyor," dedi. Hükümet bir süre önce Kıbrıs'taki karışıklıklar nedeniyle Türk hükümetini suçlamış, Türk hükümetinin adadaki askerî varlığını 60 bine çıkartmasını ağır bir dille eleştirmişti.

ABD hükümet sözcüsü Türkiye'nin AB ile ilişkilerini kopardığından beri hızla uygar dünyanın karşı kampına kaydığını söyledi. Türk hükümeti iki ay önce ABD Kongresi'nden geçen Ermeni soykırımı ile ilgili karar tasarısından dolayı görüşmeler için büyükelçisini geri çağırmıştı.

23 Mayıs 2007 - Ortadoğu Saatiyle: 02.00, ABD Nebraska Saatiyle: 22 Mayıs 14.40 OFFUT - NEBRASKA. AMERİKAN ORDUSU STRATEJİK KOMUTA KARARGÂHI

ABD'nin orta bölgesindeki Nebraska Eyaleti'nin Offut şehri yakınlarında konuşlu olan Stratejik Komuta Karargâhı'nda çok farklı bir grup askerî yetkili, süregelen harekâtın esas altyapısı üzerinde çalışıyor ve doğrudan CENTCOM'a (Merkezî Komutanlık) bağlı olarak eşzamanlı kısa toplantılar yapıyorlardı.

Stratejik Komutanlık Binası'nın alt katlarında bulunan küçük bir odada dört general bir araya gelmiş, masa üzerine serdikleri haritalar üzerinde hararetle tartışıyorlardı. Burası bir bakıma yapılan operasyonların kuşbakışı analiz edilme yeriydi. Toplantıya katılan generaller, ordunun en entelektüel generalleriydi ve kurmay subaylar içinde politik konularda sözlerine en çok danışılanlardı.

"Suriye topraklarına girdiğimiz andan itibaren hiç durmamalıyız. Bu bir yıldırım harekât, zamanlama hayatî önemde. Öyle bir başlangıç yapılmalı ki, çatışmanın ilk adımları, yani Kuzey Irak'taki unsurların ortadan kaldırılması işlemi gerçekleştirilmeye başlandığı anda, diğer birlikler Suriye'ye geçmeli ve hızlarını hiç kesmeden devam etmeli. Bu arada Hava Kuvvetleri ve Deniz Kuvvetleri uçakları hayatlarının en eğlenceli kalkışına hazırlanmalı."

"Kuzey Irak unsurları ne kadar zamanda temizlenir?"

"Bir ya da iki gün içinde o bölgeyi temizleriz ve ana birlikler bu sırada yollarına devam eder. Aynı zamanda ilk öncüler sınıra gelmiş olur ve büyük ihtimalle sınırda pek fazla bir karşılık görmezler."

"Suriye ne yapacak?"

"Tabii ki hiçbir şey. Esad ile her konuda anlaşıldı. Suriye ordusu bir süre için tamamen kışlalarına çekilecek, zaten bu planı kabul etmeselerdi kışlaları yerine mezarlarını kazmaya başlamak zorunda kalacaklardı."

"Evet General, Metal Fırtına Operasyonu'nu o kadar hızlı gerçekleştirmeliyiz ki, CENTCOM'un özel psikolojik baskı operasyonları yeterince etkili olabilsin."

"Karşımızda hiçbir düzenli birlik kalmamalı."

"General, düzenli birlik mi dediniz? Atılması planlanan bombaların çapı ve adedini göz önünde bulundurursak ortada düzen adına hiçbir şeyin kalmayacağını garanti edebilirim."

"Bu tarihî bir operasyon, binlerce yıllık bir hareketi tersine döndürecek."

"Orgeneral Strike'ın dediği gibi, her biri ile ayrı ayrı savaşacağız. Başka türlü bu savaşı kazanamayız. Onların beyinlerindeki tüm imajlar hızla yıkılmalı ve kimse direnmeyi aklına bile getirmemeli."

"Türk Ordusu huzursuzlanmaya başladı, hissediyorlar."

"Evet, hissediyorlar ve karşı koymaya çalışacaklar. Tanrım, dünyada böyle bir ordunun kalması ne muhteşem! Bu güce karşı koymaya çalışacaklarından şüphemiz yok. Gerçek gücümüzü görebileceğiz. Düşünün, karşımızda bizi görünce çil yavrusu gibi dağılıp silahlarını bırakmayan, savaşmanın ne demek olduğunu bilen, kahraman bir ordu olacak. Ne zamandır bunun hayalini kuruyordum."

"Dünyanın denge merkezini ele geçirmeyi kolay bir iş sanmayın. Orada çok fazla bilinmeyen ile karşılaşacağız, hepimizin bu kadar rahat olması bazen beni rahatsız ediyor doğrusu."

"On beş tonluk Slayer bombalarının alt edemeyeceği bir bilinmeyen, biliyor musun?"

"Tanrım, düşüncesi bile korkunç. O bombanın patladığı zaman ortaya çıkardığı basıncı kilometrelerce öteden hissedebilirsin. Bir kilometreden fazla bir alan içinde sağlam hiçbir şey bırakmıyor. Bir de hedefteki askerleri düşün."

"Ya B-52'ler, B-2'ler?"

"Her şey hazır, her şey."

"Tam on gün, evet, on gün boyunca saldırılar hiç susmayacak. Aklınıza gelen her yer vurulacak. Uçaklar hiç durmayacak. Saldırıların yavaşlaması diye bir şey söz konusu değil."

"Saldırı bittiğinde insanlar, bırak ellerini silaha götürmeyi, lastik patlamasına bile dayanamayacak hale gelecek. Türk halkının psikolojisini yıkıma uğratmalıyız."

Toplantı sırasında kapı çalındı, bir asker içeri girip odadakilere bir şey söylemeden dört generalin koltuklarının ortasında bulunan masaya bir rapor bıraktı ve selam verip hızla odayı terk etti. Generallerden birisi yerinden doğruldu, dosyayı açıp incelemeye koyuldu. Yüzü gülmeye başladı ve siyah dosyayı masanın üzerine attı:

"Harekâtımız başlamıştır arkadaşlar, ilk kayıplar verdirildi. Tüm dünya medyasına dezenformasyon başladı. Türkler Kuzey Irak'taki birliklerimize haince bir saldırı düzenlediler ama bekledikleri sonucu alamadılar. Otuz beş saldırgan Türk askeri öldürüldü. Metal Fırtına harekâtı başlamıştır!"

23 Mayıs 2007 - Ortadoğu Saatiyle : 02.30
ABD Doğu Kıyısı Saatiyle: 22 Mayıs 14.50
BEYAZ SARAY – WASHINGTON

Başkan ve danışmanlarından Jack Argosian başlayan harekâtla ilgili ilk raporları inceliyordu. Sesi kısık televizyonda, Beyaz Saray Sözcüsü Stuart Morgan, saatler önce hazırlanmış metni dramatik bir tonda okuyordu. ABD hükümeti Türklerin, ABD'yle eski dostluklarına hiç uymayan şekilde, haince yaptıkları saldırıyı en ağır şekilde protesto ediyordu. Savunma Bakanı Donald Rumsfeld içeri girdi. Telaşlıydı ve Başkan ile konuşması gereken şeyler vardı. Argosian, Rumsfeld'in oradaki varlığını sorgulayan bakışlarına karşı dayandı. Başkan kollarını ensesinde kavuşturup keyifle geriye yaylandı:

"Don, durum nedir? Anlat bakalım."

"Sayın Başkan, Howard yolda, birazdan size özel bir brifing verecek."

Rumsfeld kapıda bekleyen sivil güvenlik görevlilerine işaret etti. Görevliler hemen barkovizyonu içeri taşıyıp hazırladılar. Öyle görünüyordu ki Genelkurmay Başkanı Howard Strike hızlı ve özet bir brifing verecekti. Başkan ve Argosian anlamsız ifadelerle hazırlıkları izledi. Sivil görevliler işlerini bitirip hızla odayı terk etti. Koridorlarda yankılanan ayak seslerinden sağlam yapılı birisinin geldiği anlaşılıyordu. Kapıda Howard Strike göründü, yüzünde karanlık bir ifade vardı. Başıyla sert bir selam vererek hemen duvardaki ekranın başına geçti. Makineyi kendisi çalıştırdı. Odada dördünden başka kimse yoktu şimdi.

"Sayın Başkan, şu an itibariyle Metal Fırtına harekâtı başlamış bulunuyor."

Sakin bir gülümseme belirdi Başkanın yüzünde. İşler yolunda gidiyordu. Bu operasyonun başlaması demek, bitmesi demekti. Uluslararası durum da bundan iyi olamazdı; AB parçalanmamaya çalışıyor, Ruslar Ukrayna ve Kafkasya'da başlarına açılan dertlerle uğraşıyorlardı. En korktuğu şey, iç muhalefet nedeniyle operasyonun başlatılamayacak olmasıydı ama engeller aşılmıştı işte. Karşısında şimdi sadece Türkler vardı.

"1. Süvari Tümeni bütün unsurları ile Suriye topraklarına girdi ve iki gün içerisinde Fırat nehrini geçerek Türk sınırına doğru hareketlenecek. Sanırım yarına Hatay yakınlarına varacaktır." Odadakilere döndü ama bakışları Başkanın üzerinde kilitlenmişti. Kendisinden imkânsızı bekleyen adamın tam gözlerinin içini hedef alıyordu. Görevini yapacaktı, bunun sonuçlarını düşünmeden hem de:

"Sayın Başkan, bu tümen sınıra hareketlenen tek tümen değil. 82. Hava İndirme Tümeni, Hatay sınırına helikopter ve uçaklarla indirilecek. Bu bölgede yerleşme işlemlerini iki gün içerisinde tamamlayacaklar. Sonraki hedefleri için harekete geçecekler efendim."

"Yani..."

"İstanbul onların tek hedefi." Howard Strike sanki hiç nefes almadan konuşuyor gibiydi. "3. Süvari Alayına bağlı zırhlılar da 1.

Süvari'nin hemen sağından bir yay çizerek sınır bölgesinde zırhlı birliklerini yayacak ve daha sonra içeriye doğru ilerleyecek. Bir çeşit kanat koruma görevi sağlayacak. Türk Ordusunun tarihini unutmamalıyız. Kanatlarda meydana gelecek bir boşluk bizim çocukların yok olmasına neden olabilir."

"Howdy, Irak'ta neler olacak, çabuk bana ondan bahset, bırak şimdi karamsarlığı." Başkan espriliydi doğrusu. Fakat yakışıklı suratına daha çok ciddi ifadeler yakışıyordu. Kamuoyu onu en mutlu anlarında bile mesafeli bir gülümseme ile görebilirdi. Sırıtınca tehlikeli bir çılgını andırıyordu.

Howard Strike bu espriye bir tepki vermeden devam etti:

"Irak'taki işi 101. Hava İndirme halledecek ve tabii ki..."

"Evet, işte burasını seviyorum."

"C-130'lar on beş tonluk Slayer bombalarını atacaklar. Yerin biraz üstünde patlıyor bu bombalar. Uçaklar uygun bir mesafeden bu bombaları, tugayların konumlandığı bölgelerin üzerine bırakacak. Ortada fazla bir şey kalmasını beklemiyoruz."

"Akdeniz'deki durum nedir?" Rumsfeld söze girdi, az önce bahsedilen korkunç plan onu etkilemiş gibi görünmüyordu.

"Beş uçak gemisi ve yirmi iki destroyer, firkateyn Akdeniz'de. İki nükleer denizaltı da tedarik yollarında devriye geziyor."

"Nükleer tepki?..."

"Zaten Soğuk Savaş sonrasında, başlıkların çoğu geri getirilip parçalanmıştı, Türklerin elinde olanlar da aylar öncesinden başlayan programa göre kontrol altına alındı. Eğer ki bizim bilmediğimiz bir bombaya sahipseler ve böyle bir tepki verirlerse aynı dille karşılık göreceklerini bilirler. Ellerinde okyanus aşabilecek herhangi bir tertibat yok."

"Irak ile devam edecek olursak."

"Birazdan 101.'nin saldırı helikopterleri havalanacak ve Türk Deniz Piyade Tugayını vuracak. Bu arada 4. Mekanize Piyade Tümenine bağlı tanklar Hakkari Dağ Komando Tugayının karargâhına ve çevrede konuşlu taburlarına saldıracak ve onların araziye dağılmasını sağlayacak. Büyük ihtimalle zaten şu aralar araziye dağılmak üzeredirler. 3. Zırhlı Süvari Alayının tankları da Türk 20. Zırhlı Tugayına saldıracak ve tankları yok edecek. Tabii helikopter desteğinde."

"Ya Kutsal Şafak Operasyonu?" Argosian bunu sormak zorunda hissetti kendisini, çünkü o zaman Ermeni diasporasının bekledikleri nihayet gerçekleşecekti.

Howard Strike ona aldırmadan devam etti:

"İlk kez yaptığımız bir şey bu. Hava ve kara savaşı konseptini ayırıyoruz. Hava saldırıları da Irak'taki ağır çatışma ile eşzamanlı olarak başlayacak. Ancak Hava Kuvvetlerinin saldırıları psikolojik savaşa destek verme üzerinde yoğunlaşacak."

Durup nefes aldı, şimdi beyninin başka bir alanından veri topluyordu. Tekrar önünde duran Türkiye haritası üzerine odaklandı. "Şimdiye kadar konuştuklarımız orta, batı ve doğu için geçerli. Ancak en büyük hedef, bir tek şehir. Ülkenin can damarı."

Genelkurmay Başkanı, odadakileri dikkatli bakışlarla süzdü:

"Ve bu şehir dünyanın kalbi olarak da adlandırılabilir. Orası, İstanbul."

Donald Rumsfeld bedenindeki tüylerin hareketlendiğini hissetti. Sanki kutsal bir isimden bahsediliyordu. Neden böyle bir şey hissettiğini bilmiyordu doğrusu ama sanki genlerinin çok derinlerinde hafızası ile bağlantılı bir noktada gizli bir his vardı. İstanbul'un kendisine ait olduğuna dair bir gizil duygu yaşatıyordu. İstanbul kelimesi ona her şeyden çok anlamlı gelmişti. Ülkesinin resmî kurumlarında ve resmî işaretlerdeki Roma İmparatorluğu simgelerini hatırladı, doğal bir yakınlıktı hissettiği.

"Bu şehre hava saldırısını düzenlerken çok özenli davranacağız. Karşımıza hiçbir güç çıkmamalı. Elimizdeki bütün silahlarla bu şehri vurmak zorundayız. 82. Hava İndirmenin de ana hedefi İstanbul. 101.'nin sonraki hedefi olan Ankara'da işi bittikten hemen sonra İstanbul operasyonu başlayacak. Bu arada deniz piyadelerini de denizden İstanbul'a yollamak istiyoruz ancak bilemiyorum... Çanakkale Boğazı, biliyorsunuz..."

Başkan ayağa kalktı. "Bu operasyon ile ilgili olarak CENT-COM'da bir izleme merkezi oluşturuldu. Şimdi o merkeze gideceğiz. Bu iş bitmeden uyumak yok Don." Sanki Strike'ın daha fazla konuşmasını istemiyor gibiydi. Masadaki dosyayı alırken Başkan Yardımcısını kastederek, "Dick Avustralya'dan döndükten sonra Washington'da kalsın," dedi.

Florida CENTCOM'dan izleyecekti savaşı.

Başkan, Air Force One'dan Chicago'ya, Adrian III. Lynam'a telefon etti. Kamuoyunca pek bilinmeyen bu kişi ülkenin, dolayısıyla dünyanın en güçlü insanları arasında sayılabilirdi. Şu sıralar çok büyük faaliyetler içinde bulunmayan Ornicon adlı orta ölçekli bir madencilik ve enerji şirketinin dört gizli ortağından biriydi. Başkanın mensubu olduğu Evangalist kilisesinin önde gelen bağışçılarından biriydi.

Ve Türkiye'ye açılan bu savaşın, perde arkasındaki planlayıcısıydı! Gelişmeler, Başkanın en büyük finansman destekçilerinden Bay Lynam'a sürekli iletilmeliydi, sonuçta bu savaşı dört yıldır bekliyordu! İstanbul'a dünyanın en büyük Evangalist kilisesini yaptırmaya yemin ettiği söyleniyordu.

Hep şunu derdi: "Unutma, biz bu toprakları istiyoruz üzerindeki insanları değil!"

23 Mayıs 2007 – Saat: 03.10
GENELKURMAY BAŞKANLIĞI / ANKARA

Genelkurmay Başkanı Hikmet Pars, Harekât Komuta Merkezindeki telsizin başından ayrılmıyordu. Deniz Piyade Tugayı Karargâhından sürekli olarak bölgedeki çatışma ile ilgili haberler geliyordu. Hükümetin bir an önce toplanması için kırmızı alarm verilmişti. Başbakan Tayyip Erdoğan ve Ankara'da bulunan kabine üyeleri Harekât Merkezine geliyorlardı. Dışişleri Bakanı Abdullah Gül, altı kişilik bir heyetle Washington'a doğru yola çıkmıştı bile.

Son birkaç dakikadır haberler kesilmişti. Otuz beş askerin şehit olduğu bildirilmişti en son. Irak'taki birliklerin öncülerinden gelen bilgiler önce kendi karargâhlarına, oradan da Harekât Merkezine iletiliyordu. Ortalık çok karışık görünüyordu ama durum tam tersiydi. Türkiye'nin her yerinden fiber optik kablo ağları ile gelen bilgiler tamamen dijital hale gelmiş olan ekranlara ve analiz edilecekleri istasyonlara aktarılıyordu.

Hikmet Paşa, Harekât Merkezinde bulunan esas toplantı odasının hemen yanındaki küçük bir odaya geçti. Burada masanın üzerinde Irak, Suriye ve Türkiye haritaları bulunuyordu.

Masanın başına gelip haritalara dikti gözünü. Haritaların üzerinde ışıklar yanmaya başladı. Masanın içindeki elektrik tertibatı sayesinde, operatörün verdiği bilgiler bu masaya aktarılıyordu. Masanın üzerinde Türk ve Amerikan birliklerinin yerleri belirmişti. Irak'a baktı. Genelkurmay Başkanı Orgeneral Hikmet Pars için, görüntü korkunçtu, birlikler birbirine çok yakındı ve yakın zaman içinde şiddetli bir çatışma olmuştu. Pek çok Türk askerinin canına mal olan bir çatışma. Görebiliyordu, çok kısa süre sonra o bölge ateş çemberine girecekti.

Dakikalar hızla geçti. Bölgeden çok karışık veriler akıyordu. Suriye sınırında konuşlanan Amerikan kuvvetleri sınırı geçmiş ve hiçbir direnişle karşılaşmadan hızla ilerlemeye başlamışlardı. Amerikan 82. Hava İndirmenin helikopterleri, binlerce askeri Suriye'nin içlerine taşıyordu. Amerikan Ordusu kuvvetliydi; aynı anda hem Türkiye ile çatışıp hem de Suriye ile uğraşması, imkânsız değildi belki ama zordu. Hâlâ anlayamıyordu Hikmet Paşa, onlarca yılın ortağı şimdi neden üzerlerine böylesine acımasızca geliyordu. İçinden geçen düşünceleri belki hiç açıklayamayacaktı ama durum çok kötüye dönebilirdi. Eğer olaylar topyekun bir çatışmaya dönüşürse, Cumhuriyet'in bütün yatırımları heba olabilirdi. Buna izin veremezdi Hikmet Paşa. Ama nasıl?

Dünya televizyon kanalları yayınlarını kesmişler, bu olayın ayrıntılarını veriyorlardı. İnanılmaz bir heyecan dalgası sarmıştı her tarafı. Dünyanın her yanında yaşayan Türkler hareketlenmişti, kimse yerinde duramıyordu ve şimdilik sadece uluslararası telefon hatlarını kilitlemekle yetiniyorlardı.

Rusya'nın BM Genel Konseyi'ni acil olarak toplantıya çağırdığı haberleri haber ajanslarına geçmeye başlamıştı. Amerikan Harekâtının Suriye ile sınırlı kalacağı düşünülürken olaya Türkiye'nin karışması bir anda dünya güç merkezlerini harekete geçirmişti. Kimse böyle bir gelişme beklemiyordu, sürpriz unsuru çok katı biçiminde kullanılmıştı. Politika başkentlerinde saat kaç olursa olsun acil toplantı çağrıları yapılıyordu. Durum kritikti.

Kuvvet Komutanları Harekât Merkezinde toplanmıştı, hepsi savaş kıyafetleri içindeydi.. Çok dinamik ve kararlı görünüyorlardı, moralleri yüksekti. Hepsi her an bir çatışmaya girecek gibi donanımlıydı. Harita masasının bulunduğu odaya doluşmuş, çay-sigara ikilisinin sağladığı anlık rahatlama ile dinlenmeye çalışıyorlardı. Normal hayatta sigara içmeyenler bile yakmıştı bir tane. Hikmet Paşa, komutanlara bakarak, "Siz ne düşünüyorsunuz?" dedi.

"Komutanım, durum vahim. Bence acilen Irak'taki birliklere geri çekil emri vermeliyiz. Yoksa yakın zamanda..."

"O zaman savaşı biz başlatmış oluruz."

"Eğer geri çekilmeyi başlatıp Amerikan Kuvvetlerini yarmazsak, o zaman üç tugayımızı kaybederiz."

"En iyilerinden üç tugay. Bu çok kalleşçe bir tuzak."

"Geri çekilme başarılı olmayabilir. Amerikan Kuvvetleri bölgede çok aktif."

"Hava Kuvvetleri yardım edemez mi?"

"Eder. Ancak bu yine, savaşı başlatır."

"Onu şimdi bırakalım, Hava Kuvvetleri ile ne yapabiliriz?"

"Yer unsurlarını vurarak yol açabiliriz Komutanım. Ya da..."

"Evet?"

"Eğer bu iş savaşa gidiyorsa, Hava Kuvvetleri olarak acil hareket etmek zorundayız. Geç kalınırsa, Hava Kuvvetlerimiz ziyan olur."

"Yani topyekûn bir hava saldırısından bahsediyorsunuz."

"Evet Komutanım. Bütün gücümüzle o bölgeye saldırırız ve müteakip olarak kara unsurları yüklenir. Bu sayede Amerikan Kuvvetlerini dağıtıp sınırlarımıza çekiliriz ve saldırıyı sınırda karşılarız."

"Paşam, bu ne demek biliyor musun?"

"Biliyorum Komutanım. Ancak yüz ifadenizden, aklınızdan geçenleri anlıyorum. Durum kötü, bu bir var olma mücadelesinin ilk adımları."

Hikmet Paşa, kuvvet komutanlarına baktı. Hepsi de komutanlarının tek oğlu Erkan'ın Kuzey Irak'taki tugayda olduğunu biliyorlardı.

"Bu kararı biz veremeyiz. Siyasî iktidar verir. Olay, rejimin var olup olmama meselesi."

"Çabuk olmalıyız Komutanım."

Masanın sol tarafında yeni bir kırmızı ışık yandı. Gelen bilgiler, 82. Hava İndirme Tümenine bağlı ilk askeri birliklerin Hatay sınırına yakın bölgelere indiğini gösteriyordu. Onlarca AH-64 Apache helikopteri de bölgedeki alanlara kaymıştı. Bu, inanılmaz hızda yapılmış bir ileri harekâttı. Türk askerleri ile Amerikan askerleri çatıştıktan çok kısa bir süre sonra büyük bir kuvvet, sınıra yakın bir bölgeye iniyordu.

1. Süvari Tümeni ise aynı anda harekete geçmiş ve birkaç saatte maksimum hızla ilerlemişti. Biraz sonra yakıt doldurmak için yavaşlayacaklardı ama yüzlerce M1A2 tankı ve Bradley savaş aracı Suriye topraklarını birbirine katarak ilerliyordu.

"İçimde bir his var. Bu sıradan bir çatışma değilmiş gibi geliyor."

Kuvvet Komutanları, Genelkurmay Başkanının yüzüne şaşkınlıkla baktılar. Kafalarında oluşan resim hiç güzel görünmüyordu. Odaya giren bir Yüzbaşı, Hikmet Pars'ın kulağına beklediği haberi fısıldadı:

"Başbakan buraya varmış, birazdan aramızda olacak."

Başbakan Recep Tayyip Erdoğan, Savunma Bakanı ve İçişleri Bakanının yerlerini almasıyla Hikmet Pars, önündeki küçük gruba konuşma yapacakmış gibi pozisyon aldı. Hareketleri hızlıydı ve sürekli merkezdeki operatörlerin yüzlerini takip ediyordu. Operatörlerin yüzlerindeki ifade, o an gelen bilgilerin aciliyeti ile ilgili olarak yeterli bilgi sağlıyordu.

Toplantı masasının karşısında dev düz bir ekran asılıydı. Hikmet Pars eline bir lazer göstergeci alıp ayağa kalktı ve bilgisayara bağlı projeksiyon makinesini kullanan subaya başıyla işaret verdi. Ekrana dev bir Ortadoğu haritası geldi. Çok ayrıntılı bir haritaydı, neredeyse en basit ırmak veya yarık bile ayırt edilebiliyordu. Paşa, düşünceli bir şekilde haritanın önüne geldi ve sırasıyla Kuzey Irak ile Suriye sınırı yakınlarında bazı bölgeleri işaret etti. Bilgisayardaki grafikleri seçen askerin bir tuşa basmasıyla bu noktalarda kırmızı kareler belirdi.

"Bunlar Amerikan Ordusuna bağlı birlikler..."

Makinenin sert klik sesi duyuldu. Bu defa haritadaki kırmızı karelere yakın yerlerde yeşil kareler belirdi.

"Bunlar bizim Kuzey Irak-Bağdat arasında konuşlanmış olan birliklerimiz."

Hükümet üyeleri ekrana gelen diyagramları şaşkınlıkla izlerken, askerlerin ifadesinde bir değişiklik olmamıştı. Durumdan haberdar gibi görünüyorlardı.

"Gördüğünüz gibi bölgede bulunan üç tugayımızın çok yakınlarında en güçlü Amerikan Kuvvetleri konumlanmış durumda. Deniz Piyade Tugayımızın birkaç kilometre kadar yakınında 101. Hava İndirme Tümeni, Hakkari Dağ Komando Tugayının hemen yakınlarında 4. Piyade Tümeni ve 20. Zırhlı Tugayın hemen yakınlarında da 3. Zırhlı Süvari Alayı bulunuyor." Genelkurmay Başkanı, düşüncelerini toparlamak istercesine gözlerini kıstı ve haritaya baktı. "Bu görüntü askerî literatürde iki anlama gelir; ya biz Amerikan birlikleri ile geniş bir savunma hattı kuruyoruz ki açıkçası bizim böyle bir planımız yok, ya da bu bölgedeki birliklerimiz sarılıyor."

Hikmet Pars bir an, ölen otuz beş Türk gencini düşündü.

"Kısa süre önce meydana gelen sıcak çatışma şunu gösteriyor ki bu sadece bir kuşatma değil. Sayın Başbakan, bizim ortak kanaatimizdir ki; Amerika'nın şu anda sürdürdüğü operasyon Türkiye'ye karşı doğrudan tehdit oluşturmaktadır. Aslına bakılırsa bu durumu uzun zamandır teorik olarak bekliyorduk, fakat öyle görülüyor ki zamanlama konusunda yanılmışız, bizi iyi aldattılar. Şu an Irak'taki kuvvetlerimiz büyük bir tehdit altında, kısa süre önce gerçekleşen çatışmanın tekrar vuku bulması durumunda bu tugaylarımız ağır zayiat verebilir."

"Paşam ne yapalım dersiniz?"

"Bence bu birliklere geri çekilme emri verelim. Hava Kuvvetleri de geri çekilme sırasında bölgede koruma görevi yapsın."

"Paşam, Dışişleri Bakanım yolda. İzin verirseniz diplomatik yolları deneyelim. Benim de amacım o birlikleri çekmek. Ancak bunu yaparken büyük bir savaşı başlatabilecek hareketlerden geri durmamız gerekiyor."

Hikmet Pars, doğrudan Başbakanın gözlerinin içine bakıyordu şimdi. Çok önemli bir kararın eşiğindeydi ve hata yapma lüksü yoktu. Bunca yıllık deneyimi ve eğitimi bu an içindi. Stratejik dehası nedeniyle Genelkurmay Başkanlığına getirildiğini herkes biliyordu. O an gelmişti, stratejik dehasını ortaya koyma zamanıydı.

"Sayın Başbakan, sanırım haklısınız. Bu hareketi başlatmak, bizi tamamen haksız duruma düşürecektir. Sayın Gül'ü beklemekte fayda var."

Başbakan, "Belki benim direkt Başkan'la konuşmam iyi olur," diye söylendi. Ama son zamanlarda Ermeni tasarısı ve Kıbrıs nedeniyle ilişkileri iyi sayılmazdı. Son bir yıldır Türkiye'ye karşı soğuk bir politika güdüyordu.

O ana kadar toplantıyı sessizce izleyen iri yapılı, genç görünümlü bir asker ayağa kalktı. Uzun boyu ile toplantının yapıldığı odayı dolduruyordu. Başında kırmızı bir kep vardı ve bedeninde neredeyse bir tek gram bile yağ yoktu. Özel Kuvvetler Irak Operasyonlarından Sorumlu Tümgeneral Selami Dikbaş, haritanın önüne geldi:

"Efendim, şu ana kadar üzerinde durmadığımız başka bir nokta var ki, kaygılarımızı daha da artıracaktır."

"Devam edin."

"Eğer en kötüsünü düşüneceksek, duruma sadece Irak'taki kuvvetlerimiz açısından değil, Kıbrıs'taki kuvvetlerimiz açısından da bakmalıyız. Orada altmış bin kişilik dev bir kuvvetimiz var ve ana kara ile ada arasındaki sularda şimdi Amerikan savaş gemileri kaynıyor. Bildiğiniz gibi son zamanlarda Kıbrıs ile ilgili olarak bir hayli olumsuz diplomatik gelişme meydana geldi, sanki çatışmaların ve politikanın seyri paralellik gösteriyor. Türkiye Kıbrıs konusunda sürekli haksız gösteriliyor, dünya kamuoyunda bu harekât için psikolojik altyapı oluşturmaya çalışmış olabilirler."

Toplantı salonunda bulunan paşalar ve hükümet yetkilileri başlarını salladı. Selami Dikbaş haklıydı. Türk Ordusunun altmış bin iyi eğitilmiş askeri Kıbrıs'ta bulunuyordu ve bulundukları yerin stratejik konumu nedeniyle... Evet, Irak'takilerden farkları yoktu. Onlar da korkunç bir kapanın içinde sayılabilirlerdi. Deniz Kuvvetleri Komutanı Oramiral Tahsin Yücesun haritanın bulunduğu masaya ellerini dayayarak Akdeniz'i işaret etti:

"Burada, tam Kıbrıs ile Antalya arasındaki bölgede iki Amerikan destroyeri konuşlandı. Bu destroyerler Tomahawk füzeleri ateşleyebiliyor."

"Uçak gemileri?" Genelkurmay Başkanı sordu.

"Evet Komutanım, uçak gemileri Kıbrıs adasının güneyinde konuşlanmış durumda ve hem Suriye hem de Türkiye, bu gemilerin vuruş sahası içinde. Doğruyu söylemek gerekirse, kara sahamızın tamamı vuruş sahası içinde. Ancak etkili vuruş alanı, Ankara ve doğusu şimdilik. Girit açıklarında bulunan Independence ve Kitty Hawk uçak gemileri, İzmir ve çevresine erişebiliyor."

"Uçak gemilerinin pozisyonunda bir değişiklik söz konusu mu?"

"Sürekli takip ediyoruz ve sorunuzun cevabı evet. Uçak gemileri ikili kol halinde daha geniş bir etki alanına kavuşacak biçimde sürekli olarak hareket halinde."

"Bu durumda çok yönlü ve güçlü bir hava gücü ile karşı karşıyayız demektir."

"Irak'ta konuşlu bulunan Amerikan uçaklarını da dikkate alırsak yaklaşık bin kadar Amerikan savaş uçağı bulunuyor bu bölgede. Azerbaycan'daki güçlerini Rusya'da hassasiyet yaratmak için kullanmayacaklardır. Altı uçak gemisi ve bu gemilere eşlik eden büyük bir firkateyn grubu deniz gücü olarak savaşa tam hazır halde bekliyor. Uçak gemilerindeki uçakların sayısı yaklaşık dört yüz elli. Üstelik denizaltılar konusunda duyumlar var. Akdeniz'in ya da Ege'nin herhangi bir yerinde denizaltıları olabilir. Araştırmalarımızı artırdık ancak bu da riskli bir iş."

"Beş güçlü tümen...." diye mırıldandı Başbakan. Aklı Kıbrıs'ta kalmıştı. Tuzak kokusunu alıyordu ama tuzağın boyutlarını şimdi çok daha iyi anlayabiliyordu. Türk Ordusunun savaşçı birliklerinden beş tümen ya da on beş tugaya eşdeğer sayıda asker şimdi Kıbrıs ve Irak'ta, Amerikan birliklerinin oluşturduğu hatların gerisinde kalmış, içinden çıkılmaz bir kapana girmiş durumdaydı. Eğer bir şeyler yapılmazsa bir anda yok edilme tehlikesi ile karşı karşıyaydılar.

"Sayın Başbakan haklı," dedi Hikmet Pars. Üzerinde durmaları gereken çok fazla nokta vardı ve zamanı iyi kullanmalıydılar. Eğer zamanlamada bir hata yaparlarsa bu, binlerce askerin ölümü anlamına gelebilirdi.

"Efendim, Dışişleri'nin temaslarının sonuçlarını bekleme konusunda kesin kararlı mıyız? Resim gittikçe karanlıklaşıyor." Kara Kuvvetleri Komutanı Fahri Sert araya girdi. Düşmanının boğazına sarılmaya hazırlanan bir kaplanı andırıyordu bakışları.

"Bunu yapmak zorundayız. Doğru olan bu ve eğer savaşacaksak, savaşa haklı olarak başlamalıyız. Orada kolumuzu tuttular, bıraktırmak için çenelerine yumruk atarsak bu bizi saldırgan gösterir."

"Efendim, bu beş tümene yakın askerin ziyanı anlamına gelse bile mi?"

"Paşam, temiz bir iş yaptığımızı söylemedi kimse. Eğer vatanın çıkarları bunu gerektiriyorsa... Elimizden gelenin en iyisini yapmak zorundayız."

"Komutanım..." Özel Kuvvetler Komutanı Tümgeneral Selami Dikbaş konuşuyordu. "İzniniz olursa ben ve bölüğüm havadan Irak'a sızıp Amerikan Birliklerinin tam kalbine saldıralım. Çıkacak karışıklıktan faydalanan birliklerimiz de hızla sınıra doğru ilerlesinler. Bu sayede ağır kuvvetlerimizi zarar görmeden kurtarabiliriz."

Hikmet Paşa'nın gözleri dolacak gibi oldu.

"Bu çok kahramanca bir teklif. Ancak size burada ihtiyacımız olabilir."

Özel Kuvvetler Komutanı Tümgeneral Selami Dikbaş'ın gözleri parladı. Bir tek kelime dahi etmedi. Genelkurmay Başkanının ne demek istediğini çok iyi anlamıştı ve burada tartışılacak bir şey yoktu. Görevi, aşağı yukarı belli olmuştu. Özel Kuvvetlerin görev alanı, kurulduğundan beri ilk kez, Ankara olarak belirlenmişti.

Başbakan sabırsızlanıyordu, çıkış yolu bulunamıyordu. Belki de tek yapmaları gereken, beklemekti. Ordu olduğu yerde savunma yapmalı ve kendisine bir saldırı gelmedikçe hiç hareket etmemeliydi. Belki de Amerikan Kuvvetleri onları sıkıştırarak yanlış bir hareket yaptırmaya çalışıyordu. Türkiye gibi bir ülkeye ortada neden yokken saldırması dünya kamuoyu açısından kabul edilemez bir olay olurdu.

"Arkadaşlar, bence bekleyelim ve gereksiz hareketlerden kaçınalım. Bu anda soğukkanlı olmazsak başımıza iş alırız."

"Başbakanım, size katılıyorum." Hikmet Pars, sözlerini vücut diliyle de onayladı.

Diğer komutanlar bu karardan hoşnut görünmüyordu hâlâ. Kapandaki birliklerine "bekle" komutunu vermekte zorlanacaklardı. Amerikan hatlarının gerisinde kalan birliklerin nasıl bir psikoloji altında olduğunu biliyorlardı. Hepsi de harekete geçmek ve bir an önce bu tuzaktan kurtulmak istiyor olmalıydı. Oysa toplantıdan çıkan karar, onlara beklemeleri yönünde talimat verilmesiydi.

Ancak beklerken yapılabilecek çok şey vardı. Büyük bir gizlilik içerisinde ordunun tüm birimleri uyarılacak ve eğitimlerini artıracaklardı. Bu gizlilik ne zamana kadar ve ne ölçüde sağlanırdı, bunu kimse bilemezdi fakat her saniye hayatî değerdeydi.

Toplantı sona ermişti. Başbakan ve yanındakiler Genelkurmaydan ayrılıp hükümet yetkililerini yönlendirmek üzere Başbakanlığa doğru yola çıktılar. Askerî hazırlıkların yanı sıra sivil hazırlıkların da en üst seviyeye çıkarılması gerekiyordu. Ülkenin her yanında böyle bir işgale karşı belirlenmiş savunma kuvvetleri ve gizli silah depoları vardı. Bakanlıklara, açık olarak yapılması gereken hazırlıklardan bahsedilecekti. Sivil çalışmaların, "gizli" başlığı altında yapılması çok zordu. Bilgi hemen sızar ve Amerika'nın yapmak istedikleri konusunda daha hızlı hareket etmesine neden olabilirdi.

Hikmet Pars haritaya bakıp gözlerini kıstı: "Biz Kuzey Irak ve Kıbrıs için endişeleniyoruz. Ama bu herifler harekâta başlarlarsa orada durmazlar," diye mırıldandı. Yüzüne karanlık bir gölge düşmüştü.

23 Mayıs 2007 – Saat: 03.30
BAĞDAT HAVAALANI

Havaalanında inanılmaz bir yoğunluk yaşanıyordu. Alandaki uçaklar, kanat altları tamamen silahlarla yüklü olarak havalanıyordu. F/A-18E Süper Hornet, F-16 ve F-15E filoları Lazer ve Uydu güdümlü bombaları paylonlara takılı halde, arka arkaya alandan kalkış yapıyor ve bilinmeyen bir yöne doğru, kanatlı bir yıkım ordusu gibi süzülüyordu. Alanın yeni eklenen kuzey ucunda ise farklı bir hareketlilik vardı. Modifiye edilmiş C-130 uçakları –modifiye edildikten sonra adları Killer/Katil diye anılmaya başlamıştı- sırayla, alandaki piste giriyor ve ağır bir biçimde havalanmaya çalışıyorlardı. Bu görünüşleri ile hantal Rus uçaklarını andırdıkları söylenebilirdi. Her hallerinden taşıdıkları yüklerin hayli ağır olduğu anlaşılabiliyordu.

Karanlık, uçaklara yeterince koruma sağlayabilecekti. İlk aşamada hedef, Kuzey Irak civarında konuşlu bulunan kara birlikleriydi, bu birliklerin uçaklara fazla bir sorun çıkarması beklenmiyordu. Ancak her ihtimale karşı F-16 uçakları hava savunma radarlarına kilitlenerek onları yok eden silahları takılı halde Hava Savunma Bastırma görevini yerine getirmek üzere filolara eşlik ediyordu. C-130 uçaklarını korumaya gerek yoktu, yapılan geliştirme çalışmaları sayesinde hayli yüksek bir irtifadan bombalarını aşağıya bırakabileceklerdi.

Bir süre sonra havaalanına haberler ulaşmaya başlamıştı. Irak yanıyor gibiydi. Yer gök sallanıyordu. İnsanlar evlerinin bodrum katlarına atmışlardı kendilerini. Amerikan Kuvvetlerinin Suriye'ye girdiği, Kuzey Irak'taki Türk askerleriyle çarpıştığı söyleniyordu.

Iraklı görevliler radyodan bilgi almak için bir kenarda toplanmışlardı. Irak Radyosu spikerinin sesi titriyordu. Topraklarında meydana gelen çatışmanın şiddeti ile sarsılmış gibiydi. Washington'dan hiddetli açıklamalar geliyordu.

Iraklı görevliler, içten içe Türk askerlerinin bu işgalcileri yerden yere vurması için dua ediyordu. Türk Birlikleri sessizliğe gömülmüştü, sadece uzaktan cehennem ateşine benzeyen patlamaların ışığıyla aydınlanacak, karanlık ve yıkıcı bir sessizliğe.

23 Mayıs 2007 - Saat: 04.25
KUZEY IRAK - TÜRK TUGAY KARARGÂHI

Türk Deniz Piyade Tugay Komutanlığı Karargâhı tam karartmadaydı. Deniz piyadeleri emredildiği gibi mangalar halinde araziye yayılmış ve dört kilometrekarelik bir hat üzerinde derin siperlere girmişlerdi. Hava savunma silahları hazırlanmış, doldurulmuş ve sürekli olarak gökyüzünü tarar vaziyette alarma geçirilmişti. Askerlerin konuştuğu tek konu, kısa süre önce gerçekleşen çatışmaydı. Herkes bir şeylerin olacağını sezebiliyordu.

İlkbaharın serin rüzgârları şafağa daha çok varken askerleri sarıyordu. Piyadeler kalın yağmurluklarının içindeydi. Hava bulutluydu ama hızlı esen rüzgârlar nedeniyle zaman zaman ay ve yıldızların ışığını görebiliyorlardı. Uç noktadaki siperlerde bulunan askerler kızılötesi kameralarıyla ufku gözlemliyor ve kısa aralıklarla karargâhı bilgilendiriyorlardı. Bu bilgiler hemen Genelkurmay Başkanlığındaki operatörlere ulaşarak üst düzey komutanlara iletiliyordu.

Deniz Piyadelerine ait olan ZMA zırhlıları mümkün olduğunca ağlarla kapatılmaya çalışılmıştı ancak bu araçları daha fazla saklamanın imkânı yoktu. Zırhlı araçların personeli araçlarından çıkmamıştı ve bir çatışma anında karşılık vermek üzere hazır halde bekliyorlardı. Silahlarının nişangâhından dışarıyı seyrediyorlardı. Koyu bir görüntü vardı önlerinde, kızılötesi dürbünleri sayesinde geniş arazideki siperleri görebiliyorlardı. Binlerce asker, arazinin bir parçası haline gelmişti.

Siperlerin içindeki askerlerin huzursuzluğu her geçen dakika daha da artıyordu. Garip bir his kaplamıştı herkesi. Bir şeyler beklediklerinin farkındaydılar ve bu beklenti omuzlarına gitgide daha fazla yük bindiriyordu. Erlerin çoğu silahlarına dayanmış ve yarı uykulu gözlerle siperin dışına doğru bakıyordu. Kimisinin dudakları kımıldıyordu. Bazıları, içinde bulundukları durumu protesto edercesine rahat bir uykunun tam ortasındaydı. Yüzlerinde toprak ve boya ile yaptıkları maskeler vardı. Birbirleri ile şakalaşarak zamanın daha çabuk geçmesini sağlıyorlardı ama zamanın geçmesini içten içe istemediklerini biliyorlardı.

Karargâhtaki durum da erlerin durumundan farklı değildi. Tümgeneral İhsan Er karargâhında sürekli olarak Genelkurmay ile bağlantı halindeydi ve olası durumlarla ilgili olarak fikir alışverişinde bulunuyordu. Fakat kısa bir süre sonra bu iletişimi kesmek zorunda olduklarına karar verdiler. Deniz Piyade Tugayı ve Irak'taki diğer birliklerle çok zorunlu olmadıkça telsiz bağlantısı kurulmayacaktı.

Tümgeneral İhsan Paşa, karargâh çadırının dışına çıktı. Kapıda duran askerler hemen hazır ola geçtiler. İhsan Paşa askerlere eliyle rahat işareti yaptı. Üzerinde çelik yeleği vardı. M-16 otomatik tüfeğini sol tarafına asmıştı. Belinde tabancası ve çok sayıda şarjör bulunuyordu. Sağ bacağından sallanan komando bıçağı da hemen dikkat çekiyordu. Başında miğferi vardı. Rütbeleri görünmüyordu. O da bir savaşçıydı. Siperlerin arasında yürümeye başladı. O siperlerin arasında yürürken askerler ayağa fırlıyordu. Hepsine gülümseyerek yanlarından geçti. Arkasında iki asker dolaşıyordu. Generali korumakla görevli bir yüzbaşı ve bir astsubay, baştan aşağı siyah-gri kamuflaj kıyafetlerini giymişlerdi. Tamamen silahlıydılar ve başlarında gece görüş dürbünü asılı bulunan miğferleri vardı. Sırtlarındaki M-16'nın yanı sıra birer adet de MP10 yakın dövüş silahı taşıyorlardı. Ruger marka tabancaları ve komando bıçakları bellerinden sarkıyordu.

Tümgeneral Genelkurmay ile iletişime son vermeden önce kendisine bekle, komutu verilmişti. En son olarak Hakkari Dağ Komando Tugayı ve 20. Zırhlı Tugayı ile ilgili bilgi almıştı. Dağ Komando Tugayı otuz kilometre kadar batılarında kalıyordu. Zırhlı tugay ise yirmi beş kilometre kadar güneydoğularında yerleşmişti. Bir çatışma anında bu birliklerle irtibat durumlarını araştırmıştı, ancak durumun sanıldığından kötü olduğu çıkmıştı ortaya. Eğer ortam ısınırsa diğer birlikler ile aralarına Amerikan Kuvvetleri unsurlarının gireceğinden şüphesi yoktu. Aralarındaki boş alan, ölüm saçan bir tuzağa dönüşebilirdi. Zaten bu birliklerin durumu da Deniz Piyade Tugayından farklı değildi. Dağ komandoları neredeyse araziye dağılmıştı, ancak güçlü bir savunma yapabilmek için mecburen siperlere girmişlerdi. 20. Zırhlı Tugayın ise yapacak fazla bir şeyi yoktu. Bir çatışma anında bu tugay çok şiddetli helikopter saldırılarına maruz kalacaktı.

Geceyi düşünüyordu komutan, savaşçı hisleri ona tetikte olmasını söylüyordu. Bu gecenin bir şeylere gebe olduğuna dair bir duygu doğmuştu içine ve bu duyguya güvenmemesi için bir neden yoktu. Amerikalılar Suriye'ye karşı harekete geçmişti, birkaç saat önceki çatışmayı da o noktada bırakmayacaklarından emindi neredeyse. Bunlar belli bir plana göre hesaplanmış hareketler gibiydi. Hava yoğun ve sıkıntılıydı. Garip bir enerji sarmıştı ortalığı.

Askerler siperlerinde bu uzun gecenin sona ermesi için ufka bakıyorlardı. Bu kadar gri bir toprakta ne yapıyorlardı böyle? Hiçbir yere kıpırdayamadan.

"Sabahattin oğlum, gelsene şuraya."

"Yok oğlum, uyuyacam ben."

"Gel lan, sigara ikram edeyim sana."

"Sağol Çavuşum, uykum var nedense. Canım çıkmak istemiyor. Öyle garip bir uyku çöktü üzerime."

"Ulan tembel herif, oğlum anan görse seni böyle."

"Ana demeyin bana, gözümde tütüyorlar."

"Ne yapacan lan, Malatya'ya dönünce?"

"Valla Çavuşum, ilk iş bir hafta uyuyacam... Sen ne yapacan Çavuşum?"

"Bir tepeye çıkacam Sabahattin. Uzun uzun bağıracam. Ben geldim, diyecem. Bütün şehir duyacak benim geldiğimi."

"İnşallah Çavuşum... İnşallah."

"Ee, uykudan sıkılınca ne olacak?"

"Ne bileyim, çalışmaya başlarım bir yerde. Sanki askerden tezkere alınca askerlik bitiyor mu Çavuşum? Yine askeriz, yine asker."

Nöbet noktalarındaki askerler kızılötesi kameralara bakarak gözlerini karanlığa ve kameraların yeşil zeminli görüntülerine alıştırmaya çalışıyorlardı. Beklemekten, ama neyi beklediğini bilmeden beklemekten yorulmuş olan sinirler iyice gergindi. Askerler karanlığın içinde görünmez hale gelmiş ve kendileriyle baş başa kalmışlardı. Deniz Piyade Tugayının sürekli savaşa hazır halde tutulan askerleri elleri tetikte ve neredeyse hiç konuşmadan zaman geçirmeye uğraşıyorlardı. Tek bildikleri, bir süre daha bu bölgede siperde bekleyecekleri ve her şey düzene girip de Kerkük gerginliği sona erdiğinde siperlerinden çıkıp yurda dönecekleri idi. Çoğunun gece yarısı olan çatışmadan haberi yoktu.

Gece karanlığına bulutlar eşlik etmeye başladı, bunlar siyah bulutlardı, yağmur getirmeleri kaçınılmaz görünüyordu. Askerler memnuniyetsizliklerini belirtir biçimde havaya bakıp aralarında konuştular. Manzara siyah ve dumanlıydı. Karanlığın içinde seçilebilen siluetler bir süre sonra yok oluyor ve sonrasında ortalık tekrar mezarımsı görünümüne dönüyordu.

Birliğin dağıldığı arazinin en kuzey noktasındaki siperde bulunan askerler kulaklarına gelen belli belirsiz bir sesin ne olduğunu anlamak için hareketlendiler. Basit ve ayrıntısız bir sesti bu. Doğal olup olmadığından emin değillerdi, kara bulutların konuşması olabilirdi bunlar. Hareketsizce durup gökyüzünü dinlediler, sabit biçimde varlığını artıran bir sesti ama ne olduğu belli olmuyordu, zaten bir süre sonra kesilmişti. Askerler rahat bir nefes aldılar ama daha da gerilmiş bir halde ufku, özellikle sesin geldiği bölgeyi gözlemlemeye devam ettiler.

Bir süre bu gerginlikle geçti, toplanan bulutlardan etrafa saçılan damlalar askerlerin yüzüne geliyordu, rahatsız ediciydi ama toptan bir yağmura dönüşmüyordu. Yine sesler duyuldu, bu sefer bir şey farklıydı. Sesin içindeki metalik "klank klank" seslerini kolayca fark edebilmişlerdi. Hemen silahlarının başına gidip nişangâhtan ufku taradılar. Görünürde hiçbir şey olmasa da karanlığın içinde bir devinim olduğunu hissedebiliyorlardı. Telsizden karargâha bunu bildirmeleri gerekiyordu:

"Merkez, sesler duyuluyor."

"Nasıl sesler?"

"Metalik sesler Komutanım."

"Bir şey görülüyor mu?"

"Hayır Komutanım"

"Gözlemede kalın."

"Baş üstüne."

Siperin içindeki erler gözlerini iyice kısıp atış pozisyonu alarak beklemeye koyuldular. 50 kalibrelik makineli tüfeği kullanacak olan asker mermileri sürüp tetiği çekili, hazıra getirdi silahı. Asteğmen eliyle askerlere sakin olmalarını işaret etti. Siperin dışına çıkıp birkaç metre ilerledi. Hemen iki er yanına geldi:

"Komutanım, gitmeyin, Allah korusun."

"Ne olacak ulan? Bu işte bir pislik var, Mehmet. Baksana, karanlık hareket ediyor sanki. Sesler de gitgide artıyor."

"Haklısınız Komutanım. Bence o bölgeye ateş açalım."

Asteğmen ve askerler koşarak sipere girdiler. Merkez ile bağlantı kurarak şüpheli bir hareketlilik gözlemledikleri haberini yinelediler ve baraj ateşi açmak istediklerini söylediler. Askerlerin isteği Tümgeneral İhsan Paşaya iletildi ve olumlu yanıt alındı.

Asteğmen askerlere ateş için hazırlanmaları talimatını verdi:

"Ateş!!!"

Bir anda siperlerden onlarca değişik çaplı izli mermi, karanlığın içinde belirsiz bir noktaya doğru amaçsız şekilde fışkırdı. 50 kalibre makineli tüfeğin sesi, neredeyse diğer uçtaki askerlerin bile yerinden fırlamasına neden olmuştu. Siperler arasında koşuşturmacalar oldu ve askerlerin hepsi çatışma için belirlenen yerlerine geçti. Siperler arasında eşya değiş tokuşu yapılıyordu. Askerler kendilerinde eksik olan malzemeyi yandaki siperden istiyor, eğer varsa koşarak alıyor ve kendi siperlerine geri dönüyorlardı.

Asteğmen bağırdı: "Ateş kes!"

Silahlar sustu ve kulaklar karanlığa verildi. Mekanik seslerde hiçbir azalma olmadığı gibi hareketlilik daha da artmış gibiydi. Sesler aniden kesildi. Asteğmen kızılötesi kameradan ufku taradı ve gözüne ilişen karaltıları yanındaki askerlere bildirdi. Uzakta irili ufaklı yükseltilerin içinde büyük araçlar göze çarpıyordu.

Genç subay dikkat kesilmişti ama heyecandan, ne yapacağını da bilemiyordu. Ancak yanında duran ere seslenebildi:

"Merkeze haber ver, tanklar var."

Er kulaklarına inanamadı ve hemen bilgiyi merkeze iletti.

Tam bu sırada gök gürültüsü gibi bir ses duyuldu. Az önce ateş edilen noktaya yakın bir yerde bir ateş topu meydana geldi ve büyük bir mermi, ardında iz bırakarak, ilk ateş açan Türk siperini tam ortasından vurdu.

Asteğmenin sesi bile çıkmamıştı, ateş topunu görmesi ile merminin siperlerini vurması neredeyse aynı anda meydana gelmişti. Korkunç bir basınç ve ısı dalgası siperdeki askerleri çok uzaklara savurdu. Asteğmen, havadayken hislerinden arındığını duyumsadı, bedeninin tek bir parça halinde olmadığını fark edebilmişti. Acı yoktu ama yakıcı bir sıcaklık bedeninin her yanını kavuruyor gibiydi. Gözleri kamaşmıştı, milyonlarca renk birbirine girmiş gibiydi.

"Komutanım saldırıyorlar, saldırıyorlar!"

Telsizcinin adrenalinle titreyen sesi Merkez Karargâh'ta yankılandı. Tümgeneral İhsan Paşa çadırından dışarı fırladı. Koruma askerleri ve telsizci de peşinden gitti. Uzakta patlamaları görebiliyorlardı. Kuzey ve kuzeybatıdaki siperlerin bulunduğu bölge cehenneme dönmüş gibiydi. İhsan Paşa dürbünü ile bombaların patladığı ön siperlere baktı. Askerlerin, yanan siperlerden çıkıp koşarak uzaklaşmaya çalıştıklarını görebiliyordu. Tank ateşi çok şiddetliydi ve aralıksız devam ediyordu. Bir an her şey durdu, bombaların patlama ekoları daha tamamen uzaklaşıp kaybolmadan ikinci dalga ateş başladı. Ateş daha yukarıdan geliyordu şimdi. İhsan Paşa helikopterlerin devreye girdiğini anladı. Çok ciddi bir saldırının ilk dakikalarını yaşıyorlardı. Kalp atışları bir anda iki katına çıktı. Hemen karargâh çadırına koştu. Tabur subaylarından bazıları da oraya gelmişti. Tam bir ölüm kalım koşusu başlamıştı. Dış dünya garipleşmişti, kimse etrafındaki olayları bundan birkaç dakika önce olduğu gibi sakinlikle karşılayamıyordu.

"Çabuk, çabuk çocuklar. Topçu ateşe başlasın. Allah yardımcımız olsun," diye bağırdı İhsan Paşa, aynı zamanda telsizden Genelkurmaya ulaşmaya çalışıyordu.

Karargâhın metrelerce üzerinden serseri mermiler geçmeye başlamıştı. Bunlar AH-64 Apache helikopterlerinin saçtığı 30 mm mermilerin hedeflerine ulaşmayanları olmalıydı.

İhsan Paşa, Genelkurmay'a ulaşmıştı ama yoğun karıştırma ve patlama sesleri nedeniyle sağlıklı bir bağlantı kurmak neredeyse imkânsızdı. Karşısındaki telsiz operatörüne saldırının içeriğini bildirdi ve acil hava desteği istedi. Bu hava desteğinin geleceği konusunda o anda bile inanç yoktu içinde. Bu başlayan şey farklı bir şeydi. Az önceki ateş yağmurunun sesleri gittikçe çeşitleniyordu. 101. Hava İndirme'nin askerleri, ellerindeki bütün silahlarla siperlere ateş ediyordu. Tank ateşi neredeyse hiç durmadan devam ediyordu ve helikopterler siper aldıkları tepelerin arkasından çıkıp ateş açtıktan sonra tekrar tepenin ardına gizleniyordu. Binlerce mermi, tugay yerleşim alanının üzerinde uçuşuyordu.

Türk Deniz Piyadeleri de bütün güçleri ile üzerlerine gelen ateşe karşılık verdi. Derin siperlerin çoğundan rahatlıkla ateş edebiliyorlardı ve bu nedenle helikopterler fazla yaklaşamıyordu. Yoksa durum büyük bir felakete dönüşebilirdi. Büyük patlamalarla irkildi askerler. Karargâha yakın bir noktadan Deniz Piyadelerinin havan ve 105 mm taşınabilir obüsleri ateşe başlamıştı. Karşı tepelerde art arda patlamalar meydana gelmeye başladı ama düşman ateşi azalacak gibi değildi. Her saniye değişik bir yönden yoğun ateş açılıyordu. Amerikan 4. Piyade Tümenine bağlı bir tank taburu 101. Hava İndirme'ye destek olarak gelmişti ve M1A2 tanklarının ateşi nedeniyle ön siperler tam bir mezarlığa dönüşmüştü. Pek çok Türk Deniz komandosu göçen siperlerde şehit olmuş gibi görünüyordu.

"Paşam, durumunuzu bildirin. Sesler felaket geliyor buraya."

Genelkurmay Başkanının sesi cızırtılı ama gürdü. O da heyecana kapılmış gibi konuşuyordu.

"Felaket Komutanım felaket, pek çok yönden topyekûn saldırdılar, kötü saldırıyorlar." Genelkurmay karargâhına gelen seslere, çatışma bölgesindeki diğer telsiz konuşmaları da aktarılıyordu. Sesler dayanılabilecek gibi değildi. Türk askerleri bulundukları mevzilerde yoğun ateş altında olduklarını, pek çok arkadaşlarının şehit olduğunu ve yardım istediklerini bağırıyordu. Tugayın ön saflardaki siperlerinin hepsinden yardım çağrısı yapılıyordu.

"Ne yapalım Paşam, gelelim mi?" Genelkurmay Başkanı, askerlerin yardım çağrısı karşısında bir şey yapmadan duramazdı. Az önce konuşulan diplomatik hesaplara boş vermeye hazırdı.

"Komutanım, bilemiyorum. Dayanmayı deneyeceğiz ama çok ağır silahlarla saldırıyorlar. Bu geceyi çıkartırız ama yarını bilemem Komutanım."

"Paşam, istersen yakalım onları."

"Komutanım, savaş mı başladı?"

"Bilemiyorum İhsan Paşa, bilemiyorum, öyle görünüyor."

"Komutanım, yarını bekleyin, ben bu saldırıyı savuşturayım. Diğerlerinin durumu nasıl?"

"Sorma İhsan Paşa. Sorma..."

Diğerlerinin durumu da hiç iyi değildi. Hakkari Dağ Komando Tugayına yapılan tank saldırısı sonrasında Tugaya bağlı komando taburları önce bölüklere, sonra da takımlara kadar bölünerek araziye dağılmıştı. Bir kısmı düzlük arazide kalan askerlerle Amerikan zırhlıları arasında dramatik bir çatışma meydana gelmişti. Askerlerin bir bölümü ise dağlık araziye kaçarak saldırının ölümcül etkisinden kurtulmayı başarmıştı ama aralarındaki iletişim kopmuştu artık. Her takım kendi imkânlarıyla ve şansıyla hayatta kalabilirdi. Her türlü silahlı çetenin kol gezdiği Kuzey Irak'ta onar kişilik Türk komando timleri hayatlarının en zor savaşıyla karşı karşıya kalmışlardı. 20. Zırhlı Tugaydan ise haber alınamıyordu. Komutanlarının tankı vurulmuş olmalıydı ve telsiz konuşmalarına sonsuz bir umutsuzluk hakimdi.

Genelkurmay ile Deniz Piyade Tugayı arasındaki bağlantı kesildi. İhsan Paşa bu saldırıyı püskürtmeliydi ki yarın belki işleri siyaseten halledebilirlerdi. Ordu, Amerika'nın savaşa girdiğine inanmak istemiyordu. Böylesine bir mantıksızlığı yapmalarına imkân yoktu.

Amerikan ateşi sürekli olarak merkez değiştiriyordu. Sanki şanslarını deniyor gibiydiler. Tugayın hatlarının çok gerisine ateş etmeye başlamışlardı. Belki de karargâhı vurmak istiyorlardı ya da topçuları susturmak.

Tank salvolarından birisi havayı yararak tugayın siperlerinden içeri girdi ve karargâhın yüz metre kadar ötesine düştü. Hemen peşinden başka salvolar geldi. Topçuların yerini tespit etmiş gibiydiler, İhsan Paşa durumu anladı hemen. Obüsleri susturdu:

"Havan topları yer değiştirip ateşe başlasın," diye emretti. Havan topçusu askerler, barutun ısısı ile ateş gibi yanan havan toplarını parkalarına sardıktan sonra, başka yere taşıyıp tekrar kurarak ateşe devam ettiler. Tam o anda, bir tank salvosu topçu bataryasının tam ortasına düştü. Korkunç bir patlama meydana geldi. Metal parçaları etrafa dağılırken askerlerin çığlıkları sardı her yeri. Siperlerdeki erler koşarak, yaralanan askerlere yardıma gitmek isterken topçu taburunun içinde arka arkaya patlamalar meydana geldi. Mühimmat ateş almıştı. Binlerce şarapnel parçası etrafa mermi hızıyla saçıldı. Siperlerinden çıkıp top bataryasına yaklaşan erlerin hepsi şarapnellerle vuruldu, düştü. Amerikalılar vurdukları yerin önemli bir yer olduğunu anlamışlardı, arka arkaya gelen patlamalar bunu gösteriyordu. Tank ateşi o bölgeye yoğunlaştı ve bataryanın olduğu siperler ateş çukuruna dönüştü. Bataryaya yakın siperlerdeki askerler şarapnel parçalarından dolayı başlarını çıkaramıyorlardı. Ortalığı koyu bir duman, barut ve kan kokusu kaplamıştı. Yaralılar nereye gideceklerini şaşırmış gibiydiler. Gecenin siyahı iç parçalayan çığlıklarla doldu, ayakta durmaya çalışan bir gölgenin iç organları boşalmıştı, kimse yaralılara yaklaşamıyordu.

Uç siperlerdeki çatışma tekrar alevlenmişti bu arada. Apache helikopterleri daha cesurca saldırmaya başlamışlardı ama bunun bedeli hemen geldi. Apache'lerden birisi hızlı bir dalış yapmış ve tugayın üzerinde uçup bir süre koşturan askerleri roket yağmuruna tutmuştu. Pek çok asker o ateş ile şehit oldu, Apache ise nereden geldiği belli olmayan bir roket vuruşu ile havada parçalandı. İntihar saldırısı gibiydi ama zayiat verdirmişti.

Ön saflardaki siperlerden bir telsiz anonsu duyuldu. Herhangi bir isim belirtilmemişti telsiz konuşmasında:

"Tanklar yaklaşmaya çalışıyor. Takımımla yakın dövüşe gireceğiz."

Bir süre sonra o siperin yakınlarından büyük patlamalar duyuldu. Takım komutanı Asteğmen, bütün askerlere tanksavar roketleri dağıtmıştı ve askerler engebelerden yararlanıp, yaklaşan tanklara karşı siper alabilmişlerdi. Askerler roketleri arka arkaya ateşlediler ve en öndeki dev M1A2 tankını birkaç isabet ile yakmayı başarabildiler ama yerleri belli olmuştu. Tankların 12.7 mm'lik makineli tüfekleri, inanılmaz bir yoğunlukla mermi yağmuruna tuttu takımı. Hepsi birkaç saniyede şehit oldu. Tanklar geri çekilmişti, daha fazla ilerlemeyi göze alamamışlardı. Eğer ilerleselerdi önlerinde pek bir engel olmayacaktı.

İhsan Paşanın çevresinde şimdi en azından on asker vardı. Hepsi de birer cephaneliği andırıyordu, karanlıkta etkileyici görünüyorlardı. Tümgeneral siperden sipere giderek bütün askerin moralini yüksek tutmaya çalışıyordu. Ön siperlerdeki askerler dağılmamıştı ama çok ciddi bir hat tutamıyorlardı. Ateş, tahmin etmedikleri kadar yoğun ve isabetliydi. Zaman zaman telsize Amerikalı askerlerin sesleri karışıyordu. Konuşmalar çok heyecanlıydı ve en az Türk tarafındaki kadar ateşli konuşmalar geçiyordu.

Tugayın siperleri bir hayli dağılmıştı, askerler patlamaların oluşturduğu kraterleri siper haline getirmişti hemen. Amerikan 101. Hava İndirme Tümenine eklenmiş olan topçu taburu, top ateşi ile çatışmayı sıcak tutmaya çalışıyordu ama ilk andaki yoğunluk azalmış ve tek tük patlama sesleri gelir olmuştu.

"Komutanım, duruyorlar." Yüzbaşı umut dolu bir tonda söylemişti bunu. İhsan Paşa başını salladı. Bu şimdilik iyiydi. Demek ki ilk saldırı püskürtülmüştü ama sonuçta kazanılan bir şey yoktu. Sadece bir tank vurup bir de helikopter düşürmüşlerdi. Oysa İhsan

Paşanın karşı taraftan haberi yoktu. Onlarca Apache helikopteri, makineli tüfek ve uçaksavar ateşi ile yaralanmıştı ve tamir edilmeleri gerekiyordu. Kimse çatışmanın ne kadar kızıştığını fark edememişti. Şehitler ve yaralılar dışında...

"Yine gelirler.." diye mırıldandı İhsan Paşa. "Ön siperlere mayın döşesek..." Sesi kararsızdı.

"Komutanım, hareket alanımız daralır. Mayınlar bizi de durdurur," diye atıldı, tabur komutanlarından birisi.

Haklısın, der gibi başını salladı İhsan Paşa. Gün ışıyınca siperleri tekrar toparlayıp sıkı bir karşılık vermek için hazırlık yapılmalıydı.

"Komutanım, izin verin bana." Tabur komutanlarından Deniz Binbaşı Haşim Eralp'ti söze giren.

"Ne için evladım?"

"Şu anda yirmi beş zırhlımız var Komutanım, dokuz tane de tank. Karşı saldırı yapalım."

"Oğlum, bu intihar olur." Şaşırmıştı İhsan Paşa ama bu türlü kahramanlıklar savaş sırasında gerekliydi bazen.

"Komutanım, yapmazsak bu araçlar sonraki saldırıda vurulacak. Hiç olmazsa..."

İhsan Paşa düşündü biraz. Binbaşı doğru söylüyordu, ellerindeki silahları kullanmadıkları her dakika o silahların bir daha kullanılabilme şansı azalıyordu. Amerikan Ordusunu iyi tanıyordu. Adamlar o tankları tespit etmişlerdi mutlaka ve bir hava saldırısı ile onları hemen orada imha ederlerdi.

"Peki oğlum, bu rahatlıktan faydalanın. Hemen başlat saldırıyı. Bu çok kahramanca bir hareket. Allah hepinizden razı olsun!"

Binbaşının gözleri doldu, selam verip karargâhı terk etti.

"Peki öyleyse biz de bu saldırıya destek verelim ki etkisi artsın. Havan toplarını ön saflara getirin. Tanklar ilerlemeye başladığında uçaksavar ve havan topları ile karşı siperleri dövmeye başlayacağız."

Subaylar, "Emredersin Komutanım!" diye haykırıp hemen birliklerinin başına gittiler. Askerlerin hepsi siperlere gömülmüştü, o karanlıkta onları görmenin imkânı yoktu. Zırhlılar yavaş yavaş ön saflara ilerlediler. Önlerinde az engebeli bir arazi vardı ve zırhlı araçlar için düz bile sayılabilirdi. Dağınık olarak saldıracaklardı ve mümkün olduğunca ön hattı geriye atmayı deneyeceklerdi.

Harekete geçen zırhlılarsa çok uzaklarda Amerikan JSTAR gözetleme uçakları tarafından anında tespit edilmişti. Mobil araçları bulan radarı nedeniyle ondan kurtulmaları imkânsızdı. Tankların bundan haberi yoktu, olsa bile bir şey yapamazlardı. JSTAR'dan, bilgiler aynı anda yerdeki ve havadaki unsurlara aktarılıyordu. Amerikalılar saldırıyı heyecanla birbirlerine haber veriyordu. Buna benzer direniş hareketlerini Irak savaşında görmüşlerdi. Zor durumdaki askerler kendilerine öğretileni bazen ezbere yapıyordu ve sonuçları dramatik oluyordu.

En baştaki zırhlıda Binbaşı Haşim Eralp vardı. Telsizden emir verdi, zırhlılar hızla harekete geçtiler ve öndeki bombalanmış siperlerin üzerinden birer kısrak gibi sıçradılar, tanklar da peşlerinden gitti. Elli, yüz metre kadar hiçbir şey olmadan ilerlediler. Zırhlılar belli bir mesafe ilerleyince, havan topları ve uçaksavar silahları ateşe başladı. Onların ateşine zırhlıların ve tankların ateşi eklendi. Karşı tepeler ışıl ışıl oldu. Türk Deniz Piyadeleri hedef gözetmeksizin gördükleri bütün yükseltilere ateş ediyorlardı. Zırhlılardan da mermi yağıyordu ama ateş açılan siperlerden hiç karşılık gelmemişti.

Sonra birden düz bir çizgi şeklindeki bir ışık, uzaklardan kopup geldi ve Binbaşının içinde bulunduğu zırhlıya çarptı. Zırhlı araç paramparça oldu. Diğer araçların telsizlerinden üzüntü dolu bağırışlar geldi. Tugay Komutanı İhsan Paşa en ön saftaydı, elinde otomatik tüfeği ile oradaki askerlerden bir farkı yoktu. Askerler onun çevresini sardılar hemen ama o bir işaret ile hepsini dağıttı. Hedef haline gelmenin bir anlamı yoktu doğrusu. Zırhlı araçların karşı tarafı hedef alarak açtığı yoğun ateş izlenebiliyordu. ZMA'lar çok hızlı hareket ederek ve zikzaklar çizerek karşı tarafa yaklaşmaya çalışıyordu, M-60 tankları ise ateş ederken yavaşlıyor ve birkaç salvo ateşleyip ilerliyordu. Bu çok klasik bir karşı saldırıydı ama tugaya zaman kazandırmak için yapacak başka bir şey de yoktu. Havan desteği etkili olmuş gibiydi. İlerleyen araçlara açılan karşı ateş çok zayıftı, ağır makineli ateşi ile sınırlıydı. İhsan Paşa umutlandı birden savaşın atmosferi içinde:

"Onlara piyade desteği verirsek bir geri püskürtme olur mu acaba?" diye bağırdı tabur komutanlarına.

Subaylar birbirlerine baktılar, hepsinin gözleri yorgunluktan ve soğuktan kan çanağına dönmüştü. Bilmiyorlardı, o genç yaşta savaşı okumak çok zordu. Karşılarında basit bir düşman olsa belki, ama Amerikalılar taktik gereği geri çekilmeyi düşünmüyorlarsa, tek başına zırhlıların onları bu konuda ikna etmesi zordu.

"Komutanım, izin verin bölüğüme..." Yüzbaşı Fevzi girdi konuya, diğerlerinden önce davranmıştı. "İzninizle bölük seviyesinde saldıralım onlara. Tanklara yetişirsek şansımızı artırırız."

İhsan Paşa dönüp tekrar karşı taraf baktı, zırhlılar Amerikan birliklerinin olduğu hatta çok yaklaşmıştı ve hâlâ ciddi bir karşı ateş yoktu görünürde.

"Tamam oğlum, dikkatli olun."

Beş dakika içinde bölüğün tamamı, iki yüz kırk üç asker ön siperlerin hemen arkasında toplanmıştı. Hepsi de birbirine benziyor gibiydi. Karanlıkta birer gölgeden ibarettiler, gün ışığı da olsa fark etmezdi. Tuzağı hissediyorlardı şimdi. Buradan ellerini kollarını sallayarak gidemeyeceklerini anlamışlardı. Patlamaların oluşturduğu alev adacıklarından yükselen dumanlar burayı cehennemden bir parçaya çevirmişti. Belki de bunun için hepsi kızgındı, günleri mahvolduğu için ve bunun acısını çıkarmak için hazır gibiydiler.

Taburun komutanı Yüzbaşı Fevzi, en ön safa geçti. Çok hızlı ilerlemek durumundaydılar, mangalar birbirinden ayrı durmalıydı. Takım komutanlarına talimatlar verildi. İleri atılmak için hazırlandılar. Bu arada zırhlı araçlara daha çok ateş edilir olmuştu.

Zırhlıların düzeninde bir gariplik vardı. İlk başlardaki gibi nişan almıyorlardı sanki. Attıkları mermiler havaya savruluyordu. Bunun nedeni bir dakika sonra anlaşılabilecekti ancak.

Yüzbaşı Fevzi hiçbir şey söylemeden ileri gitti, takımı da hemen arkasından siperlerin ardına sıçradı ve gözden kayboldu. Yüzlerce Deniz Piyadesi de aynı hızla yerlerini terk edip yarı engebeli arazinin karanlık kollarına bıraktı kendini.

İhsan Paşa, askerlerin karanlık denizine atlayışını gözleri dolarak izledi. Havancılara emretti, tekrar ateşe başladılar. Ellerindeki mermileri hiç hesap etmeden atıyorlardı. Düşünecek fazla bir şeyleri yoktu. Havan mermileri yine karşı tepelerin üzerinde ışıldamaya başladı. Patlamaların ışıklarından yansıyan gölgeleri görebiliyorlardı. Amerikalılar oradaydı ama fazla bir karşılık vermiyorlardı. Ne yapacaklardı acaba?

Bu soru kafaları kurcalarken cevabı çok hızlı geldi. Az önce zırhlıların açtığı savruk ateşin nedeni ortaya çıkmıştı. Onlar aslında kendilerine saldıran helikopterleri fark etmiş ve savunma ateşine başlamışlardı. Zırhlıların izlediği yolun batısında, üç kilometre kadar ileride, yerin biraz üzerindeki görünmez kaynaklardan saçılan ışıltılar zırhlıların üzerine yağmaya başladı. Daha ilk birkaç saniye içinde birkaç zırhlı ve tank, büyük bir patlamanın ardından yanmaya başladı. İhsan Paşanın telsizine dolmaya başlayan sesler dayanılmazdı. Yanan zırhlı araçların içinde yavaş yavaş şehit olan Deniz Piyadelerinin sesleri yüreğine işlemeye başlamıştı İhsan Paşanın. Zırhlı araçlar oldukları yere çakılmıştı, ateş de etmiyorlardı artık.

Zırhlı araçların hedefleme kamerasından görünen yeşil tondaki manzara felç ediciydi. Uzaklarda, yüksekte dev bir armadanın ölüm kusan silahları hiç durmadan ateşleniyordu. Gökyüzünde pek çok büyük karaltı seçilebiliyordu ve bu manzarayı sadece zırhlı araçlardakiler görebiliyordu. Onlarca Apache helikopteri belirli bir mesafeden ateş ederek kolayca avlıyordu onları. Her dakika içinde birkaç araç vurulmaya başlamıştı. Karşı saldırı çoktan sona ermişti. Askerler araçları terk etmeye başladılar, yapılacak bir şey yoktu. Bir an önce araçları bırakıp siperlere geri dönmeliydiler. Araçlardan atlayan askerler biraz ötelerindeki açıkta duran piyadeleri görünce şaşırıp kaldılar.

Yüzlerce Türk Deniz Piyadesi, tam olarak iki yüz kırk üç asker, araziye dağılmış bir halde onlara doğru yaklaşıyordu. Önce bu görüntüye inanamadılar, ancak askerler yanlarına geldiğinde bunun doğru olduğuna inanabildiler.

"Ne yapıyorsunuz burada, delirdiniz mi?"

Askerlerin içinden bir teğmen, tankçı askere doğru koştu:

"Ne yapıyorsunuz siz, çabuk binin o tanklara. Bu bir karşı saldırı."

"Ne diyorsun sen Komutanım, karşı tepenin üzeri helikopter kaynıyor. Kötü geliyorlar, neredeyse burada olurlar." Sesi heyecanlı ve boğuktu askerin.

Bu konuşma bitmeden etraf kıvılcımlarla doldu. Tanka çarpan 30 mm'lik mermiler aracın içine dolmuş ve ateş almasına neden olmuştu. Askerler endişe ile baktı tanka. Bir şey yapmayı akıllarına getirmeden tank büyük bir gürültü ile patladı. Etrafa saçılan şarapneller, askerleri yaraladı. Patlayan tankın etrafından kaçışıyordu Deniz Piyadeleri. Başlarını kaldırdıklarında ilk olarak birkaç metre yukarıda uçuşan alev parçalarını gördüler ve bir saniye sonra bu alev parçaları Mehmetçiğin üzerine yağmaya başladı. Helikopterler alanın etrafında geniş bir çember çiziyordu ve bu çemberi çizerken sürekli olarak alandaki hedeflere ateş ediyorlardı. Türk askerleri korunmasız bir şekilde iki cephe hattının ortasında kalmıştı. Umutsuzca G-3'lerini kaldırıp helikopterlere ateş ettiler. Amerikan askerlerinin bulunduğu hatlardan da tank ateşi başladı ve M1A2 tankları hızla hareket ederek karşı saldırı yapan birliğin üzerine doğru hücum etti. Tanklar ardı ardına yaptıkları salvolarla helikopterlerin gözden kaçırdığı zırhlıları avlamaya başlamıştı. Ortalık tam anlamıyla cehenneme dönmüştü.

Türk hatlarından çatışmayı izleyen İhsan Paşa, "Allah'ım, ne yaptık biz?" diye bağırdı, yanındaki askerlere. Tonlarca ağırlığındaki M1 tanklarının gök gürültüsünü andıran palet sesleri kulaklarında çınlıyordu. Türk askerleri bir an yere çöktü, etraflarına bakıyorlardı. Karanlıktan, patlamaların ani aydınlığından ve birer birer şehit olan arkadaşlarının siluetlerinden başka bir şey göremiyorlardı. Zırhlıların hepsi vurulmuştu ve alanın bir yerinde yanıyordu.

Deniz Piyadeleri koşarak kendi hatlarına gitmeye çalıştılar. Bu arada helikopterler, alanın çok yakınına gelmişti. Deniz Piyade Tugayının hatlarında tam bir karmaşa yaşanıyordu. Ellerindeki bütün silahlarla helikopterlere ve tanklara ateş ediyorlardı ama bu bir işe yaramıyordu doğrusu. Nihayetinde bu, hafif bir piyade tugayıydı. Ağır saldırı unsurları ile desteklenen bir tümene karşı başarı şansı olduğunu kimse düşünemezdi.

İhsan Paşa durumun gittikçe kötüleştiğini görebiliyordu. Ön siperlerde durmak iyice tehlikeli hale gelmişti. Türk tugayının ön hatları delik deşikti zaten, belli bir hattan söz etmek mümkün değildi. Bütün siperler yoğun ateş nedeniyle yıkılmış ve birbirine karışmıştı. Daha gerilerde durmak istiyordu yanındaki subaylar ama İhsan Paşayı oradan söküp almak mümkün görünmüyordu. Kendisini kaybetmiş gibiydi, emir subayları onun bir anda fırlayıp savaş alanına atılmasından korkuyorlardı.

Bunda haksız değillerdi doğrusu. Tümgeneral İhsan Paşanın içi sızlıyordu, aklını yitirmek üzereydi. Kendi verdiği emirle savaş alanına atılan askerler ölümcül bir saldırının pençesine düşmüştü. Kendisine doğru koşan askerlere baktı. Büyük kalibreli mermilerin Deniz Piyadelerinin bedenine çarpıp, siluetlerini parçalamasını seyrediyordu ve yapabileceği fazla bir şey yoktu. Tugay hatlarından açılan bütün ağır silah ateşine karşın saldırıyı püskürtmenin ya da düşmana zayiat verdirmenin imkânı yok gibiydi. Yardım gelmeyecekti, Irak'ta bulunan diğer iki tugayla bağlantıları kesikti ve onların ne durumda olduklarını bilmiyordu.

Allah'ım, yavaş yavaş ölüyoruz hepimiz, diye düşündü İhsan Paşa. Tüyleri diken diken oldu ama bu hislerini askerlerine belli ederse birliği bir arada tutmak mümkün olmazdı. Karşı saldırı gerçekleştiren birliğin görüntüsüne bakamıyordu, alanın her yanı şehitlerin bedenleri ile kaplanmıştı. Soğuk bir rüzgârın esintisi onların bağırışlarını ve yaralananların inlemelerini kulaklarına getiriyordu. Karşı saldırı bölüğü neredeyse yarım saattir alanın pek çok noktasında oluşturduğu küçük ceplerde düşmana ateş edebiliyordu. İhsan Paşa bunu düşünmek istemiyordu ama gerçekten karşı saldırı yapan askerler hayatları pahasına tugaya zaman kazandırıyordu. Orada ne kahramanlıkların yapıldığını biliyordu. Askerler, komutan emri altında olmadan, üstlerine gelen tanklara ve helikopterlere ölümüne karşı koyuyordu.

Bu sırada alanın orta yerinde bir M1A2 tankı inanılmaz bir gürültü ile patladı. İhsan Paşa bunu görünce gözyaşlarını tutamadı, askerlerin canla başla direndiğinin kanıtıydı bu.

"Sabahattin, yarayı tut, yarayı tut. Çok kanıyor...."

"Dur, dur sakin ol. Merak etme İbrahim Çavuşum, geçecek."

Sabahattin, çavuşun karnından oluk oluk akan kana baktı, ayağını bastığı yer, kan çamuruna dönüşmüştü. Büyük bir mermi, karnını yarısından alıp götürmüş gibiydi. İbrahim Çavuş şoktaydı. Aşırı kan kaybından ölmesi an meselesiydi. İki büyük kaya parçasının gömülü olduğu bir çukurun içinde oluşturdukları cepte direnmeye çalışıyordu beş asker. Kendi hatlarına uzaktaydılar. Geri dönemeyeceklerini biliyorlardı. Alanda dolaşan tanklar tespit ettikleri direniş ceplerini kimi zaman 120 mm toplarıyla havaya uçuruyor, kimi zaman da üzerinden geçiyordu. Tanklar üzerinden geçerken direniş ceplerindeki askerler hâlâ ateş ediyor oluyordu ve mermiler tankın kalın zırhına çarpıp kendilerini yaralıyordu. Sonrasında insanın tahammül edemeyeceği kemik sesleri ve sessizlik...

Sabahattin RPG roketlerini bitirmek üzereydi Bir yandan İbrahim Çavuşun yarasına bastırmaya çalışıyor, bir yandan da elinde kalan mermileri saymaya uğraşıyordu. Dört tane roketi vardı, G-3'ün mermileri de bitmişti neredeyse. Belindeki tabanca doluydu, onu sona saklamıştı ve nasıl kullanacağına henüz karar vermemişti. Düşmanın eline geçmeye niyeti yoktu. Kendisini şimdiden şehit olarak görmeye başlamıştı. Cepteki diğer askerler hep birden susup ona ve çavuşa döndüler. Yüzlerinde hiçbir ifade yoktu.

"Bitti!" dedi birisi. Duygularını anlamanın imkânı yoktu.

Sabahattin başını salladı. Mermiler tükenmişti. Orada bir tankın onları bulup öldürmesini bekleyeceklerdi. Teslim olmak kimsenin aklına gelmiyordu. Ne zaman? Akıllarındaki tek soru buydu. Daha ne kadar bu manzaraya tahammül etmek zorundaydılar ve ne zaman şehit olacaklardı? Ölümün kesinleştiği anlarda insan farklı bir varlığa dönüşüyordu demek ki. Sonsuz bir mutluluk kaplıyordu içini. Varoluşun en derin yarası olan ölüm korkusu terk ediyordu bedeni ve kendisini bir geçiş alanında buluyordu insan. O alanda neyin olacağının bir önemi yoktu. Ölümün şeklinin de bir önemi yoktu.

Askerler birbirlerine bakakaldılar. İbrahim Çavuşun gözleri yukarıda belirsiz bir noktaya bakıyordu. Titreyen dudaklarından anlamsız kelimeler dökülüyordu ilk başta, sonra düzene girmeye başladı. Çavuş, kelime-i şahadet getiriyordu. Bir anda yüzünde bir aydınlık oluştu. Gökyüzüne bakmaya başladı, bedeni gerildi, sanki yattığı yerden kalkmak istiyor gibiydi. Sabahattin ona neler olduğunu anlayamadı, ölmekte olan birisinin vereceği anlamsız bir tepki olarak gördü bunu.

Bulundukları mevziye yaklaşan tank, makineli tüfek yağmuruna tutuyordu etrafı. Başlarını çıkarmalarına dahi imkân yoktu. Tank istese, bir tek top ateşi ile onları ortadan kaldırabilirdi ama yapmıyordu. Siperin üzerinden geçeceğini anladılar. Neşeyle baktılar birbirlerine. İbrahim Çavuş kollarını gökyüzüne doğru kaldırmıştı, son gücünü harcıyordu. Kimse onun neye ulaşmak için bu kadar çaba harcadığını anlamamıştı. Çavuş birilerine elini uzatıyor gibiydi, gözyaşları yüzündeki isin üzerinde izler oluşturmaya başlamıştı. Sabahattin, eliyle Çavuşun yüzündeki çamuru sildi. Çavuş ona doğru bakmıyordu, dünya ile bağlantısını kesmiş gibiydi. Saniyeler geçti, yüzünde mutlu ve gururlu bir ifade ile kendini bıraktı.

Sabahattin yanındaki askerlere baktı, öylece bekliyorlardı. Dudaklarından dökülen dualar sayesinde kendilerini yitirmediklerini anladı, yoksa orada durabilmelerine imkân yoktu. Tankın gürültüsünden başka bir şey duyamaz haldeydiler. Sabahattin tank paletinin sesine karışan başka bir sesle irkildi. Uzaklardan gelen bir uğultu yükselmeye başladı. Garip bir ışık, savaş alanının üzerinde sallanır hale gelmişti. RPG roketlerini beline bağladı ve hepsinin tapasını patlamaya hazır duruma getirdi. Askerler onun ne yapmak istediğini anlamışlardı. Onlar da el bombalarını üzerlerine bağladılar aceleyle. Tuzaklanmışlardı artık, parmaklarını el bombalarının pimlerine geçirdiler. Kendilerine yaklaşmakta olan tanka acıyarak baktılar. Dört roket ve neredeyse yirmi el bombasından oluşan bir Anti-Tank mayınına dönüşmüşlerdi.

Sabahattin bir yaklaşan savaş aracına, bir havaya bakıyordu; diğer askerler de aynı durumdaydılar. Bunu anladıkları an hepsi sıkıca ellerini tuttu birbirinin. Kulaklarında aynı sesin olduğunu ve aynı ışığı gördüklerini biliyorlardı. Uğultu gittikçe arttı. Tank paletlerinin sesini bastırıyordu artık. Çukurun içine yattılar, nefesleri sakinleşmişti, geçmişleri gözlerinin önünden geçmiyordu ama gözlerinin önünden geçen görüntü karşısında bütün kaslarının çözülmemesine imkân yoktu. Bir süvari denizi akıyordu yukarıdan, "Allah" diye fısıldadı askerlerden biri, ellerini sıkıca kenetlediler. Tank siperin önündeki çıkıntıya hızla daldı ve bir anda şahlandı, askerlerin üzerine bütün ağırlığı ile düşmesiyle şiddetli bir patlama oldu. Tankın alt zırhında meydana gelen şiddetli patlama nedeniyle araç bir anda alevler içinde kaldı. İhsan Paşanın gördüğü patlama, buydu işte.

Gün ışımak üzereydi. Çatışma bütün hızıyla sürüyordu. Alandaki Türk askerlerinin nerdeyse hepsi şehit olmuştu. Tugayın ön hatlarından tek tük silah atıldığı görülüyordu. 101. Hava İndirme, yaptığı manevrayı genişletmeye başladı. Tugayın yayıldığı alanın güneyine helikopterle asker sevk ediyorlardı. Çok rahat hareket ediyorlardı. Karşılarındaki birliğin, onların manevralarını durduracak güçte olmadığı anlaşılmıştı. Zaten bütün bir bölüklerini ve ellerindeki zırhlıların hepsini kaybetmişlerdi. Ancak hâlâ çok tehlikeliydiler. Binlerce asker vardı karşılarında ve çok kısa süre içinde bu birliğin yok edilmesi gerekiyordu. Gün ışımasından hemen sonra bu işi bitirmek istiyorlardı. Türklerin, tamamen kıstırılırlarsa büyük bir tepki vererek kendilerini ağır bir kayba uğratacağından endişe ediyorlardı.

Amerikalıların yaptığı son çevirme hareketi tugayı rahatsız etmişti. Mehmetçik, hatlarını daha sıkı hale getirmek için yayıldığı alanı daralttı. Amerikalılar bu manevrayı görünce küçük bir zırhlı saldırısı yapıp bu hareketi hızlandırdılar. Aslında istedikleri tam olarak da buydu. Türk tugayının daha dar bir alana sıkışmasını istiyorlardı. İstedikleri neredeyse olmuştu. Tıpkı Irak'taki diğer birliklerde uyguladıkları stratejiyi uyguluyorlardı. Savaşı başlatan birlik olarak hemen ilk başarı da onların olmalıydı. Demir At lakaplı, Amerikan 4. Mekanize Piyade Tümeni, Hakkari Dağ Komando Tugayına büyük bir saldırı düzenlemişti ve Türk komandoları bir süre savaştıktan sonra dayanmanın mümkün olmadığını görüp yüksek alanlara çekilmişti. 4. Mekanize, bu saldırı sırasında beklemediği taktik direnişler nedeniyle dokuz tankını ve on beş kadar zırhlı savaş aracını kaybetmişti. Amerikalı komutanların öfkeleri, telsiz konuşmalarından anlaşılabiliyordu. Bu kadar basit görünen bir saldırıda bunca kayba uğramalarına bir anlam verememişlerdi. Komandoların doğa ile neredeyse birebir bütünleşerek kurduğu patlayıcı tuzakları kaybın esas sorumlusuydu. Bu arada Türk komandoları sürekli olarak helikopter saldırısı altındaydılar ama fazla zayiatları yoktu. Ancak hareket kapasiteleri sıfıra inmişti çünkü manevra yapmak istedikleri anda havadan tespit edilip roket yağmuruna tutuluyorlardı. Bu nedenle binlerce komando hayli kısıtlı bir alan içinde, neredeyse kayaların içine oydukları siperlerde, yaklaşmaya çalışan düşmana ateş yağdırıyordu. Bunun ne kadar süreceğini kimse bilmiyordu doğrusu.

Irak Tümeni içinde en kötü durumda olan Türk Mekanize Tugayıydı. Tank ve zırhlı araçların yanı sıra bir piyade taburundan oluşan birlik Amerikan 3. Zırhlı Süvari Alayının saldırısına uğramış ve tank savaşına girmek zorunda kalmıştı. Gelen haberler çok karışıktı ama tank tugayının hemen hemen bütün gücünü kaybettiği ve tugay komutanının şehit olduğu söylentileri dolaşıyordu. Bu ancak gün içinde anlaşılabilirdi. Zırhlı birliğin kaçacak bir alanının olmaması ve manevra yeteneğinin düşüklüğü onun sonunu hazırlamıştı. Gece boyunca Amerikan Kara Kuvvetlerinin yeni kullanıma soktuğu AH-64 E Apache'lerin saldırısına maruz kalmışlardı. Tankların gece vurulması kadar kolay bir şey yoktu. 3. Zırhlı Süvari Alayının tanklarına yapacak fazla bir şey bırakmamıştı helikopterler. Ancak Türk tanklarının hemen hepsinin eski model M-60 tankları olması da işleri daha kolaylaştırmıştı. Eski nesil tankların ileri seviyede üçüncü nesil tanklarla başa çıkması imkânsız gibiydi. Amerikan tanklarının uranyumlu mermileri Türk tanklarını delip geçmiş ve çoğu zaman bu nedenle birden çok kez vurulmak zorunda kalmıştı.

Tümgeneral İhsan Paşa subaylarını etrafında topladı. Güneş iyiden iyiye kendisini göstermeye başlamıştı. Ortalık sessizdi ama karşılarındaki 101.Hava İndirme'nin askerlerini rahatlıkla görebiliyorlardı. Yüzlerindeki ifade henüz zafer ifadesi değildi. İşlerinin kolay olmadığını biliyor olmalılar, diye düşündü İhsan Paşa. Direnmeye kararlıydı. En son asker ölene kadar bu direniş devam edecekti ve düşmana ellerinden geldiği kadar zayiat verdirmeyi planlıyorlardı. Askerler yok olmadan önce bütün güçleri ile düşman öldürmeye çalışacaklardı.

"Bu kararım kesindir çocuklar. Eğer düşman karşı koyulmaz biçimde üzerimize gelirse, elimizdeki bütün patlayıcıları bedenimize bağlayacağız ve her kavuğun içine saklanıp sonuna kadar onlara kayıp verdireceğiz. Dünyanın bunun kolay bir zafer olduğunu düşünmesine izin veremeyiz değil mi? Türk ulusunun yüzyıllardır kanla yazdığı kahramanlık destanlarına ihanet edemeyiz."

"Haklısınız komutanım, en az bir düşman öldürmeden ölmek bize haram olsun. Bu tuzaktan kurtulmak da bize haram olsun."

"Amin," diye katıldı diğer subaylar.

Haberleşme erlerinden birisi koşarak çadırın önüne geldi ve nöbetçinin açtığı perdeden içeriye daldı. Çok heyecanlıydı, önemli bir şeyler söyleyecek gibi duruyordu:

"Komutanım, çekiliyorlar."

Askerlerin gözleri şaşkınlıkla açıldı. Habercinin söylediğine inanmanın imkânı yoktu. Düşman bir birlik, yok etmek üzere olduğu bir tugayı neden öylece bırakıp geri çekilirdi ki? İhsan Paşa heyecanla çadırı terk edip Amerikan askerlerini gözlemleyebileceği bir nokta arayarak koşmaya başladı. Subayları da onu takip ettiler. O an savaşın etkisini ilk kez gündüz gözüyle gerçek anlamda görebildiler. Kendi hatlarındaki Türk askerlerinin hepsinin yüzü toz ve çamur içindeydi. Bazılarının elbisesi tamamen arkadaşının kanı ile kaplanmıştı. Siperlerin durumu çok kötüydü, siper denebilecek fazla bir şey kalmamıştı ortada. Gece karşı saldırının yapıldığı alan tam bir mezarlığı andırıyordu. Yanmış tanklar, zırhlılar ve askerler, alanın her tarafını kaplamıştı. Saatler süren bir direniş olmuştu alanda, bölük son nefesine kadar savaşmıştı ve geri dönme imkânı bulamadan tamamen yok edilmişti.

İhsan Paşa, yaş dolan gözlerini kısarak kendisini tutmaya çalışıyordu. Etrafta siper almış haldeki yorgun ve bitkin askerlerinin yüzüne bakmak istemiyordu. Yüzündeki ifadenin onlara moral verecek gibi olmadığını hissedebiliyordu, bunu bilmek için aynaya bakmasına gerek yoktu. Tek bir emir vermişti ve o emir sonucu, iki yüz kırk üç asker biraz ilerisinde yanmış ve parçalanmış bir halde yerde yatıyordu. Onları elleri ile göndermişti oraya, buna nasıl dayanacağını bilemiyordu. Acı da olsa görevlerini yaptıklarını düşünüyordu. Bölük, saldırının hatları yarmasını engellemişti ve güneşi onlar sayesinde görebilmişlerdi. Şimdi gelen haber doğru ise şehit bölüğün heykeli dikilmeliydi. Eğer bir kurtuluş mümkün olursa bu, o alanda yatan şehitler sayesinde gerçekleşmiş olacaktı.

İhsan Paşa ve subaylar oldukça ileri bir noktada siper alarak dürbünle karşı hatları gözlemlemeye başladılar. Sabah saatlerinde güney taraflarına indirilen Amerikan askerleri helikopterlerle hızla geri gidiyorlardı. Güney istikameti tamamen açılmıştı nerdeyse, eğer buradan kaçmak isteselerdi, askerlerin bir bölümü bunu rahatlıkla başarabilirdi. Kuzeybatıdaki esas gücün de hareket etmekte olduğu görülebiliyordu. Tanklar geride tozlu bir iz bırakarak geri çekiliyordu. Birkaç Amerikan zırhlısı ise gece savaşının geçtiği alandaki vurulmuş halde yanan tankların içinden ölülerini almak için acele ediyordu. Birkaç Amerikan askeri de vurularak düşen iki helikopterin içindeki pilotları zırhlı ambulans araçlarına taşımak için koşuyordu.

"Allah'ım, neler oluyor böyle?" Tümgeneral İhsan Paşa, buna bir anlam verememişti. Bütün bu savaşı neden yapmışlardı? Yoksa politikacılar bu savaşı durdurmayı başarmış mıydı? Bu çok küçük bir ihtimal olarak göründü gözüne. Bunun tersi olsaydı hemen inanırdı ama politikacıların ateşli bir savaşı durdurabileceğine hiç ihtimal vermemişti hayatında. Amerikalıların direniş nedeniyle çekilmesi biraz fazla iyimserlik olurdu doğrusu. Peki öyleyse neden? Bu işi sevmemişti İhsan Paşa. Sevmemişti, hem de hiç. Askerî mantığa göre bir hava saldırısı başlamalı ve kara unsurları da bu hava desteği eşliğinde kendilerini yok etmek üzere harekete geçmeliydi. İhsan Paşa haklıydı belki de. Ama onun bilmediği bazı silahlar, belki de askerî mantığın değişmesine neden olmuştu. Bunu zaman gösterecekti.

23 Mayıs 2007 - Saat: 08.00
GENELKURMAY BAŞKANLIĞI

Genelkurmay Başkanlığı Harekât Merkezi ana baba günüydü. Etrafta koşturan askerler sürekli olarak üstlerine rapor ulaştırıyor, bilgisayar operatörleri ekranları başındaki verileri birbirleri ile paylaşıyordu. Telsiz konuşmalarının dökümleri rapor haline getiriliyor ve bunlar düzenli olarak üst düzey komutanların bilgisine sunuluyordu. Hükümet üyelerinden bazıları da Harekât Merkezindeki bir odada toplanmış, durmaksızın telefonla konuşuyorlardı.

Basın, Başbakanın peşindeydi ve CNN'de çıkan haberin iç yüzünü aydınlatmak için sormak istedikleri binlerce soru vardı. Henüz Irak'ta başlayan kasırganın farkında değildi insanlar. Oradaki kaynaklardan garip bilgiler geliyordu ama bunları bir araya getirerek gerçek sonuca ulaşmalarına imkân yoktu. Türkiye'deki ABD elçiliği tam bir sessizlik içindeydi. Irak'taki birkaç sivilden duydukları, bölgede çok büyük çatışmaların yaşandığı yolundaki haberlerin aslı astarı olup olmadığını ancak Başbakandan öğrenebilirlerdi. Tabii bunun için önce onu bulmalıydılar ama bu imkânsız görünüyordu, sanki yer yarılıp içine girmişti. Gazeteciler böyle durumlara karşı hazırlıklıydı her zaman. Eğer Başbakanı konuşturmak isterlerse tek yapmaları gereken, onu zorda bırakacak biçimde manşet atmaktı, sonrası kolaydı. Başbakan kendisi gazetecileri çağırır ve elindeki bilgileri söylerdi.

Saat dokuza doğru gazetecilerin Başbakana ihtiyaçları kalmamıştı. El-Cezire televizyonu geçtiği bir haberde Türk Ordusu ile Amerikan Ordusunun kıyasıya savaştığını bildirmişti. Bu haber önce haber servislerinde tam olarak anlaşılamadı ve Türk-Amerikan ortak operasyonlarının yapıldığı yolunda yorumlandı. Gelen bilgileri mantıklı bir çerçeveye oturtmak gerçekten zordu. Zaman geçtikçe haber servislerindeki muhabirler şaşkınlıktan ve heyecandan ne yapacaklarını şaşırmış halde haberin gerçek olabilme olasılığının saniye saniye güçlenmesini izlemekteydi. Amerikan kaynaklarından sızan bilgiler El-Cezire televizyonunu haklı çıkarabilecek nitelikteydi. Gerçekten de Irak'ta ciddi şeyler oluyordu ve bunun sıcak bir çatışma olma ihtimali dakikalar geçtikçe artıyordu.

Türk gazeteleri ise bu haberleri halka duyurmadan önce mutlaka resmî bir şeyler duymak istiyordu ama kısa süre sonra bu haberlerin yurda ulaşmamasına imkân yoktu. Yurtdışından gelen bilgiler ışık hızıyla kulaktan kulağa yayılacaktı. Telekom Müdürlüğü hatların normalden fazla kullanılmaya başlandığını söylüyordu. Bu, fısıltı gazetesinin çalışmaya başladığının bir göstergesiydi ve televizyonlar bu haberi vermek zorundaydı. Yoksa büyük bir panik başlardı ve bu, haber vermemekten çok daha kötü sonuçlar doğurabilirdi.

Başbakan ayrıldığı Harekât Merkezine, çatışmalar üzerine geri dönmüştü. İçeri girer girmez üzerindeki ceketi ve kravatı çıkarıp bir köşeye fırlattı. Komutanlar bir masanın etrafında toplanmış, kabartma Ortadoğu haritası üzerinde hararetle tartışıyorlardı. Başbakan ve bakanlar yanlarına gitti. Hikmet Paşa ve komutanlar, hükümet üyelerini selamlayıp işlerine devam etti. Doğal olarak Başbakan da toplantının bir parçası haline gelmişti. Hikmet Paşa, Başbakana Irak'taki çatışma noktalarını kısaca gösterdi:

"Bu nokta, bu nokta ve bu nokta. Bunlar çatışma bölgeleri. Dün bütün gece boyunca çatışmalar devam etti. Durum, sandığımızdan daha kötü olabilir. Bize gelen bilgiler tam güvenilir değil. Tugaylarımızla kurulan iletişim zayıf ve bu nedenle sürekli bilgi akışı sağlayamıyoruz."

Tayyip Erdoğan haritadan çok Hikmet Paşanın yüzüne bakıyordu. Bakışlarında, olanlara inanamadığını belirtir bir ifade vardı.

"Paşam, savaşta mıyız?" diyebildi ancak. Hikmet Paşanın yüzünde karanlık bir ifade oluştu. O bir askerdi, bugünler için yetiştirilmişti. Hayatının hiçbir önemi yoktu doğrusu ama üzerindeki ağır sorumluluğu hissedebiliyordu.

Hikmet Pars etrafındaki komutanlara ve hükümet üyelerine döndü. Masadan birkaç adım uzaklaşmıştı:

"Eğer dün gece şehit edilen binlerce evladımıza karşı bir sorumluluğumuz varsa savaştayız."

Bu sözler üzerine hükümet üyeleri neye uğradıklarını şaşırdılar, suratlarına balyozla vurulmuş gibi hissettiler. Bazılarının yüzünde uyuşukluk oldu, kalpleri deli gibi atmaya başladı, soğuk terler boşaldı sırtlarından. Hiçbirisinin, durumun bu kadar vahim olabileceğini düşünmediği açıktı. Birbirlerine bakarken yüzleri acıyla buruştu.

Başbakan içindeki sızıyı bastırmaya çalışarak: "Binlerce mi? Paşam, Allah aşkına söyleyin, neler oldu orada?" diye sordu.

Hikmet Paşa, derin bir nefes aldı: "Zırhlı Tugayımıza saldırdılar, tankların neredeyse hepsi gitti. Bütün gece helikopterler saldırmış. Buna dayanmalarına imkân yoktu zaten. Tugay, hemen hemen tamamen yok edilmiş. Ne kadar kurtulan asker var, bilmiyoruz. Ancak kimseyle bağlantı kurulamıyor şimdilik."

"Kimseyle mi?" Başbakan felaketi beyninde duyumsamaya başlamıştı şimdi. Kanının çekildiğini hissetti.

"Diğerleri de öyle..."

"Hepsi mi Paşam?"

"Hayır. Deniz Piyade Tugayı gece boyunca çarpıştı ve direndi. Çok şehit var ama hatlarında tutundular. Amerikan birliklerinin çekildiğini belirtiyorlar. Bunu neden yaptıkları belli değil. Hakkari Dağ Komando Tugayı ise bir süre çatışıp engebeli bir arazide savunma oluşturmuş. Dar bir alanda yoğun biçimde saklanmaya çalışıyorlar. Bu tehlikeli olabilir."

"Paşam, duramayız artık."

"Durmuyoruz zaten, ordu alarmda. Ancak şimdi atacağımız her adımı iyi hesaplamalıyız. Yoksa felaket olur." Hikmet Paşa, içi parçalanmasına rağmen kaya gibi sert olmalıydı hislerinde. Binlerce şehit verilmişti ama şimdi koca bir ulusun kaderini düşünmek zorundaydı.

"Dışişleri Bakanı Washington'a vardı. Bugün Başkan Yardımcısı Dick Cheney'le görüşmesi var. Umarım, bu işi masada çözeriz," dedi Tayyip Erdoğan. Söylediklerine inanıp inanmadığını bilmiyordu.

"Başbakanım!" Hikmet Pars'ın alnındaki damarlar sertleşmiş ve dışarıya fırlamıştı.

"Buyurun," dedi Tayyip Bey, ne olduğunu anlamadı.

"Dışişleri Bakanını hemen geri çağırın."

Hükümet üyeleri bu sözlerle ne denmek istendiğini anladı hemen. Bu gerçekten olabilir miydi? Türkiye Cumhuriyeti'nin Dışişleri Bakanı, Amerikan topraklarında kötü bir muamele ile karşılaşabilir miydi? Şu son gerçekleşenlerden sonra her şey olasıydı.

"Bu arada Başbakanım, Kıbrıs'ta sivil Rumların sınırda gerginlik başlattığı haberleri geldi. Çok sayıda Rum, sınırdaki askerleri taş yağmuruna tuttu. Askerlerimize dikkatli olmalarını ve ateş açmamaları emrini verdik. Bizim oradaki sağcı-solcu gençleri yolladık sınıra. Biraz durum idare edilebilir böylece. En ufak bir çatışma oradaki kazanı ateşleyebilir ve Amerikalıların ne yapmak istediği konusundaki şüphelerimiz gittikçe doğrulanıyor."

"Paşam, Kıbrıs'ta altmış bin asker var. Eğer bir şeyler olursa...."

"Merak etmeyin, o birlikler hayli dağınık ve Amerikan saldırısı olursa uzun süre dayanabilir. Üstelik Rumların saldırısına karşı da hazırlıklılar."

"Ne kadar?" diye sordu İçişleri Bakanı. Mantıklı bir soruydu bu. Çok küçük bir ada parçasında, bunca askerin nasıl savunma yapacağı iyi düşünülmeliydi. Ada savaşlarında adadaki birliklerin dışarıdan saldıran kuvvetlere karşı kazanma şansı sıfıra yakındı.

"Bilmiyorum," diye cevapladı Hikmet Paşa. Bu sorunun cevabı yoktu gerçekten de.

Tam bu sırada Başbakanın telefonu çaldı, bir süre dinledi. "Tamamen mi?" diye sordu. Odadakiler merakla ona bakıyordu. Kapattığında yüzündeki endişeli ifade okunuyordu. "Elçilikler," dedi. "Tüm ABD temsilcilikleri, büyükelçilik de dahil, bir operasyonla boşaltılmış. Birer temsilci dışında sadece Türk hizmetliler kalmış."

Başbakan ellerini kaldırıp içindeki çaresizliği dışa vurdu. Saklayacak bir şey yoktu:

"Sanırım, basına açıklama yapma zamanı geldi."

"Evet, ama üslubumuza dikkat etmeliyiz. Savaşı başlatan taraf bizmişiz gibi görünmemeliyiz."

Başbakan hiçbir şey söylemeden dışarı çıktı, bakanları da peşinden koştu. Ter içinde kalmıştı Tayyip Bey. Kafasında binlerce şey vardı. Nasıl konuşmalıydı, şimdi neler yapmalıydı? Bu soruların cevapları kafasını burgaç gibi sıkmaya başlamıştı. Hikmet Paşa, o giderken ardından seslendi:

"Efendim, artık savaştaymışız gibi hareket ediyoruz. Milli Güvenlik Kurulu bugün akşamüstü dört gibi Harekât Merkezinde toplanacak."

Başbakan başını salladı. Kafası çok karışıktı. Saat dörde daha vardı. Hemen gidip hükümeti toplamalı ve MGK toplantısı sonrası acil olarak Meclise bilgi vermeliydi.

Başbakan, Genelkurmay Başkanlığı'nın kapısından çıkınca gazeteciler üzerine hücum ettiler. Ancak onun kendileri ile konuşacağını anladıkları zaman yavaşladılar ve kendi aralarında itişerek ön sıralarda yer tutma çabası içine girdiler.

"Sayın basın mensupları, çok fazla bir şey söylemeyeceğim. Ancak şunu söyleyebilirim ki, dün gece Irak'taki birliklerimiz ile Amerikan birlikleri arasında şiddetli çatışmalar meydana gelmiştir. Bunun sebepleri araştırılıyor. Olayın bir yanlış anlamadan kaynaklandığını düşünmek istiyoruz. Dışişleri Bakanımız şu anda Washington'da ve Başkan Yardımcısı ile görüşecek. Umarım bu toplantı, durumun kontrol altına alınmasını sağlayacaktır. Halkımızın sağduyulu olmasını, panik yapmamasını ve tarihine yakışır biçimde vakur olmasını diliyorum. Söyleyeceklerim şimdilik bunlar..."

Başbakan ileri atılmak istedi ama gazetecilerin kurduğu barajı geçmek o kadar da kolay değildi.

"Sayın Başbakan, kayıp var mı?"

"İki taraftan da kayıp olduğu söyleniyor ancak detaylı bir bilgi vermek için henüz zaman erken."

"ABD Büyükelçisinin ülkesine gittiği söyleniyor efendim. Doğru mu bu?"

"Yorum yok."

"Efendim, savaşa mı girdik?"

"Hayır. Savaşta değiliz. Meclis bugün kapalı oturum yapacak ve Amerika'ya verilecek karşılığın boyutlarını belirleyecek."

"Sayın Başbakan, bu karşılık askerî mi olacak?"

"Arkadaşlar, şimdilik bu olay üzerinde fazla konuşmanın bir anlamı yok. Lütfen sorumluluk içinde hareket ederek halkı gereksiz paniğe sevk edecek davranışlarda bulunmayın."

Tayyip Bey önündeki barajı sertçe iterek aştı ve merdivenlerden hızla inmeye başladı. Kulaklarını sorulara tıkamıştı. Yüzüne rahat bir ifade vermeye çalışıyordu ama gerçekten zordu bu. Gazetecilerin de yüzünü düşünceli bir ifade almıştı. İnsanlar sessizleşmişti. Hızla telefonları başına geçip haber merkezlerine haber ve yorum geçiyorlardı.

Etki korkunç olmuştu. Başbakanın haberleri doğrulamasıyla bütün dünyadaki Türkleri bir heyecan dalgası sardı. Kimse yerinde duramıyordu, henüz olayın gerçek boyutlarını kimse öğrenmemişti. Eğer çatışmanın boyutlarını bilselerdi, neler olacağını, Türk toplumunun buna nasıl tepki vereceğini kimse kestiremezdi. Yurtdışındaki insanlar, Türkiye'deki yakınlarını aramak için telefon hatlarını kilitlemişti. Almanya'nın telefon sistemi tamamen çökmek üzereydi. Acil aramalar dışında hiçbir telefon görüşmesini yapmak mümkün olmuyordu.

Ülkede herkesin aklı karışmıştı. Ne zamandır Amerika'nın Türkiye üzerine oynadığı oyunlarla ilgili spekülatif haberler dolaşıp duruyordu. İnsanlar bu düşünceleri bir roman kurgusu gibi dinleyip hafızalarından silmişti. Şimdi bu hafızaların derinliklerine giren şeyler gün ışığına çıkmıştı ve gerçek bir korkunun temellerini atmaya başlıyordu. Garip bir heyecan dalgası sardı insanları, işyerlerindekilerin canı çalışmak istemiyordu, bir şeyleri hissediyor gibiydiler. Evlerine gitmek ve ailelerinin yanında olmak istiyorlardı. Henüz marketlere bir saldırı başlamamıştı ama ufak çaplı alışverişlerde insanlar daha çok gıda maddesi almaya eğilimli hale gelmiş gibi görünüyordu. Kimse panik içinde olduğunu belli etmek istemiyordu dışarıya karşı.

23 Mayıs 2007 - Saat: 16.00
KUZEY IRAK

Sessizliği bozan, kilometrelerce uzaktan atılan topların havayı yaran sesleri oldu. Deniz Piyade Tugayının sıkışıp kaldığı siperlere yakın bölgelere düşmeye başlayan 155 mm'lik top mermilerinin şarapnel parçaları siperlerin üzerlerine yağmaya başlamıştı. Patlamalar nedeniyle alandaki şehit askerlerin bedenleri tekrar ortaya çıkıyor ve siperlere kadar ulaşıyordu. Deniz Piyade Tugayının direnişi gerçekten çarpıcıydı. Bu kadar süre dayanmalarını, dağınık düzende siper almış olmalarına ve karşı saldırıyı yapan taburun anlaşılmaz başarısına borçluydular.

Rüzgâr gitgide gücünü artırıyordu. Uzak ufuklarda bulutların toplandığı görülebiliyordu. Deniz piyade komandoları siperlerden çıkıp dolaşıyorlardı artık. Üzerlerindeki parkalara sıkı sıkıya sarılmış halde koşar adım bir yerden bir yere giden askerler görülebiliyordu. Tümgeneral İhsan Paşa da bunlardan birisiydi. Üzerinde, rütbesini belirtir hiçbir işaret kalmamıştı şimdi. Çıkarıp atmıştı onları. Otomatik tüfeği omzunda, siperler arasında dolaşıp askerin moralini düzeltmeye çalışıyordu. Buna ihtiyaç vardı doğrusu, siperlerinin girişinde Generali gören askerler toparlanıyor, üstlerine başlarına çekidüzen veriyorlardı ve yüzleri gülmeye başlıyordu. Herkesin üzeri çamur kaplıydı. Askerlerin nerdeyse tamamı çarpışmanın içinde yer almıştı.

Top mermileri korkutmuyordu İhsan Paşayı, zaten siperlerin içine düşmüyordu mermiler. Bu işte bir gariplik var, diye düşünüyordu sürekli. Çok dar bir alanda sıkışık düzende savunma oluşturmuştu. Yapılacak fazla bir şey de yoktu doğrusu. Ağır silahların ön siperlere yerleştirilmesini istemişti. Bir 35 mm uçaksavar vardı ellerinde ve önceki geceki çatışmada mermilerinin çoğunu kullanmışlardı, zırhlıların hepsi imha edilmişti, tanksavar roketleri tükenmiş vaziyetteydi. Tekrar saldırı olursa kurtulmaları mucize olurdu. Eliyle belindeki silahı tuttu. En son onu alacaktı eline, son mermiyi kendisine saklamıştı. Teslim olmayacaktı, Amerikalı askerlere böyle bir şeref bahşetmeyecekti.

İhsan Paşa, yanındaki korumaları uzaklaştırıp bir kayanın üzerine oturdu. Soğuk ve ıslak bir taş parçasının üzerindeydi. Bir sigara yaktı, sigaranın ucundaki ateş içini ısıtmıştı. Aklı karışıktı, neden böyle bir çatışmanın içinde yer almışlardı, Amerikalılar ne istiyordu Türkiye'den? Anavatanı düşündü, kim bilir oradaki insanlar neler hissediyordu? Duymuşlardır her şeyi herhalde, kahretsin! diye düşündü. Ordu teyakkuzdadır ve belki de kendilerini kurtarma planları yapıyordur diye bir umut ışığı belirdi kalbinde ama hızla uzaklaştırdı bu duyguyu. Çölde serap görmeye benziyordu bu düşünce, yardım gönderilmemesini kendisi istemişti.

Düşünceli haldeydi, başını kaldırdı. Karşısında askerler vardı, subaylar, erler... Gözleri ateş gibi parıldıyordu, bir şeyler yapacakmış gibiydiler.

"Komutanım!" diye atıldı subaylardan birisi. "Biz arkadaşlarımızla konuştuk ve sizi bu cehennemden çıkartmak istiyoruz."

İhsan Paşa daha fazla kendisini tutamadı, gözleri doldu. Elini yumruk yapıp kendisine hakim olmaya çalıştı. Konuşamıyordu, başını hayır anlamında salladı.

"Komutanım, siz bu ülke için önemlisiniz. Eğer bu çatışma bir savaşa dönüşürse Türkiye'nin size ihtiyacı olacak."

"Oğlum, sen ne dediğinin farkında mısın? Ben sizi burada bırakır gidersem bir daha kimsenin yüzüne bakamam."

"Komutanım..."

İhsan Paşa eliyle susturdu subayı:

"Ya hep ya hiç çocuklar. Ölürsek beraber öleceğiz Allah'ın izniyle."

Askerler başlarını öne eğdi ve sessizce dağıldı. Top mermileri artık düşmüyordu. Amerikalıların, Türk Tugayının sinirlerini germek ve siperlerini delmek için yaptığı bir baraj ateşiydi bu. Çok hareketli saatler başlamak üzereydi.

Askerlerden bazıları, ellerini gözlerine siper etmiş, uzaklara bakıyorlardı. İhsan Paşanın dikkatini çekti bu ve hemen onların yanına gitti. Uzakta, havada küçük bir nokta vardı. Kendilerine doğru yaklaşıyordu. İhsan Paşa dürbünü ile dikkatle o noktayı incelemeye koyuldu. Bu bir uçaktı ama saldırı uçağı değildi. C-130 oldukça yüksek bir irtifadan Tugayın bulunduğu bölgeye yaklaşıyordu. İhsan Paşa bunu pek önemsemedi. Küçük bir ulaştırma uçağıydı, büyük ihtimalle kendileri ile ilgili bile değildi. Ancak yine de uçaksavara hazır olması emrini verdi.

İhsan Paşanın içini bir huzursuzluk kapladı. Uçak gitgide ufukta büyüyordu ve nedense bu zararsız görünen uçağın görüntüsünden hoşlanmamıştı. Yaklaştıkça sıradan C-130'lardan farklı bir görüntüsü olduğunu fark etti. Bu modifiye edilmiş bir uçaktı, bunu biliyordu İhsan Paşa. C-130 uçakları yerdeki birliklere saldırmak için ağır silahlarla donatılmıştı. Ancak bilinen bir modifiye edilmiş C-130J'nin bir tugaya saldırması saçma olurdu. Nispeten düşük irtifayı kullanması gerektiği için kolaylıkla vurulurdu. Ufukta görünen uçak da bunun bilincinde olarak çok yüksek sayılabilecek bir irtifada, uçaksavar silahlarının menzili dışında uçuyordu.

İhsan Paşa ve yanındaki subaylar dikkatli bir şekilde uçağı takip etmeye başladılar. Uçak belli bir mesafede burnunu iyice aşağı çekip değişik bir manevra yaptı. Bu dalışın hemen ardından büyük siyah bir kütlenin uçaktan ayrıldığını fark ettiler. Uçak siyah kütlenin ayrılmasının hemen ardından sağa kırarak geldiği yöne doğru sert bir manevra yaptı. Tam bu sırada daha uzaklarda başka uçakları fark ettiler. Yavaş yavaş havada süzülerek siperlerinin üzerine doğru yaklaşıyorlardı. İhsan Paşa az önce hissettiği kötü duyguların gerçeğe dönüştüğünü görebiliyordu. Bunu ondan başka gören var mıydı gerçekten, emin değildi.

Generalin tüyleri diken diken oldu. Uçaktan ayrılan kütle gökyüzünü yararken korkunç bir ses çıkartıyordu. Birliğin bulunduğu alana hızla yaklaştığını fark etti. Siyah kütle kontrol ediliyor gibiydi; düz bir yol takip etmeden, hareket açısını zaman zaman değiştirerek ilerliyordu. Havada kayarak Tugayın üzerine doğru geldi, bir anda arka kanatları açıldı. Cisim gittikçe korkunç bir hal alıyordu, yavaşlamasıyla beraber hareket kabiliyeti arttı ve uzaktan kontrol edildiğini belli eder şekilde sert bir açı ile dönerek yere doğru bıraktı kendisini.

Yerin yaklaşık yirmi metre üzerine geldiğinde artık gerçek ağırlığı ve hacmi herkes tarafından anlaşılmıştı ancak bu, onun etrafında düşünebilen insanların aklından geçen son düşünceler olmuştu. Neredeyse bir otobüs büyüklüğündeki, siyah, koni benzeri kütle bütün duyuları çalışmaz hale getiren bir şiddetle patladı, ortaya çıkarttığı ses dalgaları tugaydaki herkesi sağır edecek kadar yoğundu. Bombanın düştüğü yerin çevresindeki siperlerde bulunan Türk Deniz Piyadeleri ortaya çıkan alev yumağının içinde ses bile çıkaramadan sonsuzluğa doğru kanat açtı. Patlamanın basınç etkisi dışında kalan bölgedeki askerlerin çoğu bombanın saçtığı parçacıklar nedeniyle şehit oldu ya da ağır yaralandı. Patlama bölgesindeki siperlerin tamamı çökmüştü. Metrelerce genişliğindeki krater, siperlerle ve askerlerin cesetleri ile bütünleşmişti.

İhsan Paşa ve çevresindeki subaylar, hepsi yerdeydi. Sersemlemiş haldeydiler. Kimse hareket edecek durumda değildi. Bu patlamaya sebep olan silah, tek kelimeyle savaş kurallarını ihlaldi. Bunu düşünecek durumda değildi kimse. Patlamanın şiddeti kurtulan askerlerin psikolojisini bozmuş olmalıydı. İhsan Paşa kendisini toparlamaya çalıştı. Gözlerini açtı ve ayağa kalktı. Hiçbir şey göremiyordu. Bomba yedi yüz metre kadar ilerilerine düşmüştü ve saçtığı parçacıklar bulundukları bölgenin yakınındaki pek çok askerin de yaralanmasına neden olmuştu. İhsan Paşa yaralılara yardım edilmesi için etrafındaki askerlere emir verdi. Kimse tam olarak mantıklı hareket edemiyordu. Bu bombanın sadece fiziksel tahrip amaçlı olarak yapılmadığı belliydi. Havada çıkarttığı ses insanı şok ediyor, dikkatini bir tek noktada toplamasına neden oluyor ve patlama anında oluşan şiddetin, hedef askerler tarafından tam olarak algılanmasını sağlıyordu. Bu şiddetin tam olarak algılanabilmesi de hiçbir insanın dayanamayacağı psikolojik çöküntü oluşturuyordu.

İhsan Paşa kendisini toparlamak için uğraşıyor ama başarılı olamıyordu. Soğuk terler boşalmıştı, başı dönüyor ve midesi bulanıyordu. Bir an hafızası yerine geldi, az önce gördüğü siyah noktaları hatırladı. Hemen uçakların geldiği yöne doğru baktı, en aşağı altı tane siyah nokta görüyordu ve iki tanesi az önce bombayı atan uçağın yaklaştığı noktaya gelmek üzereydi.

Bir megafon bulmalıydı, eğer burada dururlarsa savaşamadan yok olacaklardı. Bunu anlayınca adrenalin bedenine saldırdı, gerilen vücudu ok gibi fırladı ve askerlere bağırmaya başladı:

"Dağılın, gidin buradan, gidin!!!"

Askerler onun ne demek istediğini anlayamıyor gibiydiler. Ellerindeki silahları amaçsızca etrafa doğrultuyorlardı ancak ateş etmiyorlardı, eğer ateş etmeye başlasalar birbirlerini vurabilirlerdi.

İhsan Paşanın gözleri korkuyla açıldı. Az önce yaklaştığını fark ettiği iki uçak yine aynı mesafelerden kara kütleleri bırakmışlardı. İnsanlık dışı bir silahla karşı karşıya olduklarını anladı. Amerikan askerleri, atom bombasından sonra ürettikleri en vahşî savaş alanı silahını Türk Ordusu üzerinde kullanıyordu. Bu gerçekle yüz yüze kaldığında kanı çekildi. Bir asker olarak siyasetle çok içli dışlı olmuştu ve bu nedenle reel politik mantığı çok ama çok iyi kavramıştı. Amerikan askerleri ile aralarındaki çatışmayı bu açıdan ele aldığı için ne kadar saçmaladığını anladı. Hata yapmıştı, Amerikalılara karşı asker gibi değil politikacı gibi yaklaşmıştı. Birliğinin sıkışmasına göz yummamalıydı. Kendisini kötü hissetti, bir deniz piyade birliğinin başına atanan ilk kara askeri olarak bu onuru koruyamadığını düşündü. Beyninde başlayan sancı artarak bedenine saplanıyordu. Kulakları uğuldamaya başladı birden, ne olduğunu anlayamadığı bir titreşim başlamıştı yerde. Yer sallanıyor gibi geldi, artan uğultular kulaklarını doldurdu ve dizleri üstüne düştü. Tam o anda, az önceki patlamanın aynısı arka arkaya iki kez meydana geldi. İhsan Paşa, dizleri üzerine çöktükten birkaç saniye sonra patlayan bombaların parçaları, başının birkaç santim üstünden geçti. Bunu hissetti ama beyni durmuş gibiydi. Dış dünyadan ayrılmış ve kapalı bir odanın içinde olduğunu düşünür hale gelmişti. Etrafta koşturan askerler, bağıran yaralıların yüzlerindeki ifade, yerde yatan şehitlerin görüntüsü...

Her şey anlamını yitirmiş gibiydi, ölüme ne kadar da yakın olduğunu düşündü. Kulakları nerdeyse tamamen sağır olmuştu. Emrindeki askerlerin de aynı durumda olduğunu düşünüyordu, şimdiye kadar üç patlama olmuştu ve bu patlamaların etki çapının, tugayın kalan bölümünün sıkıştığı alanın tamamını kapsayacak kadar geniş olduğunu içgüdüsel olarak tahmin edebiliyordu.

O anda bir patlama daha oldu. Bu sefer yakınlarda olmalıydı. İhsan Paşa birkaç metre ileriye savruldu. Bedenine saplanan şarapnelleri hissediyordu. Emir ve koruma subaylarını gördü. Az ötesinde kanlar içinde yatıyorlardı. Uzaklardan gelen seslerle irkildi, kulağı sağır olmasına rağmen bu kadar net sesler duyması nasıl mümkün oluyordu? Uzakta, uçakların geldiği yönde şimdi garip ışıklar belirmişti. Ona doğru yaklaşıyorlardı.

"Bizimkiler geliyor!" kelimeleri döküldü dudaklarından. Onları görüyordu, yardımlarına geliyorlardı.

Bedenine yayılan sıcaklık içini ısıttı. Her taraf siyah dumanlarla kaplanmıştı, hiçbir şey görmek mümkün değilken onları görebiliyordu. Artık etrafta ne siper vardı ne de başka bir şey. Tam onu gördüğü anda bir ses duyuldu, dev bir patlama daha meydana geldi. Patlamanın şiddet ve ölüm dolu dalgaları İhsan Paşaya yaklaşamadan, o da katılmıştı süvari alaylarına. Nereden gelip nereye gittikleri belirsiz atlılar. Nal sesleriyle, toprağı titreten özgürlük savaşçıları... Hiç gitmemişlerdi belki de, Türk ulusunun özgürlüğünü savunmak ölümle sona eren bir görev değildi belli ki.

Karşı tepelerin üzerinde, sanki bir nükleer bomba denemesini izlemek üzere derin bir biçimde siper alan az sayıdaki Amerikan askeri, gördükleri manzara karşısında büyük bir parti veriliyormuşcasına coşkuya kapılmıştı. Hiçbiri askerlik hayatında böyle patlamalarla karşılaşmamıştı. Üstelik bu patlamalar gözlerinin önünde, binlerce askerin tam üzerinde gerçekleşiyordu. Birkaç kilometrekarelik alan siyah dumanlarla ve alevlerle kaplanmıştı. Hiçbir şekil belirli değildi, taş toprak birbirine karışmıştı. Ortada hedef falan yoktu. Tam o sırada askerlerin gözüne bir şey takıldı. Garip ışık huzmeleri gökten inip alanın üzerine doğru akmış ve sonrasında süzülerek uzaklaşmıştı. Amerikan askerleri neye uğradıklarını şaşırdılar. Bedenleri titremeye başladı. Sesler duyuyorlardı, bunun ne olduğunu anlayamadılar. Sanki koca bir atlı ordusu üzerlerine geliyordu. Işık huzmeleri bir anda yön değiştirip askerlerin üzerine doğru gelmeye başladı. Işık huzmelerine eşlik eden nal sesleri hepsini korkutmuştu. Ne yapacaklarını şaşırdıkları için sadece havaya ateş edebildiler. Bir an için gözleri korkunç bir ışık parlaması ile kör oldu ve sonra tekrar görebildiler. Dizlerinde derman kalmamıştı, hemen koşarak geri hatlara doğru koşmaya başladılar. Ne olduğunu bilmiyorlardı ama garip bir şeyler olduğuna şüphe yoktu, insanüstü şeyler.

Kısa bir süre geçtikten sonra, M2 Bradley zırhlı aracı Türk siperlerine doğru hareket etti. Siperlerin içinden yavaş yavaş merkez noktasına doğru ilerlemeye başladı. O sırada tankın periskopundan görünen manzara askerin dilinin tutulmasına neden olmuştu; konuşamıyor, sorulara cevap veremiyordu. Midesi bulanan asker periskoptan bakmayı durdurmuştu. Silahın etkisi beklediklerinden daha fazlaydı. Çok fazla bomba atılmıştı buraya. Araç bir yerde durdu ve içinden çıkan birkaç asker etrafta yürüyerek canlı kalıp kalmadığını anlamaya çalıştı. Nedense herhangi bir canlının hayatta kalmış olduğuna dair his yoktu içlerinde. Etrafa göz attıktan sonra yüzlerindeki koyu karanlık ifade ile araçlarına bindiler ve cesetlerin üzerinden geçerek kendi hatlarına doğru ilerlemeye başladılar. Aracın telsizinden gelen konuşmalar benzer şeylerin diğer çatışma noktalarında da meydana geldiğini ve çatışmaların birkaç ufak tefek olay dışında tamamen sona erdiğini belirtiyordu. Irak'ın kuzey bölgesinde konuşlanmış bulunan üç Türk

Tugayı artık yoktu, geriye pek az asker kalmıştı ve bu askerlerin nerde olduğunu kimse bilemezdi. Geri dönülmez noktaya gelinmişti artık. Bundan sonra ne olacağını kimse tam olarak kestiremiyordu.

23 Mayıs 2007 - Saat: 19.00
TÜRKİYE

Kuzey Irak'taki katliamın haberi çoktan yurda ulaşmıştı. Tüm dünya Türkiye'den gelecek açıklamayı bekliyordu. Genci, yaşlısı, kadını, erkeği, çocuğu tüm Türk ulusu olan biteni öğrenmek için televizyon başına geçmişti. Bazı gruplar çoktan boşaltılmış Amerikan temsilcilikleri çevresinde protesto gösterileri yapıyordu.

Yurtdışındaki Türkler arasında bir hareketlenme vardı.

Başbakan, Meclisin merdivenlerinde göründüğünde tüm televizyonlar canlı yayına geçtiler:

"Sayın yurttaşlarım, hepiniz mutlaka kulaktan kulağa gezen bilgilere bir anlam verme çabasındasınız. Öyle görünüyor ki, Amerika Birleşik Devletleri bu bölgede ve ülkemiz üzerinde hain emellere sahiptir. Bir süredir bilinçli olarak saldırgan bir tavır geliştirmiştir ve nihayet bunu alçakça bir saldırıyla neticelendirmiştir. Irak'ta bulunan üç tugayımıza yapılan insanlık ve askerlik kuralları dışı saldırılar nedeniyle tugaylarımızın hemen hepsi şehit olmuştur."

Tayyip Erdoğan, açıklamanın burasında sanki boğazına bir şey takılmış gibi yutkundu, gözleri nemlenmişti. Hislerini saklayamıyor, kendisine gösterilen fotoğrafları hatırlıyor ve beyninde oluşan kareler fırtınalar yaratıyordu içinde:

"Biz Türk milleti olarak her zaman büyük badireleri defettik." Sesindeki heyecan tonu artmaya başlamıştı. Arkasında duran hükümet yetkililerinin bazılarının gözlerinde yaşlar görülebiliyordu. Yaşlı gazetecilerden kendini tutamayıp ağlamaya başlayanlar olmuştu.

"Bu sefer de bu felaketi defedeceğiz. Ordumuz şimdi tam teyakkuzdadır ve hain düşman ordusuna gereken cevabı vermek için hazırlanmaktadır. Bu topraklar nicelerine mezar oldu, Amerikan Ordusuna da mezar olacaktır. Sizden ricam, her ne olursa olsun..."

Siren sesleri duyulmaya başladı, tüm Türkiye'deki merkezlerde hava saldırısı haberi veren sirenler çalıyordu. Konuşmayı takip eden gazetecilerin içinde bir kıpırdanma oldu. Herkes havaya bakmaya başlamıştı. Başbakan ise hiçbir şey olmamış gibi konuşmasına devam etti:

"Aldığımız haberler Amerikan uçaklarının harekete geçtiği ve ülkemize saldırmak üzere olduğu yönünde. Metin olun ve Allah'ın izinden ayrılmayın. Biz yaşadıkça bu topraklar üzerinde hiçbir düşman askeri sağ kalmayacaktır."

Büyük bir hareketlilik oluşmuştu etrafta, Başbakan ellerini kaldırdı ve insanların hafızasına kazınan açıklamayı yaptı:

"Amerika Birleşik Devletleri ve Türkiye savaşa girmiştir. Amerika, Türkiye'yi işgal edebilir ama bizim kolay yutulur bir lokma olmadığımızı anlayacaktır!"

Açıklamalar sonrasında Başbakanlığın merdivenlerinde tam bir kaos yaşanıyordu. Başbakan zırhlı makam otosuna bindiğinde MİT Müsteşarı Çetin Kutlu'yu koltukta buldu.

"Hayrola Çetin Bey," dedi acı acı gülerek. "Yoksa ABD'nin Türkiye'ye saldıracağını mı söyleyeceksiniz?"

Çetin Kutlu Büyükelçi iken MİT Müsteşarlığına atanalı fazla olmamıştı.

Serzenişinizde haklısınız Başbakanım, ama biliyorsunuz teşkilatı henüz tam olarak kontrolüm altına almamıştım. Nitekim hasır altı edilen çok önemli bir dosya buldum. Buyurun."

Başbakan üzerinde çok gizli yazan krem rengi dosyayı elinde tarttı:

"Nedir bu?"

Çetin Kutlu içini çekerek:

"Çok önemli efendim," dedi. "Lütfen iyice okuyunuz."

Başbakan Tayyip Erdoğan dosyayı açıp, ilk satırları okuduğunda yüzü kızardı. ABD'nin Türkiye'ye saldıracağına ilişkin bir rapordu bu.

Esasında dobra bir insan olarak bilinmesine rağmen çok nadir kontrolünü kaybederdi. Çetin Kutlu onun kendisini nasıl tuttuğunu sıkılı yumruklarında bembeyaz kesilen eklem yerlerinden anlıyordu.

Zırhlı makam arabasının içinde gerilimli sessizlik sürüyordu. Başbakan dosyayı bir an kapatıp, camlarının ardındaki gökyüzüne baktı:

"Dosyayı inceleyeceğim Çetin Bey," dedi. "Sizden ricam, bu dosyanın hasır altı edilmesinden kim veya kimler sorumluysa bir an önce bulmanız."

Çetin Kutlu sadece, "Emredersiniz Başbakanım," dedi.

2. Bölüm: GRİ TAKIM

Dört ay önce...

23 Ocak 2007 Salı
VOISY PARİS YAKINLARI FRANSA

Frank Consal için gün iyi başlamamıştı. Çalar saatin sesiyle uyandığında yatak odası penceresinden bahçeyi kaplamış beyaz örtü ile karşılaştı. Bu, garaj yolunun da örtülü olduğunu gösteriyordu.

Karısı Helen'in günden güne irileşen bedenine baktı. Banliyödeki küçük evlerinde yaşam, onun ardı ardına gelen diyet keşifleriyle işkenceye dönüşüyordu. Yıllardır kahvaltı hazırlamayı bırakmıştı kadın. Şimdi de o kalın boynu horlamasıyla birlikte titreşiyordu.

İsveçliydi Helen. Frank onunla Nepal'de tanışmıştı. Gençken çok gezerdi. Karısının su damlası gibi renksiz gözleri ona tutkuyla bağlanmasına neden olmuştu. Şimdi o gözler deniz analarının iğrençliğini anımsatıyordu. Neredeyse on beş yıldır Voisy'de yaşadıkları halde Fransızca'yı bir türlü doğru dürüst öğrenememişti. Frank nadiren davet edildikleri partilerde, "Helen benim de aksanımı bozdu," diye espri yapardı.

Karısı, seyredildiğinden habersiz yan döndü. Frank içini çekerek, bir çocuk sahibi olmadıklarına bir kez daha sevindi.

Giyinirken, sabahın bu soğuk ve alacakaranlık saatinin varoluşçu düşünceler için uygun olmadığını bilse bile istemediği bir hayata sahip olduğunu düşündü. İstemediği bir ev, istemediği bir aile, istemediği bir iş... Bu vücudun içine ve bu yaşa hapsedilmiş bir başka insan vardı. Son zamanlarda dakikalarca hareketsiz oturup, bomboş bir noktaya bakarken yakalıyordu kendini. Zaman bile ondan kaçmak istiyordu.

Duş almadan giyinip garaj yolunu küremeye çıktı. Bugün özellikle geç kalmamalıydı, yatılı Voisy kolejindeki ilk ders saatinde sınav yapacaktı.

Kolej küçüktü ama Paris'te oturan birçok politikacı ve bürokratın çocuklarını barındırıyordu. Hepsi şımarık, küçük birer şeytandı bu çocukların... Müdür Varace velilerden gelen baskılara karşı öğretmenlerini korumazdı, bu nedenle yedi yıldan daha eski bir çalışan yoktu. Frank'ın pısırık tavırları işe yarıyor olmalıydı, genellikle öğrencilerini memnun etmeye önem verirdi.

Arabasını okulun bahçesine bıraktığında, daha yarım saat vakti olduğunu sevinçle fark etti. Kantinden, yeni çıkmış sıcak poğaça ve ay çöreği alıp, kahve fincanıyla odasına yürüdü.

Birçok öğretmenin aksine Frank Consal'ın odasında estetik bir güzellik oluşturacak hiçbir aksesuar yoktu. Ne bir resim, ne de kişisel eşyalar... Hatta bir önceki sahibinin resim asmak için duvara çaktığı çivi ve artık orada olmayan çerçevenin yarattığı ton farkı olduğu gibi duruyordu. Odada, Frank'ın koltuğu haricinde bir tek sandalye vardı ve onun da bir ayağı kırılmak üzereydi. Çocuklar pek misafir sevmediğini bilirlerdi. Boş vakitlerinde diğer öğretmenlerin odaları gibi dolmazdı burası...

Poğaçasını ısırırken mail adresini kontrol etti. Bir *e-card* gelmişti. Bonn'daki arkadaşı Otto, Hollanda Rotterdam'ın güzel bir resmini göndermişti. "Sevgili Frank, umarım dostun Thomas'ın 26 Ocak'taki doğum gününü unutmazsın. Hazırladığımız sürprizle ilgili bilgileri her zamanki yerden alabilirsin."

Tam mesajın çıkışını alacaktı ki odasının kapısı vurulmadan açıldı ve Müdür Anton Varace kızgın bir tavırla "Günaydın" bile demeden "Gelmiş olduğunuzu görüyorum Mösyö Consal" dedi. "Sizinle acil bir görüşme yapmamız gerekiyor. Odama kadar gelebilir misiniz?"

Müdürün böyle zamansız görüşmeye çağırması genellikle iyi bir gelişmeye işaret etmezdi, üstelik kızgınken bile sekreteri Madam Maria'ya arattırırdı. Kendisinin gelmesi sorunun daha da önemli olduğunu gösteriyordu.

Frank telaşlanmadı. Burnunun ucuna düşen kalın camlı plastik çerçeveli gözlüklerini otomatik bir jestle iterken, "İlk derste sınav yapacağım Mösyö Varace, ondan sonra hemen gelebilirim," dedi.

Müdür bir an düşündü, olduğu yerde kararsız bir şekilde hafifçe döndü. Frank Consal, kambur duruşu ve artık espri konusu olan o eski takım elbiseleriyle insana tozlu bir şeye dokunuyormuş hissi uyandırırdı. O yüzden konuşurken ondan tarafa pek bakmazlardı. "İyi o zaman, sınavdan sonra hemen geliniz. Bekleyeceğim. Konu çok önemli. Öğrenciniz Chantal Prevost'un Adalet Bakanlığı Baş Müsteşarı babası Rafarin Prevost da o zamana dek gelmiş olur. Sizin hakkınızda önemli bir şikâyet var Mösyö Consal."

Müdür kapıyı yavaşça kapayıp çıktığında Frank poğaçasını yavaşça bitirip, kahvesinin son yudumlarını aldı. Bilgisayar ekranı hâlâ açıktı. Kaşlarını çatıp bir süre havaya baktı, sonra ani bir karar vererek *Fouineur** adlı klasörü tıkladı.

Chantal adlı klasörde üç satır vardı. Sonuncu satırda 18 Ocak saat 12.45 CC3A yazılıydı. Dosya dolabına yöneldi ve C yazılı sıradan C3A yazılı zarfı alıp ceketinin cebine sıkıştırdıktan sonra sınıfa yöneldi.

Yaklaşık bir buçuk saat sonra müdürün odasındaki koltukta ra-

* Fr. Her işe burnunu sokan

hat bir şekilde oturuyordu Frank. Müdür Varace odaya girdikten sonra oturması için işaret etmiş, gece kursları için çizelgeyi düzenlerken, "Birkaç dakika içinde Mösyö Rafarin ve Chantal gelecekler, bekleyelim" demişti.

Bu son konuşmanın ardından yirmi dakika kadar geçmişti, sessizliği sadece saatin tik takları ve Frank ile Varace'in soluk alışları bozuyordu. Arada bir Madam Maria, imzalanması için bazı dosyalar getiriyor, bu arada Frank'a bir tür acıma ve sempati barındıran gülümseme ile bakıyordu.

Nihayet dışarıda bir gürültü duyulduğunda Frank, müsteşarın geldiğini anladı. Müdürün odasının kapısını Madam Maria'nın açmasına fırsat kalmadan içeriye uzun, iri yarı bir adam girdi. Müdür Varace hemen ellerini ovuşturarak müsteşarı gülümseyerek karşıladı. Adam onunla ilgilenmemişti. Frank, kendisini gördüğünde elini gergin bir şekilde yumruk yaptığını, ceketinin cebine soktuğunu fark etti. Sırtını iyice kamburlaştırıp, burnunun ucuna kaymış kalın bağ gözlüklerini parmağıyla itti. Suçlamayı az çok tahmin edebiliyor gibiydi. Chantal, dişiliğinin olumlu veya olumsuz silahlarını vaktinden önce keşfetmiş kızlardan biriydi.

Nitekim Chantal sürmekte olan dersinden çıkarılıp geldiğinde masum bir kız gibi önüne bakıyor, utanıp sıkılarak, Mösyö Frank'ın isteklerini yerine getirmezse kendisine düşük not vereceğini söylediğini açıklıyordu.

Müdür Varace, "Bunlar nasıl isteklerdi kızım?" diye sordu.

Yüzü heyecandan kızarmıştı, önemli bürokratın yanında ondan daha kızgın ve sert görünerek okulu bu skandaldan kurtarmayı amaçlıyordu. Chantal'ın çekingen bir tavırla Frank'tan yana baktığını ve titrediğini görünce yanına gidip babacanca elini omzuna koydu:

"Korkma Chantal biz buradayız, kimse sana zarar veremez. Olanları bize açık seçik anlat."

Frank kızın oyunculuğunu takdir etti. İrlandalı anne tarafından gelen kızıl dalgalı saçlarının çevrelediği yeşil gözleri vardı. Kırmızı yanaklarındaki hafif çiller ayrı bir çekicilik yaratıyordu. Chantal ellerini dizlerini birleştirdiği noktaya koyup anlatmaya başladı:

"Mösyö Frank, geçtiğimiz Cuma günkü sabah dersinde bana öğle yemeğinden sonra gelip 'Beni odamda gör,' dedi. Odasına gittiğimde notlarımın düşük veya yüksek olmasının yapacaklarıma bağlı olduğunu söyledi. Anlayamamıştım, derslerime hep iyi çalışıyordum ve sınavlarımın iyi olduğunu düşünüyordum. 'Nasıl?' yani diye sorduğumda ayağa kalktı ve fermuarını indirip... Oh anlatamayacağım!... Hiç böyle bir şey aklıma gelmemişti!!!"

Kız burada titreyerek babasına sarıldı. Mösyö Rafarin bir yandan kızını teselli ederken bir yandan müdürle konuşuyordu:

"Bundan ötesine gerek var mı Müdür Bey? Kızım zaten sarsılmış."

Sonra Frank'a döndü:

"Size gelince, dua edin ki insanlara adaleti kanunlar sayesinde elde etmeye örnek olmam gereken bir yerde çalışıyorum. Yoksa ne yapacağımı bilirdim. Yine de şunu kesin söylüyorum, bundan sonra başka bir okulda çalışmayı unutun!"

Frank bu komediye yeteri kadar katlandığını düşünüyordu. Yavaşça ayağa kalkıp cebinden çıkardığı zarfı masaya koydu. Duruşundaki bir şey Müdür Varace'i sanki Frank'ı ilk kez görüyormuşcasına şaşırttı. Sanki odada bir yabancı vardı. Sürekli önüne bakan, kambur duran Frank gitmiş, başka biri gelmişti.

Müdür Varace zarfı açtığında içinden bir disk düştü.

Frank bilgisayarı işaret etti:

"Lütfen takıp çalıştırın. Ekranı çevirirseniz... Mösyö Rafarin ve Chantal da seyretsin."

Görüntü programı çalıştığında koltukta oturan bir adamın arkasından bir kapı görünüyordu. Görüntünün üzerinde 19 Jan 2007 timer 12:50 sayacı okunuyordu. Kapı çalındı ve Frank'ın sesi, "Girin," dedi.

Chantal sırıtarak içeri girdi, kapıyı yavaşça kapattı. Tavırlarının babasına sarılıp, öğretmeninden korkan masum kızla alakası yoktu. Son derece cüretkâr bir şekilde Frank'ın masasının üzerine oturup bacaklarını açtı.

"Mösyö Frank, notumu düzeltmenizi rica etmeye geldim."

Frank'ın koltuğuyla biraz gerilediği fark edildi:

"Chantal, bu tavırlarınla bir şey elde edemezsin. Aklın derslerden başka her yerde. Ne yazık ki düşük not vereceğim, umarım sonraki sınavlara çalışıp ortalamanı düzeltirsin."

Chantal birden öğretmenin kucağına atladı.

"Hadi Mösyö Frank, siz de bir erkeksiniz. Hiçbir erkek böyle bir şeye hayır diyemez. Hem de bu yaşta... Yapacağınız, ufak bir not yükseltmek."

"Teklifini hâlâ iyi niyetle alıyorum Chantal. Ama benim için ders çalışması gereken küçük bir kız öğrencimden başka bir şey değilsin."

Frank cümlelerinin çok aptalca, hatta komik olduğunun farkındaydı ama kaydın bilincinde olarak konuşmuştu zaten. Müsteşar ve müdür koltuklarında rahatsız bir şekilde dikleşmişlerdi, Chantal ise maskesinin düşmesini nedeniyle Frank'a öldürücü bakışlar atıyordu.

Kayıttaki Chantal, bu kez hiddetle yumruklarını beline koydu.

"Siz kendinizi ne sanıyorsunuz? Sizi mahvedebilirim. Eğer beni taciz ettiğinizi söylersem babam anında buradan kovulmanızı sağlar." Kızgın yüzü birden yine işveli küçük bir kadına dönüştü. "Ama kötü olmaya ne gerek var. İkimiz de mutlu olabiliriz."

Frank'ın mesafeli tavrını koruduğu görüldü:

"Lütfen Chantal, çık git. Bu görüşmeyi unutacağım. Notun değişmeyecek, ikinci yarı çalış ve düzelt."

Şimdi kızı kapıya doğru itiyordu. Chantal ağza alınmayacak küfürler edip, odadan çıktı.

Görüntü bittiğinde tam bir sessizlik hakimdi odaya. Chantal, "Bu... bu bir tuzak. Bu sahte!..." diye bir son deneme yaptı ama babası susmasını işaret etti.

Frank, artık yapılan suçlamaların anlamının kalmadığını biliyordu:

"Ben artık gitsem iyi olacak Mösyö Varace. Sanırım sizin, Mösyö Rafarin ve Chantal ile konuşacaklarınız vardır," dedi. Tam kapıdan çıkarken dönüp, donmuş görüntüyü işaret etti: "Sizde kalabilir, bende kopyası mevcut."

Büyük bir ihtimalle olayın üstünün kapatılacağını tahmin ediyordu. Ama bu durumda müdüre karşı bir kozu olacaktı artık. Müdür Varace daha sonra tabii ki sıradan bir öğretmenin neden görüşmelerini kaydettiğini merak edecekti ama bunu pısırık ve korkak tavrına yoracağını umuyordu Frank. Odasına döndüğünde Otto'dan gelen mesajın çıkışını aldı.

26 Ocak 2007 Cuma
ROTTERDAM HOLLANDA

Fransız plakalı mavi Renault Megane pek dikkat çekmeden hafta sonu artan trafiğin içinde yol alıyordu. Bir cadde kenarında uygun bir boşluk bulduğunda park etti.

Frank sağındaki boş koltuğun üzerindeki açılmış zarfı aldı. Hedef ve görev tanımını bir kez daha incelemek istiyordu. Her zamanki gibi Jean-Paul Bevay isimli sahte bir kimlik üzerine açılmış posta kutusuna gelmişti zarf. Rotterdam'a gelmeden önce Paris'e uğramıştı bunu alabilmek için. Sabahtan beri yoldaydı. Okula hasta olduğunu belirtmişti.

Frank dikiz aynasındaki gözlerine baktı. Kalın camlı gözlükleri yoktu. Zira zaten gözlerini bozuk göstermek için lens takıyordu. Şimdi lens de yoktu, gözlük de... Ve gayet iyi görüyordu.

Takım elbiseyi çıkarmış, rahat bir kot pantolon, kaşmir kazak ve deri mont giymişti. Kambur durmuyordu. Hafif sarsak yürümesini sağlayan özel imal ayakkabılarını da giymemişti. Saçlarını her zamanki gibi yandan taramamış, geriye doğru yatırmıştı.

Zarfı açtığında birkaç fotoğraf kucağına döküldü. Şişman, başının sadece kenarlarında saç kalmış yaşlı bir adamın uzaktan çekilmiş fotoğrafları vardı. Evden çıkarken, bürosunun bulunduğu apartmanın önünde, bürosunda otururken, her gün yemek yediği restoran ve masasında pozlar... Göz altlarında bir koyuluk vardı adamın, yüzünde de kırmızı noktalar...

Frank, "Karaciğer ve kalp rahatsızlığı," diye düşündü.

Fotoğrafların yanındaki krem rengi bir kâğıtta, adamın Arman Bogosian isimli Ermeni asıllı bir silah tüccarı olduğu belirtiliyordu, ama onun yanında uyuşturucu, teknoloji ve nadiren beyaz kadın ticareti de yapıyordu. Görünüşteki işi petrol komisyonculuğuydu.

Rotterdam zaten petrol ticareti ile ünlüydü. Avrupa'ya giren petrolün üçte ikisi, deniz yoluyla gelen tarım ürünlerinin yarısı bu limana gelirdi. Bir telefon ve masadan ibaret küçük bürolarda birçok ülkenin bütçesinden büyük bir para el değiştirirdi.

İşi tam dörtte, her gün bürosunu kapadığı saatte yapmasını, son günlerin tarihlerini taşıyan dosyalara göz atmasını istiyorlardı.

Arabadan inip Erasmus köprüsüne doğru yürüdü. Adamın bürosu köprü ile yüz seksen beş metrelik yüksekliğiyle ünlü Euromast kulesi arasındaydı.

Rotterdam'ın büyük kısmı savaş sırasında Alman bombardımanı ile yıkıldığı için yeniden inşa edilmiş ve bu sırada deneysel mimari ilginç yapılar ortaya koymuştu. Frank daha önce karısı Helen'le geldiğinde Küp evleri, Rubens, Bruegel gibi ünlü ressamların tablolarının bulunduğu Boijmans van Beuningen müzesini gezmiş, Euromast'a çıkıp iki restoranın birinde yemek yemişti.

Adreste yazılı Jan Zoet apartmanının önüne geldiğinde kolundaki saat üç kırkı gösteriyordu. Yirmi dakikası vardı.

On dakika oyalanıp daha sonra içeri girmeye karar verdi. Bu arada köprünün parmaklıklarına dayanmış, kır saçlı bir Alman turistin dürbünle kendisini izlediği fark etmedi.

Alman, cep telefonunu kaldırdı ve, "Başlayın," dedi.

Frank, vitrinlere bakarken turuncu ve yeşil renkli önlük giymiş dört kent görevlisi mavi Renault Megane'a yaklaştı. İkisi etrafı gözlerken biri arabanın kaputunu açmış arkadaşına yardım ediyordu.

Frank nihayet apartmana girerken arabasına uzaktan kumandalı C4 patlayıcı yerleştirilmişti. Kaldırımdan akan yaya trafiğini kuşkulandıracak hiçbir şey yoktu.

Adamlardan biri beyaz saçlı Alman'ı arayıp görevin ilk kısmının sorunsuz halledildiğini, ikinci kısım için talimat beklediklerini söyledi.

Frank dörde on kala büronun bulunduğu Jan Zoet Apartmanına girdi. Arman Bogosian dört katlı apartmanın en üst katındaydı. Karşı dairesi boştu, bir alt katındaki bürolar ise Frank'ın şansına o gün erken kapanmıştı.

Frank yukarı çıkarken deri eldivenlerini giydi. Eğer biri ona orada ne aradığını sorarsa uyduracağı yalanı çoktan hazırlamıştı. Deneyimli gözleri en ufak ayrıntıyı belleğine kazıyordu. Üçüncü ve dördüncü katın otomat lambasını gevşetip dar, taş merdivenin siperliğinin altına çömeldi.

Arman Bogosian'ın büro kapısından sonra küçük bir sahanlık vardı, sonra merdiven sola dönüyordu. Asansör boşluğu yoktu. Frank bir ölü hareketsizliğiyle Arman Bogosian'ın çıkışını beklemeye başladı. Yanında herhangi bir silah yoktu. Adam ile ilgili bilgileri okurken ne yapacağına çoktan karar vermişti.

Saat tam dörtte Bogosian'ın kapısı açıldı; sahanlık, büronun içinden gelen gün ışığıyla aydınlandı. Adam beklendiği gibi yalnızdı. Hırıltılı nefes alıyordu. Frank onun kapıyı kapatmadan önce el alışkanlığıyla otomata bastığını hayal ediyordu. Küfre benzeyen bir söylenme duydu. Yanmayan otomata ve eski binayaydı bu küfür.

Kapı kapandı. Kapının alt boşluğundan giren çok az ışık ince bir hat oluşturuyordu. Arman Bogosian sol eliyle merdiveni yoklayarak kör bir adam gibi ilerledi.

Frank birden çömeldiği yerden fırladı. Arman Bogosian, önünde yükselen karanlık gölgeden korkup küçük bir çığlık attı. Aynı anda Frank, avuç içiyle göğsüne doğru sert ve kesin darbeler vuruyordu. Nihayet adamın göğsünün sıkıştığını hissedince ceketinin yakasından tutup merdivene doğru savurdu.

Bütün bu olan iki üç saniye kadar sürmüştü. Frank hareketsiz durdu. Sadece kendi düzenli nefes alış verişini duyuyordu. Arman Bogosian'ın merdivenin biraz aşağısındaki bedeninin yanına gidip alışkın bir hareketle boynunu buldu. Adam ölmüştü. Kayıtlara kalp krizi olarak geçecek bir ölüm.

Adamın cebinden anahtarını alıp büronun kapısı açtı.

Tıpkı Frank'ın okuldaki odası gibi silah tüccarının bürosunda da sadelik hakimdi. Bir masa, yeşil başlıklı bir okuma lambası, tahta dolaplar ve üç sandalye.

Hemen dosyalara göz atmak için dolaplara yöneldi.

Dolaplar görünüşte masum anlaşmalarla doluydu. Ne uzun uzun incelemeye, ne de fotoğraflarını çekmeye vakti vardı. Ama direkt olarak patronlarını ilgilendirecek bir anlaşmaya rastlamadı.

Birden Arman'ın kolunun altındaki çanta aklına geldi. Hemen merdivene koşup, cesedin altında kalmış eski siyah çantayı alıp büroya döndü. Eğer şu sıralar bağlanan bir anlaşma veya sevkıyat varsa adam, bunu yanında taşıyor olabilirdi.

Çantadan sadece bir dosya çıktı. Birkaç İngilizce anlaşma metninin aydınger kopyası vardı. Bazı maden isimleri geçiyordu. "Turkey" kelimesini görünce kastedilen dosyanın bu olacağını düşünüp almaya karar verdi. Dolaptaki tarih indeksinde en yakın anlaşmanın dosyasını alıp çantaya, aldığı dosyanın yerine koydu.

Büronun kapısını kaparken iz bırakmadığına emindi. Dördüncü kat otomat lambasını tekrar sıkıştırdı. Yanıp yanmadığını kontrol etti.

Merdivenden inerken çantayı aldığı yere, cesedin altına, büronun anahtarını da bulduğu gibi pantolon cebine koydu.

Üçüncü katın otomatını da sıkıştırdıktan sonra sakin bir şekilde apartmandan çıktı. Eğer apartmandaki bürolarda hafta sonları çalışan yoksa Arman Bogosian'ın cesedi ancak iki gün sonra bulunurdu.

Frank herhangi bir kamera kaydına karşı yüzünü belirsiz bir şekilde kapayarak on metre kadar ilerledi.

Köprüdeki yaşlı Alman turist hâlâ bekliyordu. Frank'ın çıktığını görünce bağlantısı süren cep telefonunu kaldırdı. "Adamımız çıktı. Beş dakikaya kadar görürsünüz," dedi.

Karşı taraftan "Anlaşıldı" cevabını alınca telefonu kapatıp Frank'ın yürüyeceği tarafa doğru ilerlemeye başladı.

Erasmus köprüsü üzerinde iki tarafa doğru da yürüyen insanlar vardı. Alman, Beatles parçaları çalan iki gencin önünden geçerken açık gitar kutusuna biraz bozukluk attı.

Frank, Rotterdam'a kendi arabasıyla gelmekte bir sakınca görmemişti. Hollanda'da cuma günlerinden başlayarak Fransız plakalı arabaları görmek alışılagelmiş bir durumdu. Genellikle Amsterdam'ın uyuşturucu ve eğlence özgürlüğü nedeniyle gelen Fransızlara "hafta sonu turistleri" denirdi. Ama bu durumdan hoşlanmayan Hollandalılar da vardı.

Rotterdam'da sağcı politika yükselişe geçeli birkaç sene olmuştu. 2002 seçimlerini sağcı söylemleriyle Lijst Pim Fortuyn kazanmıştı. Bu parti Pim Fortuyn'un karizması etrafında toplanmış, öldürülmesinden sonra dağılacak diye bakılmış bir hareketti. Ama hâlâ Hollanda'nın ikinci büyük siyasî gücü durumundaydı. 2004 yılından itibaren Hollanda'da Müslüman okullarının ve camilerin kundaklanmasında da bu hareket vardı. Ve bu partinin yandaşları bazen uyuşturucu ve seks için Hollanda'ya gelen Fransız plakalı araçlara da saldırıyorlardı.

Frank, Erasmus köprüsünün ortasındayken, Pim Fortuyn sempatizanı bir grup genç, arabasına yaklaşmaktaydı. Plakayı ilk önce, kafası kazınmış, burnundaki halka zincirle kulağındakine bağlı Rene van der Elshout gördü. Marit van der Carels ve Hester Berkey'in deri ceketlerinin içinde iple omuzlarına geçirdikleri kısa sopalar vardı. Bunları sokak dövüşlerinde ve arabalara saldırırken kullanıyorlardı.

Onlar Frank'ın arabasına esaslı bir hasar vermeye niyetlenirken, Marit'in sarhoş kız arkadaşı Jolinde den Haas, Maekel Oumaans'a dayanmış biraz geride duruyorlardı.

Elinde, arabadaki bombayı uzaktan patlatacak kumandayı tutan Elk Schmith, gençlerin ne yapacağını anlayınca hemen Gerard Werchtmann isimli yaşlı Alman'ı aradı.

Gerard Werchtmann tam bu sırada arabayı görebileceği köşeyi dönmüştü. Karşı tarafın konuşmasına fırsat vermeden "Bu gençler ne yapıyor?" diye sordu.

Elk, "Bunlar Pim Fortuyn yandaşı bir grup Hollandalı dazlak efendim, ne yapalım?" diye cevap verdi.

Gerard Werchtmann sadece iki saniye düşündü. "Adamımız köşeyi döndükten sonra olayı görmesi için birkaç saniye bekle ve bombayı patlat," emrini verdikten sonra durmadan caddenin karşısına geçip olanları açıkça görebileceği bir konuma doğru yürüdü.

Frank arabasını park ettiği sokağa girdiğinde Marit van der Elshout ön cama ilk darbeyi indiriyordu. Ne olduğunu anlamaya çalışırken kaputa ve diğer camlara da darbeler indi. Bir an ne yapması gerektiğine karar veremedi. Gençleri engellemeye mi koşmalıydı, yoksa caddenin karşısına mı geçmeliydi?

Sigorta zararını karşılardı büyük ihtimalle ama hasta olduğu mazeretiyle okula gitmediği gün arabasının Rotterdam'da parçalandığının öğrenilmesi bir sorun yaratırdı.

Tam bu sırada arabanın patlaması kararsızlığını sona erdirdi.

Frank bunun bir bomba işi olduğunu anlayabilecek bilgiye sahipti. Anında dönüp caddenin ters yönüne yürümeye başladı.

Artık okulu da, sigortayı da dert etmiyordu. Aslında Frank Consal'ın dertlerinin hiçbirinin önemi kalmamıştı. Derinlerde uyuyan bir kimlik yeniden doğmuştu ve bu bomba onun dertlerini taşıyordu. Gökhan Birdağ, açığa çıktığını düşünüyordu. Bu bomba o gençler için değil, kendisi için hazırlanmıştı. Gençler arabaya saldırarak mekanizmayı harekete geçirmiş olmalıydı.

Gri Takım'dan birinin kimliğinin tespit edilerek öldürülmeye çalışılması çok büyük bir sorundu. Talimatlara göre hemen Bonn'a hareket edip, oradaki banka kasasında bulunan para ve sahte kimliği alıp Türkiye'ye hareket etmeliydi.

Tam on altı yıldır Frank Consal ismiyle yaşamış, evlenmiş, çalışmış ve gelen talimatlar doğrultusunda örgütün belirlediği Türkiye'nin düşmanı ve çıkarlarına zararlı olduğu tespit edilen kişileri temizlemişti.

İlk gördüğü boş taksiyi durdurdu.

"Beni Bonn'a götürmek için ne kadar istersin?" diye sordu.

Taksi şoförü bu çılgın müşterinin inmesini söylemek için geri döndüğünde, adamın gözlerindeki ifadeden çekindi. O sırada aklına gelen ilk rakamı söyledi.

"Üç yüz euro."

Gökhan cebinden kalın bir tomar para çıkardı.

"Üç yüz euro burada, al," dedi. "Yol boyunca sessiz olursan Bonn'a vardığımızda bir üç yüz daha senin olacak. Hadi gidelim."

Taksi şoförünün adı Joos Maskant'tı. Araç telefonundan bağlı olduğu durağı arayıp bir müşteriyi Bonn'a götüreceğini söyledi ve akşam onu beklememesi için karısına haber verilmesini istedi.

Gerard Werchtmann, Gökhan'ın taksiye binene kadar yaptıklarının hepsini izlemişti. Onu öldürmek gibi bir planı hiç olmamıştı. O dazlaklar saldırmasa da bomba zaten Gökhan arabaya varmadan patlatılacaktı. Tek istediği, kimliğinin açığa çıktığını düşünüp Türkiye'ye gitmesiydi. Ve daha da önemlisi, Alman Gizli Servisi (BND) Amerika Masası Şefi Gerard Wercthmann, Arman Bogosian'ın çantasındaki dosyanın Türkiye'ye gitmesini istiyordu.

Bu harekâtı üslerinin bilgisi dışında planlamıştı. Haberleri olsaydı büyük ihtimalle karşı çıkarlardı. Ama o yaşlı bir adamdı ve başına gelebileceklerden o kadar çok korkmuyordu. Almanya'nın iyiliği için, harekete geçmekten korkan amirlerinden daha iyi karar verdiğini düşünüyordu. ABD, Türkiye'yi işgal etmeyi planlıyorsa Türkler bunu öğrenmeliydi.

Rotterdam'dan Bonn'a yolculuk son derece iyi aydınlatılmış otobanda sarsıntısız sürüyordu. Zaten Almanya'nın en ünlü özelliklerinden biri bu otobanlar değil miydi!

Gökhan kafasını koltuğa dayamış bambaşka bir yolculuk yapıyordu. Geçmişe...

Zonguldak'ta, küçük bir sahil kasabasında büyümüştü. Her yaz Ankara'dan gelenlerin tatil mekânıydı burası. Burada bir de askerî deniz üssü bulunuyordu. Astsubay olan babası bu üsten emekli olduktan sonra küçük bir lokanta açmıştı. Gökhan okullar tatil olduğunda babasına yardım ediyordu. Teoman Amcasıyla orada tanışmıştı...

Gökhan'ın onun hakkında bildiği, Ankara'da önemli bir avukatken birden işlerini ortağına devredip yıllardır tatil için geldiği bu küçük tatil kasabasına yerleşmiş olduğuydu. Ama inanılmaz geniş kültürü ve önemli tanıdıkları olan bir adamdı. Sık sık lokantadaki masasında başkentten gelen kodamanlar misafir olurdu.

Evlenmemişti. Bazen çok sarhoş olduğunda, gençliğinde yaşadığı sonu hüzünlü bir aşkın bölük pörçük sayıklamasını yapardı. Küçük Gökhan'ı hiç doğmamış oğlu yerine koymuştu. Saatler boyu sohbetler eder; ona dünyayı, tarihi, politikayı, ideolojileri anlatırdı. Henüz ortaokula giden Gökhan'ın yaşıtları Sovyetler Birliği'nin komünist olduğunu bilmezken o Küba Krizini, Macaristan'daki ayaklanmayı, Prag Baharını, dünya üzerindeki iki büyük gücün karşılıklı sürdükleri piyonları öğreniyordu.

Ortaokulu bitirip, takdirli karnesini lokantaya getirdiği gün Teoman Amcanın, babasını bir kenara çekip hararetli bir şekilde konuştuğunu gördü. Gökhan bu konuşmanın onun hakkında olduğunu sezmişti. Ama onu görünce tartışmayı kestiler.

Bir hafta sonra lokantaya giren siyah takım elbiseli bir adam Teoman Amcanın masasına oturdu. Ankara'dan gelen önemli biri olduğu belliydi. Dışarıda koltuk altlarında silah olan iki koruma bekliyordu. Gökhan diğer masalara servis yaparken onun bakışlarını üzerinde hissetti.

Nihayet Teoman Amca çağırdığında kalbi heyecandan kuş gibi çarparken yanlarına gitti Gökhan:

"Bu Salih Amcan Gökhan, senin için çağırdım onu Ankara'dan..."

Gökhan ne diyeceğini bilmiyordu. Pos bıyıklı adamın, uzun, ciddi bir yüzü vardı, siyah camlı gözlükleri küçük çocuğu korkutmuştu.

"Teoman Bey senin çok zeki bir çocuk olduğunu söylüyor. Tarihe ve politikaya meraklıymışsın," dedi adam süregiden sessizliği bozarak. Bu bir soru değildi ve Gökhan yine konuşmadı. Teoman Amcanın tavsiyelerinden biriydi bu.

Salih Bey, ardı ardına Gökhan'ın bilgisini sınayan sorular sormaya başladı. Önce basitti sorular. Angola hangi kıtadadır, Vietnam savaşında Kuzey'in lideri kimdi gibi...

Daha sonra bilinenden yola çıkan yorum soruları gelmeye başladı... Japonya'yı yendikten sonra Truman, Mac Arthur'u niye kovmuştu? Nasır Süveyş Kanalı'nı millileştirdiğinde müdahale etmek isteyen İngiltere'yi ABD nasıl ve niye durdurmuştu, Küba Krizi'nde Türkiye pazarlık masasında nasıl anılmıştı gibi...

Gökhan elinden geldiğince kısa ve net cevap vermeye çalışmıştı. Salih Beyin tepkilerinden yanıtları beğenip beğenmediği anlaşılmıyordu ama Teoman Amcanın yüzü gülüyordu.

Bir saat sonra Salih Bey bardağından son yudumu aldığında Teoman Amca, Gökhan'ı masadan uzaklaştırarak babasını çağırdı. Bu kez masaya oturan babasıydı.

Babasını bir konuda ikna etmeye çalışıyorlardı.

O akşam annesinin hazırladığı küçük bir bavulla birlikte Gökhan, Salih Beyin arabasına bindi.

Ertesi gün de Bolu, Abant'ta kurulu bir kampa katıldı.

Kampta ülkenin her yerinden gelen on iki ile on altı yaşları arasında yüz çocuk bulunuyordu. Şartlar zor, eğitmenler sertti... İlk hafta sonunda sadece yirmi altı çocuk kalmıştı.

Kampın komutanı ilk kez onlara hitap edecekti. Onun adı Kurt'tu. Baş eğitmen ise kendini Tilki diye tanıtmıştı. Kalan çocuklara tek sıra olmalarını söyledi. Rahat komutunda ellerini arkada birleştirip, bacaklarını hafif açmışlar, dik bir şekilde komutana bakıyorlardı.

Kurt, "Bu kadar kaldınız. Tam sayınız yirmi altı... Bu... Bu rakam da bizim için çok," diyerek başladı konuşmasına. "Ama üç haftalık eğitim süresinden önce bırakmayacağız sizleri. Eğer ilk hafta içinizden zorlanan, dayanamayacağını düşünen varsa bir adım öne çıkıp hemen terk etsin burayı. Zira önümüzdeki üç haftanın yanında ilk hafta, ananızın kucağı gibi kalacak. Evet, gitmek isteyen varsa bir adım öne çıksın. Bakın, ondan sonra 'Pes,' diyenin sonu bok çukuru olur."

Bir an karşısındaki gözlerde endişeyi aradı. Bir pipo çıkarıp yakana dek konuşmadı.

"Evet... Son kez soruyorum, gitmek isteyen?"

Öne çıkan yoktu.

Kurt, Tilki'ye bakıp gülümsedi.

"Sen ne diyorsun? Gitmek isteyen yok."

Tilki sadece omuz silkmekle yetindi. Gökhan onun gülümsediğini kamp müddetince hiç görmemişti. İnce, uzun bir adamdı. Kurt ise diğer eğitmenlerin hepsinden kısa ama çok enli bir adamdı.

"Peki o zaman burada bir aileyiz. Aile içinde nasıl bir sır olmazsa bizde de olmayacak," diye devam etti konuşmasına. "İlk bilmemiz gereken şu: Artık size ait bir şey yok. Sizin etiniz, kemiğiniz, kalbiniz, ciğeriniz, beyniniz, karakteriniz, bağırsaklarınız bile... Eğer varsa ruhunuz bile bizim. Biz dediğim Türkiye. Ben onun kanlı canlı, vücut bulmuş şekliyim önünüzde!"

Gökhan sözlerin içeriğini yavaş yavaş kavrıyor ve kavradıkça içini bir ürperti kaplıyordu. Yanındaki kampın en güçlü çocuklarından Cemil'in bile sarsıldığını, olduğu yerde sallandığını fark etti. Kurt korkutucu söylevine devam ediyordu:

"Bu kamptan ya söylediğim gibi, bizim sizi yapmak istediğimiz gibi çıkacaksınız, ya da en yakın tarlada gübre olarak! İlk haftanız, bedeninizin zorlu fiziksel eğitime dayanıklı olmanız için kondisyon çalışmaları ile geçti. Artık silah kullanmayı, patlayıcıları, bomba yapmayı, çıplak elle insan öldürmeyi, elektronik tertibatları öğreneceksiniz. Lisan eğitiminiz başlayacak ve başarılı olanlarla bu devam edecek. Beni ve eğitmenlerinizi marangoz addedebilirsiniz, sizler de yontmamız gereken kalaslar! Şimdi sıra geldi..."

Bir el hareketiyle Fare ve Kunduz adlı eğitmenler iri bir sandık getirdiler.

Kurt, "Hepiniz bir tane seçin," dedi. Çocuklar hâlâ yerlerinden kımıldamayınca, "Hadi!" diye ortalığı inletti.

Gökhan üst kapağı kaldırılmış sandığın yanına gidince küçük köpek yavrularıyla karşılaştı. Hepsi çok sevimliydi. Sadece kuyruğunun ucunda siyah olan sapsarı bir kangal yavrusu seçti.

Kısa sürede kucaklarında seçtikleri köpeklerle sıraya girmişlerdi yine çocuklar.

Kurt, "Bir Gri, emir dinlemek kadar, emretmeyi de, etrafındakileri kendine bağlamayı da bilir," diye bağırdı. İlk kez "Gri" olduklarını o an duydu Gökhan. Onlar Gri Takım'dı.

"Eğitim süresi sonunda bu köpekleri eğitmiş olacaksınız. Bizim öğrettiklerimizi ne kadar iyi başardığınız kadar bu köpeklere sözünüzü dinletmeniz de önemli! Bunu unutmayın!"

Bu konuşma sonrası Kurt, eğitimin bitişine kadar karşılarına çıkmadı bir daha. O günü ise hiçbir zaman unutmayacaktı Gökhan.

Eğitim süresince fiziksel, kültürel ve psikolojik diye üçe bölünmüştü program. Gökhan için fiziksel eğitim; yani silah kullanmak, savunma sporları, patlayıcılar, jimnastik, kondisyon çalışmaları sadece birkaç gün zorlu olmuştu. Ondan sonra alıştı.

Kültürel eğitimde ise ağırlıklı olarak lisan eğitimi olmak üzere bir okulda öğrenebilecek coğrafya, tarih, matematik, fizik, kimya gibi dersler veriliyordu. Müzik dersi en zevklisiydi. Mutlaka bir alet çalmalarını istiyordu Kanarya. Eğitmenler içinde tek bayandı ama dersi kaynatmaya izin vermeyecek kadar sertti.

"Yaşamınızdaki her şeyi müzikle bağdaştırmayı bilin. Müzik ile damgalayın onları. Ritim ile, melodi ile hareket edin. İçinizdeki müziği unutursanız ölürsünüz çocuklar," diyordu.

En zor saatler psikolojik eğitimde geçiyordu. Yarasa ve Çıyan, korkularıyla, zaaflarıyla yüzleştiriyorlardı onları. İstedikleri zaman güldürüyorlar, istediklerinde ağlatıyorlar, sinirden yumruklarını, dişlerini sıkana dek hakaret ediyorlardı.

Onların önünde tamamen çırılçıplaktılar. Sadece bedenen değil, ruhen de... O delici gözlerinden kaçan hiçbir şey olmuyordu. Kendilerine sakladıkları en ufak şeyi çıkarıp parçalıyorlar, sergiliyorlardı.

"Zaaflarınız, kompleksleriniz, ortaya çıktığında sıkıntı duyacağınız her şey, tutkularınız, eğilimleriniz zayıflıklarınızdır" diyordu Yarasa.

"Bizim işimiz sizdeki bu zayıflıklara nasır bağlatmak. Hatta onları gücünüz haline dönüştürmek" diye ekliyordu Çıyan.

Gökhan'ın kamptan aklında kalan, yıllar sonra bile kabuslarına sızan anılardan biri psikolojik eğitimdeki sınavlardan biriydi. Yarasa ve Çıyan, George Orwell'ın 1984 adlı kitabını ders olarak okutmuşlardı. Ona atfen sınava, "101 No'lu Oda" diyorlardı.

Herkes korkusuyla yüzleşiyordu. Onun korkusu karanlık ve kapalı alandı.

Yarasa bir çukurun başına getirdi Gökhan'ı:

"Buraya gireceksin," dedi.

Çıyan yüz metre kadar ilerideki bir bayrağı işaret etti.

"Çıkış orada. Yarım saatin var. Eğer çıkmazsan beton dökeceğiz girişe de, çıkışa da," dedi.

Gökhan'ın dizleri titremeye başladı. Neredeyse yalvaracak, onu eve göndermeleri için ağlayacaktı. Sadece küçük bir çocuktu; annesini, babasını özlemişti. Ama karşısındaki Yarasa ve Çıyan'dı. Böyle bir şeyi yaparsa tek göreceği karşılık alay edilmek olurdu.

Çıyan, "Hadi ama... Süren başladı bile, üç dakika kaybettin" der demez kendini çukura attı.

Sadece sürünerek ilerlenebilecek, bedeni genişliğinde karanlık bir tüneldi bu. Karanlık, nemli boğucu tünelde ilerlemeye başladı. Sıcaktı. Eğer bir kere paniklerse, kontrolünü bir daha sağlayamayacağını biliyordu. O nedenle sadece ileri gitmeyi düşünüyordu. Etrafında hareket eden, yüzüne sürünen, giysilerine giren böcekleri hissediyordu.

Hesabına göre yolun yarısında, karanlıkta bir gariplik olduğunu hissetti. Önünde iki tünel vardı. Bir yol ayrımı.

Bunlardan birinin çıkmaz olduğunu adı gibi biliyordu!

Korkuyla inildedi. Yanlış tarafa girerse geri geri hareket etmesi imkânsızdı. Bir an olduğu yere çöktü ve duyguları yerine beyninin hakimiyeti ele almasını sağladı. İki elinin işaret parmağını ağzına sokup çıkardı. İki tarafa da tuttu. Sağındaki tünelde çok hafif bir esinti geliyordu. Hava akımı.

Bunu akıl etmesi ona ayrı bir güç kazandırmıştı. Kurtulacağını, başardığını düşünerek geri kalan yolu kısa sürede bitirdi. Çukurdan çıktığında Yarasa ayağıyla sırtından itti.

"Biraz daha sürün, alıştın nasıl olsa," diye gülüyordu.

Çıyan ise, "İki dakikan kalmıştı, yolda mola verip solucan mı yedin pis velet!" dedi. "Harç boşa gitmesin bari." Gökhan çıktığı tünelin kapatılmasını izledi. Eğer biraz geç kalsaydı o toprağın içinde diri diri gömülecekti. O gece Kaşar'a sarılıp uyuyabildi. Kaşar köpeğiydi. Renginden dolayı bu ismi vermişti. Çok bağlanmışlardı birbirlerine. Gökhan'ın en büyük dayanağı, ona güç veren bu köpek olmuştu.

Kampın son günü on dokuz çocuk kalmışlardı. Yedisi ortadan yok olmuştu. Gökhan onlara ne yapıldığını bilmiyordu. Artık öyle bir değişim geçirmişti ki, bu umurunda da değildi. Bütün bu zorlu süreç içinde en büyük dayanağı, en büyük güç veren küçük köpek yavrusu olmuştu.

Kurt, piposunu yakarak geldi yanlarına. Sessiz bir şekilde birkaç kere önlerinden geçip, tek tek gözlerinin içine baktı:

"Olmuşsunuz!" diye bağırdı. "Şimdi evlerinize gideceksiniz. Artık bizim için görev almaya hazır sayılırsınız. Ve bunu, istediğimiz zaman yapacağız. Göreve kadar eğitimleriniz sürecek ama... Ara vermek yok. Okulunuzdan kaytarmayacaksınız, önümüzdeki iki yaz yine bu kampa geleceksiniz. Siz artık Gri Takımsınız!"

Tilki elindeki gri bereleri dağıtmaya başladı. Hepsi o gri bereyi gururla giyiyordu.

Kurt birden ortama hakim olan neşeyi, birbirlerine bakıp gülüşen çocukları izliyordu. Ama o gülmüyordu. İki elini kaldırdı:

"Yeter, susun. Hazır ol!" diye bağırdı. Çocuklar birden sırayı düzgün hale getirip, hazır ola geçtiler. "Tilki'yi dinleyin!"

Tilki sıra olmuş çocukların karşısında, kazıklara bağlanmış köpekleri işaret etti. Küçük dişleriyle önlerine atılmış kemiklerle didişiyorlardı.

"Biliyorsunuz bir sınavınız daha kaldı," dedi. "Hepiniz Gri'siniz ama alacağınız görevin dereceleri olacak. Köpekleri bırakacağız şimdi, yanınıza çağıracaksınız, komutlarınızı dinleteceksiniz. Dediklerinizi yapacaklar."

Eğitmenlerden Fare ve Kunduz köpeklerin iplerini çözdü. Çocuklar haftalardır beraber oldukları, doyurdukları, sevdikleri köpekleri yanlarına çağırdılar. Sadece bir köpek kemiği bırakıp sahibine gitmedi.

Sınav sonunda Gökhan'ın da aralarında olduğu altı çocuk köpeklere verdikleri tüm komutlarını yaptırabilmişti.

Tilki bunları not ediyordu.

Sınav bittiğinde Kunduz, elinde 45'liklerle belirdi.

Kurt, "Herkes bir tane alsın," dedi. "Biraz sonra bavulunuzu alıp otobüse bineceksiniz. Ailenize, sevdiklerinize kavuşacaksınız. Ama son bir şey kaldı."

Gökhan'ın içini bir huzursuzluk kapladı. Sanki çok kötü bir şey olacaktı. Kurt piposunu ağzından çıkarıp köpekleri işaret ederken başı dönmeye başlamıştı.

"Herkes köpeğini vursun!"

Sanki suyun altından gelmişti kelimeler. Boğuk boğuk. Bütün çocuklar inildedi. Kulaklarına inanamıyorlardı.

Bu köpekleri sevmişler, kamptaki en zor anlarında onlara sarılarak, onları okşayarak teselli bulmuşlardı. Ağlarken, gözyaşları tüylerine akmıştı. Onları beslemiş, beraber yatmışlardı. Öylesine küçük, öylesine sevimliydiler ki!

Kurt'a, söylediğine inanmaz gözlerle bakıyorlardı. Şaka yaptığını duymak istiyorlardı. Ama böyle bir şey imkânsızdı, bunu da biliyorlardı.

"Ne oldu birden mızmız bebeklere döndünüz!!!" diye sert çıkıştı Kurt. "Size Gri Takım dedik, şimdi size kamptan mezun olmuşken ilk emrimizi veriyoruz, tereddüt ediyorsunuz. Böyle mi yapacaksınız görevlerinizi!!!" Köpeklerin yanına yürüdü. "Evet, sevimliler değil mi? Ama yeri gelince ülkeniz için bir bebeği öldürmek zorunda kalmayacak mısınız? Belki de tümden bir aileyi, sevdiğiniz kızı. Köpeklerinize bağlandınız ama bilin ki ülkeniz kıskançtır. Kendisinden başka bağ istemiyor, kendisinden başka bir sevgi istemiyor. Sizin kalbinizdeki yerini paylaşmak istemiyor."

Gökhan, Kurt'un ne demek istediğini anlamaya başlıyordu.

"Bu köpeği öldürerek," diye devam etti Kurt, "sizi ülkenizden başka sevgiye bağlayan her şeyi öldüreceksiniz. Bundan sonra bir şeyi severken veya bağlanırken korkacaksınız, çünkü o şeyi emir gereği terk etmek, yok etmek zorunda kalabilirsiniz. Bu köpeği öldürerek ülkenizden başka bir şeyi sevmeyecek, bağlanmayacaksınız!"

Bütün bunlar çocuk oyunu değildi, her şey ciddiydi. İlk hareket eden Gökhan oldu. Kaşar, efendisine bakıyordu. Öylesine bir bakıştı ki bu Gökhan unutabilmek için yıllarını verebilirdi. Ne zaman birini sevecek gibi olsa o bakış gözünün önüne geldi.

Silahın emniyetini açtı ve tek bir kurşunla işi bitirebilmek için gözyaşlarını sildi.

"Bayım geldik," diye Fransızca tekrarladı Gökhan'ı Rotterdam'dan Bonn'a getiren taksi şoförü Joos Maskant. Gökhan hafifçe uyuklamıştı. Bir an nerede ve kim olduğunu bilemedi. Frank Consal'ken taktığı gözlüğü alışkanlıkla aramaya başladı. Neden sonra kendine geldi.

Şoföre söz verdiği parayı sayıp ağzını bile açmadan ıssız caddede yürümeye başladı. Gece yarısına az kalmıştı... Bonn; Berlin ve Hamburg'un aksine gece yaşantısı hareketsiz şehirlerden biriydi. Özellikle birleşmeden sonra hükümet Berlin'e taşınınca, eski başkentte yaşam akşam yedi, sekiz gibi duruyordu.

Örgüt tarafından ajan transferlerinde kullanılan üçüncü sınıf otellerden birine gitti. Gözlerini açmakta zorlanan katibe yüklü bir bahşiş verip kayıt yaptırmaktan kurtuldu. Zaten sabaha dek kalacaktı.

Katipten otelin önündeki telefon için kart alıp aklının derinliklerine kazınmış numarayı çevirdi. Uykulu bir ses "Ja," dedi.

"Robus, ben G-9." Türkçe konuşmuştu.

"G-9 mu? Nereden arıyorsun, ne oldu?"

Gökhan tiz ses tonundan karşısındakinin en son dört yıl önce aradığı Robus olmadığını anlamıştı.

"Açığa çıktım," dedi. "Arabama bomba konmuştu. Şans eseri kurtuldum. Bonn'dan arıyorum. Yarın evde olacağım."

Ardı ardına söyledikleri karşı tarafta panik nidalarına sebep oluyordu. "Ne demek açığa çıkmak?! Belki de başkasıyla karıştırmışlardır!"

Gökhan içinden "Ya sabır" çekip durumu sakin bir şekilde açıklamaya başladı. Eski Robus olsa şimdiye kadar Gökhan'ı da sakinleştirmeye çalışıp durumu kontrol altına alırdı.

"Karıştırmaya imkân yok. Bugün sizin verdiğiniz, Rotterdam'daki son işi yapmıştım ki arabam orada patlatıldı. Talimatlara göre hemen Bonn'a geldim."

Robus bu kez uyanmış gibiydi ve sesi sakin geliyordu. "Evet açığa çıkmışsın. Daha kötüsü, sisteme girmişler. Çünkü biz sana görev vermedik. Rotterdam'daki görevi başkasından almışsın. Kimdi?"

"Arman Bogosian..."

"Ah tamam, biliyorum onu. Gözlem listesindeydi. En azından o açıdan bir sorun yok. Şimdi bütün sistemin sıfırlanması gerekecek. Bir süre beklemede kalırız; bakalım bir tek sen mi açıktasın, yoksa tüm Gri Takımı mı yuvaya çağırmak gerekir."

"Onlar senin işin... Bu arada birilerinin Voisy'deki okuluma gitmesi gerekecek. Oradaki bilgisayarım temizlensin, ayrıca dolaplarda bazı görüntü kayıtlarım var, onlar da yok edilmeli."

"Tamam halledilir. Evde bir şey var mı?"

"Hayır, orası temiz."

Robus'la konuşacağı başka bir şey yoktu. Veda edip kapattı. Fransız polisinin ne düşüneceğini merak ediyordu. Frank Consal'ın arabasının patlaması ve kayboluşuyla Arman Bogosian'ın ölümü arasında bağlantı kurulmamasını umuyordu. Ama belki de zaten her şeyi biliyorlardı. Uluslararası istihbarat savaşları bazen açık pokere benzerdi. Dört kâğıt açıkta olur ama bir tanesi bütün eli kazandırırdı.

Otele döndüğünde bir türlü uyku tutmadı. Sanki vücudu Frank Consal'dan geriye kalanı atmaya çalışıyordu. Ve bu süreç garip bir enerji ile doldurmuştu onu. Bir süre Alman kanallarının sıkıcı ve renksiz yayınına baktıktan sonra aklına Ermeni'nin çantasından aldığı dosya geldi.

İlk olarak İngilizce anlaşmaların aydıngerlerini okudu. On dakika sonra şaşkınlıktan gözleri dört açılmıştı. Amerikan hükümeti Türkiye'deki Bor, Toryum ve Uranyum madenlerinin işletim hakkını, 99 yıllığına Ornicron adlı Teksas'taki bir madencilik ve enerji şirketine satıyordu. Anlaşma 2007 Aralık ayından itibaren geçerliydi.

Gökhan, Amerikan hükümetinin kendine ait olmayan madenleri bir şirkete nasıl sattığını merak etti. Bildiği kadarıyla devlet, kamuoyunca bilinmese de özellikle Bor ve Toryum konusunda hassastı.

Nitekim dosyada bulunan 23 Mart 2003 tarihli bir gazete haberinde Türk hükümetinin Bor madenlerinin işletim hakkını 99 yıllığına almak isteyen Altaium adlı bir şirketin teklifini reddettiği yazılıydı. Belgelere göre Altaium da Ornicron'a bağlı göstermelik bir şirketti. Gazete parçası çeviriye zımbalanmıştı.

Dosyanın geri kalanında Bor ve Toryum'un başta uzay ve silah teknolojisinde olmak üzere kullanım amaçlarını ve stratejik önemlerini belirten bilim adamlarının raporları vardı. Bor reaktörlerinin verimliliği anlatılıyordu.

Rezervler kısmına geldiğinde dünyadaki kaliteli Bor'un neredeyse yüzde 80'inin, Toryum'un ise yüzde 50'sinin Türkiye'de olduğu yazılıyordu. Türkiye, Uranyum kaynakları bakımından da en zengin ülkelerden biriydi.

Gökhan elbette verilerden yola çıkıp denklemi kuran ve sonuca varabilen bir stratejik analiz yapabiliyordu... Başkanın birkaç ay önce halka hitaben yaptığı konuşmalarda vurguladığı konulardan bir tanesi de ABD'nin enerji ihtiyaçlarının karşılanmasında Ortadoğu petrollerine bağımlılığın azaltılarak yeni enerji kaynaklarının geliştirilmesiydi. Yeni enerji kaynaklarının geliştirilmesi, bunlarla ilgili yeni siyasî haritaların oluşması anlamına gelirdi, bu hep böyle olmuştu.

Altaium'un anlaşma teklifinin reddinden sonra, Irak'taki savaş öncesi ABD'nin Türkiye'ye asker yerleştirme isteğini reddeden birinci meclis kararı çıkmıştı. Pentagon'a bağlı düşünce kuruluşları, planlarını o tarihte başlatmış olmalıydı.

ABD, Türkiye'deki madenleri istiyordu. Petrol stratejik bir madendi ama birçok ülkede zengin rezervler halinde bulunuyordu.

Oysa Bor ve Toryum geleceğin gücüydü ve Türkiye bu açıdan çok önemli bir kaynağa sahipti.

Bu toprakları istiyorlardı. Kendilerine ait bir yönetim veya birçok açıdan içine nüfuz ettikleri bir Türkiye değil... ABD'ye, daha doğrusu Ornicron adlı şirkete ait bir Anadolu olacaktı. Aslında bu toprakları istemek için daha pek çok nedenleri vardı. Çin yüzünden gitgide artan stratejik gerilim, Amerikan Ordusunun daha uygun stratejik noktalara yerleşmesini gerektiriyordu. Madencilerin çıkarları, daha pek çok noktada politik çıkarlarla kesişebilirdi. Bu dosyada okuduklarının sadece madenlerle ilgili olmadığını düşündü, pek çok neden bir araya gelmek için bu tarihi beklemişti.

Bu dosyanın Arman Bogosian'ın eline geçmesinin sebebi, bu planın içine Ermenilerin de dahil edildiği, belki de ABD'nin, işine yarayan toprakları aldıktan sonra geri kalanını paylaştıracağı anlamına gelebilirdi. Ne de olsa Amerika kurulduğu ilk zamanlardan beri ve özellikle dünyada Protestanlığı yaymak için örgütlenen American Board of Commissioners for Foreign Missions adlı kuruluşun 1818 yılında yapılan senelik olağan toplantısında aldığı, bölgenin Protestanlaştırılması kararının hayata geçmesinin ardından her zaman Ermeniler nezdinde misyonerlik faaliyetlerinin ana üssü olmuştu. Ve sonrasında geri kalan bölgelerin bir kısmı belki kurulacak Kürt devletine, bir kısmı Ermenistan'a, bir kısmı Yunanistan'a...

Dosyayı inceledikçe vardığı sonucu daha da destekleyecek birçok küçük ayrıntı buldu...

Parasını büyük ihtimalle Ornicron'dan alan Sentinel adlı bir düşünce kuruluşu Güney Kıbrıs'ta yapılan bir toplantıda Türkiye karşıtı örgütleri buluşturmuştu.

Vatikan'da yapılan gizli bir toplantıda, Hıristiyanların kutsal hac mekânlarıyla dolu Anadolu'nun işgal sonrası tekrar bir Hıristiyan yurdu haline gelmesi planlanmıştı. Gökhan bunu Endülüs Emevî devletinin dört yüz yılı aşkın varlığından sonra İber'in Hıristiyanlık dışı unsurlardan temizlenmesine ilişkin bir rapordan ve

Vatikan'da yapılan Yeni Bizans adlı toplantılardan çıkarıyordu. Bu karara varılmasının nedenlerinden biri de American Board of Commissioners for Foreign Missions'ın yüzyıldan fazla zamandır süren, Müslümanları ve bu bölgedeki Protestan olmayan Hıristiyanları Protestanlaştırma çabalarının sonuçsuz kalmasıydı.

Dosyada alt alta dizilmiş uzun bir liste değişik unsurların yaptığı toplantı başlıklarıyla doluydu.

İşin içinde devletler, dinsel kurumlar, lobiler vardı... Şok bir baskından sonra kısa sürede Anadolu "barbar" Türklerin elinden alınması gereken bir Hıristiyan yurdu şeklinde sunulacak ve Amerikan Ordusu gecikmiş bir Haçlı Seferinin kahramanı olacaktı. Zaten 11 Eylül saldırılarından sonra Başkan Bush, "Bir Haçlı Seferine başladık" dememiş miydi?

Afganistan, Irak ve nihayet Türkiye!

Yalnız Türkiye'nin diğerlerinden farkı doğrudan Amerika'ya bağlanacak olmasıydı.

Gökhan sabaha dek endişeyle dolandı durdu. Nihayet ayakları yorulduğunda birkaç saatlik huzursuz bir uykuya dalabildi.

Uyandıktan bir süre sonra çok uzun yıllardır ayak basmadığı ülkesinde olacağını biliyordu ama dehşetli zamanların da habercisi olacaktı.

27 Ocak 2007 Cumartesi
ANKARA

Bonn'dan havalanan uçak Esenboğa Havalimanı'na öğleden sonra beşi çeyrek geçe indi. Diğer yolcular bekletilirken Gökhan arka kapıdan indirilip kontrolden geçirilmeden dışarı çıkarıldı.

Siyah bir Mercedes'e bindirmişlerdi onu. Saçları Amerikan traşlı, iri yapılı, sivil giyimli iki görevlinin arasına sıkışmıştı. Elbette Frank Consal olarak geçirdiği yıllar vücudunu biraz hamlaştırmıştı ama bildiği tekniklerle bu ikisiyle de başa çıkabileceğini düşündü. Başardığı yüzü aşkın görev bunun kanıtıydı.

Hiç de beklediği gibi güler yüzlü bir karşılama değildi bu. Refakatçileri hiç konuşmuyor, araba Ankara yönüne değil Eskişehir istikametine gidiyordu.

Nihayet Mercedes ana yoldan ayrılıp toprak yola girdiğinde Gökhan bir terslik olduğuna daha fazla inandı. Acaba açığa çıktığı için önce bir sorguya mı alacaklardı? Gri Takım'da geçirdiği yıllar içinde devletin özellikle ajanlarına karşı vefa diye bir duygusu olmadığını iyi görmüştü. Yurtdışındaki köstebek kimliklere yerleştirilen ajanlar zaten ülkeleri için ölümü baştan kabullenmiş değiller miydi?

Bir müddet gittikten sonra düzlüğün ortasında uzaktan buğday silosu görünümünde bir binanın önünde durdular... Gökhan arabadan indirilip kapıya doğru iteklendi. Tam kapıdan girecekti ki kafasının arkasına sert bir cisimle vuruldu... Son hatırladığı, huzur içinde ve kafatasındaki acıyla beraber derin bir karanlığa doğru yuvarlanıyor olduğuydu.

Ayıldığında paslanmış makinelerle dolu geniş bir odada olduğunu fark etti. Elleri ve ayakları bir sandalyeye kelepçelenmişti. Yüksek tavanlı odanın içi sarı ampullerle aydınlatılmıştı. Odanın duvarları nemliydi, küf kokusu her yeri kaplamıştı. Bu iklimde yere yakın bir yerde bu kadar nem olmazdı, yerin birkaç kat altında olmalıydılar.

Refakatçileri gözlerindeki siyah gözlükleriyle karşısına dikilmişlerdi. Onun kendine geldiğini anladıklarında yaklaşıp, sandalyesiyle birlikte kaldırıp ters çevirdiler. Gökhan böylece tahta bir masa ve karşısında çiçek bozuğu suratlı bir görevliyle karşı karşıya geldi.

Adam ona bakmıyordu, önündeki dosyayı mırıldanarak okudu:

"Gökhan Birdağ... Türkiye'den geçip Tibet'e gitmekte olan Frank Consal adlı Fransız'ın yerine geçirileli on altı yıl olmuş. Otuz altı yaşında. Gri Takım üyesi..." Nihayet kafasını kaldırdı. "Sizlerden fazla kalmadı biliyor musun?" Tükürür gibi konuşuyordu. "Gri Takımmış..."

Yüzünde küçümseyen ve nefret dolu bir ifade vardı. "Sizi üreten zihniyet saçmalıktı zaten. Düşmanla mücadelenin böylesi mi kalmış! Orada burada bir iki tane güya zararlı yabancıyı temizle! Yakalanırsanız ne olacak?! Böyle bir skandalın Türkiye'ye vereceği zararı hayal edebiliyor musun? Ki zaten senin sefil kimliğin açığa çıkmış. Ama sana teşekkür etmeliyim. Senin sayende Gri Takım operasyonunun silinmesi gereken hatalı bir denklem olduğuna ikna edebildim amirlerimi. Şimdi kalanınızı geri çağırıp gerekeni yapmak kaldı sadece."

Gökhan boğazını temizledi:

"Galiba ülkem için yaptıklarıma karşılık teşekkür yerine bir kurşun alacağım ha!"

Adam güldü:

"En azından gerçekçisin."

Gökhan omuz silkti:

"Ne yaparsan yap, ama önce beni bir dinle. Bu aslanların şefi sen olmalısın. Buraya gelip karşıma geçmeden önce de beni temizletebilirdin. Madem buraya kadar geldin önemli bir bilgiyi amirlerine ilet."

Adam bir an sandalyesini geriye itip bir dirseğini masaya dayayarak sigarasını yakana dek sustu. Dumanı üflerken, "Beni düşündüğün için sağ ol," dedi. "Buyur konuş."

Gökhan kafasına vurulan yer zonkladığı için yüzünü buruştururken, "Ülkemi ve halkımı düşünüyorum," dedi. "Yanımda getirdiğim bir dosya var. İncelenirse benimle aynı sonuca varılacaktır. Amerika yakın zamanda Türkiye'ye saldıracak."

Adam bir an Gökhan'ın suratına ciddi ciddi baktı. Gökhan o kısacık sürede söylediğinin ciddiye alınacağı konusunda bir umuda kapıldı ama ardından bir kahkaha patladı:

"Ne martaval atacağını merak ediyordum ama bu kadarını beklemiyordum doğrusu! Pes yani!" diyerek güldü, güldükçe kendini tutamıyordu. Ayağa kalkıp, hâlâ tebessüm bile etmemiş adamlarının iri göğüslerine elini vuruyordu.

Gökhan, "Bunu kurtulmak veya süre kazanmak için söylemiyorum. İstersen hemen şimdi vur beni ama dosyayı incele," dedi. "Türkiye'deki Bor, Toryum ve Uranyum rezervleriyle ilgili planları var Amerika'nın. İngilizce anlaşmaya bakarsan Ornicron adlı bir şirkete satmış bile. Anlaşmanın geçerli olacağı tarih Aralık."

"Boş versene be!" dedi adam hâlâ gülerken. "Yine de için rahat olacaksa dosyayı amirlerime veririm ama ABD ile müttefik olduğumuzu unutmuşsun sen. Yıllardır yurtdışında başka kimlikle yaşarken beynini yemişsin. Adamlar bir madeni almak isteseler birkaç rüşvet verip halletmezler mi?"

Sonra birden ciddileşti, adamlarına eliyle bir işaret verdi:

"Neyse artık bu komediye son verelim. Ülken için yaptıklarına teşekkür bekliyordun, al edeyim. Teşekkürler aslanım."

Adamlardan biri Ruger marka bir tabanca çıkardı koltuk altından ve Gökhan'ın şakağına tuttu. Diğer ikisi kan sıçramasın diye biraz geriledi.

Gökhan kelime-i şahadet getirip gözlerini kapadı. İlk olarak silahın patlama sesi gelecekti. Anında ölebilecek miydi acaba?

Ama kafatasını parçalayacak silahtan önce kapının kırılma sesi duyuldu. Gökhan gözünü açıp, kafasını çevirdiğinde yaşlı bir adam olmasına ve elindeki bastona rağmen Kurt'u tanıdı.

Kurt, "Az daha geç kalıyorduk," diye gülümsedi. Arkasında İsrail yapımı Uzi makineli̇leriyle siyah giyinmiş üç genç vardı, yüzlerinde siyah maskeler takılıydı.

Gökhan'ın başına silahını dayamış olan adam silahı yere koyup, ellerini ensesinde buluşturdu hemen. Diğerleri de kısa bir tereddütten sonra aynısını yaptılar ama şefleri çok kısa bir an belindeki silahı çekecekmiş gibi düşünceli kaldı.

Kurt bastonuyla silahını işaret etti:

"Cengiz, şu anda en çok istediğim, o silahı çekip bize karşı koymandır. Böylece o zehir dolu vücudunu kalbura çevirmemiz için neden vermiş olursun bize!"

Gökhan adamın adını ilk defa duyuyordu. Adam Kurt'un sözleri bitince sırıttı ve silahını iki parmağıyla kabzasından tutup yere koydu. "Başka bir sefere efendim."

Kurt, "Sen benim en büyük hayal kırıklığımsın," diye devam etti. "Seni o gün öldürmeli, vücudunu parçalayıp domuzlara yedirmeliydim."

Kurt'un takımındakilerden ikisi Gökhan'ın yanına gelip kelepçelerini açtı. Ayağa kaldırdıklarında yürüyebilmesi için destek oldular. Hep beraber merdivenlerden çıkıp binanın dışına attılar kendilerini. Lüks jipe bindiklerinde Kurt işaret diliyle şoförün kendilerinden olmadığını söyleyip sessiz olmasını ima etti.

Grup ancak gecenin ilerleyen saatlerinde Mamak'taki çift katlı bir evin kapısından girebildi. İki araç değiştirmişlerdi.

Gökhan tuvaletten geri döndüğünde yaşlı adam ile yalnız kaldıklarını gördü.

"Gençleri gönderdim. Merak etme güvendeyiz," dedi Kurt, mutfaktaki masayı yemek için hazırlarken. Bir yandan bastonuna dayanıyor, bir taraftan da tabak, çatal, peynir, zeytin koyuyordu masaya.

Bir an kafasını kaldırıp düşünceli gözlerle Gökhan'a baktı:

"Acıkmışsındır diye kahvaltı hazırlıyorum ama sever misin diye aklıma gelmedi, istiyor musun?"

Gökhan gülümsedi, yıllar vardı ki şöyle Türk usulü bir kahvaltı etmemişti. "Hayır demem imkânsız Komutanım," dedi.

Çay tam kıvamında demlenmişti. Zeytin ve peynir tam damak tadına uygundu.

Gökhan artık konuyu açmanın zamanı geldiğini düşünüyordu. Çayını yudumlarken, "Neler oluyor komutanım Ankara'da? Bu olanlar neydi?" diye sorarak başladı.

"Her zamankinden değişik bir şey olmuyor Gökhan," dedi Kurt. "Sen yıllarca yurtdışında görev aldığın için bilmezsin, bu ülkede tek bir derin devlet ve tek bir istihbarat yoktur. Kendi aralarında sürekli mücadele ederler. Şu çiçekbozuğu suratlı herif, yani Cengiz,

Amerikalıları arkasına aldı ve gücünü arttırıyor. Hükümete, istihbarat içinden muhbirlik yapıyor. Her devirde çıkar böyle birileri."

"Sizin başınız belaya girmesin, beni kurtardınız diye."

Kurt güldü. Güldüğünde o kamptaki adamı hatırlatıyordu. "İstihbarat, kralların büyücülerine benzer," dedi. "Kral büyüden anlamaz o yüzden büyücüler aralarında mücadele ederken kim galip gelirse onu dinler. İstihbarat içindeki mücadelelerde de haklı olan değil, oldu bittiye getirip diğer tarafı saha dışına süren dinlenir."

Gökhan elindeki raporu ve ABD tehlikesini nasıl açacağını düşünüyordu. Birden yaşlı adamın cep telefonu çaldı. Kurt numaraya baktı. Bastona dayanıp ayağa kalkarken telefonu açıp, "Alo, bir dakika bekle," diyerek Gökhan'a döndü. "Yemeğin bitince al keyif çayını, oturma odasına gel. Sofrayı olduğu gibi bırak, yarın temizlikçi kadın gelecek." Kafasıyla telefonu işaret etti, "Önemli bir konu, acil konuşmam lazım."

Gökhan elinde çay oturma odasına geçtiğinde Kurt piposunu yakmış, gözlerini boşluğa dikmişti. Onu fark edince gülümsedi:

"Nerede kaldın sen? Bu kadar aç olduğunu sanmıyorum."

"Yılların hasreti komutanım. Öyle bir yaratıkla evliydim ki uzun süredir bir kahvaltıya hasretim. Hele ki böyle Türk işi."

"Bırak dediğim halde topladın değil mi öte beriyi? Geç şuraya ve anlat bakalım şu meseleyi."

Gökhan, Kurt'u son kez Frank Consal'ın hapsedildiği hücrenin dışında görmüştü. O gün yüzü gülmüyordu. "Bu hücreden üç ay çıkmayacaksın. İçerideki adam bir Fransız. Hakkında ne varsa öğreneceksin, ezberleyeceksin."

"Emredersiniz efendim. Öğrenmem istenilen özel bir şey var mı?"

"Hey salak mısın sen?! Her şeyi dedim di mi! Seni o adamın yerine geçireceğiz oğlum. Hadi göreyim seni."

Öğrenmişti Gökhan. Yerine geçeceği adamın ailesi geçen yıl araba kazasında ölmüştü. Çok olmasa da iyi bir miras kalmıştı adama.

Öğrenimine bir yıl ara verip Tibet'e gitmeye karar vermiş ama Türkiye'ye geldiğinin ikinci gecesinde sokaktaki bir kavgaya karışmıştı. Kendini burada bulmuştu. Bir yanlışlık olduğunu sanıyordu.

Üç ay sonra yerine geçeceği adamı Gökhan'a öldürtmüşlerdi.

Uzun zamandır aklına gelmemişti gerçek Frank Consal, birden beraber geçirdikleri vakitleri hatırladı. Esprili, zeki bir gençti.

"Komutanım, Frank Consal'dan mı başlayayım, son olaydan mı?" dedi.

Kurt piposundan çektiği mavi dumanı saldı. Sadece gözlerindeki ışıltı fark ediliyordu o dumanın ardından. "Gerek yok ona. Sen son görevi anlat. Açığa çıktığın..."

Gökhan, Otto'dan gelen haber ile başladı, dosya konusuna -daha sonra tekrar açmak üzere- şöyle bir dokunup Robus'la yaptığı telefon konuşmasına dek her şeyi anlattı.

Kurt bir süre sessiz kaldı. "Garip," dedi sonunda. "Belki de dışarıdan bir güç değil. Yeni Robus, Cengiz'in grubuna yakın. Öldürülen adam ise gözleme listesinde... Acaba bütün bu olay Gri Takımı bertaraf etmek için yapılmış olabilir mi?"

Gökhan bir iç mücadelenin hedefi olabileceğini ilk kez görebiliyordu: "Vay canına olabilir! İyi ama Gri Takım'dan ne istiyorlar?"

"Gri Takım değil hedefleri, biziz. Bu projeyi, takımı kuran ekip! Bu proje bir skandalla neticelenirse veya skandalın gölgesi düşerse hiç kimse bize arka çıkmaz!"

"Komutanım, eğer öyleyse istediklerini elde ettiler... Cengiz denilen adam zaten üstlerini ikna ettiklerinden, Gri Takımı geri çağırıp denklemi sileceklerinden bahsetmişti. Yani benim arabamı patlatmaları ve benim açığa çıktığımı düşünüp Türkiye'ye gelmem planlarını gerçekleştirmiş oldu."

Kurt güldü. "Doğru düşünüyorsun ama artık oyunlarını açık ettik. Onlar bize bir tuzak kurdu ama biz bunu suratlarına vuracağız. Eğer ki yurtdışında çalışan ajanlara kendi planları için bir tuzak kurmuşlarsa bu onların bertaraf edilmesine yol açar. Yine de bir soru var..."

Gökhan sessiz kalıp Kurt'un devam etmesini bekledi.

"Bunlar niye panikle senden kurtulmaya çalıştı?" Kafası zehir gibi çalışıyordu, ayağa kalkıp bastonu savura savura yürümeye başladı. "Sende onların bu işin arkasında olduğunu belirten bir kanıt olmalı?... Dur, buldum! Mesaj! Sana emri veren mesaj: Otto'dan geldi demedin mi?"

Gökhan bağlantıyı anlayabiliyordu: "Evet. Robus sisteme sızmadan bahsetmişti."

"Boş ver sızmayı. O kadar kolay değil o! Otto'dan gelen mesajın çıkışını almış mıydın?"

"Evet, normal prosedür, görev bitene dek saklayıp yok ediyoruz. Ama bu kez yanımdaki dosyanın içinde kaldı."

"İşte kozumuz o! Sahte görev sana Robus'un emrindeki sistem kanalıyla geldi. Eğer ölseydin bu açığa çıkmayacaktı. Tamamdır oğlum, bu iş tamamdır!"

Kurt saatin gecenin biri olduğunu önemsemeden telefonlara başladı. Heyecanlı ve yüksek sesle durumu anlatıyordu. İki saat boyunca konuşmasını sürdürdü.

Geri döndüğünde Gökhan, "Efendim daha önemli bir konu var," dedi. "Bütün bunlardan çok daha önemli."

Kurt merakla ona bakıyordu.

Bu kez Gökhan'ın konuşması çok daha uzun sürdü ve yaşlı adam sözünü hiç kesmedi.

3 Şubat 2007

ANKARA - BİLİNMEYEN BİR EV

Çöplüğün kıyısında, boş alana kurulu tahta barakanın camına araba farı vurduğunda Gökhan, Uzi'yi çıkarıp emniyetini açtı. Araba çok kısa bir süre durdu. Ön kapı açıldı, biri indi ve şoför hemen hareket etti. Bastonuna dayanan gölgeden, gelenin Kurt olduğu anlaşılıyordu.

Yaşlı adamın birkaç gün önceki kendinden emin tavırlarından eser kalmamıştı. Kapıyı kapatırken endişeyle karanlığa bakıyordu:

"Vebalı gibi olduk Gökhan," dedi.

"Dosya elimizde, görmüyorlar mı?"

"Evet, bakıyorlar ama görmüyorlar. Esas olarak okumuyorlar. Bizim apaçık gördüğümüz şeyi anlamıyorlar. Amerikalılar her yerde bastırıyor, büyük rüşvetler dönüyor. Daire başkanına beş milyon dolar verildiği, çocuklarının Amerika'da okuması için tüm masraflarının karşılandığı söyleniyor. Rüşvet veriyorlar, olmadı korkutuyorlar. Dosya sumen altı edilecek. Hükümetin müsteşarı değiştireceği konuşuluyor."

Gökhan pis sedire oturdu, dün gece gelen ani bir telefonla, konakladıkları evden kaçıp buraya gelmişlerdi. Yenilmiş gibi omuzları düştü.

Kurt, "Bizim ekibe bağlı arkadaşlara işten el çektirildi, kızağa alındılar veya emekli edildiler iki günde," dedi.

Gökhan, "Evet, anlaşılan meramımız dinlenmeyecek," diye söylendi. "Çaresiziz!"

Kurt, "Aslına bakılırsa bana da bir rüşvet teklif edildi," diye bastonuna dayandı. "Güneyde rahat bir emeklilik. Gözümü de korkuttular, kızımı ve torunumu öldürmekle..."

Gökhan şaşırmıştı, Kurt'un bir ailesi olabileceğini hiç düşünmemişti.

"Ne yapacaksınız?" diye sordu sesi titreyerek.

Kurt güldü. "Merak etme, seni satmam. Hatırlıyor musun, kampın son günü ne olmuştu?"

"Köpekler mi?"

"Evet. Beni yanlış tanıyorlar. Onların şantajına boyun eğeceğime, ülkemi satacağıma kızımla torunumu kendi ellerimle öldürürüm. Ama çözüm bulmak lazım. Çözümsüz direnmenin manası yok."

"Sorunumuz önemli," dedi Gökhan. "Amerika Türkiye'ye saldıracak, hem de kısa süre içinde. Ama çözüm bulamıyoruz."

"Aslına bakarsan buna inandırabilsek bile Türkiye ABD'ye karşı ne yapabilir? Konvansiyonel savaşta ordumuzun dayanması imkânsız, istihbarat alanında zaten içimizdeler. Medya, hükümet, ordu, ekonomi... Her yere sızmış vaziyetteler."

Gökhan üzerine düşüncelerini karaladığı defteri eline aldı. "Esasında düşündüğüm bir şey var komutanım. Riskli bir şey. Bir devletin yapabileceği bir şey değil ama bir grup olabilir."

Kurt geriye yaslandı. "Eee anlat, daha ne bekliyorsun? Birileri kafamıza bir roket atmadan şu barakadan bir planla çıkalım."

Gökhan, kâğıda çizdiği şekli gösterdi. "Bulabilir misiniz?"

Kurt gölgeler içinde bir kâğıda, bir Gökhan'a baktı. Bir çocuk çizimine benzeyen, altından alevler çıkan bir füze görüntüsü vardı. "Belki ödünç alabilirim ama buradayken ne işimize yarar bunlar? Kullanırsak bize kullanılmasına da yol açarız ve bu topyekûn sonumuz olur."

Gökhan acı acı gülümsedi, "Burada kullanmayacağız. Gerekmedikçe de devreye sokmayacağız. Aslına bakılırsa füze kısmını da atabilirsin. Bize sadece başlığı ve bu başlığı ateşleyebilecek bir mekanizma lazım."

İkili saatlerce ayrıntılı bir plan yaptı. Önlerinde az zaman kalmıştı, eğer görevlerini başaramazlarsa Türkiye diye bir ülke, daha doğrusu Anadolu'da Türk kalmayacaktı.

3. Bölüm: KUVA-İ MİLLİYE

23 Mayıs 2007 - Saat: 19.00
İSTANBUL BAYRAMPAŞA...

Ömer içindeki son sigarayı aldıktan sonra paketi buruşturup attı. Biraz ileride bir çöp kutusu vardı ama şu anda buna dikkat etmeyecek kadar işine vermişti kendini. İyi bir av arıyordu. Çantasını kapıp kaçabileceği, fazla direnmeyecek bir kadın...

Bayrampaşa Cezaevi'ndeki üç aylık kapkaç cezasını doldurup çıkalı henüz iki saat olmuştu ve Güngören'deki evine gitmeden önce birkaç günlük harçlığını çıkarmaya kararlıydı.

Deneyimli gözleriyle gelip geçen kadınları tartıyordu. Çoğu kolunun altına geçirdiği çantasına sımsıkı yapışmıştı.

Sigaranın birkaç nefeslik ömrü kalmıştı ki gülerek yürüyen iki kadına gözünü dikti. Biri başörtülü; diğeri boyalı, sarı saçlı, orta yaşlı iki kadın. "Bunlar kuaförden çıkmış," diye düşündü. Akşam ya bir düğün ya da bir kına gecesi olmalıydı. Süslenip püslenip hazırlanmışlardı.

"Kocaları versin paraları, boyaya, şuna buna dökerler!" diye kızgın kızgın söylendi.

Hep böyle yapardı... Bir avı gözüne kestirir, ondan sonra onu soymasına neden olacak bahaneler uydurur, kendi kendini ikna ederdi.

Bunlar da hak ediyordu işte soyulmayı. Ömer'in anası bir gün kuaföre gitmiş miydi! Kadıncağız sarhoş babasının kahrını çekmiş, ondan saklayabildiği biraz parayla Ömer'i ve kardeşi Harun'u büyütmeye çalışmıştı.

Araya belli bir mesafe koyarak kadınları takibe başladı. Başörtülünün kolunda bilezikler vardı ama sarı saçlı çantasını çok sıkı tutmuyordu.

Hedefini belirledikten sonra bu kez etrafı kolaçan ederek yürümeye başladı... Çantayı çaldıktan sonra bir daha yakalanmak istemiyordu. Şansına sokak bomboştu, araç trafiği bile seyrelmişti. Biraz ileride, mağazalardan sonra dört yol ağzı vardı. Orada çalıp kaçarsa, karşıya geçip gözden kaybolurdu.

Kadınlarla arasındaki mesafeyi giderek kısaltmaya başladı.

Bahçeli bir kahvenin yanından geçerken, kulağına Başbakanın heyecanlı sesi takıldı. Başını çevirdiğinde sokağın neden bomboş olduğunu anladı; kahvenin içi tıka basa doluydu ve millet gergin, hüzünlü gözlerle televizyona bakıyordu.

"Aldığımız haberler Amerikan uçaklarının harekete geçtiği ve ülkemize saldırmak üzere olduğu yönünde. Metin olun ve Allah'ın izinden ayrılmayın. Biz yaşadıkça bu topraklar üzerinde hiçbir düşman askeri sağ kalmayacaktır," dedi Başbakan.

Ömer yanlış duyduğunu zannetti. Kadınları bir an unutmuştu, kafasını çevirdiğinde dolmuşa bindiklerini fark etti, elini sallayıp "Tüh be!" diyerek kahveden içeri daldı.

Başbakanın açıklaması o dakika bitmişti, basın toplantısı yapılan yerdeki kargaşa ekrana yansıyordu. Herkes birbirine dönmüş, telaşla konuşuyordu. Ömer arka tarafta dikilen uzun boylu bir adama yanaştı. "Hocam, nedir bu böyle? Neler oluyor?"

Adam önce onu baştan ayağa bir süzdü. "Sen neredeydin ki haberin yok, savaş çıktı."

Ömer şaşırmıştı, "Biz mi?! Türkiye mi savaşıyor?" diye sorabildi. En son dün öğlen haberleri izlemişti, orada Amerika ile Suriye arasındaki gerginlikten bahsedilmişti.

"Evet, ya biz," dedi adam. "Üstelik Amerika ile... Herifler bizim askerlere saldırmış. Binlerce askerimizin üzerine bomba atmışlar."

Ömer'in bir an gözleri karardı. Duvara dayandı. Kahve boşalmaya başlamış, herkes ailesinin, yakınlarının yanında olmak için hızla harekete geçmişti. Orada yarım saat kadar oturup haber bültenlerinden gelişmeleri takip etti.

Çayını bitirip parasını verirken kahveciye, "En yakın askerlik şubesi nerede biliyor musun hocam?" diye sordu.

23 Mayıs 2007 - Saat: 19.00
İSTANBUL BEYOĞLU

Emel, İstiklal Caddesi'nde etrafından akan yaşamı hissetmeden Galata'daki evine doğru yürüyordu. Kulaklarında bir uğuldama vardı. Doktorun sözleriydi beyninde yankılanan:

"Akciğer kanseri, ne yazık ki en tehlikeli türünden ve yayılmış..."

Bunda ironik bir yan olmalıydı, Emel sigara içmez, yanında içilmesine bile izin vermezdi.

Doğup büyüdüğü Almanya'dan Türkiye'ye geleli, İstanbul'a yerleşeli bir yıl kadar olmuştu. Kıyafet çizimleriyle tekstil şirketlerini uzun süre dolaştıktan sonra nihayet Almanca ve İngilizce bilgisi nedeniyle bir işe girebilmişti. Gerçi firma onu daha çok Almanya ve ABD'deki müşterileriyle irtibatta kullanıyordu ama hayatından memnundu. Şimdi bu hastalık en beklenmedik anda, tam da istediği yaşama kavuşmuşken ortaya çıkmıştı.

Evinin olduğu sokağa girerken etrafına baktı. Hiçbir şey değişmemişti; sanki değişmesi gerekiyor, onun bu hayattan çekip gideceğine bir tepki vermesi gerekiyordu dünyanın. Evine giderken apartmanın altındaki bakkala uğradı ve su, ekmek, makarna aldı. Bir yıl önce ilk girdiğinde kendini Seyfo diye tanıtmış bakkalın yüzünden düşen bin parçaydı.

"İsterseniz dükkân açıkken biraz daha bir şeyler alın," dedi

Emel'e. Tanıştıklarında sarı saçları, mavi gözleri ve daha çok Türkçe'yi konuşma biçiminden yabancı sanmıştı onu. Emel bir an gülümsedi, Seyfo'nun dediğine bir anlam verememişti ama otomatik hareketlerle birkaç paket kuru yiyecek daha aldı ve evine doğru hızlı adımlarla ilerledi.

Kendisini evin içine attıktan sonra derin bir oh, çekti. Hemen elindekileri mutfağa yerleştirip televizyonu açtı. Televizyonda anlaşılmayan görüntüler vardı. Duman çıkan bir yeri gösteriyorlardı. Kamera serbest şekilde koşturarak oradan oraya gidiyor ve ellerini başı arasına almış, yüzlerinde derin kesik izleri olan insanları gösteriyordu. Görüntünün üzerinde hiçbir yorum yapılmıyordu. Kanı çekildi Emel'in, bir şeyler olmaya başlamıştı. Görüntülerin nereye ait olduğunu çıkartmaya çalıştı. Ancak buna imkân yoktu. Büyük bir bina vurulmuş gibiydi ve bina çevresindeki insanlar ağlayarak etrafa koşuşturuyordu.

"Sevgili seyirciler, şimdi vurulan İçişleri Bakanlığı binasının içinden çıkarılan yaralıları görüyorsunuz. Binanın tam orta yerinde patlayan bomba nedeniyle çıkan yangın henüz kontrol altına alınmış gibi görünmüyor."

Emel ayakta öylece kalakalmıştı. Dili damağı kurumuş halde odanın içinde dolaşarak televizyondaki görüntülere bakıyordu. "İçişleri Bakanlığı mı? Bu hangi ülke ki?"

"Bina... Evet şimdi sesleri duyuyorsunuz sevgili seyirciler... Bunlar uçakların sesleri.. Ancak kime ait olduğunu buradan tespit etmemiz mümkün görünmüyor. Bunlar hava saldırısına katılan Amerikan uçakları olabileceği gibi savunmaya geçen bizim hava kuvvetlerimiz de olabilir."

Tanrım, bu gördüklerim gerçek olamaz, diye düşündü. Birkaç gündür Amerika, Suriye arasında gerginlik olduğunu biliyordu ama Türkiye ne zaman savaşa girmişti?!

Her şey bir saçmalık, şaka, yalan gibi gelmeye başladı bir an, hastalık haberinden sonra böyle bir şok gelişme çok ağırdı arka arkaya. Cama gidip etrafa baktı. Sanki saniye saniye bir şeyler değişiyor gibiydi. Şimdi sokakta, hızlı adımlarla eve giden insanlar vardı. Kadınlar acele adımlarla ellerindeki torbaları sallayarak büyük ihtimalle evlerine doğru gidiyorlardı. Belirgin bir gerginlik dalgasının sinsice insanların çehresini sarmaya başladığını gördü. Bu koca ülkede yalnızdı. Ve şimdi o ülke, büyük bir saldırı altındaydı.

Telefon çaldı, Emel irkildi. Heyecanla ahizeyi kaldırdı. Almanya'dan babası arıyordu:

"Emel, hemen ülkeyi terk et kızım, durum çok kötü."

Emel'in o ana kadar tuttuğu sinirleri boşaldı. Hıçkıra hıçkıra ağlamaya başladı.

"Kızım, sakin ol. Ben oraya gelemiyorum, lütfen hemen havaalanına git ve bulabildiğin ilk uçağa atla kızım."

"Baba... bunu yapabileceğimi sanmıyorum." Sesi titriyordu. Telefonun ucundaki babası da kızının durumundan etkilenmiş ve ağlamaya başlamıştı. Almanya'daki ev karışmıştı. Emel, annesinin ve kardeşinin sesini duyabiliyordu.

"Lütfen susun.. lütfen!" diye bağırarak ahizeyi yere fırlattı. Titreyerek dizlerinin üzerine çöktü ve başını ellerinin arasına aldı. Telefon ahizesi uzağındaydı ama gelen sesleri duyabiliyordu. Babası sürekli bağırıyordu...

Karmaşaya yeni bir boyut eklendi birkaç saniye sonra. Siren sesleri duyulmaya başlandı. Harbiye Orduevi ve İtfaiye Bölge Müdürlüğü'nün hava saldırısı tehlikesini belirten sirenleri çalmaya başladı.

Emel'in babası bir an için şok geçirdi. Telefondan gelen sese dikkat kesildi. Emel'in de ağlaması durmuştu. Bu yeni sesin ne anlama geldiğini çözmeye çalışıyordu hepsi. Dalgalı bir siren sesi yükselip alçalarak kulaklarına doluyordu. Emel yerden kalkıp cama gitti. Sokaklar karışmaya başlamıştı. Trafik keşmekeş haline dönüşüyordu. İnsanların koşarak belirsiz yönlere doğru uzaklaşmasını seyretti. Nedense aklına telefon geldi, hâlâ meşgul sesi vermiyordu. Yavaşça ahizeyi kaldırıp, "Merak etmeyin, ben iyiyim," dedi. Sesi gerçek olamayacak denli güçlüydü. Çok fazla konuşacak bir şey yoktu. Havaalanına gitse bile ülkeyi terk etme şansının kalmadığını hissedebiliyordu, daha da ilginci bunu istediğinden emin değildi. İstemiyordu aslında, bu şehri bırakıp gitmek, kaçmak. Tıpkı onun gibi, ülkesi ve yaşadığı şehir de ölümcül bir tehlike altındaydı.

Bu kez yalnız değildi. Kendini ülkesiyle, şehriyle tüm insanlarıyla bütünleşmiş gibi hissetti.

Kanında dalgalanan enerjiyi her yanında hissetti. Babasını sakinleştirmek için birkaç cümle edip telefonu kapattı. Gençliğinde verdiği bir söz geldi aklına; güçlü olacaktı. Aynen şimdi olacağı gibi. Ne olursa olsun var olmalıydı ve buna karşı gelen her şeyle savaşmaya hazırdı.

23 MAYIS 2007- Saat: 23.50
TOROSLAR

Gökyüzü beyaz çizgilerle parçalanmış gibiydi. Sekiz motorlu dev kuşlar, B-52'ler değişik yönlerden bölgenin üzerinden geçiyordu ama nereye gittiklerini kimse bilmiyordu. Kayseri Komando Tugayının 1. Taburuna bağlı askerler Amerikan hava harekâtı başladıktan kısa süre sonra karargâhı terk etmiş ve dağlık bir arazide kamp kurmuşlardı. Yanlarına fazla mühimmat almadıkları için bir süre saklanmak zorunda kalmışlardı. Neyse ki Türk Ordusunun savaş zamanı için hazırladığı gizli sığınaklardan bir tanesi çok yakınlarındaydı. Tabur komutanı, Genelkurmaydan gelen emri beklemiş ve emir eline ulaşır ulaşmaz gizli sığınağa ulaşarak ne kadar ağır silah varsa askerlere ve bulabildikleri araçlara yüklemişti. Sonrasında olabildiğince hızlı ve gizli şekilde, emredilen bölgeye doğru harekete geçmişlerdi. Beş ya da altı saat sürmüştü yolculuk ve bir noktada araçları bırakarak savaş düzenine geçmişler, gerekli mevzileri oluşturmak için zamanla yarışa başlamışlardı. Zaman çok önemliydi, Amerikan saldırısı kimsenin beklemediği bir anda ve beklemediği hızda gerçekleşmişti. İki taraf da zamana karşı savaşmak zorundaydı.

Emir, Amerikan zırhlılarının Toroslardaki geçitleri aşmasının önlenmesiydi. Türk Mekanize birlikleri hava saldırısının öncelikli hedefi oldukları için hızlı hareket edemiyorlardı, eğer bunu yaparlarsa deneyen birkaç mekanize birlik gibi yoğun bombardımana maruz kalabilirlerdi. Kayseri Komando'nun 1. Taburu Toroslardaki geçidi kapatmakla görevlendirilmişti ama bunu başarmak için gerekli koordinasyonu kendileri yapmalıydı. Tabur Komutanı Binbaşı Tümer, 2.bölükten oluşan birliğini arazide güvenceye alıp gizlice ağır silah hazırlıklarının tamamlanması gerektiğini biliyordu ve öyle yapmıştı. Tugayın geri kalan kısmı Ankara'nın kuzeyine gönderiliyordu.

Binbaşı, gökyüzüne baktıkça durumun kritik olduğunu görebiliyordu, çok yoğun bir hava hareketi gözlemleniyordu ve yavaş yavaş kulaklarına ulaşmaya başlayan sesler, saldırıların çapı hakkında yeterli ipucu veriyordu.

Geçidin her iki yanına bir bölük asker yerleşmiş, bulabildikleri mağaraları korunaklı savaş mevzileri haline getirmişlerdi.

"Hasan, dikkatli olun! Ufukta kesif bir siluet görüyorum. Tam da beklediğimiz gibi..." Sesi dik bir tondaydı, kasları gerilmiş ve ileri atılmayı bekleyen bir vahşiye dönüşmüştü. Binlerce yılın savaşçı genleri yerinde duramıyordu. Emri alan Yüzbaşı Hasan el hareketleriyle karşı tepedeki bölük komutanını da uyardı.

Geçidin birkaç kilometre ilerisinde beliren küçük bir aracı fark ettiler. Aracın üzerinde yükselen bir gözetleme cihazı etrafı taradı ve yavaş yavaş geçide yaklaştı. Daha önce buraya B-52'lerin bombardıman yapması nedeniyle geçidin temiz olduğunu düşünüyor olmalıydılar. Zamanlama da şans, Türk tarafındaydı. Hava saldırısından nerdeyse yarım saat sonra komandolar mevzilere girmişti. Dev kraterlerin bazıları da siper olmak için hayli uygundu doğrusu.

Amerikan ileri gözetleme aracı geçidin ağzına kadar geldi ve durdu. Kamerayı taşıyan yükseltilmiş kafa, geçidi çevreleyen yükseltileri taramaya başladı. Sessizlik bunaltıcıydı. Komandolar nefes bile almadan araziye yayılmışlardı. Gözetleme aracı geçidi aşmak üzere hareketlendi. Hâlâ dikkatliydi ama hızlanmaya başlamıştı. *Tatmin olmuş olmalı,* diye düşündü Binbaşı Tümer.

İleri gözlem aracı geçitten geçip de gözden kaybolurken komandolar rahat bir nefes aldı. Bir dakika sonra Amerikan öncü grubuna bağlı Bradley zırhlı araçları ve M1A2 tankları geçidin girişinde belirdi. Araçların üzeri ekleme yakıt tankları ile doluydu. Binbaşı Tümer ellerinde, tankları yeterince etkili biçimde vuracak silahları olmadığını düşünüyordu. Dört Milan tanksavar füze sistemi, iki 106 milimetre geri tepmesiz top ve hemen hemen her askerin taşıdığı RPG roketatarları. *Bu yeterli olmayabilir,* diye iç geçirdi. Başka bir şey yapmalıydı. Dürbünü ile, gelen araçları inceledi, bu sadece başlangıçtı ve koskoca bir tümenin öncü gücüydü. Bir an aklına bir şey geldi. Tanklar lojistik sorun çıkma ihtimaline karşı yakıt tankları ile doluydu. Tank zırhlarını geçmek zordu ama yakıt tanklarının dış çeperi hafif silahlarla bile delinebilirdi. Yüzbaşı Hasan'ı çağırdı.

"Bütün askerlere emredin, boşa ateş etmesinler. Ben işaret verince zırhlı araçların üzerlerindeki haricî yakıt tanklarına ateş edecekler. Nereden ateş geldiği önemli değil. Ne olursa olsun tek hedef o yakıt tankları. Yüzbaşı başını salladı ve hızla siperden çıkıp diğer siperleri dolaşmaya başladı. Birkaç dakika içinde komandolar ne yapacaklarını bilir durumdaydı. Bu, kendilerini daha iyi hissetmelerini sağlamıştı.

Tanklar yaklaşırken gerginlik arttı. Helikopter sesleri de duyulmaya başlamıştı. Her saniye önemliydi. Amerikan Kiowa gözlem helikopterleri, saklanan askerleri tespit ederse tam bir felaket olurdu bu, Türk askeri için.

Dört tank ve sekiz zırhlı araç neredeyse geçidin başına gelmişti. Yaklaşık kırk beş metrelik yükseltinin hemen altında toplanmaya başlamışlardı. O anda bir Kiowa helikopteri garip bir manevra yaptı. Hızla yükselmeye başladı. Binbaşı Tümer ne olduğunu anlamıştı, tespit edilmişlerdi.

"Ateş!!!" diye bağırdı, sesi etraftaki tepelerde ekolandı. Aşağıdaki tank ve zırhlı araçlar durmuştu, içindeki askerler başlarını çıkarıp tepelerin üzerlerine baktılar. Kiowa telsizle durumu bildirmişti.

Bir anda karşılıklı iki tepenin üzerinden ateş yağmaya başladı. Tanksavar silahlarının gürültüsü ve vınlaması vadiyi doldurdu. Amerikan tankları hızla manevra yapmaya çalıştı ama çok sıkışık bir alanda yakalandıkları için çarpıştılar. Milanların çarptığı tanklar şiddetli bir patlama ile vadiye binlerce ölümcül metal parçacık saçtı. Kiowa helikopteri de makineli topu ile etrafa ateş ediyordu ama askerler aldıkları emir gereği helikoptere bakmaksızın hedeflerine ateş ediyorlardı. Binbaşı Tümer haklı çıkmıştı; yakıt tankları, aldıkları darbelere dayanamayarak ardı ardına patlamaya başladı. Yanmaya başlayan araçlardan çıkan askerler, zırhlıları terk ederek geldikleri yöne doğru koşmak istedi. Mermiler onların üzerine odaklanmıştı şimdi, patlayan bedenlerden çıkan kırmızı işaretler vadinin toprakları üzerinde belirgin bir hale geliyordu.

Vadi kapanmıştı, Kiowa helikopteri aldığı yara nedeniyle geri döndü. Esas birliğe bağlı başka tanklar uzakta bir noktadan vadiye ateş açmaya başladı. Komandolar bulundukları noktayı terk ederek daha geriye gittiler. Savunma savaşı başlamıştı. 60 mm'lik havanların atışı yeterli baraj sağlamıştı. Tanklar biraz geri çekildi, karşılarında kararlı ve iyi mevzilenmiş bir güç olduğunu anlamışlardı. Telsizlerindeki konuşmalar hava desteği istediklerini gösteriyordu. Binbaşı Tümer de bunun farkındaydı. Birazdan yakın hava desteği ile de mücadele etmeleri gerekecekti. Ancak yakın hava desteği kavramı biraz değişmişti son yıllarda. Dev B-52'ler yakın hava desteği sağlıyordu. Şimdi kilometrelerce yukarıda kendileri istikametinde hareket eden uçağın hedefinden emindiler. B-52 seksen dört adet 250 kiloluk uydu güdümlü bombayı vadiyi temizlemek üzere taşıyordu. Türk komandolarının yerleri uzaydan gelen verilerle tam olarak belirlenmiş, Amerikan öncülerindeki ileri hava kontrolörleri yardımıyla B-52'ye aktarılmıştı.

Dakikalar sonra vadinin üzerinde patlayan bombaların sesleri ve portakal rengi alev topları çok uzaklardan görülür halc gclmişti ama hâlâ Türk siperlerinden ateş ediliyordu. Amerikan birlikleri bir süre daha bu direnişle uğraşmak zorundaydı. Onlar için de zaman kritikti ve karşılarındaki birlik kendilerini durdurmakla büyük zarar yaratmıştı zaten.

24 Mayıs 2007 - Saat: 10.30
ANKARA

Hikmet Pars, yerin çok diplerindeki Harekât Komuta Merkezinde kırmızı telefonun ucundan ayrılamıyordu. Tek oğlu Erkan'ın öldüğünü bilinçsiz bir şekilde hissediyordu. Bütün dikkatini bu acımasız savaşı yönetmeye vermişti.

İnanılmaz bir iletişim trafiği vardı. Türk Ordusu TAFICS sistemi sayesinde düşmanın elektronik karıştırıcılarının işe yaramayacağı bir iletişim altyapısına kavuşmuştu ve saldırının başlamasından saatler sonra bile Türkiye'nin her yerindeki birliklerle doğrudan doğruya telefon görüşmesi yapabilecek seviyede iletişim sağlanabiliyordu. Ancak Amerikan askeri istihbaratı TAFICS sisteminin aktarıcı istasyonlarından belirleyebildiklerini hava kuvvetlerine bildirerek vurulmasını sağlamıştı. İletişim zaman zaman kesilerek sağlanabiliyordu.

Hükümet üyeleri ortada yoktu. Varılan ortaklaşa bir karar gereği hükümet üyeleri kendi işleri ile ilgili bakanlıkların yöneticileri ile sürekli temas halinde olacaklar ve gerekli idareyi sağlayacaklardı. Sadece savunma ve güvenlik ile ilgili bakanlar, Başbakan ile yakın temasta olacaktı ve birbirlerinden fazla uzaklaşmayacaklardı. Hiçbir devlet görevlisi artık resmî binaları kullanmayacaktı, zaten kullanacak fazla bir bina da kalmayacaktı bir süre sonra. Artık her yer devlet binasıydı. Muhtarlıklar bile kısa bir süre için Başbakanın idare ofisi olarak kullanılabilirdi.

Kuvvet komutanları hepsi ayrı bir masada sürekli telefon üzerinden bilgi alarak not tutuyordu. Yüzlerinde sıkkın ama dinamik bir ifade vardı. Enerjilerinin doruk noktasındaydı hepsi de. Harekât Merkezi'nde duyulan sesler ve konuşmalar sıradan bir insanın kanını dondurabilirdi. Bütün güvenlik duygusunun yitirilmesine neden olacak kadar şiddet dolu mesajlar yağıyordu ülkenin her yanından.

"Donanma Üssü ağır saldırı altında. Tekrar ediyorum Donanma Üssü ağır saldırı altında!" diye bağırdı, operatör subay. Deniz Kuvvetleri Komutanı Oramiral Tahsin Yücesun masasından kalkıp hava radar ekranının önüne gitti. Ege bölgesindeki uçak yoğunluğuna baktı. Hava saldırısının ölümcül olduğuna şüphe yoktu. Deniz Kuvvetlerinin on iki savaş gemisi Bodrum'daki üste bulunuyordu ve şu anda bu donanma gücü şiddetli bir hava saldırısı altındaydı. Operatörün önündeki konsolda bulunan ahizeden üsle bağlantı kuruldu.

Üs komutanı Amiral'in telefonundan uçakların sesleri geliyordu. Zaman zaman rapor verebiliyordu Amiral. Üssün tepe üzerinde bulunan Merkez Binası ve radar anteni vurulmuştu, gemilerin hemen hepsi yanıyordu. Uçaksavar ateşi ise kısa bir süre önce susmuştu çünkü radar güdümlü 40 mm uçaksavar topunun bulunduğu tepeye birkaç füzenin isabet ettiğini görülmüştü. Bunlar büyük ihtimalle hava savunma radarlarının yaydığı tespit dalgalarını takip ederek kaynağı ortadan kaldıran HARM füzeleriydi.

"Çok fazla aktivite yok üste." Amiralin sesi kısık kısıktı.

"Özel Eğitim Komutanlığı'ndaki lojmanlar bölgesine birkaç bomba düştü. Can kaybı konusunda bilgi yok. Söndürmeye çalışıyoruz," diye devam etti. "Burada durum çok kötü efendim, SAT komandolarını Ankara'ya yolluyorum, burada yapacak bir şeyleri yok."

"Anlaşıldı Paşam, haklısınız. Onlara burada daha çok ihtiyacımız olabilir."

Tahsin Bey planları kafasında hazırlamıştı çoktan. SAT komandolarını karada sabotaj amaçlı kullanmayı düşünüyordu. Amerikan birliklerine karşı ne denizde ne de havada savaşmanın pek imkânı vardı. Onları karada karşılamak zorundaydılar ve o karşılaşmada ellerinde ne varsa kullanacaklardı.

Korkunç bir gürültüyle sarsıldı bina, Harekât Merkezi'ndeki tüm aygıtlar bir an için bozuldu; sarsıntının durmasıyla tekrar eski hallerine döndü. Herkes bulunduğu yerden düşmüştü. Patlamanın şoku geçmeden ikinci bir patlamayla sarsıldı Harekât Merkezi. Kablo bağlantılarından çıkan dumanlar kapladı etrafı. Birkaç küçük elektrik yangını çıkmıştı ama askerler hemen müdahale edip söndürdüler. Hikmet Paşa, kendisini toparlamaya çalıştı. Şaşkın bir şekilde etrafına bakıyordu ki üçüncü bir patlama herkesin tekrar yere yapışmasına neden oldu. Nefes almak mümkün değildi. Yerin metrelerce altındaydılar ama uğradıkları saldırının boyutları tahmin edilemeyecek düzeydeydi. Genelkurmay Başkanlığı Binası yerle bir edilmekteydi. Harekât Merkezi'ndeki subaylar bir süre bekleyerek yeni bir saldırının etkilerini en aza indirgemek için kendilerini güvenceye aldı. Ortalığı kötü bir is kokusu ve duman sarmıştı.

Kuvvet komutanları hızla Hikmet Paşanın yanına geldiler:

"Bu adamlar çıldırdı efendim, artık düzeni terk edip dağınık bir savunmaya geçelim. Bu herifler bizi alt etmeye kararlı," diye bağırdı Kara Kuvvetleri Komutanı Orgeneral Fahri Sert. Zıpkın gibiydi, hemen eline silahı alıp dışarı çıkmak istiyordu.

"Komutanım, deminden beri aldığım haberler felaket. Çıkıp bu adamlarla göğüs göğüse savaşmak zorundayız."

"Fahri Paşa, nedir durum?"

"Komutanım, Irak'ta bizim tugayları yok eden birlikler ve onlara katılan tümenler, hızla ilerliyorlar. Tam olarak kesin bilgiler gelmiyor ama her yerde büyük bir çatışma var."

"Allah belalarını versin!" Genelkurmay Başkanı Hikmet Pars hırsından çıldırıyordu. Türk Ordusu her yandan saldırıya uğruyordu. Hava Kuvvetleri Komutanına döndü. Soran gözlerle baktı.

"Savaşıyoruz Komutanım." Sesi gururluydu Hava Kuvvetleri Komutanı Orgeneral Orhan Akyürek'in ama yaşadığı üzüntü gözlerindeki derin maviliklerde hissediliyordu. "Aldığım son haber hava savaşının devam ettiği yönünde. Ancak boyutları belirsiz. Uçaklarımız kalkabildiler, ancak hepsi değil." Ses tonu düşüyordu bu noktada.

"Kayıp?"

"Komutanım, Malatya Erhaç 7. Ana Jet Üssü'ndeki uçaklarımız kalkabildi ve sert bir hava savaşına giriştiler. Bazı Amerikan uçaklarının vurulduğu haberleri geliyor. Henüz kesin bir rapor yok. Ancak Malatya Üssü'nü talan etmişler sonrasında. Üsten geriye bir şey kalmadı. O bölgedeki hava üslerinde de durum benzer. Sanırım F-16'larımız ilk hava çatışmasını F-18'lerle yapmışlar ve birkaçını düşürmüşler, ama sonra...Bir F/A-22 filosu ile karşılaşmışlar. Daha doğrusu F/A-22'leri görememişler bile...Biliyorsunuz bu uçakların bizim elimizdeki uçaklarla tespit edilip vurulması neredeyse imkânsız. F-22'ler, uçaklarımızı daha erken tespit edebilecek donanıma sahip olduğu için füzeleri gelişigüzel fırlatıyorlar ve o füzeler bizim uçaklara yaklaştığında otomatik olarak hedefe kilitleniyor."

Paşanın yüzü asılmıştı:

"Ya savaş nerde oluyor Paşam?" Hikmet Paşa sinirlenmişti.

Şimdi hepsi ayaktaydılar. Subaylar yukarıdaki manzarayı anlatıyorlardı birbirlerine. Binanın üst tarafı tamamen yok olmuştu ve yangın vardı. Ancak Harekât Merkezi bundan etkilenmiyordu ve acil bir durumda binayı hızla terk edebilecekleri gizli bir çıkış noktaları vardı.

"Komutanım, Eskişehir 1. Ana Jet Üssünden kalkan F-16'lar Bodrum ve Marmaris'e saldıran uçaklarla it dalaşına girdiler. Kesinleşen altı vuruşumuz var, dört F-18 ve iki de elektronik karıştırma uçağı." Yüzü aydınlanmıştı Orhan Paşanın. O uçaklardan birisinin içinde olmayı ne kadar da çok isterdi.

"Orhan Paşa, sen buna savaşmak mı diyorsun?" Hikmet Paşanın hiddeti artmıştı. "Malatya'dan kalkan uçaklara ne oldu?" diye sordu.

"Komutanım uçaklarımızın karşısında nerdeyse yüz savaş uçağı vardı. Ne yapmalarını bekliyorduk ki? F-16'larımızın yarısı vuruldu, bir bölümü de yaralı şekilde üsse dönerken düştü."

"Hava Kuvvetleri savaşmalı mı sizce? Yoksa dost bir ülkeye mi gönderelim?"

"Başka şansımız yok Komutanım, savaşmalıyız. Başka bir ülkede de işimize yaramayacaklar. Eğer bu uçaklar savaşmazlarsa yerlerinde vurulacaklar. Şu ana kadar ciddi bir zarar verdirdik ama hava üstünlüğü onlarda. Hava operasyonunun daha uzun sürmesi ve Amerikan yer operasyonunun zorlaştırılması sağlanıyor... Umarım."

"Bu savunma ne kadar dayanır?"

"Komutanım, havaalanlarımızın tamamı saldırı altında. Bu gecenin sonunda havaalanlarını kullanılmaz hale getirirler ama biz yine düzeltme çalışmaları yapıp uçak kaldırabiliriz."

"Tamam Orhan Paşa, sanırım bütün iş pilotlara düşüyor. Mümkünse uçaklarını kurtaramayan kendisini kurtarsın."

Bu sırada büyük bir patlama duyuldu. Bu sefer Başkanlık yakınlarındaki başka bir bina isabet almış olmalıydı.

"Bu binayı terk ediyoruz; gizli sığınakta buluşacağız bu akşam. Oradaki hazırlıklar tamamlanmak üzere. Seferberlik ilanı yapıldı. Kara Kuvvetlerinin sınır birliklerine emir verin. Hiçbir birlik teslim olmayacak ve herkes bedenini siper yapacak. Geri çekilmek yasaklanmıştır."

"Sınırdan çekilmek diye bir şey söz konusu değil Komutanım." Kara Kuvvetleri Komutanı Fahri Sert'in sesi de soyadı gibiydi. "Gelen son bilgi, 1. Zırhlı Süvari Tümeni ve 3. Zırhlı Süvari Alayına bağlı kuvvetlerin Akçakale'nin yüz kilometre kadar batısından, sınırı geçtiği yönünde Komutanım. Tank ilerleyişine savaş helikopterleri eşlik ediyor. Bir komando taburumuz 3. Zırhlı Süvari Alayının zırhlı bölüklerinden birisini tuzağa düşürmüş. O bölükteki tankların çoğu vurulmuş ve kalanlar da Suriye'ye çekilmişler ama sanırım genel saldırıyı durdurma konusunda fazla bir etki yaratamadı bu çatışma."

"Allah kahretsin. Bu kahrolasıların hedefi ne peki?"

"Zırhlı Süvari Tümeninin ve ona eşlik eden alayın çok hızlı ilerlediği bildiriliyor. Sanırım hedefleri Ankara. Üstelik önlerinde onları durdurabilecek doğal bir engel de yok. Seyhan ve Ceyhan ırmaklarını hızla geçeceklerini tahmin ediyoruz. Eğer ordu durdurmazsa birkaç gün içinde Ankara'ya ulaşırlar. Tek şansımız Tarsus'un kuzeyinde, Toroslar'da onları yavaşlatmak. Konya ovasına çıkarlarsa Ankara'yı kurtaramayız."

"Buna şaşırmadım. Irak'ta yaptıklarını yapmayı düşünüyorlar. Önemli şehirleri ele geçirip ülkenin geri kalanının bunu kabullenmesini sağlamaya çalışacaklar."

"Kara Kuvvetlerinin bu piçleri durdurmasını emrediyorum!" diye haykırdı Hikmet Pars. Bu sözleri duyan Fahri Sert'in yüzü gerildi:

"Komutanım, bu çok kesin bir emir. İzin verin, bu savunmayı bizzat ben idare edeyim. Ancak 1. Zırhlı Süvarinin yanı sıra ona yetişecek olan 4. Mekanize Piyade Tümeni, 3. Zırhlı Süvari Alayı ve 101. Hava İndirme Tümeni ile de savaşmak zorunda kalacağız."

Hikmet Pars bir süre düşündü. Amerikalılar en düşünülmeze cüret etmişti. O zaman oyunun kurallarını değiştirmek gerekiyordu:

"Peki Fahri Paşa. Bunları Ankara'ya yaklaşmadan durdurun. Hedefiniz, ne pahasına olursa olsun 1. Zırhlı Süvari Tümenini durdurmak. Gerisi Allah kerim..."

"Komutanım, 9. Tank Tugayı ve 28. Mekanize Tugay harekete geçmek üzere hazırlanıyor. Birlikler hemen karargâhını terk etmeli. Çok hızlı olmalıyız."

"Komuta sende Paşam, ne istiyorsan onu yap. Beni bilgilendir."

Operatör subay koşarak yanlarına geldi:

"Komutanım, şiddetli bir hava saldırısı dalgası geliyor. Hava sahamıza Irak'tan ve Akdeniz üzerinden çok fazla sayıda uçağın girdiği tespit edildi."

Hikmet Pars gözlerini radar ekranına dikti, Türk hava sahası Amerikan uçakları tarafından istila edilmiş gibiydi. Sınırları belirten çizgilerin etrafı sarı noktalarla dolmuştu. Gizli Harekât Merkezine gitmenin zamanı gelmişti. Hazırlıklarını yaptı ve Harekât Merkezinin gizli çıkış kapısına gitti. Arkasından bir subay ordusu onu izliyordu. Sivil araçları kullanarak Ankara'nın biraz dışındaki bir merkeze gitmeleri gerekiyordu.

Sivil konvoy Genelkurmaydan uzaklaşırken Hikmet Pars ardına baktı. Genelkurmay Binası yerle bir olmuştu. Yüzlerce metrelik bir alandaki binaların hepsi hasarlıydı. Koşuşturan insanlar, hızla hareket eden ambulanslar ve itfaiye araçları, insanları sakinleştirmeye çalışan polis ve jandarmalar... Ortalık tam bir kaos içindeydi. Düzen bozulmamıştı henüz. İnsanlar bir felaket ile karşılaştıklarında davranmaları gerektiği gibi davranıyorlardı. Ancak bu, daha başlangıçtı. Felaket her an şiddetini artırarak insanların üzerine yükleniyordu.

Siren sesleri hiç durmadan devam ederken Hikmet Pars, aracın camından gökyüzüne baktı. Mermi hızında hareket eden cisimler, ki bunların geliştirilmiş *Tomahawk*'lar* olduğuna şüphesi yoktu, Ankara semalarını dolduruyordu. Hikmet Paşa son kez ardına baktığında, bazı füzelerin Bakanlıklar bölgesinde patladığını fark etti. Bir daha da ardına bakmadı.

24 Mayıs 2007 - Saat: 11.30

DİYARBAKIR

Diyarbakır Emniyet Müdürlüğünde bir kargaşa gözüküyordu. Sürekli olarak yasadışı gösteri ve çatışma haberleri geliyordu. Ama polislerin bunlara müdahale etmesine imkân yoktu, zira Emniyet

* Uçak ve gemilerden atılan uzun menzilli güdümlü füzeler

Binası da kuşatma altındaydı. Teröristler iki cadde girişinde yığınak yapmış, saklandıkları yerden uzun menzilli silahlarla taciz atışına başlamışlardı. Polisler de kum torbalarıyla yapılan siperlerin ardından onlara karşılık veriyordu.

Emniyet Müdürü Koray Hepcan durumun iyi olmadığını, bu teröristlerin isteseler el bombaları veya roketatarlarla saldırabileceğini iyi biliyordu. İstedikleri, sadece onları teslim olmaya zorlamaktı.

Savaşla ilgili ilk haberlerden sonra PKK Kongra-Gel üyesi bazı kişiler halkı meydanlarda düzenlenen gösterilere katılmaya zorlamıştı. Ardından resmî binalar silahlı teröristler tarafından işgal edilmeye başlandı.

ABD güçlerinin Güneydoğu'dan önce, Suriye'den yukarı ilk hedeflerinin Ankara olacağı anlaşılıyordu. Bu yüzden bu bölgedeki polis, asker ve jandarma; teröristlerle ve yağma hareketleriyle uğraşmak zorundaydı.

Emniyet Müdürü Koray Hepcan ilk planda büyük bir çaba ile paniği önlemeye ve emrindeki memurların organize olmasına çalışmıştı. Jandarmadan yardım istemişti ama onların da saldırı altında olduğu anlaşılıyordu.

Şimdi ne yapması gerektiğini bilemiyordu.

Birden, teröristlerin yaptığı setlerin ardında yoğun silah sesleri duyuldu. Polisler birbirlerine baktı, bunlar kendi aralarında mı çatışıyorlardı yoksa bir yardım mı gelmişti?

Silah sesleri kesildikten sonra iki kepçeli dozer her iki tarafta da yığınağı kenara itti ve açılan yoldan caddeye doğru arkasında silahlı, kamuflaj giysisi giymiş insanların bulunduğu üç kamyonet döndü.

Herkes birbirine bakıyordu. Emniyet Müdürü eliyle herkesin siper almasını işaret etti. Bu bir oyun olabilirdi, gelenlerin dost mu düşman mı olduğu belli değildi. Eğer ateşe başlarlarsa hemen karşılık vermek gerekecekti.

Kamyonetler hızla gelip durunca ilkinden aşağı uzun boylu, pos bıyıklı bir adam indi.

Emniyet Müdürünün karşısına geçip, eliyle kamyonettekilerin inmesini işaret etti. Koray Hepcan'a, "Buranın sorumluluğu sana mı ait Müdürüm?" dedi.

"Evet, siz kimsiniz?" diye cevap verdi Koray Hepcan.

Adam hakî, askerî giysiye benzer kıyafetinin gömlek cebinden sarı bir zarf çıkartıp uzattı.

Zarfın içinde Koray Hepcan'a görev alırken verilen gizli talimatlar içinde bahsi geçen ama onun hiç görmeyeceğini umduğu bir kod vardı.

Hemen hazır ola geçti: "Emrinizdeyiz!" diye bağırdı.

Avludaki polisler şaşırmıştı. Adam belindeki tabancayı çekip havaya tek el ateş etti. Binadaki tüm görevliler dışarı çıktı.

"Artık bu bölgede Kod Ergenekon geçerlidir. Ben Özel Kuvvetler Komutanlığından Yüzbaşı Celal... Bunlar da adamlarım. Ülkemiz bir savaş halindedir ve savaş şartlarının koşulları başlamıştır. Her bölgede yetki Kod Ergenekon nedeniyle bize geçmiştir."

Polislerin arasında bu tür gizli kuruluşlar hep söylenti olarak kalmıştı ama şimdi Emniyet Müdürü hazır ol vaziyetinde beklediğine göre bu gerçekti. Kısa sürede polisler Ergenekon kuvvet amirlerinin emrine girmişti.

Kendini Metin diye tanıtan asker, grupların karşısına geçti. "Elinizdeki listelerde ismi yazılı olanları toplayacaksınız. Bunlar daha önce teröristlerle bağlantılı olan veya terörist oldukları tespit edilenler. Direnen olursa tereddüt etmeden vuracaksınız. Akşama kadar sokaklarda bizim araçlarımızın devriye gezdiğini görmek istiyorum. Ben ve grubumdakiler Belediye Başkanlığını ele geçireceğiz ve hoparlörden sokağa çıkış yasağı ilan edeceğiz."

Tüm ülkede savaş zamanı şartlarına göre düzenlenmiş özel bir yönetim başlamıştı. Gizli silah depoları açılmıştı, televizyondan ve radyolardan yayınlanan parolayı duyan Ergenekon askerleri hızla görev yerlerine gidiyorlardı.

24 MAYIS 2007 - Saat: 17.30
CENTCOM - FLORIDA / USA

Başkan, koltuğuna kurulmuş, kendisine verilen brifingi izliyordu. Yüzünde yayvan bir gülümsemeyle, harekât hakkında CENTCOM'a ulaşan ilk bilgilerin değerlendirilmesini dinliyordu.

Gün boyu diplomatik sıkıcılıkla uğraşmıştı; Rusya biraz para ve ticarî rüşvetlerle susturulacaktı. Zaten kendilerine yakın olan Ermenistan'ın büyümesi onların da işine gelirdi. Güçlü bir Türkiye, Rusya'nın yumuşak karnı; yani tekrar güdümüne almaya çalıştığı Orta Asya devletleri için tehlike demekti.

Avrupa Birliği'nin tepkisi ise daha cılızdı. Türklerin Birliğe girme müzakerelerini keserek bir şey söyleme haklarını çoktan kaybetmişlerdi. Zaten Başkan Bush, bu harekât dolayısıyla kendisini arayıp şikâyet etmeye kalkan Fransa Cumhurbaşkanı Nicholas Sarkozy'yi neredeyse azarlamış, "Bayım, Türkiye'yi bu kadar düşünüyorsanız oylamada retçilerin başını çekmezdiniz!" diye bağırmıştı. Ah bu Fransızlar!

İngiltere her zamanki gibi ABD'nin yanındaydı, Almanya sessizdi. Çin ise aynen Rusya gibi beni de görün, tavrı içindeydi.

Bu nedenle Başkan, sıcak savaş görüntülerini bu sıkıcı ayrıntılara, iki yüzlü diplomasiye tercih etmiş, görüşmeleri Dışişleri Bakanı ve Başkan Yardımcısının sürdürmesini istemişti.

İlginç görüntüler geliyordu ekrana, uzaydan çekilmiş istihbarat görüntüleri; bunlardan bazılarında 9. Tank Tugayının kışlasını terk etmekte olan tankları göze çarpıyordu, birisi Kırıkkale Silah Fabrikasının resimleriydi, bir diğerinde vurulmuş havaalanlarını gösteren resimler vardı. Bunların yanı sıra hareketli görüntüleri izlemeyi özellikle Başkan istemişti. Bu görüntüleri izlemeyi hep çok sevmişti. F-15 savaş uçaklarının avladığı bir F-16'nın görüntüleri vardı. Genelkurmay Başkanlığını vuran Lazer güdümlü bombanın hedefe ulaşma görüntüsü, Akçakale Sınır Karakolunun vurulduğu helikopterden çekilmiş bir görüntü.

Askerleri görebiliyordu, bir an oradaydılar ve bir an sonra oluşan alev topunun ardından ortada kimse kalmıyordu. Şimdiye kadar aldığı haberler, işlerin yolunda gittiğini gösteriyordu. Sert bir direniş vardı, direnen birliklerin Amerikan güçlerine ciddi bir kayıp verdirdiği raporu gelmişti ama vurulan tankların ve düşen uçakların hesabını yapacak durumda değildi. Eğer gelişmeler böyle devam ederse hedefine ulaşacaktı. Büyük Nokta'yı ele geçirmenin zevkini hiçbir şeye değişemezdi. Bunun için ne kadar kayıp gerekiyorsa hepsini vermeye hazırdı.

"Hava savunmasındaki zafiyetleri iyi biliyorduk. Bu nedenle uçaklarımız fazla zorlukla karşılaşmadı." Ekranda beliren bir mobil radar istasyonunun vuruluş anını gösteren kamera görüntüsünü işaret etti Howard Strike. "Hava savunma füzeleri fazla bir işe yaramadı, orta menzilli füzelerin radar sistemleri HARM'lar tarafından kolaylıkla alt edildi. Bu I-Hawk füzeleri zaten teknolojik olarak çok eski, üstelik bunların elektronik karıştırma konusunda uyguladıkları karşı tedbirlerin hepsinin kodları bizde mevcut. Türkiye'nin alternatif hava savunma sistemlerine ilgi göstermemesi işimize yaradı doğrusu. Uçaksavar her zaman için eğlence aracıdır. Ve uçaklara gelince, uzun süreden beri ilk kez hava savaşında çok sayıda uçağımız düşman uçakları tarafından düşürüldü. Bunu yapabileceklerini biliyorduk."

"Ne de olsa bizim eğittiğimiz pilotlar ve bizim savaş uçaklarımız." Çocuksu bir ifade vardı Başkanın yüzünde.

"Yalnız henüz riskler azalmış değil," dedi Strike. "Kara savaşına erken girişmiş olmayı istemem. Bu nedenle 1. Zırhlı Süvari Tümeni ve 3.Süvari Alayı ilerleyişini yavaşlattı. 4. Mekanize'nin onlara yetişmesi birkaç gün alır. Bu arada Hava Kuvvetleri büyük askerî birlikleri zayıflatmış olur."

"Bay Strike, lütfen çabuk olun. Bu stratejinin mimarlarına güveniyorum. Ankara, İstanbul ve İzmir'in bir an önce ele geçirilmesi gerekiyor. Türkiye'nin doğusu umurumda bile değil. Eğer ekonomik merkezleri alırsak, doğunun direnmesine imkân yok. O şehirleri teslim almanın kolay olacağı açık. Bana istediğimi verin yeter."

"Bunu yapacağız Sayın Başkan. Hava Kuvvetlerinin büyük saldırısı şu anda Türklerin kapısında, günlerce sürecek bir hava saldırısı başlatıldı. Üç gün içinde Türk Ordusunu Kurtuluş Savaşı seviyesine getirmeyi düşünüyoruz."

"Türk Ordusunun teslim olma ihtimali?"

"Sıfıra yakın Başkan. Savaşacaklar ve ölecekler. Biz de çok kayıp vereceğiz."

"Bunu biliyorum, biliyorum. Savaşacaklar ve ölecekler demek. Ölmelerini tercih ederiz. Sence direnecekler mi sonuna kadar? Teslim olmaları işimize gelmez."

"Sayın Başkan, şu anda ekranda gördüğünüz görüntüler bunun bir kanıtı zaten."

"Peki özel operasyonlar ne durumda?"

"Özel Kuvvetler, Atatürk Barajını ele geçirdi. Burada yaklaşık üç yüz Özel Kuvvet askeri var. Hava Kuvvetlerinden sürekli olarak destek istiyorlar. Türk askerleri delirmiş gibi barajı ele geçirmek için saldırıyor."

Dev ekrana başka bir resim geldi. Uydudan çekildiği belli olan siyah beyaz bu resimde geniş bir toprak parçasına toplanmış olan tanklar ve zırhlı araçlar görülebiliyordu.

"Bu tank taburu barajı almak için saldırıya hazırlanıyor. Biraz sonra imha edilmeleri için operasyon başlayacak."

"Kıbrıs'taki orduyu da yok etmenizi istiyorum."

"Sayın Başkan, daha önceki brifinglerde de söylediğim gibi bu plan hazır ancak hava operasyonu çok can kaybına neden olur. Sivil kayıplar konusunda..."

"Bırak sivil kayıpları Howdy." Başkan sinirlenmişti. "Bu işi bana bırak. Sivil kayıplar Avrupalı birkaç yumuşağın çığlık atmasına neden olur en fazla. Rum ordusu hazır durumda. Orada fazla karışıklık olmadan adada sükuneti sağlayacaklar." Güldü, keyiflenmişti yine.

"Genelkurmaya gelince..." duraksadı bir an Howard Strike.

"Ne yaptın, onları öldürebildin mi?"

"Sanmıyorum. Bina vuruldu ama pek bir şey çıkmadı."

Bu sırada baş sekreter odaya girip FBI Başkanı Robert Müller'in aradığını söyledi. Başkan telefonu kaldırırken, "Howdy, Ankara'yı aldığın zaman bana haber ver," dedi. "Evet Müller, bu Türkler hâlâ niye kamplara tıkılmadı?"

Hareket sırasında ABD'deki Türklerin kamplara konulmasına karar verilmişti ve toplama, harekât gecesi başlamıştı oysa hâlâ birçok Türk serbestti ve olaylar çıkarıyorlardı.

Robert Müller ülkede kaçak işçi olarak çalışan Türklerin sayısını tam olarak bilmediklerini hatırlattı Başkana. Ama kısa zamanda sesleri solukları kesilecekti.

25 Mayıs 2007 - Saat: 11.30

NEW MEXICO YAKINLARINDA BİR ÇİFTLİK

Hizmetçi kahvaltıyı getireli bir saat olmuştu ama Gökhan hiçbir şeye dokunmamıştı. Bekliyordu, dinliyordu. İki gün önce, sarı bir lambanın aydınlattığı yeraltındaki odasında birden bir konuktan, esire dönüşmüştü.

ABD'ye geleli iki ay olmuştu. Kurt'un karmaşık mafya bağlantıları onu yüküyle beraber oradan oraya aktarıp durmuştu. İki sırt çantası vardı her zaman yanında. Ve bu sırt çantalarında Hiroşima'ya atılan bombanın birkaç katı gücünde iki nükleer bomba. İlk planları, beş tane alabilmekti ama bunu başaramamışlardı. İki tane de çok işe yarardı eğer gerekli şekilde kullanılabilirse.

Gökhan her zaman dikkatliydi; Kurt'un, "Bunların bana borçları var, bu nedenle bir yere kadar güvenebilirsin. Ama bir yere kadar. Unutma, bu dünyaya girmek için bu adamlar ya anasını satar, ya babasını... Beni veya seni haydi haydi satarlar," diye uyarısına da hiç gerek yoktu.

Hiçbir şekilde ABD'de yaşayan Türklerle veya teşkilatın bağlantılarıyla temasa geçmemişti. Meksika sınırından ABD'ye girdiğinden beri bu çiftlikte gelişmeleri bekliyordu.

Tabii ki çiftliğinde kaldığı Ramirez'in ve adamlarının meraksızlığı doğal olmayacak kadar olağanüstüydü. Ev sahibi Ramirez ilk birkaç gün dost olma çabalarının karşılıksız kaldığını görünce Gökhan'ı yok gibi kabul etmeye başlamıştı.

Sınırın iki yakasında da; yani hem ABD'de, hem de Meksika'da etkili bir insandı Ramirez... Küçük ölçekte bir gücü olmasına rağmen, özellikle yapabileceklerinin sınırını aşmayarak ve yerel bağlarını her zaman memnun ederek başarılı bir iş sürdürüyordu. Gökhan, Ramirez'in sık sık kendisini cahil bir adam gibi göstermeye çalışan tavırlarına kanmamıştı. Bu adam bir yılanı bile deliğinden çıkarır, yerine yerleşirdi.

İşte şimdi, birdenbire şartlar değişivermişti. Ramirez'in silahlı adamları odayı basıp, Gökhan'ın karşı koymasına fırsat vermeden çantaları alıp gitmiş, kapıyı da üzerine kilitlemişlerdi. Bombaların işe yaraması için kodlara ihtiyaç vardı ve bu nedenle de Gökhan'a muhtaçtılar.

Gökhan hapsedildiği odada etrafı dinliyordu. Harekete geçme vakti gelmek üzereydi. Ondan ne istiyorlarsa çok kısa bir süre içinde almaya geleceklerdi. Nitekim kalabalık ayak seslerini duyunca gülümsedi. Ne kadar kalabalık olursa o kadar iyiydi. Kahvaltı tepsisindeki plastik kaşığı aldı.

Güya silah olarak kullanmasın diye metal çatal, bıçak vermemişlerdi. Oysa bu son derece sade odada bile Gökhan'ın insan öldürmekte kullanacağı onlarca şey vardı.

Plastik kaşığı yatağın kenarına bastırarak kırdı, beklediği gibi nispeten sivri bir uç kaldı, onu masanın alt kenarındaki bacaklardan birinin birleşme noktasına sıkıştırdı. Rahatça yatağına uzanıp konuklarını bekledi.

Kapı açıldığında Ramirez'in yanında Gökhan'ın görmediği adamlar vardı. Belki de büyük bir patrona danışmış ve destek almış olabilirdi.

Ramirez yılışık bir şekilde sırıtıp yanına geldi. "Merhaba Sinyor, konuşmamız lazım."

Gökhan sakindi. "Elbette Sinyor Ramirez, çantalarım alınıp, kapım birdenbire kilitlendiğinden beri sizi bekliyorum."

Adam ellerini açıp sırıttı. "Ah Sinyor, bunu sizi korumak için yaptık. Haberiniz yok ama ülkenizle Yankiler savaşıyor iki gündür."

Gökhan uzandığı yerden doğruldu. Beklediği olmuştu işte. Bir an önce buradan çıkmalıydı, belki de birçok şey için geç kalmıştı. Aklında savaş ile ilgili onlarca soru vardı ama ilk planda buradaki sorunu halletmeliydi. Ramirez onu FBI'a da satmış olabilirdi.

"Ee... şimdi ne yapacağız Ramirez?" diye sordu.

"Sinyor, biz aptal değiliz. En baştan beri yükünüzün farkındaydık, ne olduğunun da. Şimdi sizden onların kodlarını istiyoruz."

Gökhan içten içe gülümsedi. Kurnaz herif bu oyunu kendi için istiyordu. Onların planını kendi adına yürütecekti. Öyleyse çantalar hâlâ çiftlikteydi. Bu durum onu rahatlattı. Eğer işin içinde FBI yoksa bu odadan kurtulması, çiftlikten kaçması için yeterli olacaktı.

Kafasını kahvaltı masasına eğmişti, sol elini yavaş yavaş kahvaltı tepsisindeki tabağa yaklaştırırken sağ eliyle dikkat dağıtıcı bir jest yaptı.

"Sanırım bu aşamada kendimi düşünmeliyim. Sizinle işbirliği yaparsam güzel ve mutlu bir hayat sürebilir miyim? Eğer o bilgileri işkence ile almayı planlıyorsanız, sonuç sizin için hayal kırıklığı olabilir."

Ramirez dostça omzuna vurdu. "Biz açgözlü insanlar değiliz Sinyor. Alacaklarımız hepimize yeter."

Gökhan kafasını kaldırıp gülümsedi, aynı anda odada herkesin konumunu kafasına kazıdı. Sekiz metrekarelik küçük odaya Ramirez'le birlikte silahlı beş kişi girmişti. Hepsi ayaktaydı. İki kişi de açık kapının hemen dışında duruyordu. Ramirez yanına oturmuştu.

Anında karar verdi ve harekete geçti. Kahvaltı masasındaki tabağı sarı lambaya fırlattı. Lamba patlayıp ortalık karardığında plastik kaşığın sivri ucunu Ramirez'in sağ gözüne batırdı. Kalabalık olmaları, şimdi adamların aleyhine olmuştu. Adamlar karanlıkta ne yapacaklarına karar veremiyorlardı ama Gökhan'ın hareketlerini kararsız kılacak bir neden yoktu.

Yere eğilip acı nedeniyle havada çırpınan Ramirez'in yarattığı panikten yararlandı. İlk silah ateşlendiğinde ikinci kısma geçti. Silahın namlusundan çıkan ışık, adamın yerini belli etmişti. Uzanıp tuttuğu gibi silahlı kolu kendine çekti ve diziyle kırdı. Artık bir silahı vardı, gözlerini kapatıp çıkan seslere doğru ateş etmeye başladı.

Silah ateşlemeyi kestiğinde beşini öldürdüğünü düşünüyordu. En baştan beri plan, birini sağ bırakmaktı. Korku dolu nefes seslerini takip ettiğinde adamı boynundan kavradı. "Lütfen... Lütfen Sinyor, beni öldürmeyin!" dedi adam. Gökhan gülümsedi. Bingo! Ramirez'di kurtulan.

Çatışma başladıktan sonra dışarıdaki iki adam kapıyı kapatmış, dışarıda mevzilenmişlerdi. Gökhan kendini dışarı atsa vurulacağı kesindi. Koridordan sızan ışıkta adamların kapıyı ittiğini ama kilitlemediğini fark etti. Bu büyük bir hataydı. Tekmeyle kapıyı itip Ramirez'in vücudunu kendine kalkan yaptı. Ramirez adamlarına ateş etmemeleri için bağırıyordu.

Koridorda adamların saklanabileceği bir yer yoktu, sadece eğilip kapıya doğru hedef almışlardı. Ramirez'in emirleri ellerini kollarını bağlıyordu ama Gökhan tereddüt etmeden ateş etti. Atışları isabetliydi. Ramirez ağlamaya başlamıştı.

"Yukarıda kimse var mı?" diye sordu Gökhan.

Ramirez hâlâ ağlıyordu. Gökhan silahın kabzasıyla hafifçe vurdu. "Kendine gel. Sadece çantalarımı alıp gideceğim, seni öldürmeyeceğim. Çünkü burayı cesetlerden temizleyip, olayların üstünü kapayacaksın. Kimse burada olanları bilmeyecek, yetkililere başvurmayacaksın. Bunu yaparsan çok fazla soru sorulur ve şu anda işe yarayan bütün bağlantıların seni satar."

Adam birden sakinleşti. Gökhan'ın dedikleri kısmen doğruydu, fakat Ramirez'in konuşma ihtimalini göze alamazdı. Eğer konuşursa onu hemen bulurlar ama kimseyi sağ bırakmazsa gizemi çözmeleri birkaç gün sürerdi. Bu da ona yeterdi.

Ramirez sırtını dikleştirip, "Sadece iki hizmetçi ve devriye gezen birkaç adamım var," dedi. Adamın karısı ve çocukları Meksika tarafında yaşıyordu, buraya bazen lüks fahişeler gelip gidiyor, patronlarına uyuşturucu ve seksin bol olduğu partiler düzenliyorlardı.

"Niye silah seslerine gelmediler adamların?"

"Bazen burada fazla gürültülü işler yapıyoruz, ses duyulmasın diye duvarlar takviyeli."

Gökhan, "Demek ki ilk tutsak veya işkence yapılacak olan ben değilmişim," diye düşündü.

Evin içine girdiklerinde çalışma odasına yönlendirdi Ramirez'i Gökhan. Odada susturuculu bir silah gördüğünü hatırlıyordu. Sırt çantaları ve silah Ramirez'in zemindeki geniş kasasındaydı, açtırıp aldı. Çantaları kontrol edip, içindekilere dokunulmamış olduğunu görünce rahatladı. Kasada bulduğu nakit birkaç bin doları ve iki sahte kimliği de cebine soktu.

Susturuculu silahı alınca tavandaki kamerayı işaret etti. "Güvenlik odasını göster hadi," dedi Gökhan. Bazı odalarda ve çiftliğin girişinde kamera vardı. Kendisiyle ilgili her türlü izi silmeliydi.

Güvenlik odası boştu. Kayıtların başında, görevli biri durmuyordu. Dursa, zaten şimdiye kadar alarm verilmeliydi. Gökhan, Ramirez'e artık ihtiyacı kalmadığını düşündü. Adamı iki adım ileri itip susturuculu ile ensesine mermiyi sıktı. Yavaşça yere yığıldı Ramirez. Odadaki küçük kamera dikkatini çekti, yanına aldı. Yapması gereken kayıt için ihtiyacı vardı buna.

Evi ateşe verebilmek için garaja benzin almaya giderken iki hizmetçiyi mutfakta buldu. Akşam yemeği için hazırlık yapıyorlardı. Çok fazla düşünecek zaman yoktu, görevi önemliydi. İki el ateş etti.

Gazı açarak, garaja geçti. Benzin bidonuyla güvenlik ve Ramirez'in çalışma odası başta olmak üzere her yeri benzine buladı.

Pencereleri karanlık olan Mercedes ile çiftlik kapısındaki iki silahlı adama ilerlerken ilk dumanlar çıkmaya başlamıştı.

Şansına iki adam da evden çıkan dumanları merak ettikleri için aynı taraftan şoför penceresine yanaştı. Gökhan cam inerken ateşe başladı. Adamlardan birisi geriye devrilirken elindeki makineli tüfeğin tetiğine asıldı ama mermileri gökyüzüne boşalttı.

Gökhan arabadan inip çiftlik kapısını açtı ve radyoyu bir haber istasyonuna ayarlayarak uzun yolculuğuna başladı. Savaş ile ilgili bütün bilgileri öğrenmeli ve bir kayıt yapmalıydı. Washington ikinci durağı olacaktı; önce New York'a uğrayıp yapacağı kaydın kopyasını uluslararası ajanslara vermeliydi... Hiroşima'ya atılanın en az iki katı tahrip gücüne sahip iki nükleer bomba, ABD'nin en önemli iki kentinde patlamak üzere programlanmayı bekliyordu. Ve Gökhan, Amerikan askerleri Türkiye'den çekilmezse cehennemi onların evine getirmeye kararlıydı.

Ne demişti Kurt'a; "Savaşı ABD'nin evine taşımayan hiçbir gücün galip gelme imkânı yoktur!"

25 Mayıs 2007– Saat: 16.00
ALMANYA - BERLİN

Türkiye'nin Almanya Büyükelçisi Onur Türkoğlu, Almanya Dışişleri Bakanı Josca Fischer ile olan randevusuna büyük bir heyecanla gidiyordu. Koltuğunun altındaki dosya belki de ulusunun kaderini belirleyecekti.

Bu randevu, beklediğinden geç verilmişti. Fransa, İngiltere, Rusya ve İtalya'da da Türk büyükelçileri acil koduyla iletilen bu dosyaları muhataplarına bir an önce teslim etmeye çalışıyorlardı. ABD'nin acımasız saldırısına karşı BM'den bir sonuç almak mümkün görünmüyordu, ancak büyük ülkeleri tek tek ikna etmek gerekecekti.

En çok Almanya'da olmak üzere bütün Avrupa'da Türkler protesto gösterileri yapıyor, hatta bazen işi şiddet eylemlerine döküyorlardı.

Koridoru döndüğünde Josca Fischer'in yanında yardımcısı olduğu halde oda kapısında onu beklediğini gördü. Bu umut vericiydi. Bu adam her zaman Türk dostu olmuştu. Almanya Türkiye'nin AB'ye girmesi için çok çabalamış ama başta Fransa olmak üzere bu birlikteliğe engel olmak isteyenlerin başarılı olmasını engelleyememişti. Ama bu, önemli fikir ayrılıklarının tetikleyicisi olmuştu; Türkiye'nin dışarıda bırakılması, hâlâ birliğe uyum sağlamayan Doğu Bloku ülkeleri, ekonomik başarısızlıklar ve ABD'nin politik oyunları AB'nin sonunu getirmek üzereydi.

Büyükelçiye gülümseyerek elini sıktı Bakan. Hemen odaya girdiler.

Onur Türkoğlu gergindi, "Sayın Bakan," dedi. "Müsaadenizle hemen konuya girmek istiyorum."

Fischer, "Elbette, sizi anlıyorum. Buyurun," dedi.

Büyükelçi dosyayı en son aşamada ortaya koyacaktı: "ABD'nin uluslararası hukuku çiğneyen saldırısına bir an önce son verilmesi için aktif desteğinizi bekliyoruz."

Suratı asılan Fischer, kollarını kavuşturdu. Bunun vücut dilindeki karşılığını iyi biliyordu Büyükelçi. "ABD nezdinde protestomuzu verdik, bu saldırının bir an önce bitirilmesini ve herhangi bir sorun varsa görüşmeler yoluyla halledilmesini istedik. Hatta arabulucu olmayı da teklif ettik. Bunu sadece dostluk adına değil, Almanya'nın çok uzun yıllardır Türkiye'de bulunan çıkarları gereği de yaptık ama ABD nedense kararlı."

Yardımcısı, Bakana bir kağıt uzattı, "Bakın, başka konularda birlik sağlamayan bütün AB ülkeleri, hatta Yunanistan bile savaşı bir an önce durdurması için ABD'ye, bizimle birlikte protesto çekti."

Onur Türkoğlu, *dosyanın zamanı geldi,* diye düşündü. Büyükelçiliğe kriptoyla gönderildikten bir saat sonra dosyanın tamamı tercüme edilmişti bile ...

"ABD'nin neden kararlı olduğunu biz biliyoruz sayın Bakan. Bu dosyada hain planların birkaç yıllık olduğu ve Türkiye'deki Bor minareli için yapıldığı yazılı."

Josca Fischer şaşırmıştı. "Bor mu?"

"Evet belki de adını duymadığınız bu mineral geleceğin enerji kaynağı. Dosyada tüm bilgileri bulabilirsiniz. Bu dosya Almanya ile birlikte dünyanın bütün büyük ülkelerine gidiyor. Eğer ABD Türkiye'yi işgal ederse tek süper güç ile değil tek efendi ile muhatap olacaksınız!"

Oynanan oyunun adı diplomasiydi. Türkiye'nin tek kurtuluş yolu, varlığının diğerlerinin varlığı için önemli olduğunu kanıtlamaktı.

25 Mayıs 2007 - Saat: 21.00
CENTCOM - FLORIDA / USA

Oda sadece kırmızı ışıklarla aydınlatılıyordu. Brifing odası ile karşılaştırıldığında hayli ciddi bir yerdi. Howard Strike, etrafındaki dört yıldızlı generallerle derin bir tartışmanın içindeydi. Harekât başlayalı üç gün olmuştu. Saldırılara bir saat bile ara verilmediği halde Türk Ordusu iyi dayanıyordu. Merkezdeki ekranlara her dakika yeni görüntüler ve dijital halde enformasyon paketleri geliyordu. Zaman zaman bu görüntüler üzerinde hızlı değerlendirme toplantıları yapılıyor ve hedeflerin yeterince vurulup vurulmadığı kararı veriliyordu. Bazı hedefler listeden çıkarılıp "imha edildi" sınıfına dahil ediliyordu, bazıları için de yeni saldırı emirleri çıkarılması talimatı veriliyordu.

"Komutan, büyük hava saldırısı başladı. Kısa süre sonra elimize görüntüler gelmeye başlayacak. Pilotların telsiz konuşmalarını dinlemek ilginç olabilir."

Başını salladı Strike, operasyon için hassas bir zamandı. Bu anı askerleri ile beraber geçirmek istiyordu. Operatörlerden birisi, kendisine verilen işaretle beraber savaş uçakları ile Irak'taki Operasyon İdare Karargâhı arasında geçen telsiz konuşmalarını odaya yansıtan düğmeye bastı. Telsiz konuşmalarına eşlik eden elektronik cızırtı duyuldu ilkin, odanın içinde yankılanan cızırtıya az sonra Hava Kuvvetleri pilotlarının hiçbir şey yapmıyormuş gibi sakin konuşmaları katıldı.

"Aman Tanrım, bu cehennemin içinde olmak istemezdim!"

"İsabet! İsabet! Hedef vuruldu ve çok sayıda patlama var."

"Tanklar bulundukları alanı terk ediyor. Çoğu yanıyor, artık bunlardan zarar gelmez..."

"Ooo... Tanrım... Köprüden araçlar geçiyordu."

"Kartal 1, hedef vuruldu mu?"

"Hayır, bomba uzakta dağlık bir alana düştü.."

Sesler Howard Strike'ın kulaklarında yankılandı. Askerlik hayatının en acımasız saldırısının emrini vermişti. Bu ilk dalga geçtiği zaman psikolojik saldırı dalgası başlayacaktı. O zaman neler olacağını merak ediyordu. Türk halkını derinden yaralamalı ve teslim olmalarını sağlamalıydı. Bunun için onlarla savaşmayı göze alacaktı.

"Hey, merkez bunu görmeliydiniz."

"Kırıkkale silah fabrikaları ne durumda?"

"Korkunç patlamalar oluyor. Tanrım, oraya itfaiye göndersin birileri..."

"Vurucu 1, size yaklaşan uçaklar var."

"Anlaşıldı. F-18 filosu onların işine bakacak."

General Howard Strike eliyle operatöre konuşmaları kesmesini işaret etti. Odaya sessizlik hakim oldu. Saldırının ilk aşaması bitene kadar dinlenmeyi düşündü. Uyumayalı çok olmuştu. Her şey beklendiği gibi gidiyordu zorlu ve kanlı. Beklenenden büyük kayıplar gerçekleşmişti. Hava savunması beklediğinden daha zayıftı. Uçaksavarlar gökyüzünü çılgınca tarıyordu ama bu kendi halklarına gösteriden öteye gitmiyor gibiydi.

Amerikan 1. Zırhlı Süvari Tümeni ve 3. Süvari Alayı tankları Tarsus'a doğru ilerliyordu, Tarsus-Konya istikametinde hareket edeceklerdi. Eğer bu yol aşılırsa Ankara'nın düşme olasılığı yüksekti. Konya'ya gelirlerse önlerinde hiçbir engel kalmayacaktı. Amerikan uçakları Adana şehri üzerinde uçmuş ve şehrin hızla boşaltılmasını istemişti. Eğer bu olmazsa, 1. Zırhlı Süvari'nin önündeki şehir yok edilmek zorunda kalınacaktı. Gelen bilgiler askerlerin halkı Adana dışına çıkartmak için çabaladığı yönündeydi. Bu, Adana'nın teslim edilmesi anlamına geliyordu. Neden bu kadar kolayca çekiliyorlardı? Mutlaka bir manevra olmalı, diye düşündü Strike. Bir problem vardı; Hatay...

Oradaki Türk Tugayına ve sınır taburlarına yapılan hava saldırılarını karadan desteklemek gerekiyordu, yoksa Tarsus yolundaki zırhlıların yanları düşmana açık hale gelirdi. Üç saat kadar önce başlayan bir harekât ile 101. Hava İndirme, Hatay sınırına kaydırılmaya başlanmıştı. Zaten o bölgede bekleyen 82. Hava İndirme Tümenine bağlı 1. Hava İndirme Tugayı sınırda çatışmaya başlamıştı bile. 101.'nin ve Hava Kuvvetlerinin desteği ile Hatay'daki birlikleri temizleyebilirlerdi. Eğer başaramazlarsa, 4. Mekanize Piyade Tümeni doğrudan Hatay'ı istila edecekti. Bu, operasyon için en fazla bir iki günlük bir gecikme anlamına gelebilirdi.

Türk Ordusu çok başarılı bir biçimde karşı koyuyordu. Karşılarında başka bir ordu olsa çoktan onu yok etmişlerdi. Rus Ordusu bile Türk Ordusu karşısında direnemezdi ama düşmanın elindeki teknolojik güç sayesinde Amerikan Ordusuna karşı istenen sonuç alınamıyordu. Elindeki güç, tüylerini diken diken yaptı. Artık düşmanın moralini iyice yıkacak bir hedefin vurulmasının vakti gelmişti!

26 Mayıs 2007 - Saat: 14.45
USS GEORGE BUSH UÇAK GEMİSİ / AKDENİZ

İçinde altı bin insanın yaşadığı dev uçak gemisi üzerindeki seksen beş uçak sürekli olarak faaliyetteydi. Büyük hava saldırısı başladığından beri neredeyse yirmi dört saat geçmişti. Karanlık dumanlar kaplamıştı Anadolu'nun üzerini. Uçak gemisinden görünen manzara bir zamanlar çok güzel olmalıydı. Pilotlar bu manzarayı yok etmenin sıkıntısını yaşıyor muydu bunu kimse bilemezdi ama Amerikan Ordusu elindeki bütün mühimmatı Türk topraklarına boşaltıyor gibi geliyordu onlara.

Psikolojik hava saldırılarının başlama günüydü. Uçaklara, görevleri, havalandıktan sonra verilecekti. Türk Ordusunun savunma kabiliyeti gitgide zayıflıyordu, Hava Kuvvetleri artık uçamaz durumdaydı. Hemen hemen bütün havaalanları vurulmuş ve kullanılmaz hale gelmişti. Savaş uçakları havada pek sorunla karşılaşmadan hedefe gidip uçaksavar ateşleriyle baş ediyor ve hedefleri bombalıyordu. Bugün diğerlerinden farklıydı. Artık darbe vurma zamanı gelmişti, insanların duygularını ve direnme güçlerini yıkacak vuruşlar yapma günüydü.

Yüzbaşı Civan Huxley uçağına doğru koşarken kokpitte giyeceği kaskı kolundan sallanıyordu. Koşarak F/A-18E Süper Hornet uçağına doğru yöneldi. Geminin üzeri çok hareketliydi. İnen uçaklar hemen hangarlara çekiliyordu ve pist boşaltıldıktan sonra hedefe doğru havalanacak olan diğer uçaklar pistteki sıralarına geliyordu. Uçakların havalanması için gerekli olan buhar gücünü oluşturan motorların uğultusu kaplamıştı ortalığı. Rüzgâr, uçakların kalkışına yardımcı olmak için kıç taraftan esmeliydi. Bunu sağlamak için gemi, rüzgârın yönüne göre kendisini ayarlıyordu zaman zaman.

Pilot Yüzbaşı Huxley'i diğerlerinden ayıran bir özelliği vardı. Babası, Körfez Savaşı sırasında Amerika'ya göç etmiş ve Amerikan vatandaşlığına geçmiş bir Kürt; annesi de Türkmen asıllıydı. Aslında Diyarbakır doğumluydu ama savaş başladığında Irak'taki akraba ziyareti nedeniyle bir daha bu ülkeden çıkamamışlardı. Amerikan askerlerine yaptıkları yardım sayesinde bir generalin referansı ile vatandaşlığa kabul edilmişlerdi.

Civan o günleri hayal meyal hatırlayabiliyordu. Diyarbakır'daki köylerinden ayrılırken içini garip bir his kaplamıştı. Babasına, "Geri gelecek miyiz?" diye sormuştu. Babası da ona gülerek, "Geri döneceğiz," demişti ama bunu söylerken yüzüne düşen gölgenin neyin gölgesi olduğunu anlayamamıştı Civan. Evet, ülkesine geri dönmüştü, hem de uzun yıllardan sonra bir Amerikan savaş pilotu olarak. Savaş başladığından beri on altı sorti yapmış ve Hatay'daki Türk Zırhlı Tugayına ait tankları bombalamıştı, pek çok tankın yok oluşunu gözleriyle izlemişti kameradan.

Profesyonel bir askerdi ama attığı lazer güdümlü bombalar her patladığında gözünün önüne çocukluk yılları geliyordu. Aşağıda bir yerlerde arkadaşları olabilirdi, hatta Irak'a gittikten sonra hiç görmediği kardeşi bile orada olabilirdi. Bunları düşünüyordu ama bilincinin çok derinlerinde kalan bir iç tartışmadan ibaretti hepsi. Asla görevine ihanet edecek bir hareketi ya da düşünceyi aklına getiremezdi.

Kokpite yerleşip kontrol panelindeki düğmeleri ve anahtarları hızla çalışır pozisyona getirirken içi rahattı. Yalnız şimdi farklı bir göreve gidiyordu. Görev henüz belli değildi ve hedef koordinatları kendisine tam olarak havada bildirilecekti. Uçak katapultun önünde motorlarını çalıştırdı ve fırlatma için hazırlandı. Pistin üstünde duran görevli elindeki ışıldaklar ile pilotu yönlendiriyordu. Fırlatma anı geldiğinde iki kolunu aşağı indirip yana dönerek pilota "kalk" mesajı verdi. Civan'ın kullandığı F-18, mermi hızında ileri atıldı ve uçak gemisinden ayrıldıktan sonra önce hafifçe aşağı ve sonra yukarı doğru hareketle havalandı.

Akdeniz'de hava parçalı bulutluydu, karanlık gökyüzünde bulutların arasından parıldayan yıldızlar görülebiliyordu. F-18 bir süre sonra kara sahası üzerine geldi, iletişim bilgisayarının ekranında beliren koordinatlar Toroslar üzerine geldiğinde kuzeyi gösterdi. Civan Ankara'ya doğru gittiğini anladı, otomatik pilot bir süre bu koordinatta ilerledi.

Ekranda bir başka işaret belirdi, kesin hedef koordinatlarıydı.

Koordinatları uçağın bilgisayarına girdi ve uçak hafifçe yana yatarak gerekli uçuş rotasına oturdu. Kendisine verilen her komuta uyan sadık bir Rotweiller'ı andırıyordu bu teknoloji canavarı. Uçağa yakıt tankları dışında sadece dört adet yaklaşık iki tonluk GBU-28 Penetrator (delici) lazer güdümlü bomba yerleştirilmişti. Bu füzeler yeraltına saklanmış olan sığınakları vurmak için üretilmişti ama yerdeki her hedef üzerinde korkunç derecede yıkıcı bir etki yapıyorlardı. Civan'a eşlik eden başka bir uçak yoktu, tek başına bir göreve ilk kez gidiyordu. Kendisini gizli bir görevin parçası gibi hissettiren bir durumdu bu. Garipti, hedefi merak ediyordu.

Birkaç dakika geçtikten sonra radar ekranında kırmızı bir ışık yandı. Hedefin koordinatları radar ekranında işaretlenmişti. AGP 79 radarı sayesinde kendisine verilen hedefleri daha iyi bulabiliyordu uçak. Belli bir noktaya kadar radarı ile hedefi takip ediyor ve daha sonra işi lazer işaretleme poduna* devrediyordu. Pilota da düğmeye basmak ve lazer işaretleme ekranındaki artı işaretini çarpma gerçekleşene kadar hedefin üzerinde tutmak kalıyordu.

Radar hedefe çok yaklaşıldığını belirten kesik kesik alarm seslerini vermeye başladı, Civan hemen lazer podunu devreye soktu. Önündeki ekranda, yerdeki cisimleri görebiliyordu. Her şey lazer podunun ve dolayısıyla yaklaşık sekiz ton bomba taşıyan acımasız silahlarının hedefi olabilirdi. Uzun yıllar önce terk ettiği ülkesini bu şekilde görmek garip duygular uyandırmıştı kalbinde. Terlediğini ve içine tarifi olmayan bir sıkıntı bastığını hissetti. Hedef podunu hedefe doğrultmak için koordinat noktasını araştırmaya başladı. Yerde fazla bir şey yoktu, şehrin dışına doğru bir yer olmalıydı burası.

Hedef podu kilometrelerce uzakta bir yapının üzerine geldiğinde radarda belirtilen koordinatları gösterdi ekranında. Civan radarı ve hedefleme podunun üzerindeki koordinatları kontrol etti; evet doğruydu, hedefi bulmuştu. Ama... Bir dakika... Aman Allahım, diye düşündü, gözleri büyüdü, kalbi hızla atmaya başladı. Hedefleme podunun artı işaretinin tam ortasındaki yapıya bir kez daha dikkatli bir şekilde baktı. Buna inanamıyordu, vurması gereken hedefin bu olduğuna inanamıyordu.

Şimdi lazer ışınının doğrultulduğu ekranın tam ortasında, Rasattepe'nin ihtişamlı doruğunda, denizden dokuz yüz metre yük-

---

* ATFLIR-İleri bakışlı lazer hedefleme podu

sekte Anıtkabir duruyordu. Bütün haşmeti ile orada, sessiz ve vakurdu. Aslanlı yol kenarındaki mermer aslanlar, Türk'ün devlet kurma becerisinin yansımaları, yaklaşan tehlikeye gülüp geçiyor gibiydi. Mermerden yapılmışlardı, parçalanabilirlerdi ama o mermerin içindeki aslana şekil veren ruh bombalarla parçalanamazdı.

Diyarbakırlı Civan, kendisine verilen hedefin bu olduğuna inanamıyordu hâlâ. Ne gerek vardı burasını vurmaya? Bu, Amerikan Ordusuna ne kazandıracaktı ki? Bir hiç. Bu bütün insanlık... Hayır, bu işte bir yanlışlık olmalı, diye düşündü. Ama koordinatlar doğruydu ve şimdi USS George Bush uçak gemisindeki operatörler onun hedef üzerinde olduğunu gördükleri için rapor vermesini istiyordu. Dili tutulmuş gibiydi. Damarlarındaki kanın kaynamaya başladığını ve çılgın gibi aktığını hissedebiliyordu. Çok garip, yerden uçaksavar ateşi de açılmıyordu. Civan'ın füzelerini durduracak hiçbir güç yoktu ortada ve o puslu havada üzerine gölge düşmüş olan Anıtkabir, yıkılmaz görünüyordu. Uçağındaki füzeler aciz göründü gözüne. Kulakları uğuldamaya başladı. Beynini dolduran seslere bir anlam veremedi. Sanki altındaki topraklar kaynamaya başlamıştı, dünyanın merkezinden gelen bir su gibi sıcaktı toprak, öfkeliydi, göğe sıçrayıp onu ve uçağını yutacakmış gibi duruyordu. Gözleri bulandı, garip görüntüler akıyordu gözünün önünden. Babasına benzeyen insanların sisli simaları uçağın hemen dışından, yaşlı gözlerle ona bakıyordu sanki, kızgınlık vardı yüzlerinde. Küçük bir çocuk gibi ezildi.

"Civan!" diye bir ses yankılandı uçağın içinde; burada, hemen yanı başındaydı sanki. Etrafına bakındı ama hiçbir şey göremiyordu.

"Civan! Akdeniz'e git." Aman Tanrım, çıldırıyor olmalıyım, diye düşündü, ama sesin etkisinden kurtulamıyordu. Elleri kaskatı kesilmişti, ruhunda derin yaralar açmıştı ona emreden ses, içi burkulmuştu ama garip bir huzur huzmesi akıyordu bedeninden. Gözleri kamaştı birden, hedefleme podunun ekranı apaydınlık oldu, ekranda bir yüz görüyordu şimdi. Sevecen ve tebessüm eden bir yüz bakıyordu ruhuna. Bütün kasları gevşedi birden.

"Bize katıl oğlum."

Gözleri dolmuştu, bu nasıl bir şeydi, anlamsız bir rüya olmalı... Hedef kaçmak üzereydi, pod alarm sinyali verdi ve uçak Anıtkabir'in üzerinden geçti. Sert bir dönüş manevrası yaptı, konuşamıyordu. Beyni durmuş gibiydi ama sesleri duyar gibi oldu, beyin çeperlerinde yankılanan nal sesleri beyninde zonkluyordu. Bir sel halinde akan süvarileri gördü gökyüzünde, ışık seli olmuş, geliyorlardı. Bulutları yararak ilerliyorlardı. Telsizden gelen telaşlı anonsları duymuyordu artık. Geriye dönmüştü, çocukluğuna. Arkadaşlarının gülümseyen yüzü ve toprağın kokusu, yurdunun analığı geldi aklına. Torosların üzerindeydi, ışık huzmeleri onu yalnız bırakmıyordu. Ait olduğu yere doğru gittiğini düşünüyordu, Akdeniz kıyılarındaki Amerikan donanma firkateynlerinden saçılan uçaksavar mermileri yanından geçerken ona baktı ve gülümsedi. Tam karşısında USS George Bush Uçak Gemisi duruyordu.

Uçak gemisindekiler ne yapacaklarını bilemediler, öylece pistin üzerinde durmuş anlamsız bakışlarla uçağın gemiye yaklaşmasını seyrettiler. Civan, son bir kez benliğinin derinlerinde yaşadığını yeni anladığı insanlara baktı ve hemen ardından F-18, olanca hızıyla uçak gemisinin kıç tarafındaki piste çarptı. Bütün Akdeniz'den duyulan bir ses çıktı, alevler onlarca metre yüksekliğe ulaşmıştı. Sekiz tonluk patlayıcılar uçağın deposundaki benzinle birleşip pistin üzerini cehenneme çevirmiş, pist üzerindeki uçakların bazıları denize saçılmış, çoğu ise patlamanın etkisi ile ağır hasar görmüştü. Geminin kıç tarafında açılan dev kraterden alevler ve siyah dumanlar yükseliyordu. Amerika Birleşik Devletleri, tarihinde ilk kez modern bir uçak gemisi kaybı vermişti.

26 Mayıs 2007 – Saat: 10.50
CENTCOM FLORIDA

"Allah kahretsin, Howard!!" Başkan çok sinirliydi. Böyle bir kayıp vermeyi hiç düşünmemişti ve dünden beri sekreteri Kitty dahil hiç kimse ona fazla yaklaşamıyordu. Basın ordusu, uçak gemisinin kaybıyla ilgili olarak Başkanı sıkıştırmak için elinden geleni yapıyordu ama ona ulaşabilen kimse yoktu ve büyük gazetelerin yönetmenleri de, ağzı sıkı "dostlar" aracılığıyla bu olayı fazla büyütmemeleri için uyarılmıştı. Amerika'nın okyanusları denetim altında tutmada en önemli silahının yenilebilir olması başkalarını cesaretlendirebilirdi.

"Sayın Başkan, konuyu araştırdım ve bana inanın ki..." Sesi titriyordu Genelkurmay Başkanının. Bu gerçekten de kabul edilebilir bir kayıp değildi. Binlerce askerin yaşadığı, dünyanın en büyük uçak gemisi işe yaramaz haldeydi ve bir Aegis destroyeri tarafından ülkeye çekiliyordu. Evet, batmamıştı ama aylar sürecek -en az altı ay- bir inşaat ve yenileme çalışmasıyla ancak kendine gelebilirdi.

"Hiçbir şeye inanmıyorum Howard, bu operasyona biri pisledi farkında mısın?"

Genelkurmay Başkanı ne diyeceğini bilemiyordu, Başkanın damarları şişmişti ve biraz daha sinirlenirse kendisini yumruklamasından korkuyordu Howard. O zaman bu geri zekalıya dersini verecekti kuşkusuz.

"O adam bizim iyi bir pilotumuzdu ama Türkiye'de geçen bir çocukluğu var, sanırım hatıraları ve ...."

"Ne, ne dedin sen, hatıraları mı? Bir milyar dolarlık bir geminin bir Kürt'ün hatıraları tarafından mı yok edildiğini söylemek istiyorsun bana?"

"Efendim, bu ciddi bir savaş, şu anda seksen beş yıl önce kurulmuş olan bir devleti çökertmeye çalışmakla meşgulüz ve bu tarz beklenmeyen olayların olması mümkündür."

"Mümkün ha, cehenneme kadar yolun var Howdy. Bana Türkiyeli Kürtlerin bizi destekleyeceklerini söylemiştin. Batı'daki şehirleri alırsak Doğu'nun bizim elimize geçmesi neredeyse kendiliğinden olacaktı. Kendi askerimiz olduktan sonra bile bizi vuran birisinin akrabalarının bize katılacağını hâlâ düşünüyor musun? Üstelik hâlâ bana Doğu'da beklediğimiz isyanın haberi gelmedi!"

"İstihbaratlara göre Sovyet işgaline karşı kurduğumuz Özel Harp Teşkilatı Doğu'da idareyi ele almış. Kuzey Irak Kürtlerini işe karıştıramıyoruz çünkü İran'ı tahrik edebiliriz. Şu aşamada bunun olması istemiyoruz. Sayın Başkan, bu olayı bence kendi başına değerlendirmeli ve operasyonun tamamına yaymamalıyız."

"Howard, her ne halt edeceksen et ve bu operasyonun ilk bölümünü bitir. Esas operasyon başlamalı bir an önce." Odadaki sinirli hava dağıldı birden. Sanki uçak gemisinin kaybı anlamını yitirmişti bu sözler karşısında. Başkan kendi masasına oturdu, sakinleşmeye çalışıyordu. Strike, ayakta durmaya devam etti ve Başkanın masasının hemen karşısındaki büyük beyaz duvarda monte edilmiş olan ekranın konsolunun başına gitti. Ekran açılır açılmaz görüntüye siyah bir fon geldi ve hemen ardından CENTCOM iletişim sisteminden Başkan için seçilen bilgiler akmaya başladı. Bu sistem sayesinde gelişmeler dakika dakika takip ediliyor ve üzerlerinde gerekli çalışmalar yapılabiliyordu.

"Efendim, operasyonun ilk aşaması, yani Metal Fırtına operasyonu gayet başarılı ilerliyor." Howard bunu söylerken Başkanın yüzüne bakamadı, zaten nasıl bir ifade olduğunu tahmin edebiliyordu ve bu ifadenin uçak gemisi ile alakalı olduğuna şüphe yoktu.

"Kara birliklerimiz beklediğimiz kadar süratle ilerleyemiyor ama 1. Zırhlı Süvari Tümeni ve 3. Süvari Alayı Tarsus bölgesine geldi. Adana'da bu kuvvetlere karşı girişilen bir saldırı var efendim, Türk birlikleri bizimkilere çok yakın mesafeden saldırıp geri çekilmişler ve tanklarımızı meskun mahallere doğru çekmişler, buralarda bizim saf çocukları kötü aldattı Türkler, yirmi kadar tankı vurdular. Ancak çatışma sırasında bizimkiler biraz sert davranmışlar. Adana'nın çoğu boşaltılmıştı ancak yine de komando birliğinin siper alması olasılığına karşı tümenimizin geçeceği bazı yerlerdeki yerleşim birimlerine Slayer bombaları atılmış. Bu bölgeler dümdüz olduğu için şehir pek iyi görünmüyor doğrusu."

"Torosları aşmak için kuvvetler harekete geçecek ancak bu noktada biraz beklemelerini istedik. Torosları geçmeleri biraz zor olabilir, oradaki bölgeler tuzaklarla dolu mutlaka. Uçaklarımız o bölgeyi yerle bir ediyor. B-52'ler on iki sorti yaparak dağları biraz karıştırdı. Ayrıca bir miktar Slayer bombası kullanarak ortalığı iyice temizlemek istiyoruz."

"Howard, bu birlikler şu anda tek başına Türk topraklarında ilerliyor, sence biraz tehlikeli değil mi bu?"

"Sayın Başkan, sizi temin ederim ki düşmanın ciddi ve organize bir karşı saldırıda bulunma olasılığı çok az. Türk Ordusunun bütün ağır kuvvetleri yoğun bombardıman altında. Bir araya gelip bu tümene saldırabilecek durumda değiller."

"Peki ya Ankara'nın dışına çıkan 9. Tank Tugayı ve 28. Mekanize Tugayı güçleri?"

Bu Türkleri anlamak gerçekten garip. O tugayları dışarı çıkarırken ne düşünüyorlardı bilmiyorum, büyük ihtimalle bizim 1. Süvari Tümenine karşı bir önlemdi ama sanırım yaptıkları hatayı anlamışlardır. 9. Tank Tugayının hemen hemen bütün unsurları imha edildi. Bu saldırımızın görüntülerini izlerken gerçekten tüylerim ürperdi. Sanırım bu saldırıyı bekliyorlardı."

"Bunu nerden biliyorsunuz?"

"Çünkü çok sayıda uçaksavar ile desteklenmişti bu tugay. Komşu ülkelerden birisi ile savaşılıyor olsa, tugayın önünde hiçbir ülkenin birliği duramazdı ama B-2'ler, F 15'ler ve A-10'lar karşısında fazla şansları yoktu. Üstelik açık alanda yakalandılar."

"Tanrım, o manzarayı görmek isterdim doğrusu."

"Efendim, kısaca anlatmak gerekirse yüzlerce vurulmuş araç ve her tarafa saçılmış cesetlerden başka görecek bir şey kalmadı. Ancak 28. Mekanize yaptığı manevralarla saldırıyı atlatmaya çalışıyor."

"Peki operasyonun ikinci kısmı konusunda bir gelişme...."

Başkan cümlesini bitiremedi. Bunun sebebi o anda içeriye Kitty'nin dalmış olmasıydı. Bugün Başkan ile doğru dürüst konuşamamıştı ve basının uçak gemisi ile ilgili sorularından bunalmış görünüyordu. Başkan onu görünce sustu ve gülümsedi. Kitty, Strike'ın yüzüne bile bakmadan Başkanın masasına oturdu, kulağına bir şeyler söylemek ister gibi ona doğru eğildi. "Bay Cheney arıyor, efendim. 'Başkan beni bu gazetecilerden kurtarsın' diyor."

"Tamam Kitty," diye bir kahkaha savurdu. "Howard bunu halledecek." Pis pis gülümsedi. Howard Strike, bu açıklamayı yapmakla herkesin gözünde uçak gemisi kaybetmiş bir komutan durumuna düşecekti ve tarihe bu şekilde geçmek istemezdi doğrusu.

Howard ile Kitty çıkarken Başkanın sadece bir kişinin bildiği özel numarası çaldı. Telefonu, "Buyurun Bay Lynam," diye açtı.

Kısık bir ses, "İyi gidiyor savaşımız değil mi?" diye konuştu.

Başkan gülümsedi. "Evet Bay Lynam, umduğumuzdan iyi."

"Operasyon Sevr...?" dedi karşı taraftan ses. Bu genel harekâtın gizli adıydı. Herkes savaşın Türk toprakları üzerinde kurulacak yeni bir kukla hükümet oluşturuluncaya dek süreceğini zannediyordu. Oysa en baştan beri Türk Devletini ortadan kaldırmak, en önemlisi de Türkleri Anadolu'dan tamamen atmak hedefti. Avrupalılar artık Müslüman ve savaşçı bir milletle uğraşmak durumunda kalmayacaktı. İsrail ve Araplar istedikleri su kaynaklarının güvence altında, tabii Amerika'nın güvencesi altında olmasından mutluluk duyacaktı. Ermeniler ve Kürtler istedikleri topraklara kavuşacaktı. Kim bilir, belki Rumlar bile Karadeniz'de bir ülke kurabilirlerdi kendilerine. En önemlisi Bor, Toryum ve zengin Uranyum kaynakları ABD'nin, daha doğrusu Adrian III. Lynam'ın eline geçecekti. Bu güç ABD'yi tartışılmaz dünya hakimi yapacaktı.

Başkan, "Yakında Bay Lynam. Yakında..." dedi.

26 Mayıs 2007 - Saat: 13.40
OFFUT, NEBRASKA
STRATEJİK KOMUTA KARARGÂHI

Gözlerden uzak karargâhın, yerin metrelerce altında bulunan, sarı ışıkların aydınlattığı küçük odasında toplanan dört generalin ortasındaki sıradan görünüşlü masanın üzerindeki haritalarda belirgin şekilde oklar ve işaretler vardı. Bu toplantı, sıradan savaş durumu ile ilgili bir toplantı değildi. Ortaya konan tartışmalar sonucunda doğrudan Genelkurmay Başkanına, oradan da Başkana iletilecek raporlar hazırlanıyordu. Generaller savaşın gelişiminin yanı sıra, savaşı ve düşmanı bütün bir sistem olarak ele alıyor, savaştaki gelişmelerin bu sistem üzerindeki işleyişini ve etkilerini araştırıyorlardı. 1991 yılında Özel Kuvvetlerden Albay Ward tarafından geliştirilen bir savaş sahası analiz sistemini ileri boyutlarda kullanan entelektüellerin bir araya geldiği farklı bir askerî toplantıydı. Düşmana yapılan harekâtın etkilerinin anlaşılabilmesi, büyük oranda Türkiye'deki operasyonlarını gittikçe yoğunlaştıran Amerikan Özel Kuvvet Birliklerinden ve diğer bilgi kaynaklarından gelen enformasyona bağlıydı. Bu enformasyonun derinlemesine analizi, savaşın esas gidişatını değiştirebilirdi. Toplantılar, sıradan bir günlük konuşmayı andırıyordu.

"Beyler, gidişat kötü görünmüyor ancak bazı beklenmeyen olaylar, istenen etkilerin oluşmasını engelledi."

"Evet, şu uçak gemisi. Allah kahretsin, o pilot eğer sağ kurtulsaydı ona yapacağımı biliyordum..."

"Bana kalırsa detaylara inmeyelim. Gelişmeler umut verici, o boktan uçak gemisi nasıl olsa onarılacak."

"Evet ama Akdeniz'deki hava gücümüz bir anda seksen beş uçak birden azaldı. Adamlar ellerini bile kımıldatmadan seksen beş uçağı düşürmüş kadar oldular."

"Türklerin basit bir düşman olduğunu kimse söylemedi bize."

"Sadece şanslıydılar."

"Karadaki ilerleme nasıl?"

"Kara birliklerimiz artık istenen düzene oturdu."

"Kimler içerde?"

"1. Zırhlı Süvari Tümeni Toros bölgesinde şiddetli bir savaşa girişti. Neredeyse bir tank taburu Türk Ordusu tarafından imha edildi. Türk askerlerinin yaptığı savunma inanılmazdı, Kore'de de böyle savaştıklarını duymuştum. Ne kadar isabetli atışlar yaparsak yapalım sanki çukurların içinden yeniden dirilip bize saldırıyorlar sanmış bizimkiler."

"Ancak bizi pusuya düşüren Türk Birliklerine Slayer saldırısı yapıldı ve saatler süren ağır bombardımandan sonra o bölgeden kurtulabildik. Şu anda Konya Ovasında ilerliyorlar. Bugün yavaşlama emri aldılar. Gerekli ikmal gerçekleştirildikten sonra tekrar hareket edebilirler. İkmalin bir kısmı karadan, bir kısmı da havadan yapılıyor. 4. Mekanize Piyade Tümeni de hemen arkalarından ilerliyor. Şu anda Toros bölgesini geçmekle meşguller. 3. Zırhlı Süvari Alayından iki tabur kuzeye yöneldi. Hedefi, Gaziantep bölgesinde sağlam bir hat kurmak. Buradaki amaç Türklerin doğuda bir düzen oluşturup, ana muharip güçlere arkadan saldırmasını önlemek."

"Peki ya, şu Hatay'daki Tugayları..."

"O tugay denizden füze ateşleri ve 82. Hava İndirme'nin saldırıları ile dağıldı. Bazı ceplerde çatışma oluyor ama gerektikçe hava desteği ile vuruluyorlar. 82. Hava İndirme Tümeni esas hedefine intikal için hazırlıklara başladı."

"Peki, 101. Hava İndirme Tümeni ne yapıyor?"

"Şu saatlerde harekât için hazırlıklarını yapıyorlar. Kırıkkale bölgesinde bir yere intikal edecekler. Karargâh kuracakları yerler, Hava Kuvvetleri B-2 ve B-1'ler tarafından hazırlanıyor. Bir özel kuvvet birliği karargâh bölgesinde detay temizlik yapıyor. Sanırım fazla çatışmaya girmemişler."

"Bu iyi. Bayağı içerilerdeyiz desenize. Bu korkunç bir duygu. O topraklar bir asker için kutsaldır neredeyse. Bütün Avrupa'nın bir zamanlar kovalandığı yerler ne de olsa."

"Peki ya, şu uçak gemisi olayı..."

"Bence o yarım kalmış bir iş ve halk içinde insanların motivasyonunu artırmış."

"O işi bitirelim, hem de tam bir gösteri yaparak. Sonra da..."

"Sonra da İstanbul'u sallayalım. Şu an yapılan hava saldırıları sadece askerî birimler üzerinde gerçekleştiriliyor, ancak İstanbul'u hâlâ dokunulmamış varsayabiliriz. O şehri korkunç bir şekilde sarsmalıyız, bizim geldiğimizi gerçekten anlamalılar."

"Tamamdır, bunun için gerekli çalışma zaten var. Bundan sonra yapılacak olan şeyler belli o zaman... Anıtkabir'in bombalanması, İstanbul ve Ankara'nın ele geçirilmesi. Sonra da operasyonun ikinci kısmı başlayabilir. Rum Millî Muhafız ordusuna haber verildi, teyakkuzdalar. Oradaki Türk Birliklerine yapılan saldırılar iki gündür yoğunlaştırıldı; sonuç alındığı belirtiliyor. Ermenistan'daki irtibat timlerimiz, sınır bölgesinde Türk askerî hareketliliği olan yerleri belirledi. Sanırım hepsi toprak altına girmek için siper kazıyormuş."

"Hâlâ siper kazıyorlar ha.."

"Onları hazırlıksız yakaladık."

"Evet çocuklar, onları hazırlıksız yakaladık."

"Hava Kuvvetleri ne halde?"

"Artık hava aktivitesi görülmüyor. Uçakların çoğu vuruldu, eksik kalanların nerde olduğunu bilmiyoruz. Ama ortaya çıkacak bir havaalanları yok artık. Bütün havaalanlarında Özel Kuvvet operasyonları düzenlendi. Birliklerimiz her yere girip çıkabiliyor. Atatürk Barajı da hâlâ bizim elimizde. Bunu bir deneme olarak düşünmüştük ama cevap veren Türk birliklerine karşı yapılan hava saldırıları o kadar etkili oldu ki, orayı almaktan vazgeçtiler."

"Sakın elektriklerini kesmeyin ve televizyon vericilerini vurmayın. Bizim en güçlü silahımız medya."

"Kesinlikle katılıyorum. Bütün yaptığımız saldırıları anında bildiriyorlar. Yalnız uçak gemisi saldırısından sonra elektrikleri biraz kesmek zorunda kaldık."

"O kadar olsun. İnsanların başlarına gelen şeyi iyi anlamasını istiyoruz. Kendilerine tarih derslerinde öğretilenlerin tersine döndüğünü görmelerini ve şok olmalarını istiyorum. Savunma güdülerini yitirmelerini istiyorum."

"Bunu sağlayacağız sanırım. Tanrım, inanamıyorum. Türk Ordusu da bize direnemiyor."

"Evet, bu dünyada ordumuzu yenecek hiçbir güç yok. Düşünsenize, uçaklarımız onların uçaklarını temizliyor ve sonra, karşımızda koca bir ordu var ve ellerinde o uçakları düşürecek hiçbir silah yok. Tanrım, pilotlar gerçekten eğleniyor olmalı."

"Doksan beş uçağın pilotu böyle düşünmüyor bence."

"Boş ver onları. Stinger ve Rapier'ın vurduğu bir uçağın pilotu hiç yaşamasın daha iyi."

"Operasyonun genel çerçeve değerlendirmesini sonlandırıp Howard'a rapor verelim."

"Bazen kendimizi bir şey yapmıyormuşuz gibi hissediyorum. Ama pek çok şey kendiliğinden gerçekleşiyor gibi."

"Aslına bakılırsa öyle, aç kurtlara hedefi gösteriyoruz ve onlar da parçalıyor."

Hep beraber güldüler. Eğlenceli bir toplantı olmuştu. Eğlencenin hep süreceğinden emin gibiydiler. Amerikan Ordusunun verdiği ağır kayıplar umurlarında değil gibiydi.

27 Mayıs 2007 - Saat: 11.08
ANITKABİR

İnsanlar bilinçlerini yitirmiş gibiydiler; kimi koşuyor, kimi ağlıyor, kimi ne yapacağını bilmeden boş gözlerle enkaza bakıyordu. Buraya yaklaşmak için saatlerce süren bombardımanın bitmesini beklemişlerdi. Uçaklar sanki son bir kez dönüp selam verdikten sonra yaratılan etkinin hayata geçmesi için saldırıya ara vermişti. Rasattepe'ye tırmanan her yaştan insan koşarak yıkıntıların arasına giriyordu. Etrafta bulunan birkaç asker ve polisin bu kalabalığa karşı bir şey yapma imkânı yoktu, hiç kimse söz dinleyecek durumda değildi. Tek amaçları vardı, enkazın dibinden Mustafa Kemal'in cenazesini kurtarmak ve güvenceye almak. Ellerinde kazma kürekle enkaza koşanlar, bağırıp çığlıklar atarak yıkıntının birbirine kaynamış gibi duran dev beton ve taş parçalarını birbirinden ayırmaya ve kendilerine bir yol açmaya uğraşıyorlardı. Bu nerdeyse imkânsız denebilecek amaç tehlikeliydi de. Enkazın bulunduğu bölgede patlamamış bombalar görülebiliyordu.

Kalabalık bir karınca ordusu gibi üşüşmüştü Ata'nın yıkılmış mezarına. İnsanlar düşünemiyordu, bombalar beyinlerinin çok derinlerinde bir yerlerine yağmıştı. Öfke, yerini garip bir nefrete bırakıyordu. Bir an önce naaşa ulaşmak istiyorlardı. Kimse bunu neden yaptığını bilmiyordu ama kişiliklerinin nerdeyse parçası haline gelmiş bir simgenin saldırıya uğramasını kabul edemiyorlardı. O an önlerinde hiçbir güç duramazdı. Ne zırhlılar, ne uçaklar! Hiçbir güç onları korkutamazdı.

Bir süre sonra bölgeye gelen askerler ve itfaiyeciler de bütün güçleri ile kazı çalışmasına başladılar, çok üst düzey subayların da kurtarma çalışmalarına katıldığı görülebiliyordu. Askerler insanların yüzüne bakamıyorlardı sanki. Bu duygusuz saldırıları durduramadıkları için halktan utanıyor gibiydiler.

Birkaç saat sonra sivil bir araç konvoyu göründü. Sadece üç araç vardı, Aslanlı Yol'un girişinde park ettiler. Ön ve arkadaki araçtan Türk Özel Kuvvet askerleri çıktı. Hepsi tam teçhizatlı sekiz asker hemen etrafta bir kordon oluşturdu. Ortadaki araçtan inen adamı insanlar şaşkınlıkla izledi. Günlerdir hiçbir haber alınamayan Hikmet Pars'tı bu. Hızlı adımlarla enkaza doğru yürüdü, insanlar ilk şaşkınlıklarını atınca, yavaş yavaş Hikmet Pars'ın etrafını sarmaya yeltendiler ama Özel Kuvvet askerleri buna izin vermedi. Hikmet Pars, son derece ciddi ve yorgun bir ifade ile enkaza tırmandı, diğer çalışmaları yapanlarla beraber enkazı kazmaya başladı.

Hava karardı. Enkazın ortasında koca bir delik açılmış durumdaydı. Bu delikten içeri girenler alt katta duran naaşı bulmak için bir madenci gibi çalışmak zorundaydılar. Sığınakları delmek için kullanılan bombaların yaydığı ısı, merkeze yaklaşılmasını imkânsız kılıyordu.

Ankara civarında uçan bir F-15E uçağının pilotları kulaklıklarından gelen mesajı duyunca birden heyecanlandılar. Irak'taki operasyon komuta karargâhından bir mesaj gelmişti ve acil istihbarat sonucu belirlenen bir hedefin vurulması isteniyordu. Ancak vurulacak hedef, az önce vurulan ve nerdeyse taş üstünde taş kalmayan bir yerdi.

"İstihbarat var, büyük balıklardan birisi hedefe gelmiş. Orayı tekrar vurun. Zaman çok önemli, hemen vurun."

"Merkez, tekrar edin, az önce vurulan mezarın tekrar vurulmasını mı istiyorsunuz?"

"Evet, lütfen onaylayın."

"Anlaşıldı."

F-15E sert bir dönüş yaparak kendisine verilen hedefe yöneldi. Ankara'yı çok iyi öğrenmişlerdi, bu nedenle koordinat verilmesine gerek yoktu. Gideceği yeri iyi biliyordu. Kısa bir süre sonra hâlâ dumanların çıktığı hedef bölgesine ulaştı ama gördükleri karşısında şaşırmıştı pilot. Heyecanla durumu merkeze bildirdi.

"Hedef bölgesinde siviller var. Çok kalabalıklar, ateş etmek mümkün değil."

"Hedef vurulsun."

"Onaylayın, siviller hedefte..." Pilotun sesindeki heyecan açıkça belli oluyordu.

"Hedef vurulsun," dedi, idare subayı. Sesi tok ve duygusuzdu.

F-15E savaş uçağı bir çember çizdi. Anıtkabir'in etrafına toplanmış olan insanlar uçağın süpersonik sesini duyabiliyorlardı. Havaya birkaç el silah atıldığı duyuldu. Bunlar öfke ile yapılan, uçağa hiç yaklaşamayacak atışlardı. Hedefleme ekranında görünen şey, artık bir yıkıntıdan başka bir şey değildi ama ekranda pek çok sivil de fark edilebiliyordu. Göz göre göre cinayet işleyeceğini düşündü pilot, uçağın sağ kanadında kalan son GBU-27 Penetrator lazer güdümlü bombayı hedefe yolladı ve bir yarım çember çizerek vurulacak noktayı lazer ışığı ile aydınlatmaya devam etti. Hiç de hedefte bir büyük balık varmış gibi değildi. Saniyeler sonra hedef ekranı patlamanın etkisiyle bembeyaz oldu; patlamanın ilk etkisi geçerken ortaya çıkan alev topu sönmek üzereydi.

Anıtkabir'in üzerinde toplanmış, Ata'nın naaşını bulmaya çalışan insanlar hiçbir şey hissetmedi. Patlama öylesine ani ve keskindi ki, yüzlerce insan ne olduğunu anlayamadan etrafa savruldu.

Hikmet Pars patlamanın etkisiyle yere yıkıldı. Yerin yaklaşık on metre altındaydılar ve yüzeyin üzerinde de tonlarca mermer ve beton molozu vardı ama bomba neredeyse tam üstlerine düşmüştü. Bulundukları, mağaraya benzeyen açıklık, dumanla ve mermer parçaları ile dolmaya başladı. Hikmet Paşa diğer askerlere baktı, hiçbirinin yüzünde tedirginlik ifadesi yoktu. Genelkurmay Başkanı, Mustafa Kemal'in naaşının bulunduğu mekâna geldiğinde kalbi sıkıştı. Mezar kötü biçimde zarar görmüştü. Mumyalanmış olan bedenin de aynı biçimde zarar görmüş olma ihtimalinden korkuyordu. Askerlerle beraber içeri dolan dumana –azalmıştı şimdi– rağmen mezarın üzerine kapandılar ve yıkıntıları araştırmaya başladılar. Dakikalarca araştırdılar yıkıntıyı, bir türlü bulamıyorlardı. Bir süre geçtikten sonra Genelkurmay Başkanı doğruldu ve yanındakilere, "Burada değil," dedi.

Askerler şaşkınlık içinde Paşanın yüzüne baktılar. Hikmet Paşanın bakışları ürperticiydi. "Burada yok, hiç iz yok..." Başını kaldırıp etrafa bakındı, sanki bir şeyler görmeye çalışıyordu. Askerler de ona uyup etrafa bakınmaya başladılar, ter içindeydi hepsi de, tüyleri ürpermişti. Burada olmalıydı, on yıllardır özenle korunuyordu, bir yere kaybolması ya da çalınması mümkün değildi. Onun bedeninin bulunduğu bu odaya sadece Genelkurmay Başkanının izni ile girilebilirdi.

Hikmet Pars'ın yüzünde gurur dolu bir ifade belirdi, sanki mutluydu, içi rahatlamıştı. "Gidelim," dedi. Geldikleri gibi hızla dışarı çıktılar. Kendi açtıkları tüneli kullanarak geri dönmeleri mümkün değildi, dışarıya çıkmak için enkazın içinde yeni bir delik açmak zorunda kalmışlardı. Askerler kan ter içindeydi. Dışarı çıktıkları anda karşılaştıkları manzara hepsini şok etti.

Her taraf cesetlerle kaplanmıştı. Bombanın düştüğü yeri gördüler, yirmi metre kadar ötelerinde kalmıştı. Kimsecikler görünmüyordu ortalıkta. Yakındaki herkes ölmüş ya da hareket edemeyecek kadar ağır yaralanmış olmalıydı. Aşağıdan geçen yolun öte tarafında biriken bir kalabalık vardı sadece. Karanlıkta mezarlarından çıkan birer hayaleti andırıyordu askerler. Etraf sessizdi. Sadece uzaktan Amerikan uçaklarının havayı yırtan gürültüleri ve aralıklarla atılan uçaksavar mermilerinin sesleri duyuluyordu. Hikmet Paşa, birkaç kişinin yanına gidip yaşayıp yaşamadıklarını kontrol etti. Yaşamıyorlardı. Askerler de huzursuzlanmaya başlamıştı. Bu saldırının kime karşı yapıldığını çok iyi biliyorlardı. İleride bekleyen otomobillere baktılar, savaş uçağı otomatik topu ile dalış yapmış ve arabaları paramparça etmişti. Bu yeterli bir işaretti. Orada olduklarını öğrenmiş, öldürücü darbeyi vurmuşlardı. İstediklerini elde edememiş ama yüzün üzerinde insanı öldürmeyi başarmışlardı. Bir de geride kalan garip bir soru vardı:

Mustafa Kemal mezarında değildi, öyleyse neredeydi?

CNN INTERNATIONAL: Amerikan Savunma Bakanlığından yapılan açıklamada, akşam saatlerinde gerçekleştirilen bir hava saldırısı sonucunda Türk Ordusunun Genelkurmay Başkanının öldürülmüş olabileceği belirtildi.

Haberler büyük hızla yayılıyordu, insanların morali üzerinde büyük etkiye sahipti televizyon. Genelde kötüydü haberler ve büyük bir hızla Türk TV kanalları yoluyla insanlara ulaşıyordu. Her ne kadar yumuşatılsa ve iyi gösterilmeye çalışılsa da bazı gerçekleri TV'den izlemeye gerek yoktu. Bu nedenle hâlâ neden vurulmadıklarını anlamamış olan televizyonlar, insanların gözünün içine sokuyordu savaş görüntülerini.

Ekranda Anıtkabir'in görüntüsü vardı şimdi. Herkes televizyonların başında nefes almadan o ölüm sessizliğine batırılmış görüntüleri seyrediyordu. Yorum yoktu, sadece karanlıkta tüten bir duman ve yerle bir olmuş, o herkesin ruhuna kadar kazınmış Anıtkabir'in enkazı vardı. Yarım saattir televizyonlar bu görüntüyü gösteriyordu. Hiçbir yorum olmaksızın. İnsanlar ekranlara kilitlenmiş ve büyülenmiş gibi görüntüleri izliyorlardı. Görüntüde bir kayma oldu ve spiker göründü, enkaz görüntüsü arkasındaydı.

"Sayın seyirciler, şimdi bize gelen bilgiler... Saldırının arkasından yapılan çalışmalarda Yüce Önder Mustafa Kemal'in naaşının enkazda bulunamadığı yolunda... Atatürk'ün bedeni bulunamadı..."

27 Mayıs 2007 - Saat: 19.25
BİLİNMEYEN BİR YER

Kabine sadece üç kişiyle toplanmıştı. Ankara'yla sürekli olarak bağlantıda bulunan Başbakan gelişmeleri büyük bir kızgınlık ve çaresizlikle seyrediyordu.

Büyük bir acı da kavuruyordu içini; bu millet kendini ona emanet etmişti ve şimdi felaketlerine engel olamıyordu. Esasında işgali durdurmak için bir çözüm düşünmüşlerdi...

Tayyip Erdoğan aylar öncesinden bu işgali duyuran raporu incelediğinde çözümün de önünde olduğuna inanmıştı. Üç gün önce, bulduğu çözüm için toplantı yapmıştı.

"Beyler," demişti, "eğer bir kurtuluşumuz varsa yüzyıllarca Osmanlı'nın yıkılmamak için kullandığı şeyi kullanacağız: Diplomasi!"

Bakanlar ve askerler soru soran gözlerle bakmaya devam etmişlerdi. Hepsinin gözünde inanmazlık okunuyordu.

Başbakan devam etti. "Tarihi okumadınız mı? Ruslar Yeşilköy'e kadar geldiklerinde onları geri çektiren güç neydi? Kavalalı Mehmet Ali Paşa'nın oğlu İbrahim Paşa, üzerine gönderilen üç orduyu yenip Bursa'ya kadar geldiğinde onu geri çektiren güç neydi?"

Birisi atıldı. "Batılı devletler efendim, güçsüz bir Osmanlı'nın yıkılmamasını istediler. Çıkarlarına uyuyordu."

Tayyip Erdoğan, "Evet," dedi. "Bu toprakların stratejik bir önemi var. Hiçbir güçlü ülke tek başına diğerinin buranın hakimi olmasını istemez."

Adalet Bakanı elini çaresizlikle açtı: "Ama efendim bu kez koşullar öyle değil. ABD tek bir süper güç. Avrupa Birliği ona karşı koyacak durumda değil, zaten ilişkilerimiz bozuk. İngiltere her zamanki gibi ABD'ye tam destek veriyor. Rusya ekonomik olarak çıkar elde etmeye çalışıyor. Bunun dışında onun için bir şey fark etmez çünkü zaten ABD Azerbaycan'da üs kurdu. Çin ise ABD ile karşı karşıya gelmeye hazır değil. Daha sinsi hareket ediyorlar."

Tayyip Erdoğan raporu masaya fırlattı. "İyi ama bu dosyada yazanları öğrendiklerinde, varlıklarını sürdürmek istiyorlarsa bu ülkeyi ABD'nin eline bırakmamaları gerektiğini anlayacaklar."

Ellerini masaya koydu ve herkesin gözünün içine baktı. "Ülkemizde dünyanın enerji geleceği bulunuyor. ABD'nin uzun vadeli enerji ve uzay teknolojisi Bor minerali üzerine. Türkiye bu açıdan neredeyse bir tekel. Dünyanın kaliteli Bor rezervinin yüzde 70-80'i tek başına bu ülkede. Unutmayın, petrol birçok ülkede olduğu için tekel oluşturamazdı, buna rağmen politikaları nasıl belirledi! Oysa Bor, bu açıdan tek bir ülkenin elinde olmak için çok büyük bir güç! Üstelik bir de bu ülke süper güçse dünyanın tek hakimi olur!"

Odadaki herkes gözlerindeki umut ışıltısı ile birbirine baktı.

"ABD tek süper güç ama eğer bu tezimizi diğer ülkelere anlatırsak toplu olarak harekete geçebilirler."

Ve toplantı büyük bir memnuniyetle sona erdi. Hemen o ülkelerdeki büyükelçilere şifreli olarak rapor gönderildi, raporların hükümet başkanlarına ilk elden verilmesi istendi. Rapor verildikten sonra Tayyip Erdoğan, Başkan veya Başbakanlarla telefonla görüştü.

Sonuç...

Sessizlik!

Tayyip Erdoğan başını ellerinin arasına aldı. Anıtkabir'in, oradaki bombalanmış insanların görüntüsü sesi kısılmış bir televizyonda gösterilip duruyordu. "Neden?" diye düşündü. "Neden hâlâ harekete geçmiyorlar?"

Fransa, Almanya, İngiltere, İtalya, Japonya, Rusya, Hindistan ve Çin... Raporları aldıklarından beri hiçbirinden bir ses çıkmamıştı. Belki de hata etmişlerdi. *Bu şekilde ABD'nin işgal için nasıl bir gerekçesi olduğunu, ne kadar kararlı olduğunu da açıklamış olduk,* diye düşündü.

Böyle bir durumda kozlarını açık oynamak yerine gelişmeleri, Türkiye'nin ezilmesini bekleyip daha sinsi bir çözüm düşünebilirlerdi.

Örneğin Bor rezervinin bir kısmı Rusya ve Kazakistan'daydı. Rusya veya Çin, Kazakistan'ı ele geçirmek için operasyon başlatabilirdi.

"Ben elimden geleni yaptım," diye mırıldandı.

Türkiye'nin Anadolu'daki bin yıllık macerası onun Başbakanlığı döneminde mi sona erecekti? İçinde, yüreğini parçalayan bir isyanla ayağa kalktı.

"Şu adamlara bir daha telefon edelim!" diye bağırdı.

28 Mayıs 2007 - Saat: 01.15
ANKARA / POLATLI'NIN 50 KM GÜNEYİ

1. Zırhlı Süvari Tümeninin bekleyişi sona ermek üzereydi. Operasyona devam etmek için 4. Mekanize Piyade Tümeninin pozisyonunu almasını bekliyorlardı. Amerikan Birlikleri, Türkiye Cumhuriyeti'nin kalbindeydi şimdi. 4. Mekanize Piyadenin ileri ucunu oluşturan Humvee araçları uzaklarda görülmüştü ve derinlemesine bir keşif harekâtı gerçekleştiriyorlardı. 3. Zırhlı Süvari Alayı ise çok fazla kayıp vermiş ve kuvvetlerinin bir bölümünü Gaziantep bölgesine gönderdiği için göz ardı edilebilir bir kuvvet haline dönüşmüştü. Diğer birliklerin de durumu çok iyi sayılmazdı. Türk Ordusunun şiddetli karşı koyuşu nedeniyle Amerikan askerleri inanılmaz bir yorgunluk ve bitkinlik içindeydi. Her an kayıp haberleri geliyordu.

1. Zırhlı Süvari Tümeni Komutanı Tümgeneral Harvey Jackson, hızla kurulan harekât merkezinde tugay komutanları ve idarî subayları ile bir araya geldi. Dört adet Bradley zırhlı savaş aracı kare bir alan oluşturacak şekilde dizildi. Ortadaki boşluk, savaş karar-

gâhıydı şimdi. Tümen şu anda bulunduğu yere gelene kadar pek çok çatışmaya girmişti. Tugay komutanları da dahil olmak üzere bütün askerlerin üstü başı toz toprak ve çamur içindeydi.

Harvey Jackson, Seattle Üniversitesi mezunu iyi bir askerdi. Hemen hemen ordunun her kademesinde kazanılmış takdir belgeleri ve madalyaları vardı. Elli üç yaşındaydı, daha önce pek çok kez Türkiye'de bulunduğu için bu ülkeyi çok iyi tanıyordu. Operasyon başladığından beri garip duygular içindeydi. Daha önce görev icabı gelip gezdiği yerlerden şimdi zırhlı tümenini geçirmişti ve defalarca ziyaret ettiği Ankara'nın yakınlarındaydı.

Herkes heyecanlı ve hareketliydi, sürekli olarak CENTCOM'dan ve Irak'taki Merkez Üs'ten gelen talimatlarla ve sorularla muhatap olmak durumundaydılar. Bu nedenle toplantı sırasında çalan telefonlara cevap verilmek zorundaydı.

Harvey Jackson, sert bir şekilde muhaberat erine toplantıyı terk etmesini işaret etti. Artık merkezde oturup kahve içerek operasyon yönettiğini düşünenlere ayıracak zaman yoktu. Asker gidince ayağa kalkıp Polatlı'ya doğru baktı. İyi bir dürbünle bakıldığında Türk askerlerinin yaptığı siperler görülebiliyordu. Ancak bu siperlerin düşmanı durdurmasını kimse beklemiyor olmalıydı. Bu siperler, çatışmaların Polatlı civarında başlayacağının bir göstergesiydi.

"Ankara'yı almak çok zor olmayacak," dedi sert bir sesle, daha çok bağırıyor gibiydi. "Şehri dışardan döverken merkeze doğru gedikler açacağız. Hatlarda yaratılacak olan karışıklığın neticesinde savunma bütünlüğü bozulacak ve 101. Hava İndirme için gerekli ortam sağlanacak."

"Komutanım, hava saldırılarına ne kadar güveneceğiz?" Bölük komutanı yüzbaşılardan birisi sordu.

"Yeterince," diyerek gülümsedi Harvey. "Hava saldırıları önümüzü tamamen açacaktır. Her zaman olduğu gibi biz detaylarla uğraşmak durumunda kalacağız. 101. de son vuruşu yapacak. Bu arada 4. Mekanize Piyade Tümeni geri hatlarda güvenliği sağlayıp gereken yerlerde destek görevi yapacak."

"Şehir savaşı çok zor olacak efendim" dedi 1. Tugay Komutanı Kıdemli Albay John Flaubert.

"Şehir savaşı 101.'nin işi, biz sadece tank desteği sağlayacağız. Ancak tankların kayıp vermesi de kaçınılmaz. Türkler çok şiddetli karşılık verecek. Şehirlerin kontrolünü ele geçireceğimize şüphe yok. Hava saldırıları garip bir seyir izliyor. Mustafa Kemal'in mezarının vurulması mesela. Farklı bir strateji izleniyor, bu belli..." Bunu söyledikten sonra Anıtkabir'e yaptığı ziyareti hatırladı. Oraya girdiğinde kapıldığı hayranlık duygusunu hatırladı, kendisini küçücük hissetmişti.

Toplantı uzun sürdü, gece karanlığını ve sessizliğini tankların yerleşmesi ve savaş uçaklarının Ankara'ya attığı bombaların sessizliği parçalıyordu. Savaşın şiddeti azalmış gibiydi. Amerikan Ordusu durmuş, değerlendirme ve hazırlık yapıyordu. Çok içerilerdeydiler, normal savaş koşullarında bu çok tehlikeli bir pozisyondu, hava gücünün etkinliği sayesinde yine başarı kazanmışlardı.

Amerikan savaş taktikleri bir gerçeği ortaya çıkarmıştı; Amerikan Ordusu inanılmaz hava gücü sayesinde bir şeyi kabul ettirmişti ki Amerika ile savaşan ülke, bütün sistemini gözden çıkarmak zorundaydı. Rejim, kendisini korumak için bütün fiziksel varlığından feragat etmeli ve yeraltı organizasyonuna dönüşmeliydi. Bu neredeyse genel geçer bir kural halini almıştı. Amerikan Ordusuna ancak gerilla ve şehir savaşı verilerek direnilebilirdi. Harvey Jackson bu kuralın hâlâ işlemekte olduğunu görüyordu, yine öyle olmuştu...

Hava Kuvvetleri desteği ile Ankara önündeydiler ve verdikleri kayıp, elde edilen kazanç göz önüne alındığında oldukça azdı; 85 M1A2 Tankı, 65 Bradley zırhlı savaş aracı zayi olmuş, 1430 asker hayatını kaybetmişti ve 3000 kadar da yaralı vardı. Türklerin yurtdışında da tanınan 28. Mekanize Tugayı düşünüldüğü kadar zorlu çıkmıştı. Amerikalıların çok hareketli olmasıyla övündüğü 2. Mekanize Tugaylarının Stryker zırhlıları, Türk 28. Mekanize'nin yaptığı bir taktik manevra ile kuşatılmış ve yirmi aracını kaybetmişti, ölü ve yaralı sayıları da azımsanmayacak ölçüdeydi. Amerikan Ordusu ilk kez ölülerini savaş alanında bırakmama prensibini bozmuştu. O ölüleri toplamak da yine Türk askerine kalmıştı. Ancak Türk 28. Mekanize Tugayı bu çatışmalardan sonra B-52 bombardıman uçakları tarafından defalarca bombalanarak gücünü yitirmişti. Geriden gelen Amerikan askerleri geçtikleri yerlerde bu birliğin tanklarından oluşan zırhlı mezarlıklarıyla karşılaşıyordu. Bunun dışında askerî direniş olmamıştı. Birkaç kez Türk Jandarma Komando timleri ile karşılaşmışlardı ama 2. Zırhlı Süvari Tugayının hasar görmemiş taburları, Stryker zırhlıları ve Tow tanksavar füzeleri kullanan Humvee araçları ile komando timlerini püskürtmüştü. Bu nedenle tümenlerin harekâtı, verilen ağır Amerikan kayıplarına rağmen fazla yavaşlamamıştı.

Harvey Jackson fazla beklemek niyetinde değildi. Ankara'nın savunma için fazla zaman bulamadığını biliyordu. Türklere bu zamanı vermek istemiyordu üstelik. Ertesi gün işi bitirmek üzere harekete geçecekti. Buna kimsenin itirazı olmazdı doğrusu.

28 Mayıs 2007 - Saat: 10.15
İSTANBUL

Emel, yatağında kıvrılmış yatıyordu kıpırdamadan. Kulaklarına tıkadığı pamuklar sayesinde uçakların ve patlamaların seslerini duymuyordu. Durmak bilmeyen bombardıman nedeniyle sinirleri alt üst olmuş durumdaydı. Sinir hapları alarak ayakta durabiliyordu ve bu haplara ulaşmak da artık mümkün değildi. Yataktan kalkması ve dışarı çıkması gerekiyordu. Ekmek belli saatler arasında dağıtılıyordu. Dükkânlar öğlen olduktan sonra kapanıyordu çoğu yerde. Sadece fırınlar sabah sekiz, on bir saatleri arasında satış yapabiliyordu.

Güçlükle yataktan çıktı, ayakları geri gidiyordu. Eğer kırılırsa parçalanmasın diye koli bandı kullanarak çarpı çektiği cama yapıştırdı yüzünü, dışarıya baktı boş gözlerle. Kimseler yoktu pek.

Birkaç kişinin tedirgin bakışlarını havaya dikerek sokaktan hızla geçip fırına yöneldiğini gördü.

Savaş henüz İstanbul'u fazla rahatsız etmemişti. Bombardıman çok acımasız gibiydi ama vurulan yerler genelde askerî bölgelerdi. Selimiye Kışlası harap olmuş, Kuleli Askeri Lisesi'nin beyaz binası tam ortadan ikiye ayrılmıştı. Birkaç kez denizdeki gemilere yapılan saldırılar nedeniyle bazı mahallelere bombalar çarpmıştı boğazda. Onun dışında elektrik kesilmemişti ve su akıyordu. Amerikan uçakları özellikle altyapıyı vurmuyordu. İnsanlar televizyon izleyebiliyor ve savaşın gidişini yakından takip edebiliyordu. Bunun dışında bir şey yaptıkları da yoktu zaten. Bütün gün televizyon başında, karşılarına çıkan dayanılması güç görüntüleri izlemeye çalışıyorlar ve sadece şaşırıyorlardı. İşyerinden tanıştığı, aileleri Anadolu'da olan iki kız arkadaşı sık sık ziyaret ediyorlardı Emel'i, iki gece de yanında kalmışlardı.

Bankacılık sistemi durmuştu. Kredi kartı sistemi çalışıyordu. Alışveriş gerçekleşiyordu ancak işyerleri açısından durum parlak değildi. İhracat tamamen durmuştu. Memur maaşları ödenemiyordu. Garip bir gerilim büyük bir hızla toplumun üzerine biniyordu. Daha savaş başlayalı fazla olmamıştı, bu nedenle tam bir çökme olduğu söylenemezdi. Dolar rezervleri tamamen ordunun emrindeydi. Kamu fabrikaları tam hız çalışıyordu, üretimi önemli bazı fabrikalar da devletleştirilmişti. Gıda fabrikaları jandarma timlerinin kontrolünde çalışıyor, işçilere maaş yerine yiyecek ve yakacak veriliyordu.

Emel, üzerine kalın bir hırka geçirip dışarı çıktı. Sokağın sessizliğine şaşırdı. Bu şaşkınlığı birkaç dakika sürdü. Ekmek almak isteyenler sanki sözleşmiş gibi bir anda dışarı fırlamışlardı. Ekmek fırınının önünde uzun bir kuyruk vardı. Fırının önüne geldiğinde yüzünü umutsuz bir ifade kapladı. Bir an öylece kalakaldı, içinden insanlara rica edip sıradan kurtulmak geçiyordu ama onların yüzüne baktığında buna imkân olmadığını gördü. Fırının sıcaklığı nedeniyle buğulanmış olan cam, bir el tarafından temizlendi ve una bulanmış bir surat göründü. Bir çift parlak göz fark ediliyordu sadece. Eliyle sonra gel, der gibi bir işaret yaptı. Sevinç kapladı içini Emel'in, gülümsedi fırıncı çocuğa. Bir anda garip bir rahatlık kaplamıştı kalbini. Ne güzel, ekmekler garantiydi ve bir sürü zamanı vardı. Bu fırsatı değerlendirmeliydi. Ne zamandır keyif alarak İstiklal Caddesi'nde dolaşmamıştı. Yürüyerek caddeye çıktı. İnsanlar kendilerini caddeye atmışlardı. Her zamanki gibi kalabalıktı İstiklal Caddesi, binlerce insan dolaşıyordu. Sessizdiler, yorgun görünüyorlardı ve olgunlaşmış gibiydiler. Caddenin sonuna kadar yürüdü.

Dükkânların bazısı açık, bazısı kapalıydı, vitrinlerde bir hayli eşya vardı. Savaş öncesinden farklı değildi; Türkiye'de zaman donmuştu sanki, gizil bir enerji içten içe ülkenin ve şehrin damarlarına yayılıyor, onu zehirliyordu. Acımasız bir enerjiydi, farkına varmıyordu insanlar; kendileri için özel hazırlanmış bir zehir yavaşça onları bir arada tutan sistemin içine yayılıyordu. Bu zehir çok önce çalışmaya başlamıştı, derin analizler sonucu hazırlanmış ve uygulanmaya konmuştu. Ekonomik krizler, ülkede zorla kaşınan azınlık sorunları, gençliğin beyninin yıkanması ve yeniden programlanması çabaları, herkesin çok iyi bildiği savaşçı özellikleri ortadan kaldırmaya yarayan hayal mekanizmaları. Hepsi yavaş yavaş bir araya konmuş ve insanların bir bütün olarak bir hedefe yönlenmeleri engellenmişti.

Emel, Galatasaray Lisesi'nden Taksim Meydanı'na doğru yürümeye başladı. Çalışmayan tramvay hattının üzerinde yürüyordu. Aklı bin çeşit düşünce ile dolmuştu ve artık bir şey düşünemez hale gelmişti. Bu sırada kulaklarına dolmaya başlayan gürültüyü, diğer seslerden ayırt etmesi biraz zaman aldı. Boş gözlerle havaya baktı, göremediği bir uçağın gökyüzünde uçtuğunu hissetti ve o garip ses gittikçe artıyordu. Tiz bir sesin şiddeti gittikçe artıyordu, sanki havayı yarar gibi ilerleyen büyük bir cismin sesiydi bu. Caddede yürüyen herkes kulak kabarttı. Zaman yavaş çekim akmaya başlamıştı.

Beş... Dört... Üç... İki... Bir...

Kulakları sağır eden bir patlama, binaların arasından fışkıran kör edici bir ışık duyumsadılar. Patlamanın etkisiyle, İstiklal Caddesi'nde karşılıklı olarak sıralanmış yüzlerce dükkânın camı aynı anda sokağa doğru püskürdü. Emel'in gözlerinin önündeki görüntü bir anda bu cam yağmuru ile doldu, sanki bütün cadde bir duman ya da is tabakası ile kaplanmıştı bir an için. İnsanlar cam yağmuru içinde gözden kayboldu. Sadece birkaç saniye süren görüntü dondurulmuş ve sonsuza kadar saklanmak üzere hafızalara kazınmıştı.

Cam yağmurunun oluşturduğu sis perdesi kalktığında ortada çok farklı bir görüntü vardı. Az önce İstiklal Caddesi'ni dolduran binlerce insan üst üste yığılmış, yerlerde kıvranıyordu. Bütün bedenler kırmızıya bulanmıştı. Kimseyi birbirinden ayırt etmek mümkün değildi, tek renk halini almıştı insanlar. Savaşın tek karakteri, tek ırkı, tek kişiliği ve tek bir yüzü olduğu gibi tek bir rengi vardı.

Emel, patlamanın etkisinin farklı bir açısında kaldığı için diğerleri gibi sağa sola değil, geriye doğru fırlamıştı. Cam yağmurunun çok az ötesindeydi ama yine de vücudundaki kesiklerden kan sızıyordu. Bilinci, doğrulduğunda gördüğü manzarayı algılamayı reddetti. O görüntü bilincine erişseydi hemen çıldırırdı. Öylece yerde oturup bakakaldı. Etrafına bakmaya gayret etti, her yeri korkunç bir acıyla sızlıyordu.

Kan banyosundan kalkabilen insanlar beden yığınlarında yakınlarını aramaya çalışıyordu. Çok umutsuz bir görüntü vardı karşılarında. Az ötesinde biri vardı, işler halde sadece bacakları kalmış ve havada tutmaya çalıştığı kollarından sarkan damarlarını kontrol etmeye uğraşıyordu.

Bilinçsizce sağa sola yürüyen ve sürekli cansız bedenlere takılıp düşen bir kadın.

Gözleri kör olmuş, kulakları duyma yetisini yitirmiş, yerde doğrulup hareketsiz duran bir başka kadın...

Herhangi bir açıklaması olmayan sahneler yaşanıyordu. Emel kafasını yukarılara kaldırdı, cam yağmuruna binaların en üst katları da katılmıştı ve damlardan yağan kiremitler kimsenin anlayamadığı bir taş yağmuruna dönmüştü. Bedenlerin kızıllığı içinde, aldıkları canların başında bekliyordu kiremitler.

Bazı binaların üst katlarında yangınlar çıkmıştı nedense. İstiklal Caddesi'nin, Cihangir'e doğru olan tarafından yoğun bir duman bulutu yükseliyordu. Bombanın nereye düştüğünü kimse bilemiyordu. Yıkımı görmek için yukarıdan bakmak gerekiyordu. Garip bir basınç dalgası sokak aralarını kat edip farklı açılardan sokakları tahrip etmişti.

Ne kadar zaman geçtiğini kimse bilemezdi. Siren sesleri duyulmaya başlandı. Siren seslerine yine uçak sesleri eşlik etti. Çok da uzak olmayan bir yerlerde şiddetli patlamalar duyuldu ama bu kadar da değildi. Kimse yeni patlamalara dikkat edecek durumda değilken İstanbul'un üzerinde çığlıklar atarak dolaşan savaş uçakları CENTCOM tarafından psikolojik etki yaratması beklenen hava saldırı operasyonunu tam anlamıyla uygulamaya koymaktaydı.

Boğaziçi Köprüsü'nde iki dev patlama meydana geldi ve köprü ortadan ayrıldı. Yıkılmadan ayakta kaldı ama ortasında metrelerce uzunlukta bir boşluk açılmıştı.

Haliç köprüsü simsiyah ve birkaç parça halinde denizin üzerinde boşlukta salınıyordu. Haliç'in etrafındaki mahallelerde büyük bir yangın çıkmıştı. İnsanlar sahile doğru koşturuyordu.

Maçka Parkı'ndaki bütün ağaçlar yanıyordu; metrelerce yukarı çıkan alevler, İstanbul için bir hüzün şarkısı söylüyordu çığlıklar atarak. Cemal Reşit Rey Salonu ortadan ikiye ayrılmıştı, itfaiye binasındaki bütün araçlar dışarıda olduğu için kurtulmuştu ama dönebilecekleri bir merkezleri yoktu artık.

Boğaz kıyısındaki binalarda yangınlar vardı. Bazı füzeler hedeften sapmış olabilir miydi?

İstanbul için yeni bir siluet yaratan gökdelenlerin yer aldığı Levent bölgesi en ciddi darbeyi yemişti. Ayakta sağlam kalan tek bir gökdelen yoktu. Hepsi simsiyahtı ya da yanıyordu. İş Kuleleri'nden birisi yana yatmış ve diğerine yaslanmıştı.

Sağır edici patlamalar hiç durmuyordu. Sanki Amerikan Hava Kuvvetleri, İstanbulluları kapalı bir koninin içine sokmuş ve orada düşüncelerini değiştirmeye çalışıyordu. Herkes evlerine kaçmıştı ama ilk kez evlerinde kendilerini hiç güvende hissetmiyorlardı. Bu nedenle bütün apartmanların sakinleri bodrum katlara ya da aşağı katlara sığınmıştı.

CNN INTERNATIONAL: İstanbul'a büyük hava saldırısı başladı. Henüz resmî açıklama yapılmadı ancak İstanbul, tarihinin en ağır hava saldırısı ile mücadele etmeye çalışıyor. Operasyonun ne kadar süreceği belli değil. Dört saattir aralıksız süren bombardıman nedeniyle şehirde su kesildi, trafik tamamen durdu. Köprüler ve yollar hasarlı, çok sayıda sivil kayıp olduğu belirtiliyor. Şehrin çeşitli yerlerinden açılan uçaksavar ateşi gökyüzünü aydınlatıyor. Elektriklerin kesilmemesi nedeniyle pek çok elektrik yangını çıktığı belirtildi. Pentagon yetkilileri, elektriklerin kesilmemesini ülkede devlet otoritesinin ve kontrol mekanizmalarının tahrip edildiğinin bir kanıtı olduğunu açıkladı. Tüm dünyadan farklı tepkiler alınıyor. Dünya genelinde Türklerin çıkarttığı olaylarda yüzlerce yaralı ve tutuklama var. Amerika'da yaşayan Türklerden oluşan bir grup, otomatik silahlarla Denver kentinde bir polis karakolunu basarak 6 polisi öldürdü ve 5 polisi yaraladı. Silahlı Türkler kaçtı ve polis tarafından aranıyor. Denver'a giren Millî Muhafızlar önemli noktalarda kontrolü sağladı. BM Genel Sekreteri Eochim Swyzek, Türkiye'nin BM daimi temsilcisi Atilla Seyrek'e, savaşın bir an önce durması için girişimlerini sürdüreceğini söyledi.

Emel, ne kadardır orada olduğunu bilmiyordu. Etraf bir sürü ambulans ve benzeri araçla doluydu. Ama kimse ona yardımcı olmuyordu. Kötü durumda olmadığı sonucunu çıkardı bundan. Yanından geçen sedyelere baktığında bu düşüncesinde haklı olduğunu anladı. Caddenin iki yanı yüksek binalarla kaplı olduğu için bir şey göremiyor ama korkunç bombardımanın seslerini duyuyordu. Doğrulmaya çalıştı ve zorlukla iki ayağı üzerinde durdu, başı dönüyor ve midesi bulanıyordu. Hayır, bu halde eve gitmesine imkân yoktu, her an bayılacağından korkuyordu. O an bir el Emel'in kolunu sertçe kavradı. Emel, gayri ihtiyarî olarak dönüp baktı, karşısında iri kıyım bir sivil duruyordu. Omzundan bir kalaşnikof otomatik silahın sarktığını gördü, yüzü sakallıydı, gözlerinin içi gülüyordu. Dudaklarında hüzünlü bir gülümseme vardı hem. Sanki Emel'i tanıyormuş gibi davranıyordu, Emel onu tanımamıştı.

Silahlı sivilin kolunda yürümeye başladı, adam kızı evine doğru götürüyordu. Yaşadığım yeri biliyor olmalı, diye düşündü Emel. Sokaklardaki karışıklığın içinden yavaş adımlarla geçip, her şeye tanık olmak zorunda kaldılar. Emel kendine geldikçe yıkımın boyutlarını anlamaya başladı. Savaş başladığından beri ilk kez böyle bir saldırıyla karşılaşmışlardı, yaklaşan fırtınanın ilk adımlarıydı belki de bu olanlar. Bu saldırıdan sonra hayat daha da zorlaşacaktı kuşkusuz. Saldırının özel olarak hayatı zorlaştırmak için planlandığı belli oluyordu.

Kendi sokağına geldiğinde gözleri şok ve dehşetle açıldı Emel'in. Mahallesi bir tepenin üstünde olduğu için İstanbul'un pek çok noktası görülebiliyordu. Yoğun siyah dumanlar kaplamıştı şehrin üzerini. Saldıran uçaklar hedef gözetmiyor gibiydi, gökyüzünde dolaşan siyah noktacıkları fark edebiliyordu. Eve geldiler. Bütün camlar kırılmıştı ama Emel'in aldığı önlem nedeniyle parçalanıp, eve dağılmamıştı.

Kapıya geldiler, Emel üzerinde yaptığı uzun bir arayıştan sonra anahtarlarını bulup içeri girebildi. Adam hiç konuşmadan onu salona götürdü ve kanepenin üzerine yatmasına yardımcı oldu.

"Bir şeyiniz var mı?"

"Hayır, sadece birkaç kesik. Sanırım önemli bir şeyim yok. Zaten bu durumda hastaneye gidersem beni kovarlar."

Adam sıcak bir biçimde gülümsedi.

"Belki de yardım etmek için gitmelisiniz. Beklerseniz, ben size birazdan ekmek getiririm."

Hiçbir şey söylemeden hızla evden çıkıp gitti. Emel şok olmuştu ve şimdi anlıyordu. Sabah fırının camından gördüğü, un bulanmış yüzüyle kendisine el sallayan adamdı bu. Gözlerindeki bakışın aynı sıcaklığa sahip olduğunu hatırladı. Pencereden sarkıp bağırdı, "Getirmeyin, zira ben hastaneye gideceğim." Adam dönüp baktığında gülümseyip el salladı.

"Yardım için!"

Bir anda odanın içi aydınlandı. Elektrikler bir süre için kesilmiş ve tekrar gelmişti. Televizyonu açtı, ekranda gözlerinin altı şişmiş ve sakalı uzamış bir gazeteci, kameraların kaydettiği görüntüler üzerine yorum yapmaya uğraşıyordu. Görüntüler, yorum yapılacak cinsten şeyler değildi doğrusu. Gazetecinin gözlerinde kaçak bakışlar, korku gördü. Sanki bir an önce bu kâbusun bitmesini ister gibiydi. Sesi kesik kesik ve derinden geliyordu. Aslında, Amerika ile anlaşmaya varılabileceğini söylüyordu. Bütün bunların yaşanması anlamsızdı. Eğer doğru hareket edilirse, Amerikan Hükümeti, Türkiye ile ilişkileri düzeltmek isterdi mutlaka. Emel'in midesi kalktı, tam televizyonu kapatacakken ekrana farklı görüntüler geldi.

Televizyonda Dışişleri Bakanı vardı. Emel şaşırdı birden, üstü başı çok düzgündü, yanında birkaç Türk diplomat vardı. Bir odanın içinde kanepede yan yana oturmuşlardı. CNN International'dan alınmakta olan bir görüntüydü bu. Ekranın altında "Turkish Minister in Custody"* yazıyordu. Arada sırada odanın içinde patlayan flaşlar görülüyordu. Ayakta duran bir sivil görevli, odanın içindeki askerî görevliye bilgi veriyordu.

Dışişleri Bakanı Abdullah Gül'ün yakın çekim görüntüsüne geçti ekran. Yüzündeki derin bir öfkeyi barındıran ifadesi ile kor-

* Türk Dışişleri Bakanı gözaltında (İng)

kutucu görünüyordu. Zaten odanın içindeki sivil görevli de mümkün olduğunca ondan uzak durmaya bakıyordu. Oysa her zaman gülümsemeye hazır, sakin ifadesi ile hatırlardı onu. Kamera yeşil, açıklık alanda bir konsolun önündeki mikrofona uzanarak açıklamalar yapan Amerikan Dışişleri Bakanı Condoleezza Rice'a odaklandı. Gazetecilerin sorularını yanıtlıyordu Rice:

"Hayır, kendilerini yargılamayı şimdilik düşünmüyoruz. Ancak Türk Hükümeti bizim gözümüzde suçlu, çünkü bizim askerlerimize saldırarak onları öldürdüler. Bu nedenle kendileri hakkında yargılanmama garantisi vermiyorum."

"Nerede tutuluyorlar? Bu konuda bir açıklama yapacak mısınız?"

"Hayır, güvenlik gerekçeleri ile bunu yapmayacağız. Ama bizim misafirimizler."

Görüntüler, tekrar Türkiye'ye döndü. İstanbul'da birkaç noktaya konmuş olan kameralardan alınan görüntüler akıyordu ekranda. Hava saldırısı hiç yavaşlamadan sürüyordu. Kameralar yerleşim merkezlerinin ortasına düşen bombaların patlamalarını gösteriyordu. İstanbul yanıyordu.

Daha sonra ekrana gelen görüntüde Amerikan İncirlik Üssü görünüyordu. Amerika bu üssü Irak'taki seçimlerden bir yıl sonra boşaltmıştı. Adana'ya yapılan saldırı nedeniyle halk öfkesini bu üsse yöneltmiş ve üste geride kalan ne varsa yağmalamıştı.

CNN INTERNATIONAL: Amerikan Ordusuna bağlı kara güçleri Ankara'nın kapısında... Şiddetli bir şehir savaşının hazırlıkları yapılıyor. Türk Ordusunda Albay olduğunu açıklayan bir yetkili, Ankara'nın Amerikan güçlerine mezar olacağını söyledi.

Emel hızla üzerine bir şeyler alıp dışarı çıktı. En yakın hastaneye gidip ne yapabilirse yapacaktı.

28 Mayıs 2007 - Saat: 02.15
WASHINGTON

Gökhan televizyonda Anıtkabir'in dümdüz edilmiş halini gördüğünden beri kudurmuş gibiydi. Arabanın tavanına attığı yumruk nedeniyle sağ eli hâlâ ağrıyordu. Washington'a ancak iki günde varabilmişti, geleli birkaç saat olmuştu. Sıkı kontrollerden kaçınmak için çok dikkatli davranmıştı.

Bombayı yerleştirmek için parktaki mağaralardan birini seçmişti. Gitmek için gecenin ilerleyen saatlerine kadar beklerken yeterince dinlenmişti. Biraz sonra çıkıp programlamayı yapacaktı.

Dün New York'a vardığında görüntü kaydının kopyalarını ajansların posta kutularına atmış veya resepsiyonlarına bırakmıştı. Elbette görüntü kaydına karşı dikkatli davranmıştı. Makyaj ile değiştirdiği yüzünü bile saklamaya çalışmıştı. Kayıtta basit olarak ABD eğer Türkiye işgalinden vazgeçmezse mantar bulutlarının ilk kez kendi kentlerinde yükseldiğini göreceklerini anlatıyordu.

Kaydı özellikle New York'ta olduğunu kanıtlayan bir manzarayı arkasına alarak yapmıştı... Özgürlük Anıtı sağından gözükürken, sırt çantasından düzeneği gösterirken. Bu kayıttan, kesinlikle ciddi olduğunu ve elinde bir nükleer bomba olduğunu anlarlardı.

En başından beri bombaları sadece caydırma amaçlı kullanmayı düşünmüştü. Patlatmak, olabilecek olumlu gelişmeleri önleyebilirdi. Ama şimdi emin değildi... Yani patlatmama konusunda. Anıtkabir'deki durumu, Türk Ordusundan kalan enkazı, ele geçirilen kasabaları, kentleri, ABD ordusuyla beraber hareket eden basın mensuplarının çektiği insan yüzlerini hatırladıkça kızgınlığı büyüyordu.

Gökhan hiçbir zaman hayata pembe gözlüklerle bakmamıştı. Verilen eğitim sırasında ABD'nin gelmiş geçmiş en acımasız askerî tarihe sahip ülkelerden biri olduğunu iyi öğrenmişti...

Kamplardaki Kızılderililere çiçek mikroplu battaniyeler vererek onları hasta edip öldüren, böylece biyolojik savaşın ilk örneklerinden birini veren onlardı.

Herkes II. Dünya Savaşı'nda Almanya'daki esir kamplarını bilirdi ama ABD'nin ülkesindeki Japonları kamplara tıkmasından söz edilmezdi.

Truman'ın bir güç gösterisi olarak atom bombalarını kullanmasından, Vietnam'da sivillere yapılan katliamdan, napalmlerden ve biyolojik silahlardan ABD'nin gerektiğinde askerî stratejilerin en acımasızlarını uygulama konusunda tereddüt etmeyeceğini herkes bilirdi.

Parktaki mağaraya doğru ilerlerken onlara en fazla on iki saat vereceğim, diye düşündü.

Tam mağaraya girecekken bir ses duyuldu. "Hey ahbap, gecenin dibinde ölümünü arıyormuşsun."

Döndüğünde beş çete mensubu vardı karşısında. İkisi Hispanik, biri beyaz, ikisi de siyahtı.

Güldü.

"Tam Amerikan potası işte. Şansa bak."

Elindeki silahı yere tutan iri yarı siyahın yüzündeki sırıtma bir an yitti, sonra yerine geldi. "Bak sen, bir komedyen bulmuşuz." Sonra yüzü öfkeyle buruştu. "Hadi uzatma, üzerinde ne varsa bize ver. Giysilerin de dahil. Yoksa hakkından geliriz."

Gökhan cebinden çıkardığı cüzdanı yere attı. Soyunurken striptiz yapar gibi garip dans figürleriyle etrafında döndü, sarhoş gibi yalpalıyordu. Çete mensupları gülüştüler. Fakat bu sırada Gökhan, silahlı serseriye yaklaşıyordu.

Tam önünde ona tapar gibi eğilip ellerini uzattı. Birisinin, "Bu sevgili arayan bir gay ya!" diye bağırdığını duydu. Ama artık harekete geçme vakti gelmişti. Uzattığı ellerinin arasından sağ ayağını müthiş bir tekme hareketiyle iri yarı siyahın kasıklarına gömdü.

Adam sadece, "Iggh!" diyerek geriye devrildi. Bu tekmeyi yiyen, uzun süre kendisine gelemez, büyük ihtimalle de ölürdü.

Gökhan hızla diğerlerine döndü. Önce şaşırmışlardı ama şimdi intikam için sustalılar çıkmıştı. Sadece siyah adamın tabancalı olduğu anlaşılıyordu. Gökhan onları zevkle, çıplak elleriyle öldürecekti. Halkı adına, yapılanlar adına. Bu, içindeki öfkeyi biraz yatıştırabilirdi.

Hiçbir sustalı onu durduramadı; ayaklar, bilekler, boyunlar, kaburgalar kırıldı. Ayakta son kalanla bir kedinin fareyle oynadığı gibi uğraştı. Kaçmaya çalıştıkça önüne geçti.

Serserilerin hepsini öldürdüğünde cesetleri mağaraya taşıdı. Kokuları iki gün içinde duyulurdu ama zaten bombayı on iki saat sonrasına ayarlayacaktı. Ondan sonrasının önemi yoktu.

28 Mayıs 2007 - Saat: 03.50
CENTCOM FLORIDA

FBI Başkanı Robert Müller, sabahlığıyla oturan Başkanın karşısındaydı. Howard Strike ile Danışmanı ve CIA Direktörü Porter Goss da yanındaydı. "Evet nedir bu kadar önemli olan?" diye sordu Başkan.

Bir kaset sallıyordu Müller, "Sayın Başkan, bu kasetin kopyaları birkaç saat önce uluslararası ajanslara bırakıldı veya postayla gönderildi. Bu saate kadar yayınlanmasını engelleyebildik ama kontrolümüz altında olmayan yerler de var ve daha fazla beklemek istemiyorlar," dedi.

Sabırsız bir şekilde elini salladı. "E, çabuk gel konuya Robert. Ne var o kasette, Türk Başbakanının tehditleri mi?" Güzel bir şaka yapmış gibi yüksek sesle güldü ama kimse ona katılmayınca gözünü kıstı.

Robert Müller hemen konuştu. "Nükleer bir tehdit efendim ve korkarım gerçek."

Kaseti izlediklerinde bir sessizlik hakim oldu odaya...

Sonunda Başkan konuştu. "Bu nasıl olur? Bana Türklerin elleriindeki tüm nükleer silahların kontrol altında olduğunu söylemiştiniz."

Howard Strike, "Operasyon için hazırlık yaparken aylardır ya bu silahları anlaşmalar gereği parçalamak için buraya getirdik," diye başladı "veya tespit ettiğimiz mekânları, harekât başlarken nokta operasyonları ile kontrole aldık. Fakat iki tanesinin kayıp olduğu anlaşıldı."

Porter Goss cümleyi tamamladı... "Artık nerede olduklarını anlıyoruz. Burada, ABD'nin göbeğinde o bombalar."

Başkan elini şaşkınlıkla açtı. "İyi ama bu adamlar iki bombayı birkaç gün içinde buraya nasıl getirsin?"

Porter Goss boğazını temizledi, "Hayır efendim," dedi. "Birkaç günlük bir operasyon değil karşımızdaki. Birkaç ay evvel, Ankara'daki kaynaklarımızdan; operasyonumuzu keşfeden, rapor olarak amirlerine sunan bir istihbarat grubunu haber aldık. Eğer sert bir tedbir alırsak işin incelenip ciddiyetinin sorgulanacağı korkusuyla, biraz baskı, şantaj ve rüşvetle hallettik. Ama anlaşılıyor ki o gruptan biri bu işi yapmış."

Başkan dehşetle CIA Başkanına bakıyordu. "Önlemlerimiz yok mu bizim? Bulamaz mısınız bu adamı?"

Goss en azından bu soruya olumlu cevap verebileceği için sevindi. "Kim olduğunu dosyaları tarayarak tespit ettik. Gökhan Birdağ adlı bir ajan olduğundan emin gibiyiz. Ankara'dan edindiğimiz bir fotoğrafı şu anda bütün güvenlik birimlerine dağıtılıyor. En geç yirmi dört saat içinde yakalanır ama bu kadar vaktimiz olduğunu sanmıyorum."

Howard Strike konuşmaya girdi. "Başkanım, adamın söyledikleri blöf değil. Görüntüler incelendi, o bomba programlanmaya hazır. Büyük bir ihtimalle New York'ta olduğunu tahmin ediyoruz. Adam kasetleri orada dağıtmış. Ama tek başına mı, onu bilmiyoruz. Washington ve New York en riskli kentler. Boşaltma işlemlerine başlasak bile panik çıkacaktır."

Robert Müller, "Bir ajans, kaseti birkaç saat içinde yayınlayacak," dedi. "Ülke içinde tam yasak koysak bile internet ve uydu antenler haberi yayacaktır ve tabii ki panik çıkacak."

Başkan birden ayağa fırladı. "Beyler, ülkemiz için çok önemli bir savaşın ortasındayken şimdi bir de nükleer terör tehdidiyle karşı karşıya olduğumuzu söylüyorsunuz," diye bağırdı. "Eğer buna boyun eğersek ABD'nin sözünü kim dinler? Uluslararası etkinliğimiz sıfıra iner. Birkaç nükleer bomba bizi esir mi alacak yani? Şimdi gidin ve o teröristi veya teröristleri bulun. Bombaları bulun. Bu savaşı şantajla sona erdiremeyiz."

Başkan çıkarken herkes birbirine baktı, birden dönüp tehditkâr bir ifadeyle gözlerini Robert Müller'e çevirdi: "Alacağın her türlü önlemle kasetin kopyalarını bul ve yayınlanmamasını sağla. Her türlü yetkiyi veriyorum sana."

Robert Müller, artık çıldırmış bir Başkanla çalıştığını anlamıştı. "Başkanım, bu emrinizi yazılı olarak verir misiniz?"

Başkanın yüzünde pis bir sırıtış belirdi. "Elbette."

28 Mayıs 2007
ANKARA ÖNLERİ

Topçu ateşi düzenli bir hal almaya başlamıştı. 155 mm Howitzer'lar yüksek patlama gücüne sahip güdümlü mermilerini Türk askerlerinin hatlarına ardı ardına yağdırıyordu. Apache ve Kiowa keşif ve saldırı helikopterleri alçaktan uçarak geniş bir alanda gözetleme yapıyor, bazı hedefleri lazerle aydınlatarak lazer güdümlü top mermilerinin onları imha etmesine yardım ediyor ve biraz sonra gerçekleşecek büyük saldırıya hazırlanıyordu.

Türk hatlarından da zaman zaman topçu ateşi açılıyordu ancak bu mevzilerin yerleri derhal tespit ediliyor, ya helikopter ya da karşı topçu ateşi ile susturuluyordu girişimler. Onlarca küçük siperden açılan ateş nedeniyle 1. Zırhlı Süvari Tümeninin ön hatlarındaki askerler derin mevzilenmek zorunda kalmıştı. Türk askerleri hiç durmaksızın ellerindeki cephaneyi açıkça görebildikleri Amerikan Kuvvetlerinin üzerine boşaltıyordu.

Tümgeneral Harvey Jackson, karşısındaki düşmanı ciddiye alıyordu. Türklerin çok iyi mevzilendiğini ve şehir içinin cehenneme döneceğini tahmin edebiliyordu. Türk Ordusunun en iyi yanlarından birisi de savunmasıydı. Türk askeri çok zor karşı saldırıya geçerdi ama bir kez karşı saldırıya başladı mı, Türk askerini durdurabilecek güçte bir ordu yoktu yeryüzünde.

Şimdiye kadar karşılarına hiç Özel Kuvvet askeri çıkmamıştı. Ankara'nın içinde her yerde Özel Kuvvetlere bağlı askerlerin tuzaklarıyla boğuşacaklarından adı gibi emindi Harvey Jackson. Dürbünü ile Türk hatlarını taradı, en ön safta bile yoğun bir karşı ateş görebiliyordu. Ön saflar çok umurunda değildi, o mevzilerdeki kahraman çocuklar birazdan başlayacak hava saldırısı ile saf dışı edilecekti ve tank saldırısı başladığında hat yarılacaktı zaten ama Ankara için endişeliydi. Ankara alındığı takdirde Pentagon, Hollywood tarzı bir gösteri operasyonu ile İstanbul'u ele geçirmek istiyordu.

Bu sırada yanında beliren muhaberat eri, hava saldırısının başlamak üzere olduğunu belirten mesajı iletti. Bu mesaj, tugay ve tabur komutanlarına geçildikten kısa bir süre sonra gökyüzünde filolar halinde savaş uçakları belirdi. Sert dalışlar yaparak, Türk askerlerinin kurduğu mevzilere çok uzak mesafelerden bomba yağdırmaya başladılar. Alçaktan uçan A-10'lar ayılar gibi kükreyerek küçük savunma ceplerine saldırıyor ve Gatling topu ile tozu dumana katıyordu. Bir süre sonra herkesi heyecanlandıran bir şey oldu, gökyüzünde çok yukarılarda beliren B-2 bombardıman uçaklarından dizi dizi atılan binlerce tonluk bombalar uzun bir sıra halinde Türk savunma hatları içinde derin boşluklar oluşturdu. Ön hatlardaki mevzilerin tamamı susmuştu neredeyse. Tankların harekâtı için fazla beklemenin anlamı yoktu. Türk Ordusu kendi topraklarını mayın tarlasına dönüştürmeyi reddettiği için bu harekâtın fazla zorlukla karşılaşması mümkün değildi.

Yüzlerce M1A2 tankı, Bradley zırhlı savaş aracı, tanksavar füzeleri ile donatılmış Humvee araçları harekete geçti. Çok uzaklarda saldırı helikopterlerinin burunlarından ateş püskürttüğünü görebiliyorlardı. Apacheler çok şiddetli bir çatışmanın içindeydi. Öndeki tanklar hareket etmekte olan araçları belirleyince toplar ateşlenmeye başladı. Alev topları kusarak hareket eden tank ve zırhlılar o kadar hızlı ilerlediler ki ancak Polatlı'nın mahalleleri görüldüğünde durdular. Ancak Polatlı'daki tehlikeyi fark ettiklerinde geç kalmışlardı. İyice kamufle olmuş Türk askerleri, önlerdeki Amerikan tanklarından bazılarını vurmuştu. Havaya uçan tankların görüntüsü, savaşın tozu dumanı içinde koşturan Amerikan askerlerinin moralini bozmuştu doğrusu. Ankara önlerine kadar gelebileceklerine inanamamışlardı, neredeyse bu inançları haklı çıkacaktı ama Amerikan hava gücünün acımasız ve hiç aralıksız süren saldırıları nedeniyle karada verdikleri kayıplara rağmen Ankara önlerine kadar gelebilmişlerdi. Kayıp miktarı tespit edilemiyordu artık. Daha doğrusu Amerikan Ordusunun yönetim kademeleri kayıp sayıları ile ilgilenmiyordu. Nasıl bir cehennemin içinde olduklarını fark ettikleri için medyayı susturacak bilgiler verip savaşa odaklanıyorlardı. Daha fazla ilerlemeleri halinde kendilerini, şiddetli bir şehir savaşının içinde bulacaklardı ki bu durumda harekâtın bütünü tehlikeye girerdi. Karada Türk askerlerinden mümkün olduğunca uzakta durmaları söylenmişti onlara, bütün işi hava desteğine havale etmeleri gerekiyordu. Yerleşim yerleri ile uğraşmadan Ankara'nın merkezine ilerlemeleri gerekiyordu. Amerikan Ordusu, Türk Ordusu ile savaşarak gerçek bir işgal yapamayacağını iyi biliyordu. Bu nedenle savaş teorileri gereği ülkedeki ayrılıkçı olduğu düşünülen kesimleri harekete geçirecek bir operasyon yapıyorlardı. Şimdiye kadar bu ayrılıkçı kesimlerle ilgili bir ses çıkmamıştı, eğer bu şekilde devam ederse bir ateş denizinin ortasında, öfkeli bir Türk Ordusu ile karşı karşıya kalacaklardı ve öylesi bir durumda onları oradan kim çıkarırdı bilemiyorlardı.

Polatlı'nın içindeki mahallelerden makineli tüfek ateşi geliyordu, bu ateşin düşmanı şehir savaşına çekmek için yapıldığı çok belliydi. O ateşe kanarak peşinden gitseler ne türlü tuzakların içine gireceklerini kimse bilemezdi.. Harvey Jackson, içinde düşman unsurları barındırdığını bile bile de Polatlı'nın yanından geçip gidemezdi. Orayı ele geçirmesi gerekiyordu ama bu neredeyse imkânsızdı, pek çok zaman ve insan kaybı demekti. Kendisine sunulan bir seçeneği değerlendirmek zorundaydı. Polatlı'yı destek merkezi olarak kullanmayı isterdi doğrusu ama orayı temizlemek çok zaman alacağı için yok etmek zorundaydı.

Hemen Hava Kuvvetlerine emir vererek Slayer bombalarının kullanılmasını istedi.

Tank taburlarına artık Ankara merkezini hedef gösterebilirdi.

Çok fazla ileri gitmeden hatları yarmaları yetecekti, öyle düşünüyordu ama savaş alanının üzerine çöken kesif dumandan mıdır bilinmez, işlerin pek de beklenildiği gibi parlak olmadığını düşünmeye başlamıştı. 101. Hava İndirme Tümeni, on iki kilometre kadar doğuda kurduğu harekât üssünden saldırıyı başlatmak için bekliyordu. Ankara'nın tam merkezine saldıracaklar ve devlet binalarının bulunduğu bölgeyi; Meclisi, Cumhurbaşkanlığı Konutunu ele geçireceklerdi. 1. Zırhlı Süvari Tümenine bağlı tank ve zırhlılar bütün güçleriyle kuzeydoğuya yöneldi. Helikopterler sürekli olarak zırhlıların önündeki olası engellere saldırıyor ve bütünlüklü bir savunmanın yapılmasını engellemeye çalışıyordu. Birlik karargâhları ortadan kaldırılmış ve araçlarının bir bölümünü kaybetmiş olan Türk askerleri ise farklı gerilla taktikleri uygulayarak sürekli Amerikan askeri öldürüyordu.

Tanklar bir saat içinde gerekli bakım ve ikmal işlemlerini tamamladı. Harekete geçip Ankara istikametinde ilerlemeye başladılar. Polatlı'da gizlenen birlikler bu konvoylara ateş ederek onların dikkatini çekmeye çalışıyordu ama 1. Zırhlı Süvari konvoyları hiç çatışmaya girmeden ana savunma hattına doğru yürümeye başladı. Bu arada ufukta görülen C-130'lar Polatlı için iyi şeyler anlamına gelmiyordu. Buradaki birlikler ellerindeki havanlarla konvoylara ateş ediyor ama bir cevap alamıyordu. Görevleri o konvoyları geciktirmekti ama Amerikan Ordusu savaşın kurallarını acımasız şekilde değiştirmişti. Klasik savaş anlayışında tehdit olarak algılanacak bir bölge, birazdan dümdüz edilecek ve tehdit ortadan kaldırı lacaktı. Eğer savaşan taraflardan birisi kamuoyunu umursamıyorsa bu, savaştaki dengeleri hemen değiştiriyordu.

Dört C-130 Killer yavaşça Polatlı üzerine geldiğinde altlarındaki kapakları açarak dev siyah kütleleri bıraktı. Bombalar hep bir ağızdan vahşî bir çığlık atarak aşağı düşmeye başladı. Polatlı'nın güneydoğu mahallelerine düşen bombalar nedeniyle 3.8 şiddetinde bir deprem meydana geldi. 1. Zırhlı Süvari Tümenini destekleyen kuvvetlerden 2. Zırhlı Süvari Tugayı bombalarla harabeye dönüşen Polatlı'nın mahallelerine hızlı keşif hareketleri düzenlemeye başladı. Polatlı'nın mahallelerinde yoğun silah sesleri duyulmaya başlanmıştı. Şehirde neler olduğunu kimse bilmiyordu. Harvey Jackson hafif zırhlılarla donatılmış olan tugayın çekilmesini istedi. Orada hâlâ ciddi bir askerî kapasite vardı. 2. Zırhlı Süvari Tugayı hızla Polatlı'nın dışına çekildi. Hava Kuvvetlerine, muhtemel askerî kapasitenin olduğu bölgelerin koordinatları bildirildi. O bölgedeki F-15 savaş uçakları, kanatlarında takılı olan bütün lazer güdümlü bombaları Polatlı'ya boşalttı. Bütün evler hasar görmüş gibiydi, tek katlı ve çift katlı evlerin parçaları geniş bir alana dağılmıştı. Harvey Jackson ateşin kesilmesi emrini verdi. Bölgeden ateş gelmiyordu artık. Türk askerleri hâlâ oradaydı, bunu biliyordu ama sivil kayıplar onları susturmuş olmalıydı. Uzun süre uslu duracaklarından şüphesi yoktu.

CENTCOM kendisi ile irtibat kurmak istiyordu. Harvey Jackson, telefonu eline aldı ve yüzüne bir gülümseme oturdu:

"Selam Howdy. Her şey yolunda sanırım. Ben ana savunma hatlarını dağıtacağım. Gerisi 101.'nin işi. Ama Ankara'nın içine o askerleri göndermenin akıllıca bir hareket olduğundan emin değilim, kayıplar korkunç seviyede olabilir."

Telefonu dinlerken dürbünle etrafı gözetlemeye devam etti. Savaş alanında olmayı seviyordu ve askerleri ile beraber savaşmak hoşuna gidiyordu. Ön saftakilere ne kadar imrendiğini kimse bilemezdi.

"Hava Kuvvetleri, işini her zamanki gibi iyi yapıyor. Ana savunma hatlarının birkaç saat içinde dağılmaya başlaması gerekiyor. Uçaklar sürekli o bölgeyi bombalıyor şimdi. Henüz kara saldırısı başlamadan bile pek çok hattın boşaldığı yönünde bilgiler var. Sanırım pek zor olmayacak."

"Biliyorum, biliyorum, o kadar da kolay değil. Ama amacımız her mahalleyi ele geçirmek değil. Buna gerek yok zaten. Sistemi parçalara ayıracak kadar şiddeti yaratacağım sana. Gerisine karışmam..."

Telefonu kapattı. Farkında olmadan kendine çok güvendiğini hissetti ve bu düşünce onu rahatsız etti. Düşmanını küçümsemeye başlamıştı. Bu, askerî açıdan kabul edilemezdi ama veriler, bütün savunmanın alt edilebileceğini gösteriyordu. En azından teorik olarak böyleydi ama karargâhının yanından geçen yaralı taşıyan araçları gördükçe durumun ne ölçüde güvenilir olduğundan şüphelenmeye başlamıştı. Gencecik askerlerin kan içindeki bedenleri hastane çadırına götürülüyordu ama artık kapasite aşılmıştı. Helikopterler asker ve cephane taşımayı bırakmış, sürekli olarak yaralıları Irak'a taşımaya çalışıyordu.

Telsizi dinlemeye koyuldu. Cızırtıların arasından heyecanlı askerlerin bağırışlarını duymaya başlamıştı. Ön saftaki tanklar Türk zırhlılarını tespit etmiş ve yoğun biçimde ateşe başlamıştı. Göğüs göğüse bir çatışmanın ortasındaydılar artık.

Askerler koşarak evin içine girdiler. Hepsi toz duman içinde kalmıştı. Ter içindeydiler, üstlerindeki bütün giysiler sırılsıklam olmuştu ve nefes almakta zorlanıyorlardı. Kapıyı arkalarından kapatıp pencereyi siper aldılar. Mermiler evin üzerine yağıyordu. Beş asker ellerindeki G-3'lerin son mermilerini sokakta, görmedikleri hedeflere boşalttılar ve evin hemen arkasından çıkıp hızla mahallelere doğru gözden kayboldular. Askerler evi boşaltır boşaltmaz bir tanksavar roketi dış kapı kirişinde patladı. Ankara'nın dış mahallelerinde patlayan ilk bombalardı bunlar.

1. Zırhlı Süvari Tümeni hatlarda önemli delikler açmıştı. Bu deliklerden giren Humvee ve Stryker zırhlı araçlarıyla hareket eden timler dış mahallelerde çatışmalara girip geri çekiliyorlardı. Ancak bu o kadar da kolay bir iş değildi. Bir saat içinde on iki Humvee

aracı, içindeki askerlerle beraber tanksavar roketlerinin hedefi olmuş ve yanmıştı. Amerikan askerleri kendilerinden beklenmeyecek bir hırsla çarpışıyordu. Almak zorunda olmadıkları riskleri alıyor ve Ankara'nın savunmasının çökertilmesi için organize gördükleri tüm savunma hatlarına bütün silahlarıyla ateş ediyorlardı. Türk askerleri hemen her delikten çıkıyor ve ölümü düşünmeksizin Amerikalı askerlerle çatışıyordu. Bazı yerlerde boğaz boğaz geldikleri duyulmuştu. Vietnam'ı hatırlatan bir savaş vardı dışarıda. Amerikan kuvvetleri açılan gediklerden girdikten sonra bir süre ilerliyor ve sonrasında sanki hiç gedik açılmamış gibi sert bir direniş hattı ile karşılaşıyordu. Sanki bütün Türk Ordusu Ankara'nın içine doluşmuştu.

Tanklar ön hatları yaramamıştı, şiddetli çatışma nedeniyle Ankara'nın dış mahalleleri alev alev yanıyordu. 1. Zırhlı Süvari'nin tank ve zırhlıları durakladı. Bazı gedikler vardı Türk hatlarında ama bu gedikleri kullanarak hızlı ilerlerlerse şehir merkezine hemen varmaları işten bile değildi. Ancak bu çok tehlikeli bir durumdu. Birlikler bir anda Türk askerlerinin kurduğu tuzakların içinde savunmasız kalıp kaybedilebilirdi. Rusların Çeçenistan'da düştüğü tuzağa düşmeye hiç niyeti yoktu Harvey'in. Bir şeyler yapmalıydı ama. Bu operasyonun çok hızlı sonlandırılması gerekiyordu. Bir an tereddüt etti ve sonra tank güçlerinin gedikleri kullanması için emir verdi. Bu çok riskli bir karardı. O gedikler bilerek açılmış yollar bile olabilirdi ama eğer operasyon başarılı olmazsa bütün Amerikan güçleri Ankara kapılarında dağılma tehlikesi ile karşı karşıya kalacaktı. Son gelen istihbarat raporlarına göre, Kayseri Komando Tugayı taşınabilir ağır silahlarını kullanarak bazı Amerikan lojistik konvoylarını yok etmişti. Öfkeli bir biçimde kendilerine doğru geliyorlardı. Lojistik konvoylarını onlardan korumanın imkânı yoktu, hatta kendi savaşçı birliklerini bile koruyabileceğinden emin değildi.

101. Hava İndirme için zaman yaklaşıyordu. Helikopterler hazırlıklarını tamamladı. Askerler de son hazırlıklarını sessizlik için-

de yapmaya başladılar, yüzlerine makyaj içn sürdükleri boyalar nedeniyle gözden kaybolmaya yüz tutmuşlardı.

Harekât gece gerçekleşecekti. Dönen rotor pallerinin sesleri kulaklarına dolmaya başlayınca hareketlerini hızlandırdılar. Tuz Gölünün yirmi kilometre kadar kuzeyinde kalıyordu 101.'nin karargâhı. Onlarca CH-47, CH-53, Black Hawk, MH-53 ve Apache helikopteri aynı anda kalkmaya başladı. Gece karanlığına karışan sesler ve aydınlatma ışıkları geniş arazide cehennemî bir görüntü yaratmıştı. Bağırışlar çağırışlar içinde, hayatlarındaki en zor göreve giden askerleri taşıyordu helikopter taburları.

Yükseklerde saldırı uçakları filolarının ışıkları görülüyordu. Onlarca ışık vardı ve bir süre sonra üzerlerindeki silah yükünü, 101.'nin saldırı yapacağı bölgeyi vurmakta kullanacaklardı. Amerikan askerleri çok tehlikeli bir operasyonla Ankara'nın tam göbeğine inecekti ve on kilometrekarelik bir yarıçap kontrol altına alındıktan sonra 1. Zırhlı Süvari Tümeninin ileri hareketiyle iki kuvvet arasında birleşme sağlanacaktı. İlk aşamada 101. Hava İndirme Tümenine bağlı 327. Piyade Alayı bölgeye indirilecek ve hemen ardından 522. Piyade Alayı da Ankara'nın kuzeyindeki Bolu karayoluna sevk edilip, kuzeyden ulaşması muhtemel bir yardım çabasını önlemeyi hedefleyecekti.

Ankara'da gece, M1A2 Abrams tanklarının oluşturduğu alev topları ile aydınlanıyordu. Sivil halk ne yapacağını şaşırmış bir halde evlerine kapanmıştı. Karanlık gökyüzünü duman kaplamıştı, bazı evlerde yangınlar vardı ve dış mahallelerde Amerikan zırhlılarının hızla geçip gittiğini görebiliyorlardı.

"Gelin, çabuk buraya gelin!" diye, bağırdı adam. Dört çocuk ve iki kadın koşarak onun yanına geldiler. Adam sırtında bir M1 tüfek ve eski bir dürbünle tam karşılarında yıkılmış bir evin arkasını siper almıştı. Kadın ve çocuklar bulundukları yerden çıkmaya korkuyorlardı. Aşağıdan geçen yolun on metre kadar yukarısında bir oluğun içine saklanmışlardı. Durumları çok tehlikeliydi. Her an iki taraftan birisinin ateşi ile ölebilirlerdi. Amerikan zırhlıları aşağıdaki yoldan geçiyor ve uzakta bir mahalleye ateş açıp aynı yoldan geri geliyorlardı. Bu zırhlılara zaman zaman makineli tüfek ve roketatarla karşılık veriliyor ve mermiler oluğun çevresine düşüyordu.

Dışişleri Bakanlığının Kıbrıs masası memurlarından Barkın Çağlayan koşarak aralarındaki boş alanı geçti ve oluğun içine girdi. Sivillerin altısı da korkudan şok olmuş bir halde titriyordu. Etrafına bakındı Barkın, durum kötü görünüyordu. Savaş uçaklarının kulak yırtan dalış seslerinin arkasından büyük patlama sesleri geliyordu. Amerikan askerleri gitgide daha fazla görünmeye başlamıştı etrafta, kalabalık gruplar halinde ağır teçhizatları ile siper alıyor ve kontrol noktaları kuruyorlardı. Çocukların annesi olduğunu tahmin ettiği kadına baktı Barkın, "Teyze, şimdi sana koş deyince çoluğu çocuğu alıp şu karşı yıkıntının oraya koşun. Ben yanınıza geleceğim, sonra beraber kaçacağız." Kadın anlamsız bakışlar fırlattı, nereye kaçacağız, der gibi bakıyordu. Karşı koyacak durumda değildi, ne söylense yapardı o an.

Barkın aşağıdaki yola ve gerisindeki boş alana baktı. Her dakika daha çok asker mevzileniyordu. İleride birkaç tankın kendilerine doğru geldiğini gördü, makineli tüfekleri ile ateş ederek ilerliyorlardı. Karanlığın ardından gelen sesler daha da korkutucuydu. Çok büyük bir hareketlenmenin olduğunu hissedebiliyordu Barkın. Ani bir hareketle kadının omzuna vurdu ve hepsi birden koşmaya başladılar. Gitmeleri gereken yere varmak için olanca hızlarıyla koşuyorlardı ama yaşlı kadın geride kalmıştı. Barkın oluktan fırlayıp kadını kolundan tuttu ve hızla yıkıntıların arasına götürmek için sürüklemeye başladı. Kadın neredeyse hiç sesini çıkarmadan dizlerinin üstünde kalmaya çalışarak yıkıntılara ulaşabildi. Ağır makineli tüfek sesleri tekrar duyulmaya başlamıştı. Üzerlerinden geçen mermileri duydu. Birileri onları görmüş olmalıydı ama çok fazla önemsememişti herhalde. Eğlence için sıkılan birkaç mermiydi.

Türk askerlerinin yaptığı savunma mevzilerinde büyük ateş topları oluştuğunu gördüler. Gökyüzünde göremedikleri bir kalabalığın olduğunu biliyorlardı. Amerikan Ordusu çok küçük bir alan içinde savaşıyor ve farklı taktikler uyguluyordu. Büyük bir güçle başkente gelmişlerdi, ülkenin diğer bölgeleriyle ilgilenmiyor gibiydiler. Toprak elde etmek ya da stratejik noktalar ele geçirmek gibi bir hedefleri yoktu sanki.

Barkın saldırılar başladığında ilk vurulan hedeflerden birisinin içindeydi. O anı yaşamıştı. Binanın çılgın gibi sarsılmasıyla yere yuvarlanmışlardı. Lazer güdümlü füzelerin binaya çarpmasıyla derin bir uykudan uyanmış gibiydiler. Bina, orta yerinden yukarıya doğru yanmaya başlamıştı. Çoğu boştu katların, sadece en üst katlarda birkaç önemli bürokrat vardı ve ölmüşlerdi. O ise binanın dışına çıkmış ve hiç hayal edemeyeceği görüntülere şahit olmuştu. Uçakların yükseklerden yaptıkları manevraları ve bıraktıkları bombaları görmüştü. O bombalar gidip kimi zaman binalara, kimi zaman yollara düşmüştü. Hatırlıyordu, derin bir rüyadan uyanmış gibi hissetmişti kendisini. Dışişleri Binasında yanan evraklar, yıllarca izlenen politikaların izlerini taşıyordu. Yanan evraklarla beraber Cumhuriyet kurulduğundan beri yapılan bütün çalışmaların da tarihe gömüldüğü duygusunu yaşamıştı.

O şoku atlamak kolay değildi. Hızla eve gitmiş ve karısını kapının önünde titrer vaziyette bulmuştu. Elleri o kadar titriyordu ki anahtarları sokup kapıyı açmayı başaramamıştı. Evlerine girip dışarı çıkmamışlardı. Camları kırılmış halde soğuktan titreyerek oturup bu kâbusun bitmesini dilemişlerdi.

Bir anlık bir kaos... Ve her şey değişmişti. Hayatlarına ne olmuştu böyle? Her şey yolundaydı, güzel bir hayatları vardı. Ankara'nın geniş yollarında arabalarıyla gezip dolaşıyorlar ve hayat hakkında, dünya hakkında konuşabiliyorlardı. Birkaç hafta içinde her şey değişmişti. Karşı koyamadıkları bir güç yumağı deriyi yırtmış ve kalbe ilerlemişti. Bu kadar gelişmiş bir orduya karşı koymak zordu ama Türk Ordusu Amerikalıların bile beklemediği bir şekilde iyi savaşıyor ve kayıp verdiriyordu, ölümü neredeyse hiç düşünmeden savaşıyordular. Şimdi ise karşı koymak için fazla bir ağır silah yoktu ellerinde. Barkın, yıllardır emek verilen yatırımların yok edilmesini seyretmek ve düşman kapıya dayandığında ona karşı göğsünü siper etmenin gerektiğini hissediyordu. Bu hiç yaşamadığı düşünmediği bir histi ama genetik kodlarında gerekli bilgilerin yazılı olduğundan şüphesi yoktu.

Şimdi de onu yapıyorlardı zaten. Birbirini tanıyan insanlar, dostlar, mahalleli bir araya gelip Amerikan askerlerine karşı ne yapacaklarını konuşuyorlardı. Devletle işi olanlar bir yerlerden silah buluyorlardı. Barkın işi sayesinde Özel Kuvvetler Komutanlığından bir askerle iletişime geçmişti. Amerikalıların hard soldiers* dediği Türk askerleri büyük bir hırsla hazırlanıyordu olası işgale. Sivil halkla bağlantıya geçip her an kullanabilecekleri evler hazırlıyorlardı. Bazı evlerin bodrum katları bomba imalathanesine dönüştürülmüştü bile. Küçük gruplara silah eğitimi veriyorlar ve Amerikan Ordusu Ankara'ya girdiğinde ortalığı cehenneme çevirecek planlar yapıyorlardı. Barkın da bu planların içindeydi ve şimdi bulunduğu noktaya da Amerikan askerlerinin ileri kuvvetlerinin nereye geldiğini belirlemek için gönderilmişti. Askerde kullandığı M1 tüfeği, şimdi onun en iyi dostu gibiydi. Gerçek bir çatışma anında hiçbir işe yaraması beklenemezdi belki ama uzaktan yapılacak sıkı bir atış, bu tarihî tüfeğin meziyetlerini, yapımcısı Amerikalılara hatırlatabilirdi.

Yanındaki sivillere çok uzakta bir noktayı işaret etti. "Oraya gidin. Birileri size yardım edebilir." Fazla zaman harcayamazdı. Bir görevi vardı ve bunu yerine getirmeliydi. Özel Kuvvet askerleri ile yaptığı konuşma çok duygusaldı. Kimse şehri koruyabileceklerini düşünmüyordu ama mümkün olduğunca çok Amerikalı öldürmeliydiler. Belki bu sayede onları savaşı terk etmeye zorlayabilirlerdi. Belki çok iyimser bir görüştü ama başka şans görülmüyordu. Gökyüzünden sürekli füze yağdıran uçaklara karşı zırhlıları koruyamamışlardı. Eli silahlı insanlardan başka gerçek silahları olmadığını

---

* Hard Soldiers: Sıkı askerler.

düşünüyordu hepsi de. Hava Kuvvetlerinin direnişi ancak bir hafta sürmüştü. Hava alanları bombalanmış, uçaklar düşürülmüş ya da oldukları yerde vurulmuştu. Deniz Kuvvetleri ise gemilerin vuruluşunu engellemek için hiçbir şey yapamamıştı. Kara Kuvvetleri, klasik bir savaşta yapılması gereken manevraları büyük bir disiplin içinde yerine getirmişti ama ordunun bu kadar önemli bir güce karşı özel hazırlık yapmadığı belliydi.

Herkes şiddetli bir zırhlı saldırısının beklentisi içindeydi. Amerikan 1. Zırhlı Süvari Tümeninin bütün gücüyle en gerideki savunma hatlarına yüklenmesini bekliyorlardı. Dış hatlarda ise hemen hemen hiç direniş kalmamıştı. Ancak hâlâ Amerikan öncülerinin çok gerilerinde silah sesleri duyulabiliyordu. Barkın, Amerikan askerlerinin hızla toplanmakta olduğunu görmüştü, bu yeterliydi. Hemen gidip bunu diğerlerine bildirmeliydi. Koşarak yıkıntıların arasında ilerlemeye başladı ama o anda birden dondu. Değişik bir ses geliyordu kulağına. Gökyüzünden gelen bir uğultu, sert ve ağır bir ses. Başını kaldırıp ileriye baktı, ufku süzdü. Sert bir rüzgâr yüzüne çarptı, rüzgârın hemen ardından karanlığı yırtan büyük siyah gölgelerle yüz yüze geldi. Hemen üzerinden ardı ardına dev taşıma helikopterlerinin geçtiğini görebiliyordu.

Gözlerine inanamadı. Helikopterler hızla Ankara'nın merkezine doğru ilerliyordu. Dakikalarla belirlenebilecek bir süre içinde Ankara'nın göbeğinde olacaklardı. Bu hiç beklemedikleri bir saldırıydı. Barkın ne yapacağını bilemedi. Hemen haber vermeliydi. Oluşturdukları savunma planları alt üst olabilirdi. Hâlâ helikopterler geçiyordu üzerinden, içlerindeki askerleri bile seçebiliyordu. Korkunç bakışlı siyah suratlar, asla unutmayacağı görüntülerdi bunlar. Helikopterler geçip giderken Ankara'nın merkezinde çok büyük patlamalar olmaya başlamıştı. Şimdi o patlamaların ışığında gökyüzündeki helikopter filolarını daha iyi seçebiliyordu, binalara çarpacak kadar alçaktan uçuyorlardı, etrafa ateş etmeye başlamışlardı. Birazdan her yer cehenneme dönecekti, helikopterlerin gittiği yerde bir sürü savunma noktası vardı ve Amerikan askerleri göğüs göğüse çarpışmak zorundaydı. Yerdeki değişik noktalardan helikopterlere ateş açıldığını görebiliyordu Barkın. Havadaki taşıyıcıları korumakla görevli Apache'ler de bu ateşin önüne baraj olarak giriyor ve neredeyse burun buruna çatışıyorlardı. Daha şimdiden ortalık karışmıştı. Gökyüzünde uçuşan başka cisimlerin sesleri duyulmaya başladıktan sonra ardı ardına patlamalar geldi. Topçu ateşi ve tank ateşi birbirine karışmıştı. Alevlerin aydınlattığı uzaktaki bir noktaya doğru alçalmaya başlamıştı helikopterler. O sırada inişe geçenlerden bir tanesinde şiddetli bir patlama olduğunu gördü. Helikopterlerden biri, dumanlar çıkararak ve çılgınca etrafında dönerek yere doğru indi. Sert bir biçimde yere çarpmış olmalıydı. Bu, Amerikan askerleri açısından ilk kayıp anlamına geliyordu. Ve son olmadı. Barkın'ın bulunduğu noktadan gökyüzü açıklıkla görülebiliyordu.

Amerikan helikopterleri havada kaldıkları süre içerisinde sürekli kayıp veriyordu. Daha şimdiden beş adet taşıma helikopterinin vurulduğunu görmüştü. Bu çılgınca bir hareketti, sorumsuzcaydı. Hiçbir komutanın askerlerini bu şekilde bir saldırıyı yaptırmaya hakkı olamazdı. Amerikan askerleri ne yaptıklarının farkında değil gibiydi. Korkudan kaskatı kesilmiş halde savaşmaya çalışıyorlardı. Henüz savunması çökmemiş bir şehrin üzerine helikopterle saldırı düzenlemek... Bunu planlayanların gerçek dünyayla bağlantısı kesilmiş olmalıydı. 101.Hava İndirme Tümeni daha yere inmeden iki yüz kadar askerini kaybetmişti.

Onlar için üzülecek değildi Barkın. Koşarak kendisini bekleyenlerin yanına gitti. Geçtiği sokaklardaki insanlar, karanlığa boğulan evlerinden başlarını çıkartmaya korkuyorlardı. Sadece kendisinin ayak sesleri duyulabiliyordu ve korkuyordu Barkın. Tanrım, bu gerçekten olabilir mi? Kendi şehrimde koşmaya korkuyorum. Bir süre sonra sokakta yürümeye korkacağım, düşüncesiyle irkildi. İsli sokaklarda koşarken kendi gölgesinden korktuğunu fark etti. Kahretsin, nerde bu Allah'ın belası yer? Bütün sokaklar birbirine benziyordu sanki. Her yer, her yer tuzak gibi görünüyordu. Silah, sırtında durmaz olmuştu, terden ıslanan bedeni soğuk hava ile buluşup donma etkisi yaratıyordu. Bacaklarındaki gücün tükenmeye başladığını hissetti. İçinde bir şeyler ona kaçmasını söylüyordu.

Sıcak evi, karısı, sıcak hayalleri... Ve şimdi bunlara karşılık sert, soğuk ve ölümcül silahların zırhlarıyla karşı karşıyaydı. Ne büyük bir seçim yapmak zorundaydı! Ruhunda yayılmaya başlayan teslim olma içgüdüsünü yenmesine yardım edecek bir şeye ihtiyacı vardı. Ne yapabilirlerdi ki, saldıranları görmüştü, onlardan bir bölümünü öldürseler ne olacaktı? Kendileri de ölecekti ve sonunda onlar kazanacaktı. Eğer yaşarsa belki düzelirdi bir şeyler... Eski günlere dönülebilirdi belki, kim bilir? Aklına sürekli Amerikan filmleri geliyordu. O filmlerin ne işe yaradığını anladı birden ama bunun bir yararı yoktu artık. Amerikalıları tanımıyordu aslında, olanı biteni sadece o filmlerden beynine kazınan imgelerle değerlendiriyordu. Belki içinde teslim olma içgüdüsünü ateşleyen şey de filmlerde kendisine gizlice iletilen mesajlardı.

Hayatında hiç duymadığı sesler duyuyordu. Bugünleri eğer ileride hatırlarsa, en çok sesleri hatırlayacaktı. Çılgınca patlamalar, patlamalar, patlamalar... Boş sokaklarda koşarken kendi ayaklarından çıkan sesler, nefes alışverişini kalp atışlarıyla karıştırmasına neden olan beynindeki basıncın sesi...

Evet, burasıydı işte. Eski bir apartmanın içine girdi. Üçüncü katın zilini çaldı. Hemen açıldı kapı. Koşarak yukarı çıktı. Apartman karanlıktı. Üçüncü kata geldiğinde aralık duran kapıdan içeri daldı. İçeride sekiz dokuz kişi vardı. İçlerinden birisi vücut yapısı ve bakışlarıyla diğerlerinden ayrılıyordu hemen. Özel Kuvvetlerde görevli bir astsubaydı, yanındakiler onu Şahin Bey diye çağırıyordu.

"Ne olduğunu tahmin edemezsiniz!"

"Ne oldu?"

"Geldiler, helikopterlerle geldiler ve saldırıyorlar."

Odadakiler ayağa kalktı. Suratları değişmişti. Şahin Bey hemen silahına sarıldı ve teçhizatını üzerine sarmaya başladı. Herkesin yüzü bembeyaz olmuştu. Kimse böyle bir şey beklemiyordu, sadece birkaç yere bomba yerleştireceklerini düşünmüşlerdi. Oysa Şahin Bey çatışmaya gider gibi hazırlanıyordu. M-16 özel yapım tüfeğini ve gece görüş dürbününü kontrol edip dipçiği sağ omzuna ve namlu çapraz aşağı bakacak şekilde astı. Tam kalbinin üzerinde, kabzası sağa bakacak şekilde bir tabanca asılıydı. Belindeki kemerde değişik büyüklükte şarjörler vardı. Şahin Bey ayağa kalktı, kafasına özel yapım Kevlar hafif kaskını geçirdi.

"Evet, benimle gelmek isteyen var mı? Planları unutun, adamlar tam göbeğimizden saldırıyorlar. Bu, 'Biz buradayız, erkekseniz gelin' demek."

Barkın odadakilerin kaçamak bakışlarını fark etti. Kimse böyle bir şeye hazır gibi değildi. Şahin Bey durumu anlamıştı, hepsinin ailesi olduğunu biliyordu. İstese onları zorlayabilirdi ama bunu yapmayacaktı. Oyunun kuralları değişmişti. Amerikan askerleri ile boğaz boğaza savaşmak zorundaydılar. Ankara, tarihinin en zor gününü yaşıyordu. Barkın bir adım öne çıktı: "Ne bekliyoruz Şahin Bey? Bana bir kalaşnikof verin oradan."

Şahin Beyin yüzü aydınlandı. Barkın'dan bunu bekliyordu. Barkın hızlı adımlarla gidip kalaşnikoflardan birisini aldı ve sırtına taktı. Birkaç şarjörü bir çantaya doldurup öbür omzuna yerleştirdi.

"Bu pisliklerin emrinde yaşayacaksam, öleyim daha iyi." Evi terk ederken odada sessizlik olmuştu. Kolay değilmiş ölüme gitmek, diye düşündü geride kalanlar. Neredeyse rahat bir nefes almışlardı ama vicdanları sızlıyordu. Kahrolası bir bencillik bulutu çökmüş gibiydi üzerlerine. Diğer ikisi gitmişti ve öleceklerdi herhalde, oysa onlar sıcak bir günü daha yaşayabileceklerdi. Her şey geçerdi belki... ha öyle değil mi?

Şahin Bey ve Barkın sokakların arasından hayalet gibi geçerek helikopterlerin iniş yaptığı bölgeye doğru yöneldiler. Yolda silahlı adamlara rastlıyorlardı. Birkaç askerî birlik de mahallelerde siper almıştı. Elinde Eryx tanksavar roketi olan bir asker, evlerden birisinin içinde avını bekliyordu. Kimse birbiriyle konuşmuyordu, herkes şokta gibiydi. Genelkurmay sürekli hareket halinde olmasına rağmen askerî birliklerle bağlantı devam ediyordu. Zaman zaman Genelkurmay Başkanının telsizlerden sesini duyurması askerin moralini yükseltiyordu. Bütün birlikler toparlayabildikleri bilgiler ışığında bir şeyler yapmaya çalışıyordu. Ankara Emniyet Teşkilatının polis gücü neredeyse donanımlı bir ordu gibi savaşıyordu. Ankara hiç görmediği bir karmaşa içindeydi ama savunma büyük bir düzen içinde yapılıyordu. Aniden bir apartmandan çıkan elli kadar asker, 101.'nin askerlerine saldırıp zayiat verdirdikten sonra aynı hızla ortadan kayboluyordu.

Özel Kuvvet askerleri de pek çok noktada komuta kademesi gibi çalışıyordu. Polis kuvvetlerinin askerî amaçlı olarak idaresi onların elindeydi. Normal zamanlarda hareketsiz gördükleri yaşlı polislerin bile elinde kalaşnikofla nasıl savaştığına şahit olduklarında göğüsleri gururla kabarmıştı. Daha önce Ankara'da görev yapmakta olan özel tim polisleri sivil araçlarla İstanbul'a gitmiş ve bölge komutanının emrinde savunma için hazırlıklara başlamışlardı. Sıra İstanbul'a geldiğinde gerçek bir savaş görecekti insanlar.

Barkın ve Şahin artık sürünmeye başlamışlardı Bakanlıklar bölgesine geldiklerinde. Çatışma sesleri kulakları sağır edecek seviyedeydi. Barkın kendisinden ayrılmış, bedenini dışarıdan izliyormuş hissine kapıldı. Her şey gerçek ötesi duygusunu uyandırıyordu insanda. 101. Hava İndirme Tümeninin 1. Tugayı, Ankara'nın tam ortasına inmişti. Onları görebiliyordu Barkın; ağır teçhizatları ve ürkütücü silahlarıyla binaların kenarlarında mevzilenmişler, durmadan ateş ediyorlardı. Karanlık sokaklarda askerlerin gölgelerini görebiliyordu ikisi de. Amerikan askerlerinin mevzilendikleri binalar da yoğun ateş altındaydı. Büyük kalibreli mermilerin duvarlardan kopardığı toz ve taş parçaları her tarafa dağılıyordu. Amerikan askerleri ele geçirdikleri binaların içinde sürekli olarak ateş ediyor ve mermileri bittiğinde yeni mermi doldururken sürekli olarak dua ediyor ve haç çıkarıyordu. Yaralılar için yapılacak bir şey yoktu. Herkes gerçeklik duygusunu yitirmeye başlamıştı. Kimi vurduklarının ya da kimin vurulduğunun bir önemi yoktu. Cehennemde gibiydiler. Tek bildikleri buradan nasıl çıkacakları hakkında en ufak bir ipuçlarının olmadığıydı.

Şahin Bey, Barkın'a eliyle bir yönü gösterdi. TBMM Binasının olduğu yerde yoğun bir çatışmanın izlerini görüyordu ikisi de. Uçaklar TBMM Binasını özellikle vurmamıştı. O binayı ele geçirerek psikolojik bir etki yaratmak niyetindeydiler.

"Sanırım Meclis Binasını ele geçirmek için saldırıyorlar," dedi Şahin Bey. Düşünceli görünüyordu. Barkın onun bu halini anlayabiliyordu. Kendisini sorumlu hissediyor olmalıydı. Görevini yerine getirip insanları düşman işgaline karşı örgütlemesi gerekiyordu ama o kadar hızlı bir işgal hareketi ile karşı karşıya kalmışlardı ki örgütlenmenin imkânı olmamıştı. Şok içindeki sivillerden bir direniş gücü oluşturmak çok zordu. Irak işgalinde durum farklı olmuştu Amerika için. Savaşla yaşamaya alışmış insanlar bir diktatör tarafından uzun yıllar işgale karşı örgütlenmiş ve Amerikan Ordusuna kök söktürmüştü. Bu nedenle Türk Ordusu oraya çağrılmıştı. Yani... en azından resmî açıklamalar bunu gösteriyordu. Irak gerçekten direniş konusunda kuvvetli çıkmıştı.

"Ne halt yiyeceğiz?" Şahin Bey arsız arsız gülmeye başlamıştı. İs yüzünden ikisinin de yüzü kirlenmişti, dişleri bembeyaz görünüyordu. Barkın'ın da sinirleri bozulmuştu. O da gülmeye başladı. İki silahlı adam bir binanın gölgesinde yere yatmış, karınlarını tutarak gülüyorlardı. Birkaç yüz metre ötelerindeki ağır teçhizatlı Amerikan askerleri gece görüş dürbünlerini takmış, uzaydan gelen yaratıkları andıran görüntüleriyle kendilerine ateş açılan binalara mermi yağdırıyorlardı. Şahin Bey aniden susup dikkat kesildi. Barkın da aynı şekilde karşılık verdi. Askerlerde yoğun bir hareketlilik gözlenmeye başlamıştı. Bu arada sokakların birinden hızla bir zırhlı savaş aracı çıktı ve geniş caddede son süratle ilerleyerek birkaç binadan oluşan bir bloğa 25 mm'lik otomatik topu ile ateş yağdırdı. Sonra geniş bir kavis çizerek caddeden geri döndü ve askerlere koruma sağlamak üzere önlerine park etti. Zırhlı savaş aracının çıktığı sokaktan gelen tank her ikisini de irkiltti. Tank hareket halindeyken ateş ederek ilerledi. Yaptığı her atışla, iç içe geçmiş olan binalar sarsılıyor ve sağlam kalan camlar tuzla buz oluyordu. Olay kontrolden çıkmış gibiydi. Ateş açan Amerikan tankı, nerden geldiği belli olmayan bir füzeyle vurulunca şiddetin dozu daha da arttı. Her iki taraf da birbirine daha hırslı bir şekilde saldırıyordu. Türk askeri boğazına sarılmış bir yılanı çekip atmak için inanılmaz bir hırsla mücadele ediyordu. Onların buraya kadar gelmiş olmaları bile dayanılacak bir şey değildi.

Şahin Bey etraftaki Türk askerlerine baktı. Çok uzaklarda gölgelerini seçebiliyordu. *En yakın biziz,* diye düşündü. Tam bunu düşünürken yüzlerce metre ötedeki bir noktadan fırlayan füze, havada diyagonal bir rota takip ederek ikinci tanka üst tarafından çarptı. Tank büyük bir gürültüyle patladı ve alev alarak yanmaya başladı. Amerikan askerleri bir araya toplandılar ve arkasına sakladıkları zırhlıdan uzaklaştılar. Füzenin atıldığı yere doğru yoğun bir ateş başladı. Telsizli bir askerin telsizle yardım istediğini tahmin edebiliyorlardı. Tank ve içindeki personel için yapılabilecek bir şey yoktu. Eryx füzesi kesin vuruş yapmıştı. Amerikalılar çok tehlikeli bir noktada olduklarını anlamış olmalıydılar. Bir dakika sonra havada görünen Apache helikopteri füzenin atıldığı noktaya doğru roket yağdırmaya başladı ama Apache'ye karşı açılan ateş daha şiddetli olmuştu. Helikopter vurularak yere doğru dönerek alçaldı ve hızla betona çarptı. İçindeki pilotlar ölmemişti ancak hareket edemiyorlardı. Türk askerleri bulundukları mevziden çıkarak helikopterin yanına gitti. Amerikalı pilotları çıkararak kendi mevzilerine sürüklediler.

Ankara'nın sokaklarında, atılan ve betona çarpan füzelerin sesleri yankılanıyordu. Saldırı devam ederken gökyüzünde bir uçağın sesi duyuldu ve az önce füze atılan mahallede şiddetli bir patlama oldu. Adamlar oradan bir daha füze atılmayacağını garantilemek istiyor gibiydiler. Ancak uçağın attığı bomba birkaç apartmanda büyük hasar oluşturmuştu. Sivillerin çığlıkları duyuluyordu ama kimse onlara yardım edecek durumda değildi. Az önce zırhlıların çıktığı sokağa paralel sokaktan bu sefer ardı ardına birkaç zırhlı muharebe aracı fırladı ve hayli uzaktaki bir noktaya yönlendi. Çıldırmış gibiydiler, çok güçlü bir ordunun koruduğu başkentin ortasına inmişler ve sokak savaşına girişmişlerdi. Zırhlıların gittiği noktada silah sesleri artmaya başladı. Önemli bir savunma noktası keşfetmiş olmalıydılar. Aynı sokaktan iki tank çıktı ve hızla zırhlıların bulunduğu noktaya geldi. Toplarını yönlendirip arka arkaya ateş etmeye başladılar. Çıkan ışık nedeniyle ortalık gün gibi aydınlanmıştı. Zırhlılar da tanklara ateş desteği sağlıyordu. 101.'nin askerleri zırhlıların içinden çıkıp birkaç köşe başında siper oluşturdu. Barkın ve Şahin Bey adamların adım adım Ankara'yı ele geçirmekte olduğu düşüncesine geldiklerinde şaşırıp birbirlerine baktılar. Evet, işte düşman karşılarındaydı. Ne yapacaklarını düşündüler. Onlarla savaşabilirlerdi ama ölmek durumundaydılar.

Şu anda Amerikan kuvvetlerinin en eğitimli askerleri çok şiddetli bir saldırı harekâtı gerçekleştirmekteydi. Bu saldırının durdurulması zordu. Karşılık veren savunma noktalarına fazla güçle bindirme yapılıyor ve sivil kayıplar oluşuyordu. Gözlerinin önünde yanan binalardan sarkan, atlayan insanlar vardı. Bu durumda savunma yapmak yarardan çok zarar getirirdi. Helikopter sesleri duyuldu yine. Onlarca helikopter üzerlerinden geçip Ankara'nın kuzeyine doğru ilerliyordu. Bunu yaparken aşağıya ağır makineli ateşi açmayı ihmal etmiyorlardı. Sabaha doğru neler olacağı belliydi. Ankara'nın pek çok noktası Amerikan işgaline uğramış olacaktı.

Ancak durum sanıldığının aksine daha farklı bir biçimde ilerliyordu. Amerikan kayıpları çok fazlaydı. Harekâtın sürebilmesi, tehlikeye girmişti.

Yarın sabah başka bir sabah olacak, diye düşündü Barkın. Elindeki kalaşnikofa baktı ve karısını, annesini düşündü. Şahin Bey onun aklından geçenleri biliyordu.

"Gitmelisin."

"Hayır Şahin Bey, olmaz."

"Barkın, git. Şimdi yapacak bir şey yok. Baksana adamlar şehrin merkezine girdi. Yavaş yavaş şehri kurtaracağız. Şimdi ne yapsak boş. Kararlılar ve her imkânları var. Sivillerin fazla zarar görmesini istemiyoruz değil mi?"

"Evet ama..."

"Git ulan, uçururum kafanı yoksa!" Güldü Şahin Bey.

"Ya sen..."

"Ben de Albayımın yanına gideceğim."

Barkın kafasını sallayıp koşarak uzaklaştı. Karısına ulaşmalıydı, kim bilir ne kadar korkmuştu. Arka sokaklarda koşarken insanlara ve askerlere rastlıyordu. Herkes bir şeyler yapabilmek için uğraşıyordu ama düşmanın ağır silahlarına karşı ne yapacaklarını bilmiyor gibiydiler. Bir an aklına geldi. Kalaşnikofu omzundan çıkarıp attı. Bu şekilde yakalanırsa hiç umudu kalmazdı doğrusu. Nasıl olsa silah bulurum, diye düşündü.

Şahin Bey, Barkın'ın gittiğinden emin olduktan sonra dönüp Amerikan askerlerinin ilerleyişine baktı. 1. Zırhlı Süvari Tümenine bağlı tanklar ve askerler oluşturdukları bir koridorla 101.'nin askerleri ile temas sağlamaya başlamışlardı. Ancak durumun hangi yönde gelişeceği belli değildi. Süvari Tümeni açılan gediklerden girmişti ama bekledikleri gibi bu gediklerin çoğu Türk Ordusu tarafından tuzak amaçlı açılmıştı. Bunu tam olarak belirleyemeseler de Ankara'nın içinde etrafı sarılmış durumda önemli bir Amerikan kuvveti bulunuyordu.

Civarda çok sayıda farklı giysili asker de vardı. Amerikan Özel Kuvvetlerinin en iyi adamlarının etrafta olduğundan şüphesi yoktu Şahin Beyin. Hedeflerinin Meclis olduğu belliydi. Ne yapıp edip oraya gitmeliydi. Ölene kadar orayı savunmak zorundaydı. Zihnini bir yokladı, en güvenli yolun planını kafasında çizdikten sonra kalkıp bir maraton koşucusu gibi istikrarlı bir şekilde fırladı. Orada pek çok arkadaşını bulacağından şüphesi yoktu.

Sokaklar boşalmıştı iyice, silah sesleri doldurmuştu insanların yerini. Şahin Bey, bu saldırıyı atlatabileceklerini düşünmüyordu. Düşman içlerine inmişti ve şehri çevreleyen süvari tümeni ile bağlantısını kurması hızlı gerçekleşmişti. Bu harekâta direnmek demek, sivil kayıpların artması anlamına geliyordu, çünkü direnişin olduğu noktalar acımasızca hava saldırılarına hedef olmaktaydı. Şehrin her yerinde hava bombardımanının neden olduğu patlamalar meydana gelmekteydi sürekli. Şahin Bey koşarken, bombaların fırlattığı metal ve beton parçalardan korunmak zorunda kalıyordu. Meclise yaklaşırken çatışmaların şiddetinin arttığını hissedebiliyordu. Silahının emniyetini açtı ve namlusu aşağıya bakar biçimde koşmaya devam etti. Barut kokusu bütün şehrin üzerine sinmişti. Büyük bir felaketin ortasındaydı ve hiçbir şey hissetmiyordu. Bombaların vurduğu binaların önünde, binada bulunan ama şans eseri kurtulmuş insanlar oturuyordu. Şok içindeydi hepsi de. Onlara yardım etmek isterdi ama artık bütün bağlar kopmuştu, dev bir Cumhuriyet sistemi var olma mücadelesi veriyordu, kayıpların önemi her dakika daha da azalıyordu.

Şahin Bey, Meclis Binasına yaklaştığında bir sokağın karanlık noktasında durup etrafı gözetledi. Gözlerine inanamıyordu; bazı siviller, ellerinde işaret ışıkları ile gökyüzüne işaret veriyordu. Ve hemen ardından alçaktan uçan bir helikopter bölgeye inip Amerikan Özel Kuvvet askerlerini bırakıyordu. Onlarca kilo ağırlığındaki teçhizatları ile askerler hemen etrafa dağılıyor ve hızlı biçimde güvenlik noktaları oluşturmaya çalışıyorlardı. Şahin Bey, Amerikan helikopterlerine yer gösterenlerin kim olduğunu göremiyordu ama Amerikalı olmadıklarına emindi. İçi öfkeyle doldu. Sivillerden birini izlemeye başladı. Genç, yirmi beş yaşlarında, koyu tenli birisiydi. Helikopter indikten sonra koşarak ara sokaklara girmişti. Şahin Bey onu yakalamak için koşmaya başladı. Yan sokaktan tam önüne çıkıp durdurdu onu. Genç adamın gözü korku ile açılmıştı. Şahin Bey ile göz göze geldiğinde ne yapacağını şaşırdı. Bir şeyler söylemek istiyordu ama sesi çıkmıyordu. Şahin Bey ona soru sormak gereğini bile duymadı, M-16'nın tetiğini bir kere çekti ve genç adam yüzünde patlayan merminin şiddeti ile hızla sırt üstü yere serildi.

Şahin Bey koşarak az önceki yerine geldi. Amerikan askerleri çok önemli noktalarda baraj kurmuşlardı. "Allah kahretsin, daha iyisi yapılabilir miydi?" diye düşündü.

Bu kadar cüretkâr bir saldırı beklenmiyordu doğrusu. Şahin Bey resmin tamamını göremediği için Amerikan kuvvetlerinin, inisiyatifi elinde tutuğunu zannediyordu ama durum hiç de düşündüğü gibi değildi. 1. Süvari Tümenine karşı yapılan hazırlıklar hep tankların imhasına yönelikti ve bütün şehrin dış cephesine yayılmıştı. Oysa Amerikalılar dar bir koridordan merkeze girmişlerdi ve havadan gelen 101. ile birleşerek Ankara'nın merkez noktalarını ele geçirmeye çalışıyorlardı. Bir hayli de ilerleme sağlamışlardı. Ayakta kalan devlet binalarının bazılarında Amerikan askerleri görülebiliyordu. Cumhurbaşkanlığı Konutu da zırhlılar tarafından kontrol ediliyordu. Görüntü her ne kadar kötü de olsa, buradaki Amerikan birlikleri sarılmış durumdaydı. Onlar sabahı ve TV kameralarını bekliyorlardı. Yeni kuvvetlerin gelip kendilerini kurtarması gerekecekti. Oysa Bolu karayolunu kapatmak için gönderilen 527. Hava İndirme Alayı, Kayseri Komando Tugayının saldırısına uğramıştı. Bu, Amerikalı askerler için tarihlerine yazılan acı bir sayfa olmuştu doğrusu. Kayseri Komando Tugayının inanılmaz gerilla taktikleri nedeniyle çok zor durumda kalmışlar ve çok kayıp vermişlerdi. Komandolar çok yakınlara kadar girip havan topları ile karargâhı bile vurmuşlar ve birkaç üst düzey subayı öldürmüşlerdi. Savaş garip bir hal almıştı. Ankara'nın konumu belirsizdi. Tam anlamıyla kaos yaşanıyordu.

Şahin Bey, yerden kalkıp koşmaya başladı yine, hâlâ kendi arkadaşlarından kimseye rastlamamıştı. Meclis yakınlarındaki caddeden karşıya geçti. Cadde üzerinde tank paletlerinin izleri görülüyordu. Kavaklıdere semtindeki küçük bir parkı çevreleyen beton duvarın arkasına saklandı. Bir an yanlış davrandığını düşündü. Çok fazla merkezdeydi, etrafta serseri kurşunlar uçuşuyordu ve her an görülme tehlikesi vardı. Amerikalı askerlerin sürekli bağırdıklarını ve ateş ettiklerini duyuyordu sadece. Tam o sırada sağında kalan yokuştan birkaç sivil giyimlinin Amerikalı askerlere ateş ettiğini görünce sevindi. Hareketlerinden, Özel Kuvvet askeri olduklarını anlamıştı. Üç kişiydiler; birisinin elinde ağır makineli tüfek, diğer ikisinin elinde M-16 vardı. İki büyük taş parçasının arkasında mevzilenmişlerdi ama durumları kötüydü. Umutsuzca savaşıyorlardı. Şahin Bey tam onlara seslenecekti ki, bir ışık huzmesi gelip siper aldıkları taşlara çarptı ve ortalık aydınlandı. Şahin Bey kendisini yere attı, gözleri bir an için kör olmuş gibiydi, gözlerini açabildiğinde üç askerin yerde kıvranmakta olduğunu gördü. Hemen oradan uzaklaşmalıydı, yoksa... Koşarak uzaklaşırken dönüp arkasına baktığında siyah üniformalar giymiş, gece görüş dürbünlü kaskları olan birkaç düşman askerinin yerde yatanların başına geldiğini gördü. O anda Amerikan askerlerinden birisi başını döndürdü ve Şahin Bey ile göz göze geldi. Şahin Bey hemen silahına sarıldı, aynı karşısındaki Amerikalı asker gibi. Neredeyse aynı anda ateş ettiler birbirlerine ve mermiler ikisinin de bedenine isabet etti. Ancak Amerikalı Özel Kuvvet askerinin çelik yeleği vardı, Şahin Bey ise sıradan bir mont giymişti. Şahin Bey yerde yatarken gökyüzünü görebiliyordu. Karanlığın içinde, geceden daha koyu cisimler dolaşıyordu ve göğü yaran izli mermileri görüyordu hayal meyal. Saniyeler çok hızlı geçti, siyah üniformalı askerler başında belirdi. Konuşacak halde değildi, karnındaki yaradan oluk oluk kan akıyordu. Acı çekmesi uzun sürmedi. Amerikalı asker, silahını doğrultup işi bitirdi.

Bütün Ankara ertesi sabaha siyah bir duman ve is örtüsü altına girmişti. Sesler de kesilmiş gibiydi, nadiren silah seslerinin yankılanması duyuluyordu. Görüntü anlatılamayacak boyutlarda korkunçtu. Şehir, inanılmaz bir tahribat görmüştü ve sivil kayıp çok yüksekti. Meclis ve Bakanlıklar bölgesindeki binalar simsiyah olmuştu, etraftaki semtlerde enkaz halinde yanmakta olan evler nedeniyle ulaşım tamamen kesilmiş durumdaydı. Sokaklarda canlı görmek neredeyse imkânsızdı çünkü Amerikan askerleri hareket eden her şeye ateş ediyorlardı. İkmal hatları kesilmişti. Ancak yoğun bir şekilde mevzilendikleri için henüz bulundukları yerden atılmaları zordu. Amerikalılara yardım gelmesi ise imkânsızdı. 101. Hava İndirme Tümeni seksenden fazla helikopterini yitirmişti. Korkunç durumdaydılar ama hâlâ ellerinde yeterli propaganda yapacak kadar güç bulunduğunu düşünüyorlardı. Bekledikleri ayrılıkçı güç hareketi çabuk başlarsa işler yoluna girebilirdi.

Barkın evin camından aşağıya baktı, karısı sürekli ağlıyordu. Evde yiyecek namına hiçbir şey kalmamıştı. Sabah ayazı evin içini acımasızca dolduruyordu ve doğrusunu söylemek gerekirse evleri sağlam olduğu için dua ediyorlardı. Sokaktan aralıklarla ve hızla geçen Amerikan zırhlı araçlarının üzerindeki askerler tedirgin bakışlarla evleri süzüyordu. Barkın düşmanca gözlerle kesişmek istemedi ve camdan birkaç adım geri çekildi. Evde karısı vardı... Yoksa...

Televizyonu açtı. En çok da bu durumu anlamıyordu. Elektrikler ve televizyon hep çalışır haldeydi. Sanki Amerikalılar bunu isteyerek yapıyorlardı. Evet, evet... İsteyerek yapıyorlardı. Buna şüphe yoktu. Önemli bir silahtı bu onlar için. Yıkımın görüntüsü, kendisinden daha çok etki yaratıyordu.

Apartman yüksek olduğu için Ankara'nın büyük kısmını görebiliyordu. Tanrım, her şey vurulmuş gibiydi. Anlatacak bir şey yoktu artık. Ürpertici giysilere ve boyalara bürünmüş olan Amerikan askerleri şehrin merkezindeydi, kısılıp kalmıştı. 1. Süvari Tümeninin zırhlıları savunma hatları oluşturmuştu. Çok geçmeden Türk güçleri bu hatlara saldırmaya başlayacaktı, bir süre dinlenmeli ve güç toplamalıydılar. Televizyonda o sırada çok anlamlı şeyler yoktu. Sadece ekrandan akan ham görüntüler vardı.

Cumhurbaşkanlığı konutundan görüntüler olduğunu fark etti.

Konutun bahçesinde dolaşan askerler vardı, evin içinden dumanlar çıkıyordu ve duvarların bazıları yıkılmıştı. Kamera değişti, odaları gösteriyordu şimdi. Askerler sandalyelerde oturmuş dinleniyorlar ve şakalaşıyorlardı. Duvarlardaki resimlerin yanında fotoğraf çekenler bile vardı. Çok şiddetli bir çatışmadan çıktıkları belliydi. Yüzlerindeki boyaları bile silecek fırsatları olmamıştı. Alttan geçen sade bir yazı günü özetliyordu.

CNN International: Türkiye'nin başkenti Ankara'da kısmî olarak denetim sağlandı. Şiddetli çatışmalar sonucunda Meclis ve Cumhurbaşkanlığı Konutu gibi önemli noktalar ele geçirildi. Durum gerginliğini koruyor. Dünden beri süren çatışmalarda 628 Amerikan askeri hayatını kaybetti. Savaşın başından beri kayıp sayısı 5800'ü bulurken yaralı sayısı 9800. Türk askerlerindeki kayıp sayısı bilinmiyor.

Barkın kanepenin üzerine yıkılıp kaldı. Bütün enerjisi çekilmiş gibiydi. Ekranda gördükleri tamamen yalandan ibaretti. Ama bu haberler halkın moralini yok edebilirdi. İnsanların hiçbir şey yapamayacaklarını düşünmelerini istemiyordu. Şahin Bey ne yapıyordu acaba, ona ulaşabilir miydi? Ne zamandır üst düzey yöneticilerden ses çıkmıyordu. Barkın içinde gitgide büyüyen derin uçurumu anlamaya çalıştı. Bunca yıldır işleyen ve betonlaşmış gibi görünen sistem neden ibaretti de bir anda buharlaşmış gibi duruyordu?! Aslına bakılırsa Amerikan Ordusu, çok hızlı bir operasyonla ülkenin kalbine oturmuştu. Diğer bölgelerde hayat normal akışında devam ediyordu. Amerikan güçleri hava hakimiyeti nedeniyle böylesi bir ileri harekât yapabilmişti ama bunu devam ettirecek güçleri yok gibi görünüyordu.

Bu, yeni dünyanın savaş konsepti olmaya başlamıştı. Amerikan Ordusu ile savaşan ülkeler, askerî alt ve üst yapılarını hava saldırılarına karşı koruyamıyor ve bir süre sonra klasik ordu tanımlarını kaybetmeye doğru gidiyorlardı. Yine öyle olmuştu, Türk Ordusu alt ve üst yapısını büyük oranda kaybetmekteydi ve tek yapabildiği, gerilla tipi savunma idi, henüz püskürtme aşamasına geçilmiş gibi görünmüyordu.

28 Mayıs 2007
BİLİNMEYEN BİR YER

Odanın içi sıcaktı. Sivil kıyafetli birisi, elinde ağır bir makineli tüfekle kapının önünde duruyordu. Kapıdan girince tam karşıdaki geniş kanepede Genelkurmay Başkanı Hikmet Pars, onun hemen sağında kalan sıradaki koltukta Başbakan Tayyip Erdoğan, sol tarafındaki kanepede Hava Kuvvetleri Komutanı Orhan Akyürek ve onun yanındaki sandalyede Özel Kuvvetler Komutanı Tümgeneral Selami Dikbaş oturuyordu. Hepsinin yüzünde soğuk ve karanlık bir ifade vardı. Hikmet Paşa herkesten daha enerjik görünüyordu. Amerikan Ordusu onu öldürmek için sayısız girişimde bulunmuştu ve bunlardan bazılarında hedeflerine çok yaklaşmışlardı. Hikmet Paşa bu durumu alaya alıyor ve etrafındakilere "Sizi öldürmeye değer bulmuyorlar herhalde," diye şaka yapıyordu. Odada bulunanların bir araya gelmesi gerçekten büyük başarıydı.

Kaosun gittikçe arttığı bir anda hükümetin –sadece Başbakan- ve askerî kanadın bir araya gelip istişarede bulunması önemli bir olaydı. Bu durum ülkenin geri kalanına iletilirse halkın morali üzerinde olumlu etki yaratırdı. Ancak televizyonlar bu sorumluluğu alamıyorlardı. Eğer o görüntüleri yayınlarlarsa Amerikan güçleri tarafından hemen sorgulanacaklarını düşünüyorlardı. İşgal henüz fizikî olarak tamamlanmamıştı ama insanların beyinlerinde önemli bir kısmı tamamlanmış görünüyordu. Hikmet Paşa, odaya kurdurduğu kameraya çekimin kaliteli olması için talimat verdi, toplantının bazı kısımlarında çekim yapılacaktı. Bu bölümler keyifli sohbetlerin yapılacağı kısımlar olacaktı. Halka biz buradayız ve direniyoruz mesajının çok sağlam biçimde verilmesi gerekiyordu. Kamera şimdilik beklemedeydi, öncelikle biraz gerçek durumdan bahsedilmeliydi. Toplantının ana amacı buydu zaten. Sonra sohbet kısmına geçebilirlerdi.

"Bu şimdiye kadar görülmüş bir operasyon değil," diye söze girdi Hikmet Paşa. Sesi buğuluydu. "Bazı bölümlerinde olanlar, beklenir tarzda. Mesela hava saldırıları ile askerî altyapının yok edilmeye çalışılması. İşgal için hızlı bir zırhlı birlik harekâtının yapılması."

Diğerleri başlarıyla onayladı. Bu gerçekleşenler normal sayılabilecek şeylerdi.

"Normal olmayan şeylerse, saldırının çok sınırlı bir bölgede ve çok hızlı gerçekleşmesidir. Bunun yanı sıra sivillere de saldırılıyor. Oysa işgalci güç, sivilleri karşısına almamalı. Ama bu adamlar sivillerde korku yaratma amaçlı saldırılar düzenliyorlar."

"Dünya umurlarında değil. Gönderdiğimiz belgelere rağmen ülkelerden ses çıkmıyor," diye araya karıştı Başbakan Tayyip Erdoğan.

"Bu doğal değil, dünya garip bir sessizliğe büründü. Sivil kayıplardan bahsetmiyorlar bile," diye ekledi Orhan Akyürek. Artık olmayan bir Hava Kuvvetlerinin komutanıydı ve sürekli olarak Hikmet Paşanın yanında duruyordu.

"Adamlar kasırga gibi hareket ediyorlar. Çok güçlü bir askerî gücü yakın düzende harekete geçiriyorlar. Hava gücü ile koruyorlar ve onları durdurmak imkânsız hale geliyor. Sistemin içine girip çökertiyorlar, ancak Ankara'daki kuvvetleri sarılmış durumda. Yalnız önemli bir gücü merkeze attılar ve orada tutundular. Bir an önce harekete geçip onları yok etmeliyiz." Herkes başı ile onaylıyordu Hikmet Paşayı. Analiz kabiliyeti her zaman takdir toplamıştı zaten. "Bence amaçları, rejimi çökertip iç çatışma potansiyeli taşıyan odakları harekete geçirmek ve ülkeyi parçalamak. Ülkenin çoğu yeri ile hiç ilgilenmeden doğrudan başkente geldiler. Sonraki hedefleri İstanbul olacak. Daha sonra da iç odakları harekete geçirecekler. Belki de dış odakları." Hikmet Paşanın son cümlesi herkesin tüylerini diken diken etti. Bunu gerçekten yaparlar mıydı? Bu saçma bir soruydu. Şimdiye kadar yaptıklarına bakıldığında yapamayacakları bir şey yok gibiydi. Yunanlıların, Ermenilerin ele geçirdiği kasabaları hayal ettiler. Çok canlar yanacaktı. Tüm dünya buna gözlerini kapayacaktı.

"3. Zırhlı Süvari Tümenine bağlı iki tabur, Atatürk Barajına kadar oluşturdukları bir çizgi ile o bölgeden gelebilecek girişimlere karşı hat kurmuş. Bu arada lojistik hatlarına saldırıyoruz ve bu nedenle lojistik sıkıntıları had safhada. Hatta Ankara'daki birlikleri savaşma gücünü yitirdi. Sadece dışarıda kalan kuvvetleri hareket kabiliyetine sahip. Üstelik havadan lojistik, işin ağırlıklı kısmı. Ancak İstanbul'a saldırırlarsa lojistik hattı çok uzayacak, o zaman durumları daha da zorlaşır ve belki de son darbeyi orada vurabiliriz. Tabii İstanbul'a karşı bir deniz çıkartması olmazsa. Gelen bilgilere göre Deniz Piyade birliklerini taşıyan gemiler Çanakkale Boğazına doğru harekete geçmiş durumda."

Tayyip Bey derin bir iç çekti. Hafızasında canlananları herkes paylaşıyordu. Bir başka Çanakkale vakası onlara nasip olmuştu.

"Çanakkale'de önlemler var. Pek çok tanksavar silahını kıyıdaki siperlere koyduk. Ama bilemiyorum. Bence orayı çok ağır bombardımana tutarlar."

Herkes onayladı bunu. Kıyıdaki siperler çok güvenli noktalar olmayacaktı ve sadece tanksavar ateşi ile gemilere zarar vermek zordu. Top bataryaları ise sürekli saldırı altında olduğu için fazla hareket edemiyordu.

"Efendim, İstanbul'a geldiklerinde işler değişecek." Özel Kuvvetler Komutanı Tümgeneral Selami Dikbaş ilk kez konuştu. "Ankara'nın savunulması konusundaki gayretler başarılı. Düşman, merkezde kıstırıldı ve dış hatlarla bağlantısını kaybetti..." Bir an başını havaya kaldırdı ve sessizleşti ama toparladı kendisini, "Özel Kuvvet askerlerini İstanbul'a aktardık. Ülkenin diğer şehirlerindeki Emniyetin özel timleri de İstanbul'a gönderildi. Özel Kuvvet subayları bu timlerin başına geçecekler ve İstanbul'un her noktasında savunma yapılacak."

Hikmet Paşanın gözleri doldu bir an.

"Bolu Komando Tugayını sivil otobüslerle İstanbul'a yollamak istedik ama istihbarat almışlar. Konvoy kötü bir saldırıya uğradı. Tugay Komutanımız da beraber olmak üzere yüzlerce şehidimiz oldu."

"Allah rahmet eylesin." Odadakiler bir ağızdan söylediler. Hikmet Paşa da başını salladı.

"Çoğu kurtuldu ama birlik, kendi karargâhından uzaklaştı ve dağılmış oldu. Tahminimiz, kurtulan kuvvetlerin toparlanıp bize ulaşacağı yönünde. Bu durumda onları İstanbul'u işgal etmeyi deneyecek olan Amerikan güçlerine saldırmaları için kullanacağız."

"Haberler 82. Hava İndirme Tümeninin saldırıyı gerçekleştireceğini söylüyor." Tayyip Bey bu bilgiden emin gibiydi.

"Başbakanım, bu doğru olabilir. O tümen şimdilik Hatay civarında. Ama birkaç saat içinde İstanbul yakınlarına yerleşebilecek donanımı var. Ama sırf onlar değildir. Denizden gelirler. Ve karadan da gelmeleri lazım mantık olarak. Yoksa sonuç alamazlar."

"Güneydoğu'da durum gergin." Tayyip Bey cebinden çıkarttığı bir kâğıt parçasından bir şeyler okudu. "Oralarda sadece Özel Birlikleri var. Bazı köylere operasyon düzenleyip aşiret liderleri ile görüşmüşler ve giderek, kendileri ile olumsuz konuşanların köylerini helikopterle taramışlar."

"Gözleri dönmüş."

"Hükümet ne durumda?" diye sordu Hikmet Paşa. Bu sorunun tek bir muhatabı vardı odada. Tayyip Bey cevapladı.

"İçişleri Bakanını yakalamışlar. Yerine başkasını atadım. Dışişleri Bakanımızsa..." Bunu duyunca odadakilerde gülümseme belirdi. Dışişleri Bakanı Amerika'da esir durumdaydı. En zor durumda oydu içlerinde. "Abdullah, bildiğimiz gibi. Sanırım orada kendisini ziyaret eden bir Amerikalı diplomatın burnunu kırdığı için hücre gibi bir yerde tutuyorlarmış. Bakanlarımın çoğu Ankara'daydı, 'Durum kötüye giderse direnişi memleketlerinizde örgütleyin,' dedim. Herhalde hepsi dağılmıştır. Ankara Valimiz sizlere ömür. Dayanamamış, valiliğe gelenlerden birisini vurmuş." Başlar yine öne eğildi, "Allah rahmet eylesin" mırıltıları duyuldu. "Cumhurbaşkanımız İstanbul'da, eşiyle güvende."

"Genel olarak bakıldığında..." Hikmet Paşa toplantıyı idare eder konuma geçmişti yine. "Ordumuz modern alt ve üst yapılarını kaybetti. Zaten modernitenin reklamını bu yüzden yapıyor pislikler, moderni tanıdıkları için alt etmek de kolaylaşıyor. Artık karada her yerde savunma yapmak ve o adamları bezdirmek zorundayız. Bir daha ne zaman görüşürüz bilmiyorum. Ama ben İstanbul'a gideceğim. O şehir de Ankara gibi düşerse, ülkenin geri kalanı moralini tamamen yitirir. İzmir'e teslim olun mesajları gidiyormuş. Bazı semtlere şu büyük bombalardan atıp etrafı enkaza çevirmişler -Slayer bombaları Türkler tarafından çok iyi tanınmıştı artık- İzmir'e ilk çıkartma harekâtını yapabilirler. Çok kötü bir noktada. Havadan, karadan, her yerden savunmasız görünüyor. Dediğim gibi İstanbul düşerse, bilin ki ben de ölmüşümdür. O zaman iş size kalıyor. Bu vatanı yem ettirmeyin bunlara."

Hikmet Paşanın yüzünde beliren ışık hepsine güç verdi. Yüzündeki kararlılık hepsine yayılmıştı birden.

"Beni de ölmüş kabul edin," diye ekledi Özel Kuvvet Komutanı Selami Dikbaş. "Ben de İstanbul'da olacağım ve benim olduğum yer herhalde en kanlı çatışmalara sahne olacak. Askerlerim beni bekliyor."

Tayyip Beyin dilinin ucuna gelenler boğazına takıldı. "Ben de... İstanbul civarındayım. Bunları burada rahat bırakmak yok. Ankara çevresindeki birliklerin komutasında sorun yok. Bence Ankara civarı uzun süre sessiz kalacak. Yavaş ve sessiz bir şekilde Ankara'da karşı saldırı için birlikleri toplayacağım."

"Bu çok iyi olur," diye katıldı Hikmet Paşa. "Çok şey yaşadınız. Siz de artık bir asker sayılırsınız."

Hikmet Pars sert bir hareketle kameramana işaret verdi. Şimdi yüzleri değişmişti bir anda. Çaylar geldi, sohbet başka konulara sıçradı. Halkın nasıl da sert direndiğinden ve Amerikalı askerleri bezdirdiğinden söz etmeye başladılar. Bu kasetin nasıl yayınlanacağı konusunu Selami Dikbaş çözmüştü. Haber saatinde bir TV kanalına gidecek ve silah zoruyla kaseti yayınlattıracaktı. Eğer Amerikalılar gelir de TV yöneticisini sorgularsa bu, onun sorunu olacaktı.

Toplantıda ABD'ye karşı vurulacak darbeler konuşuluyordu ama esaslı haber çok uzaklardan gelmek üzereydi!

28 Mayıs 2007 – Saat: 15.23
NEW YORK - WASHINGTON

Gökhan New York'ta küçük bir motel odasında birkaç saat uyuyarak iki gündür sürekli yolda olmanın yorgunluğunu atmış, telefonla kahvaltı siparişi vermişti. Washington'da bombayı kurduktan sonra hemen New York'a geçmişti. Bazı güvenlik noktalarını şans eseri fark edip yan yollara dalmıştı.

Televizyon sürekli açıktı, kanalları dolaştı ama yolladığı kasetlerin yayınlandığını görmedi. "Ya ciddiye almadılar ya da büyük bir sansür mekanizması çalıştı. Neyse, Washington patlayınca ses çıkar onlardan," diye düşündü.

Saate baktı. "Şimdi," dedi. Binlerce masum insan ölecekti ama televizyonda Türkiye'de halkına yapılanları görüyordu. En ufak vicdan azabı duymadı.

Gökhan banyoya girerken, kendisinin 27 Ocak'ta Türkiye'ye döndüğünde havaalanında çekilmiş resmi televizyonda gösteriliyordu. Cengiz veya adamları çekmiş olmalıydı fotoğrafı ve CIA elde etmişti. "Bu adam"ın yakalanmasına yardım edecek kişiye yirmi milyon dolar verilecekti. Resepsiyonda elinde kürdan, iki dişinin arasına sıkışmış et parçasını çıkarmaya çalışan sivilceli gencin gözleri faltaşı gibi açıldı. Bu sabah kaydını yaptığı adamdı bu. Emindi. Hemen verilen numarayı aradı.

Susan Sandon için sıradan bir gündü. Potamac Nehrini gören evinde oturmuş, o gün işe gitmemiş olmanın keyfini çıkarıyordu.

Televizyon kanallarında dolaşmayı bırakmıştı. Her yerde savaşla ilgili görüntüler vardı. Sıkılmıştı onları seyretmekten, iki çocuğu okuldan çıkmak üzere olmalıydı. Gelince onlarla ilgilenecekti. Büyünce asker olmalarını istemediğini düşündü, bu ona fazla gelirdi. İki çocuğuna da gözü gibi bakıyordu, sonra bir gün ellerinde silahlarla kafa kesen o korkunç insanlarla yüz yüze gelme ihtimallerini düşündükçe tüyleri diken diken oluyordu. O insanların da televizyonlarda anlatıldığı gibi olmadığına inandırmak istiyordu kendisini ama televizyon o kadar ikna ediciydi ki, en azından uzak durmalıydı o dünyalardan. Gerçi Washington da çok güvenli sayılmazdı ama en azından çocukları ile beraberdi, onları koruyabilirdi. Kocası Jimmy'den ayrıldığından beri onlara babalık etmek zorunda da kalmıştı. Çocukları onun her şeyiydi, resimlerine baktı ve iç geçirdi.

Dışarıda fren yapan bir otobüs sesi duydu, bunlar Mickey ve Danny olmalıydı; çocukları... Aynı okulda oldukları için beraber dönüyorlardı. Koşarak kapıya ilerlerdi. Kapıyı açtığında çocukları sarı okul servisinden inmişlerdi ve ona doğru koşuyorlardı. Yüzüne derin bir gülümseme yayıldı Susan'ın, o da onlara doğru birkaç adım attı.

O an farklı bir andı, Susan bunu asla anlayamadı. Eğer yaşadığı anı hatırlayabilseydi son hatırladığı şey, gözlerini kör eden yoğun ışık ve derisini, vücudundan bir çarşafı çeker gibi alan ısı dalgası olurdu. Evin birkaç kilometre yakınlarındaki patlamanın yaydığı ısı ve ışık dalgası neredeyse ışık hızına yakın bir süratle on kilometre çapında bir alana etki etmişti. Bu ilk patlama anında bölge içindeki metaller ve insanlar buharlaşmıştı. Susan da evlerinin hemen yanındaki betonun üzerinde iz bırakarak buhar haline gelmişti. Sanki fotoğrafı çekilmişti ve o betonarme de o fotoğrafın negatifi gibiydi.

Gökhan'ın yerleştirdiği yirmi beş kilotonluk bomba Hiroşima'ya atılan bombanın iki katı gücündeydi. Bu nedenle küçük olarak değerlendirilebilirdi. İlk patlama ile beraber hiçbir ses duymadan yok olan insanlar şanslıydı doğrusu.

Patlamanın ardından meydana gelen, o bütün insanlığın zihnine kazınmış olan mantar bulutu görüntüsü oluşmaya başladığında ışık etkisini yitirmeye başlamıştı. Beş kilometrelik yarıçapın dışında kalan insanlarınsa çoğu bu termal radyasyonun etkisiyle kör olmuş, ikinci derecede yanıklar nedeniyle acı içinde hareketsiz kalmışlardı. Pek çok insan patlamanın etkisiyle aklî dengesini yitirmiş, oradan oraya koşuşturup duruyordu. Evlerin tamamı büyük bir yıkıma uğramıştı. Sokaklarda çocuklarına sarılmış kadınlar ne yapacaklarını bilemez bir halde, karanlık bir dünyada koşturuyorlardı. Patlamanın dışa doğru yaptığı basınç nedeniyle saatte iki yüz kilometreyi bulan yakıcı rüzgârlar oluşmuştu, bu rüzgârların ters yönde çekimine kapılan hava da içeri doğru çekim yapıyor ve mantar bulutu ile birlikte yukarı doğru savurucu etkide bulunuyordu. Güçlü ters rüzgârların etkisiyle Washington kentine tam anlamıyla kaos gelmişti, bütün yapılar kökünden sökülüp ateş fırtınalarının ve radyasyon rüzgârlarının içinde ölüme bürünüyordu.

Mantarın yüksekliği on dört kilometreyi bulmuştu, artık ışık yaymıyordu ama hâlâ sıcak dev bir mantardı. Gökyüzüne çektiği şehrin kırıntıları gökten siyah bir yağmur olarak yağmaya başlamıştı, rüzgârın hızı kırk kilometreye kadar düşmüştü artık, radyoaktif etki şimdi yirmi kilometreye ulaşmıştı. Washington'ın en merkezî bölgesi ve statü sembolleri yok olmuştu; FBI Binası, Beyaz Saray, CIA Direktörlüğü, Savunma Bakanlığı, her şey yok olmuştu.

İlk beş kilometrelik alanın içinde kalanlar yoğun radyoaktivite nedeniyle uzun süre yaklaşılamayacak durumdaydılar. Sağ kalabilenler de yakın zaman içinde hızlı bir biçimde öleceklerdi. İlk halkanın dışında kalan bölgedekiler tıbbî yardım alabilir ya da gömülebilirdi ama bunların arasında da ölüm oranı normalin çok çok üstünde olacaktı.

Mantar bulutu en üst seviyesine ulaştığında rüzgârlar nedeniyle dağılmaya başlamıştı, tamamen karanlık bir hal almıştı ve ısısı yok olmak üzereydi. Radyoaktif serpinti nedeniyle havayı soluyan herkes kanser olacaktı. Daha önce de Amerikan toprakları üzerinde nükleer patlama olmuştu ama bu, siyasî etki yaratacak ilk patlamaydı.

28 Mayıs 2007 – Saat: 15.50
FLORIDA CENTCOM

Patlama tüm dünyada tam bir şok yaratmıştı. Dünyanın süper gücü ABD'nin iki yüz küsur yıllık başkenti bir mantar bulutunun altında yok olmuştu. Beyaz Saray'dan bir moloz yığını kalmıştı geriye.

Başkan haberi, masaj yapılırken almıştı. Jack Argosian içeri dalmış ve "Patlattı! Bombayı Washington'da patlattı!" diye çığlıklar atarak haber vermişti.

Bundan sonraki yarım saati herkes panik ve şaşkınlık içinde geçirmişti. Radyasyonun hâlâ güçlü olduğu bölgelerde yüksek irtifada uçan uçaklardan ve uydulardan görüntü alınıyordu. Askerî kuvvetler hemen bir yasak bölge oluşturmuştu. Kalın zırhlı araçlarla bölgeden yaralılar toplanıyordu. Eski başkentin olduğu yerde uzun yıllar yaşanılamayacaktı.

Başkan, "Bunun intikamını alacağız, Türklerin hepsini öldüreceğiz!" diye bağırıyordu. Robert Müller, "Bunun onları korkutacağını sanmam Başkanım, zaten bunu yapıyorsunuz," dedi.

Bu çılgın adamın durdurulması lazımdı artık ama senatörlerin çoğu öldüğü için olağanüstü yönetim ilan edilmişti.

Başkan canlı yayına çıkarak insanları yatıştıracak bir konuşma yapacaktı. Tüm dünya ekran başına geçip bu konuşmayı dinleyecekti.

Robert Müller'in cebi çaldı. Gelen, günün en iyi haberiydi. Prompter'dan, hazırlanmış yazıyı çalışan Başkanın yanına gelip kulağına fısıldadı. "Adamımızın yeri tespit edilmiş. New York'ta bir motelde... Birazdan baskın yapılacak."

Başkan, iki elini kaldırıp yumruklarını havaya salladı. "İşte bu! İşte bu!" Sonra birden döndü ve, "O zaman konuşmayı erteleyelim," dedi. "Yakalandığı haberini de vereyim!" Robert Müller'in şaşkın bakışları altında ayağa kalkıp yakasını tuttu. "Daha iyisi, baskını benim konuşmam sırasında canlı verelim. Bu, ABD'nin gücünü gösterir."

Hemen emirler yağdırmaya başladı. FBI Başkanı baskın için motelin dışında bekleyen time telefonla durumu iletti. Bu canlı yayın hazırlıkları baskını yarım saat kadar geciktirecekti.

28 Mayıs 2007 – Saat: 16.10
NEW YORK

Gökhan'ın silahındaki kurşunlar, dışarıda baskın için bekleyenlerinkinden elbette daha azdı. Gökhan buradan kurtulma şansının az olduğunun bilincindeydi.

Ekrana sık sık yansıtılan yüzünü Washington'dan gelen dehşet görüntülerinin arasında görmüş ve dışarıyı kontrol ettiğinde çoktan sarılmış olduğunu anlamıştı. Bekliyorlardı.

Eğer yakalanırsa felaket olurdu. Hem ülkesini, halkını kurtaramamış, hem de ABD'nin eline Türkler aleyhine bir propaganda imkânı vermiş olacaktı. Medya, ABD'nin Türkiye'ye haksız saldırısını tamamen unutturacak, terörist bir halkın cezalandırılması olarak sunacaktı yapılanları. İnsanlar bir süre sonra olayların sıralamasını bile medyanın verdiği gibi hatırlayabilirdi...

Yani önce Türkler ABD'de insanlık suçu işleyip nükleer bir terör yaptılar, ABD daha sonra Türkiye'ye saldırdı... Şimdiden bu tür yorumlar duyuluyordu. Güya ABD böyle bir terörün istihbaratını almış, yapılmadan engellemek için Türkiye gibi bir nükleer terör devletinin yarattığı tehlikelerden dünyayı korumaya kalkmıştı.

Buradan kaçmalı veya kurşunlardan birini kendine sıkmalıydı. Birden küçük bir ihtimal de olsa bir şansı olduğunu düşündü.

Hemen resepsiyonu arayıp Randy adlı delikanlıya, acil olarak bir şişe viski getirirse kendisine yüz dolar vereceğini söyledi.

Dışarıda canlı yayın hazırlıkları yapılırken Başkanın konuşmasının jeneriği giriyordu. Başkanın manasız suratı ekranı doldururken kapı çalındı.

Gökhan, Randy'ye kapıyı açtı. "Masaya bırak delikanlı," dedi. Randy şişeyi masaya bırakırken, cüzdanından parayı çıkarır gibi bekletiyordu. Delikanlının arkasına geçti. Randy, kollarını kavuşturmuş, Başkanın konuşmasını dinler gibi gözüküyordu. Gergin olduğu belliydi. Sivilceli suratını siperlikli ucuz bir şapkayla gölgeliyordu.

Tam bu anda Gökhan, silahı kabzasını aniden Randy'nin kafasına arkadan sertçe indirdi. Acele etmeliydi. Delikanlının ekose gömleğini, çizgili pantolonunu hızla çıkarıp giydi, şansına boyları tutuyordu. Şapkayı da kafasına geçirip iyice öne eğdi. Bir ruj parçasıyla, sivilcelerin kırmızılığını yaptı. Yakından bakılınca makyajı hemen fark edilirdi ama dışarıdakilerin şu anda heyecanlı olacağını düşündü. Kucağına dolapta bulduğu bir koliyi alıp içine ikinci bombanın olduğu sırt çantasını ve silahını koydu.

Kapıyı açtığında Randy'nin konuşmasını taklit ederek, "Tamam efendim, çöpü atarım ben," diye bağırdı.

Koridorun ucunda operasyon için hazırlanmış timler hızla gelmesi için işaret ediyorlardı. Değişikliği anlamamışlardı.

Operasyon şefi, "Hadi çabuk ol, canlı yayına geçecekler. Geç arkaya, başlıyoruz," diye itti onu.

Adamlar sürünerek kapıya doğru ilerlemeye başladılar. Gökhan bir kadının yanında duruyordu. Boyalı saçlı, sakız çiğneyen yaşlı bir kadın.

Kadın bir an ona dönüp, "Randy, paranı ne zaman..." diye konuşmaya başladı ama derhal gözleri açıldı, "Hey sen...!"

Bir anda bütün başlar Gökhan'a doğru döndü. Koridorda ilerleyenler daha ne olduğunun farkında değildiler ve susun işareti yapıyorlardı.

Gökhan kutudan silahını çıkarıp o dar koridorda ölüm kusmaya başladı. Çelik yeleklerin dışında kalan yerlere ateş ediyordu; boyunlara veya bellere. Kurşunu bittiğinde otomatik tüfeklerden birini kaptı.

Neredeyse tüm dünya, Gökhan'ın yarattığı dehşeti kameralardan izliyordu. Baskın için hazırlanan tim, kurban olmuştu. Öyle bir şaşkınlık vardı ki yayını kesmek kimsenin aklına gelmedi. Ekranın altındaki küçük bir pencerede Başkanın ağzı açık hali görülüyordu.

Koridorda sürünen adamlar artık hedef gözetmeden Gökhan'ı öldürmek için ateşe başlamıştı. Gökhan'ın arkasında kalan kendi arkadaşlarından biri kevgire döndü.

Burada daha fazla kalamazdı. Koridorun ucundaki pencere dikkatini çekti. Yerdeki, bombanın olduğu kutuya baktı, almasının imkânı yoktu. Üçüncü kattaydı ama atlamaya karar verdi. Koştu. Camı kırıp atlarken, bacağındaki acıyı hissetti. Vurulmuştu.

Gözlerini bir an yumdu. Açtığında gerilmiş telleri fark etti. Üç sıra gerilmiş tele çarpıp koparttı. Teller, Gökhan'ın düşüşünü biraz yavaşlatmıştı. Tam yere çarptığı anda tüm direnci ellerine verip yuvarlanmak için kendini itti. Düşmeyi bilmek önemliydi.

Ölmemişti ama sol kolu kırılmıştı ve ayağından vurulmuştu. Kendini bayılacak gibi hissetti ama koluna vurarak büyük bir acının bedenini kaplamasına izin verdi. Bu onu ayık tutardı.

Kırık pencereden ateş etmeye başlamışlardı, telsizle konuşuyorlardı. Yüzlerce insan birazdan peşine düşecekti. Köşeyi dönüp topallayarak kaçmaya başladı.

Bir an önce saklanacak bir yer bulmalıydı. Durumu hiç iyi değildi.

29 Mayıs 2.007 – Saat: 09.23
ANKARA

Şehrin merkezinde kuyruklar vardı. İnsanlar ihtiyaçlarını gidermek için belli noktalara gitmek zorundaydı. Bir gün önce televizyon ve radyo yayınları aniden kesilmişti. Gıda dağıtım noktaları kuran Amerikan askerleri bu noktalardan halka yiyecek dağıtıyordu. Ankara'nın merkezinde sıkışmış olmalarına rağmen geniş bir alan onların denetimindeydi. Amerikan Ordusu dar bir alanda çok yoğun biçimde bulunuyordu ve sivil kayıpları umursamadan ateş ediyordu. Kalıcı gibi değillerdi. Ankara'da olmalarına rağmen sanki her an gidecek gibiydiler. Tabii, eğer yardım zamanında gelebilirse.

Operasyon başladığı gibi garip bir biçimde devam ediyordu. 1. Zırhlı Tümenin bazı kuvvetleri Ankara'nın merkezindeydi. 4. Mekanize Piyade Tümeni ise hareketlenmiş ve İstanbul'a doğru harekete geçmişti. 101. Hava İndirme'nin saldırı helikopteri tugayı da 4. Mekanize'ye eşlik ediyordu, Ankara'da sarılan gücü kurtarmak gibi bir niyetleri yoktu. Kendilerini savunmak zorundaydılar. Eğer Ankara'ya gömülürlerse hezimete uğrayabilirlerdi.

İbre gitgide daha hızlı biçimde İstanbul'a dönüyordu, gerilim büyük hızla artıyordu. Türkiye toprakları büyük bir oyun sahası gibiydi. Düşman birlikleri bütün klasik saldırı biçimleri dışında hareket ediyor ve beklenmeyen noktalara saldırılar düzenleyerek halkın düzene olan güvenini en alt düzeye indirmeye çalışıyordu. Amerikan Özel Kuvvetler Komutanlığı'na bağlı (SOCOM) birlikler ve timler Güneydoğu'da pek çok nokta baskını yapıyor, halkla görüşüyor ve onları yanlarına çekmeye uğraşıyordu. Bu konuda ne kadar ilerleme sağladıkları tamamen belirsizdi. Ergenekon adlı gizli teşkilatlanma sert ve ani tedbirlerle düzeni sağlıyordu hep. Amerikan Ordusunun kasırga taktiği ile yürüttüğü savaşın sonuçlanması bekleniyordu. Operasyonun can alıcı kodu İstanbul'du. İstanbul düştüğü anda düğmeye basılacak ve ikinci operasyon başlayacaktı: Operation: Sevr!

Barkın evine dönmüş, gelişmeleri bekliyordu, karısıyla hayatlarını sürdürmeye çalışıyorlardı. Karısı Hale'yi yalnız bırakamıyordu. Yemek almak için dağıtım merkezine gittiklerinde bile beraberdiler. Bazen eve dahi gelmeden yolda oturup yiyorlardı. Barkın sokaklarda yürürken bütün kanının başında toplandığını hissedebiliyordu. Civarda ne kadar da çok Amerikan askeri vardı. Etrafı çok hor kullanıyorlardı. Yol kenarları tuvaletti sanki. Şehirdeki hastanelerin bazıları kapatılmıştı. Sadece birkaç hastane açıktı ve onun dışında acil vakalara Amerikan Ordusunun kurduğu birkaç merkezde bakılıyordu. Ankara'da hemen hemen hiç ses duyulmuyordu. 1. Süvari Tümeninin askerleri çok şaşkındı ve merkezde kıstırılmışlardı. Şiddetli bir direniş olması gerekirken herkes bir anda ortadan kaybolmuş gibiydi. Bunun nedeni açıktı, Türkiye Cumhuriyeti beklemediği bir saldırı ile karşı karşıyaydı. Şu an Ankara'nın merkezinin kontrol dışında olmasının da bir önemi yoktu. Amaç, İstanbul'a giden kuvveti durdurmak ve bir an önce düşmanı tamamen yenilgiye uğratmaktı.

Barkın oflayarak kalktı ve pencerenin yanına gitti. Sitenin önünde bir Bradley savaş aracı duruyordu. Askerler bir çifti aramak istiyordu ama adam buna karşı çıkıyordu. Karısı da askerleri iteleyerek ellerinden kurtulmaya çabalıyordu. Barkın kötü bir şeyler olacağını sezdi. Ne yapacağını düşündü. Karısı uyuduğu için rahatlıkla dışarı çıkabilirdi. Hemen kapıya gitti ve karısını uyandırmamaya çalışarak sessizce kapıyı açtı. Merdivenlerden hızla indi. Apartmanın kapısında belirdiğinde askerlerin, adamı dipçik darbeleri ile yere yıktığını gördü. Kan beynine fırladı, bacaklarındaki bütün gücün uçup gittiğini hissetti. Kendine hakim olamadı ve ileri sıçradı. Askerler önlerindeki adama vurmakla o kadar meşguldü ki, Barkın'ın yanlarına yaklaştığını fark edemediler. Barkın hızla aralarına dalarak askerleri bir kenara itti ve adamı aralarından aldı. Az önce eğlenen askerler gitmiş, onların yerine tedirgin olmuş ve tüfeklerini Barkın'a doğrultmuş olanlar gelmişti. Herkes donmuştu. Dayak yiyen adam ve karısı birbirlerine sarılmıştı, yüzleri kan içindeydi. Barkın kafasına doğrultulmuş silahları görünce kendisine geldi. Ellerini iki yana açarak askerlere sakin olmalarını işaret etti ama sakinleşecek gibi görünmüyorlardı. Sürekli olarak bağırıyorlar ve Barkın'a yere yatmasını söylüyorlardı. Genç askerler kendilerini kaybetmiş gibiydi. Etrafta subayları da yoktu. Tam o anda üst katlardan bir kadın çığlığı duyuldu. Herkes yukarı kaldırdı başını. Pencereden kafasını uzatmış, çığlık atan, yüzü korkudan bembeyaz olmuş bir kadının başını gördüler, Hale'ydi gördükleri. Barkın onu görünce kendini kaybetme aşamasına geldi. Sinirleri kontrolden çıkmış gibiydi. Amerikalı askerler kadına susmasını ve içeri girmesini söylüyorlardı ama o bunu anlayacak durumda değildi. Askerlerin dikkati, artan biçimde kadının üstüne yoğunlaşmaktaydı.

"Hale, lütfen gir içeri!" diye bağırdı Barkın. Kadın kendini kaybetmiş bir halde ağlayarak ona eve gelmesini söylüyordu. Askerler silahlarını Hale'ye yöneltip içeri girmesini emretmeye başladılar, nişan almışlardı üstelik.

Silahlardan biri ateş aldı ve ses herkesin kulağını sağır etti bir anlığına. Mermi, pencerenin hemen altına çarpıp sekmişti ve çarptığı yerde toz bulutu kalktı. Kadın sustu ama içten içe hıçkırarak ağlamaya devam ediyordu. Barkın önce karısına, sonra da askerlere baktı ve koşarak binanın içine girdi. Arkasından yükselen bağırtıları duyabiliyordu, her an ona ateş edebilirlerdi ama bu umurunda değildi artık. Nasıl olduysa beklediği silah sesini duymadı ve apartmanın içine dalıp merdivenlerden koşarak dairesine çıkmaya başladı. En az beklediği silah sesi kadar kötü bir ses kulaklarında yankılanmaya başlamıştı. Merdivenlerde postal seslerini duyabiliyordu, duvarlara çarparak ona ulaşıyorlardı. Birden çoklardı, peşinden geliyordu askerler.

Kendi katına gelince hızla içeri daldı ve kapıyı arkasından kilitledi. Mantıklı davranmadığının farkındaydı ama ne yapacağını bilemiyordu. Çok geçmeden kapı yumruklanmaya ve tekmelenmeye başladı. Kapının darbelere dayanma şansı yoktu, birkaç sert vuruştan sonra kulakları tırmalayan bir sesle kırıldı ve içeriye doluşan askerlerin birbirine karışan sesleri duyuldu hemen ardından. Barkın, karısı Hale'yi salona soktu ve kapıyı arkalarından kapattı. Salonun kapısında askerlerin gölgelerini görmesi ile yarısı cam olan kapının camlarının aşağı inmesi bir oldu. Kapının cam kısmındaki boşlukta askerleri görebiliyorlardı. Suratları öfke ile çarpılmıştı. Üç beyaz yüzlü sarışın ve bir de siyahî asker vardı. Barkın ne yapacağını bilemiyordu. Kendisine gelmişti doğrusu. İşgal edilen bir şehirde yaşadığının farkına varıyordu her geçen saniye. Askerler kilidi kırıp içeri girdiler, gözlerinden ateş saçılıyordu, hiç şakaları olmadığını anladı o an.

"Lütfen, lütfen sakin olun!" diye bağırdı. Sesi titriyordu, boğazı kurumuştu ve korkudan dizlerinin bağı çözülmek üzereydi. Amerikalı askerler de ona bağırıyordu. Ne dediklerini çok iyi anlayabiliyordu.

"Yat yere, geri zekalı seni. Neden işimize karıştın?"

"Gebereceksin pis Türk! Öleceksiniz! Bunlar Washington'ı yok ettiler, hepsini öldürmeli!"

Barkın içinde bulunduğu şoka rağmen cümleyi duymuştu, "Washington'ı yok mu ettiler?!" diye düşündü. Bu nedenle mi televizyon yayını kesilmişti? Bir an sevindi ama şu anda kendini ve Hale'yi düşünmeliydi.

Barkın kollarını iki yana açarak Hale'nin önüne geçti. Kadın şoka girmişti. Sesi soluğu tamamen kesilmişti. Askerlere bakarken sanki hiçbir şey görmüyormuş gibiydi. Zenci asker silahını doğrulttu ve Barkın'a yere yatmasını söyledi bir kez daha, eliyle de kadına kendisine gelmesini işaret etti. Barkın şaşırdı, hiçbir şey anlamamıştı. Bakışlarıyla bunu belli etti ama askerlerin tahammülü kalmamıştı. Siyah asker, tüfeği aşağı doğrultup tetiğe bastı, Barkın'ın boğuk sesi yankılandı sonrasında ve genç adam yere yuvarlandı.

Hale hiç tepki vermeden yerde yatan kocasına baktı, onun acı dolu yüzüne ve gözlerinin içine, sonra askerlere. Yüzlerinde pis bir sırıtış vardı. Zenci asker ona eliyle gelmesini işaret etti. Hale ürkek adımlarla denileni yaptı. Barkın yerden doğrulmak istedi ama askerlerden biri suratına olanca gücüyle bir tekme savurdu. Burnundan kanlar boşanarak tekrar yüzükoyun yere yuvarlandı. Zenci asker Hale'yi kolundan tutup içeriye götürmek istedi, kadın önce karşı koydu ama kendine doğru gösterilen silahı görünce karşı çıkmayı bıraktı. Barkın'ın ağzından belli belirsiz bir "Hayır" kelimesi çıktı ama kimse buna dikkat etmedi. Askerlerin hepsi odayı terk ettiler, Barkın onların nereye gittiğini bilmiyordu ama içinde kötü bir his oluşmuştu. Sürünerek içeriye gitti. Bacağı kötü kanıyordu. Sürünürken geçtiği yerler kan içinde kalmıştı. Yatak odasından seslerin geldiğini fark etti. Kalbi deli gibi çarpmaya başlamıştı, bütün gücünü harcayarak yatak odasının kapısına geldi ve gördükleri nedeniyle dilini ısırdı. Bağırmak istemişti ama beyninin verdiği tepki o kadar şiddetli olmuştu ki, dengesizce ağzını açmış ve dilini sert şekilde ısırmıştı.

Dört asker de yarı bellerine kadar çıplak halde yatağın etrafında ayakta duruyordu. Silahlarını duvara yaslamışlardı ve hiçbir şey umurlarında değil gibiydi. Zenci asker Hale'yi yatağın üzerine yatırıp diğerlerinin gözü önünde tecavüz ediyordu. Barkın'ın şoka uğramış sesini duyunca hepsi dönüp baktı. Barkın karısı ile göz göze geldi bir an. Hale derin bir şokta olmalıydı, bakışları donuk ve ıslaktı. Barkın ve Hale arasında bir boşluk açılmış gibiydi. İkisi de hiçbir ses duymuyordu, sadece bakışları ile cehennemi yaşıyorlardı.

Askerlerden birisi Barkın'ın başına geldi. "Karını bu halde görmek hoşuna mı gitti ha, seni adi piç! Hepinize aynısını yapacağız, sizleri öldüreceğiz!" diye bağırdı. Ağzından tükürükler saçıyordu. Barkın ayağa kalkmaya çalıştı. Yarı beline kadar çıplak olan asker duvarın kenarına gidip silahını aldı, diğerlerinin ne olduğu umurunda değildi. Şimdi de beyaz askerlerden birisi Hale'ye tecavüz etmeye başlamıştı. Kadının gücü gittikçe tükeniyordu, bayılmak üzereydi, Barkın kendisine doğrultulan silaha baktı. Silah bir kez daha patladı, bu sefer karnından girmişti mermi. Küçük metal parçasının korkunç hızla çarpması ile oluşan şiddet dalgası bütün bedenine yayıldı. Karnında açılan delikten sıcak bir sıvının yere boşaldığını hissedebiliyordu. İlk önce acı duymadı ama sonra bütün bedeni büyük bir acıyla kasıldı, gözleri kararıyordu. Kulaklarında beliren uğultuya askerlerin kahkahaları karışmıştı, bir de karısının zayıflayan acı dolu hıçkırıkları...

Ne kadar geçtiğini tahmin edemezdi. Gözlerini yavaş yavaş açtığında her yer karanlıktı. Karnında sıcak bir nokta ve sertlik vardı. Yattığı yerde küçük bir kan gölü oluşmuştu. Güçlükle uzanıp ışığı yaktı. Yatak odası darmadağın olmuştu. Yatağın üzerinde yatan karısını gördü. Çırılçıplak bedeni garip bir biçimde çarpılmış halde hareketsizdi. Sürünerek yatağın yanına geldi ve üzerine tırmandı. Hale'nin yüzünde ve vücudunda morluklar oluşmuştu. Nabzını kontrol etti, bir şey hissedemiyordu, kalbini dinledi. Yoktu, hiçbir hayat belirtisi alamıyordu. Aklı bunu kabul edemiyordu bir türlü, Hale'yi sarsmaya başladı ama nafileydi bütün çabalar. Karısının cesedi üzerine kapanıp ağlamaya başladı. Çok kan kaybetmişti. Ölüyordu. Hale'ye kavuşacağını, yine beraber olacaklarını düşündü.

29 Mayıs 2007 – Saat: 10.55
KREMLİN / MOSKOVA

Putin çalışma odasında Başkanın konuşmasını ve yapılmakta olan baskının nasıl bir rezalete dönüştüğünün kaydını bir daha izliyordu. Her seferinde Amerikalıların içine düştüğü bu durum yüzünden içinden yükselen bir kahkahayı tutamıyordu. "Aptal Amerikalılar!"

Türk çetin ceviz çıkmıştı. Hâlâ ellerine geçirememişlerdi ama son görüntülerde bacağından vurulmuş olduğunu, kırık kolunun sallandığını belirterek yakalanmasa bile kan kaybından öleceğini söylüyordu doktorlar.

Kapı vuruldu. Putin, "Gir!" diye bağırdı. Özel sekreteri Vladimir, "Profesör Jarko geldi efendim," dedi ve beyaz sakallı adama yol açtı.

Putin ayağa kalkıp Profesöre koltuğa kadar eşlik etti, karşısına oturdu. "Raporda belirtilenleri incelediniz mi sayın Jarko?" dedi.

Jarko eliyle krem rengi kapaklı dosyaya vurdu. "Tabii efendim, iki gündür çağırmanızı bekliyorum."

Putin Türklerden gelen iddialar üzerine ne yapacağını düşünüyordu bir süredir. Bilimsel veriler mutlaktı ama politika ve uluslararası ilişkiler teke tek satranca benzemezdi. Bu oyunda çok oyuncu vardı.

"Ne diyorsunuz?"

"Yeni bir şey söylemiyor efendim bunlar. Bor hakkında yazılanlar zaten biliniyor. Amerikalılar ve bizim bilim adamlarımız borla çalışan santraller üzerine incelemelerde bulunuyorlar..."

Putin elini salladı, "Bilimsel verileri geçin... Sonuca gelin lütfen!" dedi sabırsızca.

Jarko gülümsedi, "Ben bir bilim adamıyım ama benden ülkemizin geleceği ile ilgili bir sonuç istiyorsanız Türklerin haklı olduğunu söyleyebilirim. Bu savaş Bor için yapılmıştır ve Amerikalılar bu kaynağı ele geçirirlerse dünyanın geleceğini onlar belirler."

Putin ayağa kalkıp odanın içinde gezindi. Profesörü unutmuş gibiydi. Birkaç dakika sonra masasının yanına gelip zile bastı. Vladimir içeri girdi. Putin, "Profesörü yolcu edin ve bana Pekin, Berlin ve Paris'i bağlayın," dedi. Profesör giderken dosyayı masanın üzerine bırakmıştı. Parmağıyla üzerinde bir ritim tutturdu.

Şu anda yapılması gereken, Türklerin tarafını tutmak gibi gözüküyordu. Ama Fransa, Almanya ve Çin'in tam desteğini almalı ve birlikte hareket etmeliydiler. Eğer ABD'yi Türkiye'den çıkaracak baskıyı oluştururlarsa bu her şeyi değiştirirdi. Tabii Bor'un işletimi için özel bir konsorsiyum kurulmalı ve Rusya iyi bir yüzde almalıydı. Bu isteğine karşı, Başbakan Tayyip Erdoğan'ın hayır diyebileceğini sanmıyordu.

29 Mayıs 2007 - Saat: 11.02
OFFUT, NEBRASKA
ABD STRATEJİK KOMUTA KARARGÂHI

Washington'da patlayan bomba Türkiye'deki savaşın stratejisini belirleyen karargâhı elbette etkilemişti ama şimdi işlerini sürdürmek zorundaydılar.

"3. Zırhlı Süvari Alayı ne durumda?" diye sordu biri.

"Atatürk Barajı çevresinde önlemleri aldı ve kendisine gönderilen ek kuvvet yardımıyla Keban Barajını ele geçirdi. İki baraj da kontrolümüz altında şu anda. Daha fazla ileri gitmeye gerek yok. Bu iki baraj nedeniyle elektrik üretiminin büyük bölümü bizim elimizde. Her ikisi de çalışıyor."

"Türk Ordusu hareket yeteneğini kaybetmiş gibi görünmüyor. Hâlâ çok sert direniş var. Bunu tahmin etmiyordum ben. Sinirlerim geriliyor doğrusu."

"Aslında ellerinde hâlâ önemli miktarda zırhlı ve tank var. Bir kısım helikopterin de saklanmış olduğunu varsayabiliriz. Ancak beyler, şunu söyleyebiliriz ki, Türk Ordusu gerçekten kötü yakalandı."

"Evet, kötü yakalandılar. Hava saldırısı başladıktan sonra bir ordunun manevra yapması intihar olur. Birkaç denemeleri oldu ama..."

"Evet, Bolu Dağ Komando Tugayı..."

"Aslında fikir iyiydi. İstanbul konusunda ciddi olduklarını gösterir bu. Tugayın tamamı sivil otobüslerle İstanbul'a yola çıktı ama yolda bizim F-15E'lere yakalandılar."

"Kötü bir son."

"Öyle. Ancak pek çoğu kurtuldu ve şu anda ne yaptıklarını bilmiyoruz. Yakında 4. Mekanize Piyade Tümeni ile karşılaşırlar herhalde. Umarım cesurdurlar ki bizle temasa geçebilsinler."

"Sırada ne var?"

"İstanbul."

"Evet, gerçek kutsal şehir. Beş yüz küsur yıllık bir istila son bulmalı artık."

"Ankara'dan daha zor olacak."

"Bence de. Yoğun biçimde oraya silahlı güç yığılıyor. II. Dünya Savaşı'nda Ankara'yı savunmayı düşünmemişti Türkler. Şimdi tehdidin yönü değiştiği için İstanbul'u savunmayı düşünüyorlar. Bu adamların aslında iki başkenti var."

"Bizimkini mahvettiler!"

"Umarım çılgının biri karşılık olarak İstanbul'a bir füze atmayı düşünmez."

"Belki de hak etmişlerdir."

"Neyse, biz işimize bakalım... İstanbul Operasyonunda ne olmasını bekliyoruz?"

"İstanbul Savaşı diyebiliriz ya da İstanbul'un Yeniden Fethi."

"Ha haa, orayı alan birliğin komutanı da Fatih olarak adlandırılmalı o zaman."

"4. Mekanize Piyade, İstanbul yolu üzerindeki engelleri kaldırmaya uğraşacak ve Marmara'nın güneydoğu yakasında bir zıplama noktası kuracak. Şu anda Eskişehir yakınlarında olmalılar. Buradan İzmit Körfezinin güney kıyısını hedefliyoruz. 82. Hava İndirme Tümeni ve 101.'nin Apache'leri bu noktaya konuşlanacak. 15. ve 26. Deniz Piyade birlikleri Çanakkale'den geçip denizden bir helikopter çıkartması için hazırlanacak. Yine artık bizim için klasikleşen yoğun bir hava saldırısı başlayacak, üstelik yoğun hava saldırısı kavramını yeniden tanımlamayı düşünüyoruz bu saldırıda. Bir süre sonra 82. ve Deniz Piyadeleri helikopterlerle kıyıdaki merkezî yerlere inecek ve köprüler oluşturacaklar. Merkezî semtlerde kontrol sağlanacak. 4. Mekanize Piyade Tümeni de İstanbul'a doğru harekete geçecek. 4. Mekanize'ye destek olarak 173. Hava İndirme Alayını yollayacağız."

"Eskişehir'de durum nedir?"

"Sakin. Havaalanı paramparça edildi ve içindeki birkaç nokta vuruldu. Askerî hareketlilik az."

"Bu planda eksik bir şeyler yok mu sizce?"

"Güç olarak az görünüyor ama doktrin bu. Oraya dört tank tümeni gönderemezler. Bu, İstanbul'a giden yol üzerinde bir direniş meydana getirebilir. Amacımızı unutmayın; hedef, rejimi göçertip esas operasyonun yolunu açmak."

"Evet. Tanrım, herkes bu olanların ne anlama geldiğini çözmeye çalışıyor. Bu operasyondaki taktiği anlamaya çalışıyor ama anladıklarında her şey bitmiş olacak."

"Aynen öyle. Bu tam anlamıyla sistem mühendisliği ürünü bir operasyon. Türkiye Cumhuriyeti'nin tüm referans noktaları belirlendi ve buna göre bir operasyon düzenleniyor. Sistem belli bir noktada kopacak ve ondan sonra kendisini oluşturan parçalara ayrılacak. Amacımız, bu parçaları ortaya çıkarmak ve sonrasında ne yapacağımızı görmek."

"Yani bundan sonrası karanlık mı demek istiyorsunuz?"

"Bu teoriye göre gelecek hem belirlenebilir hem de belirlenemezdir ama her zaman karanlıktır."

"Umarım, işler yolunda gider. Ve bir nükleer sürpriz daha çıkmaz ortaya."

"Umarım."

"Gelecek karanlıktır. Bunu siz dediniz."

01 Haziran 2007 – Saat: 15.00
İSTANBUL

Burası eski İstanbul değildi. Değişmişti her şey. Şehrin kokusuydu ilk değişen, martıların sesleriydi sonra. İnsanların yüzündeki ifadeydi, sevdiklerine bakışlarındaki mimiklerdi. Barutun içinde saklı olan enerji dünyayı değiştiriyordu ve İstanbul da bundan nasibini almış görünüyordu. Tarihte yaratılan en güçlü değişim aracıydı barut, yaptıkları ortadaydı; on yıllar içinde büyük yatırımlarla inşa edilen dev binalar yerle birdi, Boğaziçi Köprüsünün ortasında iki nokta arası otuz metreyi bulan dev bir boşluk oluşmuştu. Diğeri sağlamdı, vurulmamıştı. Haliç Köprüsü tam ortasından aldığı darbelerle ikiye bölünüp suyun içine batmıştı. Üç metre uzunluğunda bir bomba da tam ortada, suyun içinde duruyordu, patlamamıştı ama çarpmanın etkisiyle garip bir şekil almıştı. Haliç'in etrafındaki semtlerden dumanlar yükseliyordu. Yukarıdan bakıldığında bu semtlerin üzerinde geniş siyah kraterlerin oluştuğu görülebilirdi.

Amerikan uçakları anlaşılmaz bir biçimde fakir semtleri bombalıyordu. Zengin semtlere dokunmamışlardı bile. Bombardıman nedeniyle varoşlarda yaşamak neredeyse imkânsız hale gelmişti. İnsanlar gruplar halinde merkezdeki zengin semtlere doğru gidiyordu. Amerikan stratejisi, etkisini burada göstermeye başlamıştı. Savaşın şiddetine rağmen fakirler, geldikleri zengin semtlerinde "karışıklığa" neden olmuştu. Hava saldırısına uğramayan semtlerin sakinleri, vurulmuş semtlerden gelen insanlara iyi gözle bakmıyordu. Savaşın yarattığı güvensizlik ortamı başka gerilimlerle bilinçli bir şekilde destekleniyordu.

Düşman, yaptığı şeyin farkındaydı. İstanbul onun için son adımdı. Bu büyük şehir, zaferin ya da yenilginin adresi olabilirdi. Onunla iyi ilgilenmek durumunda olduğu için bütün gücünü burada yoğunlaştırmaya başlamıştı. Bombardımanların sürekli hale gelmesi yüzünden şehir sakinleri artık sinirsel tepkilerini kontrol edebilmekten uzaktı. Amerikan ajanları, bireysel gerilimleri sosyal gerilimlere taşımak için yapmadıklarını bırakmıyorlardı. Zengin mahallelerde fakirlere karşı gruplaşmalar olduğu yönünde söylentiler çıkıyordu.

Savaşın şiddeti kimin neye hizmet ettiğini gizliyordu. Varoş kesimlerde, Amerikan işgalinin getireceği güzel yaşamın reklamı yapılıyordu. Zengin semtlerde ise Amerikan destekli yönetimin ülkeyi Avrupa Birliğine sokmasının kesin olduğundan bahsediliyordu. Bu söylentileri kimin çıkarttığı belli değildi ama neticede etkilenenler oluyordu. Ruh dünyası yıkılmış insanlar her şeye inanma eğiliminde oluyordu.

Ana yollarda savaşın yarattığı tahribat büyük boyuttaydı. Milyarlarca dolarlık yol, bombalanmaktan tarlaya dönüşmüştü. Ana yollardan taşınan mal azaldıkça, İstanbul'da ihtiyaç maddelerini bulmak zorlaşıyordu. Amerikan saldırısı, yaklaşan büyük savaşı haber veriyordu. Artık ilk başlardaki rahatlık yoktu, eğer rahatlığın devam etmesi isteniyorsa Amerikan çıkarlarına tam olarak uyum sağlanmalıydı.

Kül rengine dönmüştü İstanbul, mevsimin hüznüne karışmıştı

barut kokuları. Güneşin battığı yerde lazer güdümlü füzelerin yaktığı ateşin ışığı dans ediyordu. Âşıkların yüzüne vuran parlaklık insanları yakan cinstendi şimdi; evleri yok ediyordu, onlarca yılda kurulan hayallerin altındaki sandalyeye tekme atıyordu.

Magazin hayatları mahvolmuştu, birkaç gün içinde jet sosyeteler, muhteşem partiler ve insanların olmak için çaba gösterdiği her şey buhar olup uçmuştu. Geriye gerçeğin tortusu kalmıştı. Barut ateşinde haşlanan gerçeğin kalıntılarına sığınmaya çalışıyordu insanlar bir süre ama bunu uzun zaman sürdürmek imkânsızdı. O güzel günlerin hatıraları, şarapnel parçalarından daha fazla acı veriyordu, silahların yarattığı terörden daha çok teslimiyet duygusunu kamçılıyordu, uyumlu olmaya ikna etmek için uğraşıyordu insanları.

Ülkenin en büyük kenti, yurdun geri kalanından ayrılmış gibiydi. İşgale uğrayan bölgelerin dışındaki yerlerde yaşayanlar İstanbul'daki akrabaları için endişeleniyorlardı. İstanbul halkı ise büyük bir tarihe sahip olmanın bedelini ödüyordu. Bu kente gelirken gerçekten ne diye geldiklerini unutmuşlardı şimdi, nereye geldiklerini asla bilmediklerini anlamaktan kaynaklanıyordu şaşkınlıkları. Böylesine bir savaşın ortasında düşmanın en önemli hedefi olmuşlardı birden, bütün silahların ve taktiklerin acımasızca denendiği bir hedefin parçasıydı hepsi de. Bu duygu ortak bir ruh hali yaratıyordu yaratmasına gerçi ama yaşanan zorluklar daha önce görülmemiş boyuttaydı. Bir yandan hayatta kalma mücadelesi, bir yanda düşmanın göz boyayan vaatleri...

Zaten direniş yanlılarının en büyük engeli de buydu. İnsanlarda gerçek bir direniş ruhu oluşmamıştı henüz. Çok sayıda silahlı sivil vardı ama Stalingrad direnişini gerçekleştirecek bir bütünlük yoktu şimdilik. O ruhu göremedikleri için kahroluyordu direnişçiler. Bazen bir grup bulduklarında hararetle onlara direnişi anlatmak istiyorlardı ama yüzlerdeki ifade, içlerindeki enerjiyi alıp götürüyordu. Bu yorgun insanlara güç verecek bir şeyler olmalıydı. İnsanlar gerçekten ne ile savaştıklarını bilmiyorlardı, henüz savaşmıyorlardı bile. Tek yaptıkları, nereden geldiğini bilmedikleri bombaların hedefi olmaktan kaçmaya çalışmaktı. Su kesintileri had safhaya ulaşmıştı ama elektrik kesintileri sürekli değildi. Zaman zaman elektrikler geliyor ve televizyonlar çalışıyordu.

Washington'da patlayan bomba, ilk başta bir heyecan yaratmıştı. Yenilmez görülen düşmana indirilen ağır bir darbe gibi yorumlanmıştı. Oysa sonradan gazetelerde köşe yazarları bu olayın Amerikalıların daha acımasız olmasına yol açacağını, artık yenilgiden sonra bir Türk devleti bırakmayacaklarını söylemeye başladılar. Bu olumsuz görüşler de halkın direncini düşürüyordu.

Şaraplara düşkünlüğüyle tanınan bir köşe yazarı, savaşın başlamasıyla birlikte gittiği İngiltere'den yolladığı yazılarında tam teslimiyet halinde belki de Amerika'nın yeni bir eyaleti olabileceklerini bile söylüyordu. Zaten herkes ABD'ye yerleşmek için yeşil kart peşinde değil miydi? İşte toptan ABD'ye katılmış olacak Türkiye, diyordu.

İnsanlarda gittikçe artan bir endişe baş göstermişti. Televizyonu her açtıklarında Amerikan 4. Mekanize Piyade Tümeni tanklarının İstanbul'a doğru hızla hareket etmekte olduğunu öğreniyorlardı. Amerikan Deniz Piyadelerini taşıyan gemiler Çanakkale Boğazına yaklaşmaktaydı. 82. Hava İndirme Tümeni Suriye-Hatay sınırı bölgesindeki üslerinden havalanarak Türkiye içinde bilinmeyen bir yöne doğru binlerce askeri, savaş aracını ve top bataryalarını taşımaya başlamıştı.

Garip bir bekleyiş vardı. Sıra dışı bir şeylerin olacağını seziyordu insanlar. Bu olamazdı, İstanbul kaybedilemezdi. Bunu denemeye cesaret etmişti birileri ve şimdi ne olacağını kestirmek çok güçtü. Kötü günler bekleniyordu, yabancı askerler hep insanların gezip tozmaya alıştığı yerlere ayak basacak ve orada yeni kurallar koymaya çalışacaktı belki de. Ada vapurları olmayacaktı, İstiklal Caddesi'ndeki binalara Amerikan subayları yerleşecekti, İnönü Stadı'na helikopter pisti kurulacaktı, Dolmabahçe Sarayı'nda generaller kadeh tokuşturacaktı, Yeşilköy Atatürk Havaalanının adı Yeni Bizans

Havaalanı olarak değiştirilecekti. Boğazdaki yalılar üst düzey Amerikan bürokratlara tahsis edilecekti. Varoşlarda yaşam daha da çekilmez olacaktı, direnişçiler oralardan saldıracaktı düşmana ve düşman bütün gücüyle karşılık verecekti direnişçilere. Atatürk Kültür Merkezi'nde Amerikan Senfoni Orkestrası konser verecekti, davetliler zoraki gidecekti. Amerikan Senatosu'nda Türkiye'ye yardım için milyarlarca dolarlık paketler açılacak ve yıkılan okulların yapımı için harcanacaktı bu para. Boğaz Köprüsü'nün yeniden inşası bittiğinde bir Amerikalı subay konuşma yapacaktı. *Sonra her şey yoluna girer belki*, diye düşünenler vardı. Her şeyin daha da kötüye gideceğini düşünenler de. Ama harekete geçen pek azdı.

02 Haziran 2007
İZMİT KÖRFEZİ GÜNEY KIYILARI - YENİ GÖLCÜK

Derin bir sessizlik vardı havada. Zaman durmuş gibiydi. Deniz durgundu, havada kuru bir soğuk vardı. Rüzgârsız bir güne başlıyordu İzmit Körfezi. Başka bir zaman olsa hareketlilik kendisini hissettirmeye başlardı. Fabrikaların bulunduğu bölgede fazla mesai ve gece vardiyaları nedeniyle uzaklardan gelen uğultular yaşamın burada hiç durmadığını belli ederdi.

İşçi mahalleleri ile dolu bölge, biraz ilerisinde fabrikaların başlamasıyla Sanayi Devrimi Avrupası'nı andırıyordu. Sis ve dumanlar mahallelerin üzerinde ince bir perde oluştururdu. İşçilik babadan oğla geçen bir kavram gibiydi. Büyük ve geniş aile bağlarıyla birbirine bağlı bir üretim komünü oluşmuştu.

Tüm bunlar hava saldırıları buraya yoğunlaşmadan önceydi tabii. İstanbul'a doğru girişilecek bir harekât için uygun bir nokta seçilmesi, bölgenin bütün özellikleri ile sonunu hazırlamıştı. Sanayi siteleri ve dev fabrikaların olduğu yerler nerdeyse dümdüz edilmişti. Onlarca kilometrelik bir alanda tek bir sağlam bina bile kalmamıştı. Sivil yerleşim yerleri de nasibini almıştı bu saldırılardan. Mahallelerin çoğu hayalet kasabaları andırıyordu şimdi.

Sabah serinliği kendisini hissettiriyordu. Burada canlı kalmayı başarmış olanlar bir köşede kendilerini korumaya almışlardı. Sessizliği dinleyerek uykuya dalmış gibiydi hepsi de. Sabah kendini iyice belli etmeye başladığında garip uğultular canlıların huzurunu kaçırdı. Kuşlar kanatlarını çırparak etrafa korku dolu bakışlar göndermeye başladı. İyi bir şeyler olmayacağını hisseden yaratıklar hareketleniyordu. Fabrika yıkıntıları arasında kedilerin, farelerin fabrika iskeletleri içinde hedefsizce koşmaya başlaması kuşları da huzursuz etmişti. Sığındıkları kuytulardan çıkıp uçuşmaya başladılar. Sanki neyin yaklaştığını görmeye çalışıyorlardı. Güneş artık kendisini iyiden iyiye gösteriyordu. Henüz seyredilebilecek kadar mat bir ışık yumağı halindeyken güneşin üzerinde garip gölgeler belirdi önce ve sonra hızla büyümeye başladı.

82. Hava İndirme Tümeninin dev nakliye helikopterleriydi bunlar. Çift pervaneli CH-47, daha geniş taşıma kapasiteli olan CH-53, UH-60 Kara Şahin helikopterleri birbirine yakın bir konumda uçarken, AH-64 Apache saldırı helikopterleri geniş bir alan üzerinde yayılmış halde etrafı tarıyordu. OH-58D Kiowa helikopterleri de gelişmiş gözetleme kameralarını kullanarak bölgedeki olası hava savunma noktalarını araştırıyordu. Ancak bir şey görmeleri mümkün değildi. Bir gün öncesine kadar günlerce bombalanan bölgeye hiçbir insan yaklaşmayı aklına bile getirmezdi. Amerikan Hava Kuvvetlerinden bu bölgenin 82.'nin inişi için hazır hale getirilmesi istenmişti ve onlar da bunu gerçekleştirmek için yapmadıklarını bırakmamıştı. Onlarca helikopterin güneşi arkasına alarak oluşturduğu görüntü etkileyiciydi. Dev helikopterler gökyüzünü kaplamıştı ve 82.'ye bağlı 2. Tugayı taşıyordu. Dört bin kadar asker, topları ve zırhlı Humvee araçlarıyla beraber aynı anda İzmit Körfezi'nin güney kıyılarına inmek üzereydi. Büyük tonajlı araçlar C-130'larla ulaştırılacaktı. Helikopter armadasının birkaç kilometre önünde giden iki MH-53 taşıma helikopterinin içinde Amerikan Özel Kuvvetlerine bağlı timler vardı. MH-53 helikopterleri sert bir manevra ile denizden birkaç yüz metre gerideki boş bir

araziye yaklaştı ve tekerlekleri yere değmeden özel timleri indirdi.

Özel Kuvvet askerleri hızla koşarak boş alanın uç noktalarındaki vurulmuş fabrika yıkıntılarına gitti. Hepsi tam tetikteydi ve her an çatışmaya girecek biçimde hazırlanmıştı. Özel Kuvvet askerleri harabelerin içinde gece görüş gözlüklerini kullanarak araştırma yaptı. Aralarında hızlı bir haberleşme sistemi vardı. Ne kadar uzakta olurlarsa olsunlar birbirlerini duyabilirlerdi. Ortalık sakin görünüyordu. MH-53 helikopterleri de altı namlulu makineli tüfekleri ateşe hazır halde bölgenin üzerinde daireler çizerek uçuyordu. Herhangi bir canlının özel gözetleme donanımlarından kurtulmasına imkân yok gibiydi. Helikopter pilotları yerdeki askerlere, *etrafın olması gerektiğinden de temiz*, olduğunu bildirdi. Askerler birbirlerine baktı ve helikopter armadasına durumun sakin olduğu bildirildi. MH-53 helikopterleri alanın uç noktalarına inip, motorları çalışır halde beklemeye başladılar. Hava armadasının yaklaşmasıyla havayı yırtan bir uğultu oluştu. Kilometrelerce uzaktan duyulabilecek bir indirme harekâtı yapılıyordu.

Hava bombardımanın etki sahası dışında kalan yerleşim birimlerindekiler ve helikopterlerin geçtiği bölgelerdeki sivil yerleşim yerlerindeki insanlar uykularından uyanmış ve korkuyla evlerinden dışarı gözetlemeye başlamışlardı. Güneş ışınları gökyüzünü aydınlatıyordu ama garip bir gölge, ışığın evlere ulaşmasını engelliyor gibiydi. İnsanlar havada hızla hareket eden dev cisimleri görünce perdelerini kapatıp evlerine girdiler. Dev helikopterler hızla Amerikan Özel Tim askerlerinin indiği boşluk alana yöneldi. En önde alçalan CH-47 helikopterden inen 45 tam teçhizatlı asker hızla alanın dış çeperine doğru koşarak Özel Tim askerlerinin gösterdiği noktalarda kendilerini yere attı ve sırtlarında taşıdıkları yük çantalarının arkasına mevzilendi. Hemen arkalarından top bataryalarını taşıyan CH-53 helikopterleri inmeye başladı. Yaklaşık yarım saatlik bir süre içerisinde savaşmaya hazır dört bine yakın paraşütçü komando Kocaeli sınırlarında geniş bir araziyi işgal etmişti. Askerler güvenli bir kordon oluşturmak için hemen karargâh çadırını kurdu ve karargâhın yaklaşık dört kilometrelik çevresindeki alanı temizlemek için harekete geçti. Bir süre sonra yola inen C-130'ların getirdiği Humvee araçları ile desteklenen timler fabrikaları araştırarak silahlı Türk güçlerinin olup olmadığını kontrol etmeye başladı. Boşaltılmış semtlerin içine dalan araçlar hızla sokaklarda ilerleyip herhangi bir pusu olup olmadığını biraz tehlikeli biçimde kontrol etti.

Zaman zaman silah sesleri duyuluyordu ama bunlar bir çatışmanın değil, güvenlik amaçlı olarak şüpheli görülen noktalara yapılan makineli tüfek ateşlerinin sesiydi. Şansa izin verilemezdi burada, çok iyi bir köprü başı olması için çok güvenli olması gerekiyordu. 82. Hava İndirme Tümeni birkaç gün sonra kendisine katılacak olan 3. Tugay için güzel bir yer hazırlamak istiyordu. Böylece on bine yakın asker İstanbul'a düzenlenecek saldırı için hazırlıklarını tamamlayacaktı.

Bu sırada askerlerin dikkatini çeken bir şey oldu. Çok uzaklarda bir hareketlilik vardı. Hayli sinsi bir hareketti bu. Durumu izlemeye gerek yoktu. Hemen acil durum alarmı verildi ve hareketliliğin olduğu bölgeye doğru ateş başladı. Ateş bir süre sonra daha da kesif bir hale geldi. Bunu beklemiyorlardı işte. Şiddetli bir saldırı altındaydılar. Bu kuvvet hakkında kendilerine bir istihbarat gelmemişti ancak Bolu Komando Tugayı'nın saldırıdan kurtulan birlikleri olmalıydı. Burada köprü başını tutmak kolay olmayacaktı anlaşılan. Şiddetli bir çatışma uzun bir hat üzerinde başlamıştı.

Amerikan 4. Mekanize Piyade Tümeni Bilecik-Adapazarı arasındaki mesafeyi kat etmeye başlamıştı. Ancak birkaç kilometrede bir durmak zorunda kalıyor ve savaşıyorlardı. Türk askerî birlikleri, Amerikan öncü tanklarını sürekli pusuya düşürüyor ve tanksavar füzeleri ile kayıp verdiriyordu. Harekât yeterince hızlı yapılmazsa Amerikan 4. Mekanize Tümeni İstanbul önlerine geldiğinde ciddi bir tehlike yaratma kabiliyetini kaybetmiş olacaktı.

Bilecik onların zıplama noktasıydı, Adapazarı'na geldikten sonra artık İstanbul'a doğru hareket etmek için önlerinde engel kalmayacaktı. Her iki saldırı tümeni esas desteği Ankara'nın etrafındaki karargâhlardan alıyordu. Amerikan Ordusunun Suriye'ye giren 7. Hafif Piyade Tümeni, Atatürk ve Keban baraj bölgelerinde denetim kuran 3. Süvari Alayı unsurları ve Ankara'dan başlayarak İzmit bölgesine kadar alanda bulunan güçleri arasında kara bağlantısı kalmamıştı nerdeyse. Bütün ikmal çalışmaları uçaklarla Ankara bölgesine yapılıyor ve oradan da uçtaki kuvvetlere yetiştiriliyordu. Amerikan 2. Süvari Tugayı da aradaki bölgede zırhlı Humvee'lerini kullanarak hareket halindeydi ve sürekli kayıp verme pahasına ana saldırı koluna destek olmaya çalışıyordu. Yakında resmen imha edilmiş olacaktı.

Amerikan stratejistleri Bandırma yarımadasını 82.'nin zıplama noktası olarak kullanmayı düşünmüştü önce ama 4. Mekanize Piyade Tümeninden çok fazla uzaklaşmasını istemiyorlardı. Sürpriz bir Türk saldırısı olursa 4. Mekanize'nin zırhlıları birkaç saat içinde yardımlarına koşabilirdi.

82. Hava İndirme Tümeni işi sağlama almak istiyordu. Geniş bir alan üzerindeki bölgeyi, buldukları her malzemeyi kullanarak bir setle çevirmeye başladılar. Burada fazla kalmayacak olsalar bile en ufak bir aksilik uzun süre kalmalarını gerektirebilirdi ve bu durumda kendilerine karşı yapılacak saldırıları püskürtmek zorundaydılar. Topçu bataryaları da bu yüzden hazır hale getiriliyordu. Bazı noktalarda da kum torbalarında oluşturulan siperlere havan topları yerleştirilmeye başlanmıştı. Kimse hava saldırısı beklemese de Stinger monte edilmiş olan iki Humvee aracı da artık hızla üs haline gelmeye başlayan bölgenin ortasında yerleşmişti ve gökyüzünü kontrol etmekteydi. Ancak bu üsse yapılan Türk saldırısı da şiddetlenmişti. Kayıplara yenileri ekleniyordu sürekli.

İzmit Körfezinin güney bölgesindeki mahallelerde yaşayan insanlar, Amerikalıları gördüklerinde garip hislere kapılmıştı. Çıplak gözle bile görebildikleri kadar uzaklıkta büyük bir askerî güç konuşlanmaktaydı ve tek yapabildikleri öylece oturup seyretmekti. Şimdilik kendilerine dokunacakmış gibi görünmüyorlardı. Yapılan hazırlıkların kendileri ile bir ilgisi olmadığını anlamışlardı. Herkes büyük endişe içindeydi. Artık ne iş vardı yapacak ne de ihtiyaçlarını karşılayabilecek durumdaydılar. Büyük depremin yaraları daha yeni yeni sarılmaya başlamışken en az onun kadar büyük bir felaketle karşılaşmışlardı.

Öğle saatlerinde, Amerikan askerlerinin kurmaya başladığı üs gözle görünür biçimde şekillenmişti. İnsanlar endişeli yüzlerle seyrediyordu üssün kurulmasını. Herkes birbirine soruyordu, bu nasıl oluyor diye. Bolu Komando Tugayı'nın unsurlarının saldırısı nedeniyle üste bazı yangınlar çıkmıştı.

Şehirdeki Jandarma Birliği ve Çevik Kuvvet Merkezi vurulduğundan beri jandarmaların nerede olduklarını bilmiyorlardı. Sadece polisler vardı ama sivil araçlarla dolaşıyorlardı yollarda ve askerî yığınağı en endişeli izleyenler de onlardı. Çevik kuvvet polisleri silahlarını ve mermilerini kuşanmış olarak bekliyorlardı. Yeni yerlerini kimseye söylememişlerdi ve bir arada olmamaya dikkat ediyorlardı. Şehrin güvenliğini sağlamak zorundaydılar. Amerikan askerleri gelirse ne yapacaklarını bilmiyor ve düşünmüyorlardı. Tek yapacakları şey savaşmak olabilirdi.

Öğlen güneşi havada parlarken bulutlar hızla önünü kapatıp geçiyordu. Şehrin merkezinde bir kahvenin önünde oturanlar aralarında ne yapacaklarını konuşuyordu.

"Bu şerefsizler direnenleri sorgusuz sualsiz bombalıyormuş Fevzi Amca," diye söylendi orta yaşlı bir esnaf. Dükkânı artık yoktu, insanlar her şeyi satın almıştı ama elinde kalan para bir işe yaramıyordu. Kendi ailesi için gizlice depoladığı yiyeceklerle idare ediyorlardı. Arada sırada polisler yiyecek maddesi dağıtıyordu halka. Nerden bulduklarını kimse bilmiyordu ama yakınlardaki askerî birliğin deposundan olduğuna emin gibiydiler.

"Ben hiç şaşırmadım, bilirdim bunların bir gün bunu yapacağını." Sözlerinde bıkkınlık ve hayal kırıklığı vardı. Neler olduğunu düşünecek halde değildi Fevzi Amca dedikleri adam. Altmış beş yaşındaydı ve hep yokluk görmüştü ama hayatta en çok övündüğü şey askerdeyken sınırda görev yapmış olmaktı. "Biz askerken sınırı kartal gibi gözetlerdik, bazen kaçakçılar geçmeye çalıştı mı burnunun önündeki sigarayı vururduk vallahi."

"Öyle deme Fevzi Amca, değişti şimdi her şey." Söze karışan da esnaftan başka biriydi. Bir önceki ile aynıydı durumları. "Bu adamların silahları ile başa çıkmak zor. Baksana, sabah hiçbir şey yoktu şimdi koca ordu gelip yerleşti şuracığa."

Saatler geçerken bütün herkesin toplantılarında aynı şeyler konuşulmaya başlamıştı. Bir yandan nasıl savunma yapılması gerektiğinden bahsediliyordu bir yandan da eğer bu adamlar gelirse nasıl bir hayatın yaşanacağından. Bu tartışmalardan en çok etkilenen gençlerdi. Az çok biliyorlardı işgalcileri. Onlar gelirse nasıl bir hayat yaşayacaklarını da tahmin ediyorlardı filmlerden gördükleri kadarıyla ama onlara öğretilen değerlerin üzerinden geçen düşmanla nasıl bir arada yaşayabilirlerdi ki?

Akşam saatleri geldiğinde mahallenin sakinleri inanamayacakları bir görüntüyle karşılaştı. Sokağın sonundan dönen bir jip hızla onlara yaklaşıyordu. Cipin içinde dört Amerikalı asker vardı, hepsi de bedenlerindeki her uzva bir silah yerleştirmişti nerdeyse. Kahvede oturanlar hemen ayaklanıp içeri girmek istedi ama cipin hoparlöründe yükselen ses nedeniyle hareket etmemeleri gerektiğini anlamışlardı. Cip, iki yanı üç dört katlı evlerle çevrili sıradan sokağın yollarında hızla hareket ederek kahvenin önüne geldi. Basit bir meydan vardı kahvenin karşısında, küçük bir de havuz. Havuzun arkasına park etti ve askerler arabadan atlayıp hızla kahvedekilerin yanına geldi. İnsanlar farkında değildi ama yanlarına gelenler Amerikan Özel Kuvvetlerinin en seçkin askerleriydi. Yaptıkları çılgıncaydı ama buna cesaret etmişlerdi. Bir çeşit gövde gösterisi olmalıydı bu. Henüz işgal edilmemiş bir kentin merkezine girecek gücü nereden buluyorlardı? Ya şimdi polisler gelirse, o zaman ne olurdu? Kahvedekilerin aklından bu sorular geçerken Amerikalı askerlerden birisi yanlarına yaklaştı. Diğer üçü silahları ile çevreyi gözetliyordu.

Kendilerine güveni gözlerinden yayılan asker İngilizce bilen olup olmadığını sordu. Kimse bilmiyordu ama içlerinden birisi birazcık anlıyordu. Fabrikanın açtığı kursta öğrenmişti iki kur. Asker ona, *merhaba,* dedi önce. Adam da bildiği kadarıyla yanıtladı. Asker yavaş ve anlaşılır biçimde konuşmaya çalışıyordu. Onlara zarar vermek istemediklerini söyledi. Adam bunu diğerlerine iletti, eğer kimse bir saldırganlık göstermezse İzmit kentine dokunmayacaklardı. Bunu söylemek için daha iyi bir yol bulamadıkları için buraya kadar gelip hayatlarını tehlikeye atmışlardı. Herkes neler olduğunu anlamaya çalışıyordu ve bu ağır silahlı adamlara ne diyeceklerini bilmiyorlardı. Sadece dinlediler ve başlarını salladılar. Askerler birkaç dakika durdu, tam ciplerine koşarken bir tek silah sesi duyuldu. Amerikalı askerlerden birisi havada takla atarak yere düştü. Diğerleri hemen cipin altına yattı. Etraflarına mermi yağmaya başladı. Mahalle sakinleri de kendilerini kahvehaneye zor attılar. Amerikalı askerler umutsuzlukla birbirlerine bir şeyler söylüyordu. Kahvehanedekiler başlarını kaldırıp baktığında sokağın öte tarafındaki Türk askerlerini gördüler. Üstleri çıplak komandolar çılgın gibi ateş ediyordu. Amerikalı askerler için umut yoktu o an. Bolu Komando'nun intikam hırsı ile kavrulan askerleri onlar için iyi şeyler düşünmüyordu. Bir dakika sonra patlayan bir roket çatışmayı sona erdirdi. Amerikalı Özel Kuvvet askerleri ölmüştü. Üstleri simsiyah toz kaplı Türk askerleri koşarak yerde yatanları kontrol etti. İçlerinden bir tanesi ki bu komutanları olmalıydı hızla kahvehaneye girdi. İçeridekiler onu görünce korkuyla karışık gülümsedi. Komando komutanı sinirliydi:

"Neden onlara karşı koymadınız?"

Kimseden ses çıkmadı.

"Vatanınızda size posta koyuluyor ve sizden ses çıkmıyor. Hepinizi burada ölü görseydim çok daha mutlu olurdum."

Sert bir şekilde kapıyı çarpıp çıktı ve sokağın ucundaki askerlere katılıp uzaklaştı. Kahve sakinleri kendilerine gelmişti.

Operasyon herkesin düşündüğünden hızlı ilerliyor görünüyordu. Sanki İstanbul'a yetişmek için bir yarış vardı. Washington'ın öcü böylece alınabilecekti. Amerikan Kuvvetleri bir an önce İstanbul Savaşını başlatmak isterken Türk askerî kuvvetleri de bunu geciktirmek için elinden geleni yapıyordu. Türkiye'nin çeşitli yerlerindeki silahlı güçlerden imkânı olanlar şehre giriş yapmak için çok tehlikeli yollarda hareket ediyor ve saldırı başlamadan savunma organizasyonunun içine dahil olmak için çaba gösteriyorlardı.

Bu sırada Amerikan Deniz Kuvvetleri de şehrin ele geçirilmesini kolaylaştırmak için 15. ve 26. Deniz Piyade birliklerini taşıyan iki amfibi gemiyi harekete geçirmişti. Gemilerin Çanakkale Boğazına girmelerine az vardı. Amerikan Hava Kuvvetleri Çanakkale'yi bombalamaya başlamıştı. Gemilerin güven içinde geçmesini sağlamak istiyorlardı. Neredeyse doksan yıl sonra Çanakkale Boğazında yeniden patlama sesleri duyuluyordu. Bombaların düştüğü yerlerde açılan derin kraterlerin içinde sadece toprak değil kemikler de sıçrıyordu etrafa. Gemiler boğazın girişine yaklaşırken toprak ısınmaya başladı. Boğazın iki yanındaki siperlere girmiş olan askerler neden kaynaklandığını bilmedikleri ısı artışı nedeniyle yerlerinde duramaz haldeydiler. Kime haber vereceklerini bilmedikleri için siperlerin dışına çıkmakla yetinmişlerdi. Amfibi gemiler boğaza yaklaşırken garip bir his çöküyordu insanların yüreğine, etraftaki şehirlerde oturanlar ne olduğunu bilmedikleri bir karabasanın başlarının üzerinden ayrılmadığı hissine kapılıyordu. Boğaz I. Dünya Savaşında olduğundan çok daha korunmasız görünüyordu. Siperleri terk eden askerler yavaş yavaş, daha gerilere doğru çekilmeye başladı, anlam veremiyorlardı olan bitene. Bu garip sıcaklığın sebebini bulamadıkları için aralarında kurgu yapıyorlardı. Deprem olacağını düşünenler, kıyametin kopacağını düşünenler bir aradaydı. Amerikan bombardımanı ise neredeyse durmadan sürüyordu. Su yolunun kenarındaki tepeler şekil değiştirmiş gibiydi. İlk savaştan kalma top bataryaları bile Amerikan uçakları tarafından vuruluyordu. Boğazı koruyan kimse kalmamıştı etrafta. Bilgiler Genelkurmaya iletildiğinde Hikmet Paşa yerinden sıçrayıp etrafı dağıtmıştı ama yapacak bir şey yoktu. Siperlerde duramıyordu askerler, sanki doluydu siperler.

02 Haziran 2007 – Saat: 14.15
FLORIDA CENTCOM

Miami yeni ABD başkenti olmuş gibiydi; Başkan ve Genelkurmay Başkanı harekâtı buradan yönetiyor, yeni bürokrasi burada kurulmaya çalışılıyordu.

ABD halkı Pearl Harbor'dan sonra ilk kez kendi yaşam alanlarının kıyısına gelen bir savaşı yaşıyordu. Ve muhalefetin sesi güçlü çıkmaya başlamıştı. O terörist Türk hâlâ yakalanmamıştı. Eğer New York'ta da bir atom bombası patlarsa trilyon dolarlık bir zarar ortaya çıkardı. Gerçi televizyonlarda teröristin elindeki ikinci bombanın baskın sırasında ele geçirildiği söyleniyordu ama buna inanmayan çoktu. Halk panik içinde kentten kaçıyordu. Bu, Amerikan ekonomisi için büyük bir kaos başlatmıştı.

New York'ta bir bombanın patlaması ihtimali ABD'ye Washington'ın yok olmasından daha büyük zarar verecek gibiydi. O bomba insanların kafasında ABD'den ibaret dünya konusunda farklı korkular yaratmıştı. O dünya, kapının önüne kadar gelmişti işte.

Washington yok olunca ABD'nin eyalet yapısı yararını göstermişti. Bu eyaletler zaten kendilerini yönetiyor durumdaydı. Yeni bürokrasi kurulana dek her şey yolunda gidecek gibiydi.

Genelkurmay Başkanı Howard Strike, bir kişinin verdiği zarara hayret ediyordu. Aylar önce harekâtı öğrenen tek bir Türk neredeyse dünyanın tek süper gücünün sonunu getirecekti.

Baskın görüntülerini defalarca izlemişti. Adamın o dar koridorda, onlarla ifade edilen düşman karşısında ne kadar güvenle hareket ettiğine inanamamıştı. Birbirini takip edip seri hareketlerinin hepsi ölüm getirmişti.

Şimdi umarım bir çukurda gebermişsindir pis herif, diye düşündü önündeki haritaya bakarken.

Harekât Merkezine yağan bilgiler nedeniyle heyecanlı saatler yaşanıyordu. Merkezin oval biçimli kontrol odasında büyük ekranlı bilgisayarlarının başında oturan operatörler akan bilgileri sınıflandırıyor ve üst subaylara iletiyorlardı. Bugün nedense farklı bir gündü. Askerler bilgileri ayıklayıp bunların gerçekten işe yarar olup olmadığını anlamak için çok uğraşmak zorundaydı.

Howard Strike, on yedi saattir masasının başından ayrılmamıştı. İlgilenmesi gereken yüzlerce şey vardı. 82. Hava İndirme Tümeninin İzmit'e indirilmesi devam ediyordu. Bu indirme harekâtında ortaya çıkacak bir aksaklık İstanbul saldırısı için zamanın uzamasına neden olabilirdi. İzmit'ten gelen raporları en ince ayrıntısına kadar okuyordu. Durum karışık görünüyordu. Şiddetli çatışmalar nedeniyle 82. yeterince etkili kullanılamayabilirdi.

4. Mekanize Tümenin intikalini de takip etmek zorundaydı. Bu tümen tamamıyla dijital iletişim araçları ile donatıldığı için her bir tanktan gelen bilgileri bile takip edecek sisteme sahipti. Bunu özellikle yapıyordu, ön safta ilerleyen tankçıların nelerle karşılaştığını ve nasıl hareket ettiğini bilmesi önemliydi. Bu kadar yoğunluklu bir operasyonda en üst düzey komutanın bile operasyonun bir parçası olması gerekliydi.

Yaptıkları operasyonu Howard Strike da çılgınca buluyordu. Klasik eğitim almış her asker, bunun böyle olduğunu düşünürdü. Koca zırhlı tümen, hiç dokunulmamış düşman topraklarında hızla ilerliyordu ve sadece Hava Kuvvetlerinin koruması altındaydı. Gerçi zaman zaman Türk Ordusunun dağınık güçleriyle çatışmaya giriliyordu, Ankara'dan ayrıldıklarından beri dört yüz yirmi beş saldırı bildirilmişti. Bunlardan sadece 3'ü zırhlı araçların kullanıldığı saldırılardı ve 4. Mekanize kendi tanklarını kullanarak bu saldırıları püskürtmüştü. Şimdiye kadar kayıpları hayli fazlaydı. İstanbul Savaşı başladığında ne olacağı sorusu zihnini meşgul ediyordu sürekli. Bazen kendisini dua ederken buluyordu; "Ne olur Bağdat gibi olsun, direnmesinler."

Türk Ordusu çok şiddetli karşılık vermişti. Saldırıda elde edilen baskın özelliğinin bir sonucu olarak manevra yeteneğini kısıtlanmıştı ama hâlâ çok tehlikeliydiler ve her an ciddi bir Amerikan mağlubiyetine sebep verecek kadar hırslıydılar. Manevra yapmaya kalkan ağır birlikler yoğun hava saldırısı nedeniyle zayiat verdiklerinden savaşma yetenekleri çok azalmıştı. Şehirler arasında hareket eden her araca ateş eden Amerikan pilotları, birliklere lojistik desteği imkânsız kılmıştı. Türk Ordusu yüzlerce bölünmüş piyade birliği halinde şiddetli bir gerilla savaşı veriyor ve ülkenin her yanını ölüm tarlasına çeviriyordu.

Howard Strike ve planlama subayları kendilerinden isteneni gerçekleştirmek için Türk Ordusu üzerinde böyle bir etki yaratmaları gerektiğini biliyordu. Zayıflayan ve lojistik destekten yoksun kalan ordu birimleri terörist saldırılara karşı dayanaksızdı. Herhangi bir halk hareketine karşı koyamazlardı. Eğer sakladıkları zırhlı araçları ortaya çıkarırlarsa bunların da icabına bakılırdı. Dış ülkelerden gelecek müdahalelerde ise hiç şansı yok gibiydi. Her şey planlandığı gibi ilerliyordu. Eğer İstanbul düşerse... O zaman problem çözülmüş olacaktı. Düğüm noktasıydı orası. Verilen kayıplar o zaman anlam kazanırdı işte.

Howard Strike'a askerî çevrelerden baskı gelmiyor değildi, Amerikan Ordusu bütün gücüyle Türk topraklarını işgal etmeliydi. O zaman İstanbul'un düşmesi daha kolay olurdu, savaşmaya bile gerek kalmazdı belki. Ancak bu baskılara karşı koymalıydı. Türk topraklarını işgal etmeye kalkarsa hiç beklemedikleri direnç noktaları ile karşılaşabilirlerdi. Ne olduğunu bilmiyorlardı ama tek bildikleri şuydu; tarih o toprakların tekin olmadığını söylüyordu.

Strike'ın kapısı çalınmadan açıldı. Komutan başını kaldırıp baktığında yüzünde her zamanki ciddi ifadesi ile Başkan girdi içeriye. O yayından beri pek gülmüyordu. Ama kendini hızla toparlamıştı. Savaşın başladığı günlerdeki gibi sürekli CENTCOM'u mesken tutmuyordu artık. Programı elverdiğince zaman zaman uğruyor ve bilgi alıyordu. Ona kalırsa operasyonun ilk aşaması başarılı oluştu bile. Artık ikinci operasyon için düğmeye basılmalıydı.

"Nasılsın Howard?" Bu soru dalga geçmek maksadıyla sorulmuş gibi geldi usta askere.

"Teşekkürler, Sayın Başkan. Gayet iyiyim." Daha sert bir cevap verebilirdi ama buna gerek yoktu doğrusu. Howard Strike profesyonel bir askerdi.

"Howdy, artık Sevr Operasyonunun başlamasını istiyorum. Türklerin rejimi çözüldü. O topraklarda hak iddia edenleri durduracak hiçbir güç yok."

Başkan, toplantı masasına oturmuş, orada bulduğu evrakı inceliyordu. Yardımcısı Kitty de hemen yanındaki sandalyeye çökmüş, Başkanın yaptığı yorumlara kafa sallamaktaydı. Bir ara evraklardan başını kaldıran Başkan, Howard Strike'a baktı.

"Merak etme, bu işi bitireceğiz Howard."

Deneyimli asker kafasını salladı. "Haklısınız Başkan. Artık ikinci aşama başlayabilir. İstanbul nasıl olsa alınacak. Sıra sizde artık. Kıbrıs Rumlarına ve Türkiye içindeki ayrılıkçı gruplara gereken mesajları iletirseniz onlar da harekete geçebilir sanırım."

"Kıbrıs'ta durum nasıl?"

"Türk Kuvvetleri çok yoğun bir saldırı altında günlerdir. O kadar dar bir alanda ne olmasını bekleyebiliriz? Tam bir felaket havası var."

"Rum ordusu başarabilir mi sence?"

"Başarmak zorundalar. O kadar silah satın aldılar ve hâlâ o silahları kullanmayı bilmiyorlarsa yapacak bir şey yok. Bir Deniz Piyade Tümenini o ada için bağlayamam."

"Howdy, bu arada ilginç gelişmeler yaşanıyor. Fransa, Almanya, Rusya ve Çin arasında yoğun görüşmeler oluyormuş. Üç Rus Tank Tümeni kırmızı alarma geçti ve karargâhlarını terk etti. Bana ulaşan CIA raporları ve uydu fotoğrafları da bunu destekliyor."

"Başkan, eğer bu söylediğiniz doğruysa yeni bir konuğumuz

var demektir." Howard Strike bu yeni bilgi karşısında şaşırmıştı ama şu anda yürütülen operasyonun ne sonuçlar doğuracağını kimse tahmin edemeyeceği için böylesi gelişmeler beklenmiyor değildi.

"Tanrım, Rus piçleri ile yeniden karşılaşmak istemem doğrusu. Ama biliyorsun, Kars ve Ardahan bölgesindeki istekleri hâlâ geçerli." Başkan ellerini masaya sertçe vurdu. Kendine güveniyordu, isterse Rusları durdurabilirdi ama buna gerek yoktu. Hatta, Rusların oraya girmesi iyi bile olabilir, diğer adımlar için Türk Ordusunun kalanlarını dağıtmada işlerine yarayabilirdi.

"Oradaki planlarımızı alt üst edebilirler. O bölgenin Ermeni kontrolüne girmesi daha uygun olurdu."

"Ancak Rus tümenleri harekete geçerse Kars bölgesini onlara bırakmak zorunda kalırız. Zaten Ermenilerin de buna bir şey diyeceğini sanmam."

"Kürtlerden ses yok henüz." Başkanın sesi puslu bir hal aldı. Bakışları derinleşti, bu onun önemli bir noktayı düşündüğünü gösteriyordu. "Henüz bir hareket olmadı. Sanırım halen operasyonumuzun başarılı olup olmadığı konusunda şüpheleri var. En azından böyle olduğunu ummak istiyorum." Bir an hırsla masaya vurdu, "Şimdi diyeceğime şaşıracaksın, Yunan Başbakanı beni aradı. Bana İstanbul saldırısı sırasında tarihî dokuya zarar vermememizi söyledi." İyice sinirlenmişti. "Düşünebiliyor musun, Yunan Başbakanı beni uyardı?!"

Howard Strike'ın endişeli bakışları altında hızla odayı terk etti. Bu savaş biraz daha devam ederse uluslararası kamuoyu iyice ses çıkaracak ve işler karışacaktı. İstanbul herkesin uzun süre gözlerini kaçırması için pek fazla ortadaydı.

Bir an gözleri televizyona kaydı. Uzun araba kuyrukları gözüküyordu. New York'tan uzaklaşmaya çalışanlardı bunlar. Howard Strike bir an için bu savaşla kazanılacakları düşündü. Kazanç, şu anda bu panik nedeniyle yitirilen katrilyon dolarları yerine getirebilir miydi acaba?

New York bu ülkenin ekonomik kalbiydi, oranın teklemesi vücudun her yerinde aksaklık yaratırdı. Küçük büyük birçok işyeri kapanacak, insanlar işsiz kalacaktı.

02 Haziran 2007 - Saat: 18.00
CENTCOM BASIN SALONU

Howard Strike toplantı salonuna hızlı adımlarla girdi ve hemen yerden biraz yükseğe monte edilen konsolun önüne geldi. Elindeki kâğıtları bıraktıktan sonra zaman zaman patlayan flaşların ve kamera ışıklarının altında gözlerini, salonun içindeki sandalyelerde oturan basın görevlilerine çevirdi. Boğazını temizleyip ses tonunu ayarladı ve basın görevlilerine hitap ederek;

"Sayın basın mensupları, bildiğiniz gibi Türk terörist hâlâ yakalanamadı ama bombası ele geçirildi. Artık New York için tehlike kalmamıştır. Ulusal Muhafızlar şu anda New York'ta düzeni sağlıyorlar. En kısa süre içinde hayat normale dönecektir. Savaşımıza dönecek olursak, birazdan Türkiye'deki birliklerimizin komutanları ile görüşme imkânı bulacaksınız. Görüşme video konferans şeklinde olacak. Uydulardan kaynaklanan gecikmeler dışında bir sorun yaşamayacağız sanırım."

Bu sırada konsolun hemen arkasındaki beyaz ekranda cızırtılar ve karlanma görüldü. Sesler duyuluyordu ama henüz görüntü bağlantısı kurulamamıştı.

"Umarım bu sesini duyduğumuz kişi Tümgeneral Harold Flynn'dir." Howard Strike'ın sözleri salonda gülüşmelere yol açtı.

"Howard, sen misin?"

Yine gülüşmeler oldu.

Birkaç saniye sonra ekranda görüntü belirmişti. Ekrandaki kareler donuk donuk geliyordu ama ses düzenli bir şekilde duyulabiliyordu. 4. Mekanize Piyade Tümeni Komutanı Tümgeneral Harold Flynn bir zırhlı aracın içinden yayına katılıyordu. Ekrandaki görüntüde bir tankın hedef konsolu görülüyordu ve hemen yanında tank komutanı oturuyordu. Tümgeneralin oldukça yorgun ama dinamik olduğu belliydi. Yüzünde karanlık bir ifade vardı. Kısa kesilmiş saçları, alnının biraz açılmış olduğunu gösteriyordu ama yine de saçları tam dökülmemişti. Kırklı yaşlarının sonunda olmasına rağmen -hızlı gelişen bir kariyer sonucu- her an savaşa hazır, genç bir askerin heyecanını yansıtıyordu. Tankın içinde bulunanların gözlerinde sanki uzaydan yayına katılıyorlarmış izlenimi vardı. Bulundukları koşullara bakılırsa, pek haksız sayılmazlardı.

Howard Strike basın mensuplarına dönerek, "Evet, şimdi Bay Flynn'in kendini tanıtmasını ve soruları yönetmesini rica ediyoruz."

Harold Flynn güldü. "Deneyeceğim Howard, ama gazetecileri düşündüğüm zaman bunun Türk topraklarında ilerlemekten daha zor olacağını tahmin ettiğimi söylemem gerekir."

Yine gülüşmeler oldu.

"Basın toplantısına katılan herkese merhaba demek istiyorum. Şu anda Türkiye'de, Marmara Bölgesi olarak adlandırılan yerin sınırları içerisindeyiz. Tümen unsurları sürekli olarak hareket halinde ve aslına bakılırsa bu toplantı için biraz durmak zorunda kaldık."

Bütün toplantı salonu gülüşmeler nedeniyle bir süre karıştı.

"Öncelikle bu kadar önemli bir görevi yerine getirmek üzere buraya gönderilen bu cesur askerlerin komutanı olduğum için onurlu ve de gururluyum. Ankara'dan yola çıktığımızdan beri buraya gelene kadar pek çok çatışmaya girildi. Çok güçlü bir ordunun savunduğu topraklarda neredeyse bir mızrak hızında ilerledik ve çok sayıda kayıp verdik. Ama bu kayıplar bizi durduramadı. Teknolojimiz mükemmel ve hemen her çatışmada bizim hayatımızı kurtarıyor. Ve tabii düşmana ağır zayiat verdiriyor.

Şimdiye kadar pek çok direnişle karşılaşıldı. Ama Türk Ordusuna bağlı birlikler geniş anlamda sarsılmış durumda. En son olarak derin mevzilerde savunma pozisyonu alan bir mekanize taburla çatışmaya girildi. Tank birliklerimiz ve helikopterlerimizin yanı sıra yakın hava desteği veren Hava Kuvvetleri sayesinde bu tabur tamamen yok edildi. Çatışma sırasında en son teknolojiyi kullandık ve çarpışan birliklerimizi çok uzak mesafelerden komuta kontrol edebildik. Ancak uzun mesafeden açılan Türk topçu ateşi nedeniyle bazı kayıplarımız oldu.

4. Mekanize Piyade Tümeni olarak bize verilen son görevi yerine getirmek üzere hızla hareket ediyoruz. Askerlerimin bu işi bitireceğinden eminim. Türk halkının evrensel standartlarda idare edilmesi için elimizden geleni yapacağız. Evet, şimdi soruları alabilirim, çabuk olun, yapmamız gereken işler var."

Salonda gülüşmeler duyuldu.

"Ben BBC'den Roger Penmore. Türk Ordusu NATO standartlarında bir ordu. Başarınız aynı zamanda Avrupa standartları açısından başarısızlık anlamına gelmiyor mu?"

"Amerikan standartları dostlarına açıktır ve sanırım bunu uygulayabilecek olanlar sorun yaşamayacaktır."

"İyi günler Komutan. Ben RAI'den Andreotti Mezzo. Şu anda tam olarak yerinizi belirtebilir misiniz?"

"Sayın Mezzo, bir Türk gazetesinden olmadığınıza emin misiniz?"

Salon yine kahkahalara boğuldu.

"Sorunuzu cevaplamam mümkün değil ama Eskişehir bölgesini geçtik. Bu geçişimiz Eskişehir için iyi olmadı. Bize karşı pek çok saldırı yapıldı ve buna sert karşılık verdiğimiz için pek çok yıkıma tanık olundu. Halen o bölgede şiddetli çatışmalar oluyor."

"Şehir işgal mi edildi?"

"Hayır, böyle diyemeyiz, sadece saldırılarda kullanıldığı tespit edildi ve bu noktalara yoğun ateş açılması sonucu tahribat var."

"Ne tarz saldırılardı bunlar?"

"Hemen hemen her tür ağır silahın kullanıldığı saldırılardı. Kimi zaman zırhlı araçlarla da çatışmaya girildi ve hepsi yok edildi. Bu çatışmalarda yirmi kadar tankımı kaybettim. Ancak bunlar normal. Karşımızda gerçek bir ordu var, çok iyi savaşıyorlar. Onlara hayranlık duyduğumu gizleyemem. Ancak dediğim gibi Eskişehir'deki insan kaybı konusunda bir bilgimiz yok."

"Tümgeneral, Ben CNN'den John Cushion. Son hedefiniz olan İstanbul'u almak için yeterli gücünüz var mı?"

Bu sorunun sorulmasıyla beraber Tümgeneral Harold Flynn'in delici bakışları kameraya dikildi ve saniyelerce öylece kaldı, gözlerinde bir perde vardı sanki ve o perdede oynayan görüntüleri seyrediyordu. Gazeteciler bu duruma şaşırdı.

"Komutan, soruyu tekrar etmemi ister misiniz?"

Harold Flynn kendine geldi. "Hayır, bu sorunun cevabını yakında göreceğiz. Sanırım artık işimizin başına dönmemiz gerekiyor. Şu anda bana gelen bilgiler, ileri saflardaki timlerimizin Türklerle çatışmaya girdiği yönünde ve bu duruma komuta etmeliyim."

Howard Strike gazetecilere dönerek, "Evet sayın basın mensupları bağlantımızı sona erdiriyoruz ve komutanın işinin başına dönmesine izin veriyoruz."

Bu sırada ekrandaki görüntüde komutanın resmi vardı, bakışları kameraya kilitlenmişti. Herkes bunu uydudaki akışta meydana gelen bir donma olarak değerlendirdi.

03 Haziran 2007 ÖĞLE VAKTİ
İSTANBUL - TARLABAŞI / SANSARLARIN TOPLANTISI

Yüzlerce endişeli ama kararlı göz kendisine dönüktü. Buna alışıktı aslında ama zamanın yaklaştığını düşündükçe heyecanını bastıramıyordu. Her şey çok hızlı gelişmişti Emel için. İstiklal Caddesindeki patlamada kendisine el uzatan adamın ekmek fırınında insanlara ekmek dağıttığını ve sonra da silahını alıp direniş örgütlemeye çalıştığını öğrendikten sonra onun yanında olması gerektiğine karar vermişti. Çok kısa sürede ona bir sevgi duymaya başlamıştı ama karşılarında önemli bir görev varken buna ayıracak zamanları yoktu. Bazen birbirlerinin bakışını yakalarlardı ve sevgilerinin en zirve noktası, o anlar olurdu. Eğer başarırlarsa bir gelecekleri olabilirdi belki, belki...

Şimdi Sansarlar olarak geniş katılımlı bir halk mitingi düzenlemeye çalışıyorlardı. Tıpkı Birinci Dünya Savaşı sonrası İstanbul işgal edilince yapılanlar gibi...

"Hepinizle gurur duyuyorum!" Emel'in sesi heyecandan titriyor ve incelip kalınlaşıyordu. Tarlabaşı'nın bombalanmış ara sokağındaki yıkıntıların ortasında toplanan yüzlerce genç silahlarına sıkı sıkıya sarılmış ve birbirlerine sokulmuştu.

"Hiçbirimiz olanlara bir anlam veremiyoruz. Hiç hayal etmediğimiz şeylerle karşılaştık. Ama oldu. 'Bize olmaz' dediğimiz şeyler oldu ve şimdi gerçeğin soğukluğu ile karşı karşıyayız."

"İstanbul'un belki de tek sivil direniş birliğiyiz. Hepimiz zor durumdayız, günlerdir uyumadık, belki yakınlarımızdan kaybettiklerimiz oldu ama birilerinin bunu yapması gerekiyordu ve o birileri belki de hayatımızda ilk kez bizleriz."

"Kendinize iyi bakın, biz kimiz, neyiz ve ne yapacağız? Etrafımıza bakıyorum, neredeyse yüz yıllık çabalar küle dönüştü. Savaş uzadıkça yapılan bütün yatırımlar yok oluyor ve yok olmaya devam edecek. Ve bir gün savaşı kazanırsak ne yapacağımızı bilmiyoruz.

Oysa bugün farklı bir gün. Bugün savaşmak için bir aradayız. Birileri bizimle savaşması gerektiğini düşündü ve buna cesaret etti. Peki biz ne yapabiliriz, sadece savaşmak ve ölmekten başka?"

Sesi tıkandı, cümleler ağzına gelip duruyordu. Yakınında durup onu dinleyen Ferhat ile göz göze geldi. Ağzı kurumuştu. Genç insanlar ıslanmış tahta ve demir parçalarının arasında oturmuş, onu dinliyorlardı. Emel onların yüzüne bakarken ilerisini düşünüyordu, bir süre sonra ne halde olacaklardı? Kimler hayatta kalacaktı, kimler ölecekti ve nasıl öleceklerdi? Ferhat onun yaşadıklarını hissetti ama müdahale etmedi. Zor bir andı, bununla başa çıkamazsa eğer, o genç insanların Emel'e güveni kalmazdı. Emel'in bedeni gerildi.

"Bu zor günde ben, gerektiğinde ölmeye hazırım ve sizden benimle beraber olmanızı istiyorum. Benimle olanlar öne çıksın. İsteyenler hemen gidebilir. Seçiminizi siz yapın."

Genç insanlar birer ikişer öne çıkmaya başladılar. Bazıları kararsız gibiydi ama düne kadar sıradan bir hayat yaşayan gençlerin bir anda savaşçı kesilmesini kimse bekleyemezdi.

"Bizler seçimlerimizle varız ve o seçimlerimizden vazgeçemeyiz. Bize seçimlerimizden vazgeçmenizi söyleyenlere verilecek sert bir cevabımız var."

Sesi gittikçe yükseliyordu ve onu dinleyen Sansarlar heyecanlanıyorlardı, kalp atışları senkronize olmuş gibiydi.

"O da, bir Türk insanı olarak bugüne kadar var olmamızı ve başımızı dik tutmamızı sağlayan değerleri sonsuza kadar koruyacağımızdır. Amerikalılar dünyayı kandırabilir belki, hatta içimizden bazıları da rahat bir yaşamın hayaline teslim olabilir ama bizler asla."

Öne çıkmış olan Sansarlar silahlarını kaldırıp bağırmaya başladılar. Hepsinin yüzünde gurur ve sevinç vardı. Ayakta kalmış binaların pencerelerinden dışarı sarkmış insanlar da çılgınca onları alkışlıyordu.

03 Haziran 2007
YER KONTROL ARACI - BELİRSİZ BİR YER

Bilinmeyen bir noktada bulunan yer kontrol aracının içindeki TV cihazlarının hepsinde farklı görüntüler vardı. İçerisi sessizdi, sadece elektronik cihazlardan yayılan elektromanyetik bir ses doldurmuştu ortamı. TV ekranlarındaki görüntüleri takip eden operatörler bu görüntülerden seçtiklerini uydu aracılığıyla Irak'taki Kumanda Merkezine ve oradan da CENTCOM'a gönderiyorlardı.

Operatör bu zincirin farkında olduğu için Merkezdekilerin şimdi ne düşündüklerini merak ediyordu. Ekranda Global Hawk insansız casus uçağından alınan bir görüntü hareket etmekteydi. Belli aralıklarla zoom yapılıyor ve görüntü netleştiriliyordu. Uçağın kamerasından alınan görüntüler Taksim Meydanını dolduran insanları gösteriyordu. Dört bir yandan geliyorlardı.

Hemen her gruptan insan vardı; barışçı halk hareketleri, solcu, anarşist, ülkücü gruplar, hatta üç büyük takımın fanatik taraftar grupları bile formalarıyla oradaydılar... Bu savaş nedeniyle şampiyonluğun belirleneceği son hafta maçları iptal olmuştu. Genellikle ellerinde bayrak, Amerika'yı protesto eden dövizler taşıyorlardı. Barış için çiçek taşıyanlar bile vardı.

Detaylar çok belli olmasa da hayli hareketli ve heyecanlı bir grup olmalıydı bu. Ekrandaki görüntü daha da yaklaştı. Bu kalabalık içinde eli silahlı insanlar da açıkça görülebiliyordu şimdi.

Operatör heyecanla görüntüleri Bağdat'taki merkeze aktardı. Bu video görüntülerinin gittiği yerlerde heyecan yarattığı iletişim hatlarından duyulabiliyordu. Ciddi bir direniş noktasının toplantısını yakalamayı başarmışlardı ve aşağıdakilerin görüntülendiklerinden haberleri yoktu. Yoğun bir tempo başladı. Bağdat'taki Harekât Merkezinden bölgede uçmakta olan uçak olup olmadığı araştırıldı. Ege Denizinde seyreden USS Nimitz uçak gemisinden kalkan altı adet F/A-18E savaş uçağının İstanbul'daki bir hedefe saldırmak üzere olduğu anlaşıldı ve uçaklardan ikisine derhal hedeflerini değiştirmeleri emredildi. Uçaklar yeni koordinatları uçak görev bilgisayarına girdiler ve sert bir dönüş yaparak hedeflerine yöneldiler. Yaklaşık elli kilometre vardı vurulması istenen noktaya ama bunu yapmak için oraya gitmeleri gerekmiyordu.

Tüm bunlar yirmi dakika içinde gerçekleşmişti. F-18 savaş uçakları paylonlarında taşıdıkları ölümcül JSOW-C füzelerini hedeflerine yollamak için hedef koordinatlarını GPS* ile uyumlu hale getirdiler. Hedef bilgileri füzelerin bilgisayarına girildi, füzeler ateşlenmeye hazırdı. İki F-18 de ikişer füze ateşleyecekti. Bunun için merkezden son onay istendi. Merkez bu onayı vermek için yer kontrol aracına danıştı ve direnişçi olduğu tahmin edilen kalabalığın halen aynı koordinatlarda bulunduğunu onaylattı. Ve pilotlara ateş emri verildi.

Füzeler ateşlendi.

---

* Uydu Yer Belirleme Sistemi

KANLI MİTİNG

Sansarların kısa sürede düzenlediği miting, geniş bir katılıma ulaşmıştı. Her gruptan, her düşünceden insan vardı, ateşli konuşmalar yapılıyordu insanlar arasında.

"Ali, biz kazanacağız değil mi?" Genç kız yanında durmuş silahını sallayan sevgilisine sordu. Yüzünde garip bir beyazlık vardı.

"Evet Aylin, kazanmak zorundayız."

"Bunlara inanabiliyor musun? Birkaç ay önce okulda seninle beraber kantindeydik, yazın Marmaris'e gitmekten bahsediyorduk ve şimdi halimize bak; elimizde kalaşnikoflarla buraya gelecek olan askerlerle savaşmaktan bahsediyoruz."

"Biliyorum canım, ben de olanlara inanamıyorum. O askerler bize iyi eğitim verdi, sanırım bu silahı iyi kullanabilirim."

"Ben sanmıyorum Ali, bu silahı kullanabileceğimden emin değilim."

"İstersen git Aylin."

"Hayır, burada, senin yanında kalmak istiyorum."

Emel bu kalabalık içinde kendisine bağlı olanları kaybetmemeye çalışıyordu. Üzerinde durduğu yüksek yerden aşağı atlayıp kendilerine Sansarlar diyen -Emel'in Almanya'da bahçesinde beslediği bir sansarı vardı, isim buradan geliyordu- grubunun arasında dolaşmaya başladı. Tarif edemediği duygular yaşıyordu, kendisini hiç hayal etmediği bir kişilik içinde bulmuştu. Kanser belki içini çürütüyordu, belki yürüyen bir ölüydü o ama bu belki de çocukken hep düşlediği kadın olma yolunda karşısına çıkmış olan andı. Evet, korkunçtu ama bu Türk ulusunu içine düştüğüne inandığı çıkmaz sokaktan kurtarmak için ona verilmiş bir görevdi, şimdi sevgilisi de olan Ferhat ile beraber bu ülkenin geleceğini çizmek üzere ilk adımları atmışlardı. Şimdi yanlarında yüzlerce insan vardı, büyük bir savaşa hazırlanıyorlardı ve eğer bu savaşı kazanırlarsa yanlarında belki binlerce, belki de on binlerce insan olacaktı. Genç silahlı insanlar elleriyle Emel Hocalarının sırtına vuruyor ve ona sevgi gösterisinde bulunuyorlardı. Büyük bir güçtüler ve Türk direnişinin simgesi olabilirlerdi.

JSOW-C füzeleri yüksek binaların arasından sıyrılırken hızla üzerlerinden geçtikleri insanların şaşkın bakışlarla kafalarını yukarı kaldırmasına ama bir şey görememesine neden oluyordu. The Marmara Oteli'nin tam üzerinden ok gibi fırlayan füzeler gökyüzüne doğru bir kavis çizdi ve bilgisayarlarına girilmiş olan hedef verilerini son aşamada IIR'ın* elde ettiği üç boyutlu veri ile karşılaştırdıktan sonra -ki tüm bu işlemler bir saniyeden kısa bir süre içinde gerçekleşiyordu- hedefin üzerine doğru hızla indi.

Patlamaların çıkarttığı alev topu neredeyse Anadolu tarafından bile görülebilecek büyüklükte ve şiddetteydi. Oluşan basınç nedeniyle daha önce vurulmuş olan bölgenin etrafındaki yarı ve az hasarlı binalar etrafa savrulmuştu. Az önce yüzlerce Türk gencinin olduğu bölgede şimdi sadece simsiyah bir duman vardı. Dakikalarca hiç ses çıkmadı bölgeden, bir süre sonra ambulanslar ve etrafta oturan insanlar patlamaların olduğu yere akın etmeye başladı.

Feryatlar duyuluyor, çığlıklar daha önce hiç tanışılmamış insanlar için atılıyordu. Kapkara olmuş bölgeden genç insanların cesetlerini çıkartmak için uğraşanlar vardı etrafta. İtfaiye araçları da bölgeye su sıkarak çalışma yapanları rahatlatmaya uğraşıyordu, patlamalar nedeniyle oluşan ısı hâlâ çok yüksekti ve kurtarma çalışmalarına katılmak isteyenlerden bazıları aşırı sıcak nedeniyle baygınlık geçirip olduğu yere yığılıyordu. Kimsenin onlarla kaybedecek zamanı olmadığı için yerde yatıp kalıyordu hepsi de. Duman ve is nedeniyle tamamen siyah bir kül rengine dönüşen itfaiyeciler ve askerler, yıkıntıların arasından simsiyah cesetleri toplayıp bir köşeye yatırıyorlardı. Kimse birbirini tanıyacak durumda değildi. Oraya girmek hâlâ tehlikeliydi; ısı nedeniyle halen erimemiş olan silahlar varsa bunların mermileri zaman zaman patlayıp serseri bir şekilde etrafa saçılıyordu, birilerini vurup vurmadıkları belli değildi.

---

* Enfraruj Hedefleme Sistemi

Patlama bölgesinden çıkarılan bazı bedenlerin hareket ettiğini görenler sevindi, onları hemen ambulansa atıp Taksim İlk Yardım'ın kullanılmaktan kıpkırmızı hale gelmiş olan acil servisine götürdüler. Tek bir ambulansın içine yaralı halde on sansar koyulmuştu. Arkadan gelen ambulansların da en az onun kadar dolu olduğuna şüphe yoktu. Doktorlar ve hemşireler aşırı çalışmanın ve savaşın getirdiği psikolojik yıkımı yaşıyordu, gelen yaralılara ellerinden geldiğince müdahalede bulunmaya çalışıyorlardı ama gelenlerin çoğu zaten son nefesini vermek üzere oluyordu.

Doktorlar bir köşede halen kurtarılma ümidi görünen iki kişi için çaba gösteriyordu. Bir kız ve bir erkek birbirlerinin ellerini sıkıca tutmuşlar, bırakmak istemiyorlardı. Çocuğun göğsü demir parçalarıyla doluydu ve bunlardan bazılarının iç organlarını parçaladığı kesindi. Konuşmak istediğinde konuşamıyordu. Nefese alması zorlaşıyordu hızla, doktorlar adem elmasının tam altına bir metal çubuk sokarak delik açtı ve oradan nefes almasını sağlamaya çalıştılar. Kızın her yeri kan içindeydi ama iç organlarında bir şeyler yok gibiydi. Doktorlardan birisi neden sürekli gözlerinin kaydığını anlamaya çalışırken, kızın başının arkasını tuttu ve o zaman gerçeği anladı. Kafasının arkasında büyük bir delik vardı. Bunu fark edemedikleri için kendilerine küfrederek onları ameliyathaneye taşımak için harekete geçtiler. O anda kızın ve çocuğun ağızlarından birbirlerinin ismi çıktı sadece.

"Ali..... Aylin!" Doktorlar onlar için yapacak bir şey kalmadığını anladığında zaten ölmek üzereydiler. O sırada kapıda yine bir hareketlenme oldu. Yeni yaralılar ya da ölüler geliyordu. Yolda bunu fark etmek imkânsızdı adeta. Hastane görevlileri otomatik olarak programlanmış gibiydi, hemen o yana koştular; bu sefer gerçekten de acil bir durum vardı. Sansarların lideri konumundaki kadın yaralı halde gelmişti ve iyi görünmüyordu. Birkaç tetkikten sonra bilincinin tamamen kapalı olduğu, vücudundaki kemiklerinin çoğunun kırıldığı, iç organlarında tehlikeli kanamalar oluştuğu tespit edildi. Kurtulma olasılığı yok gibiydi ama garip bir şekilde gözleri anlamlı bakıyordu ya da o anın şoku içinde öyle algılıyordu insanlar.

Boğuk seslerin oluşturduğu bir nehrin içinde gibiydi Emel. Bilincinin kapalı olduğunu söylediklerini duymuştu. Onlara cevap veremezdi, garip bir hissizlik sarıyordu her yerini. Belki de bilimsel olarak bilinci kapalıydı. Açık olan şeyin ne olduğunu bilmiyordu. Üzerinde var olan ıslaklığı hissedebiliyordu ve patlama olmadan az önce aklından geçenleri. Gülmek geliyordu içinden ama buna da imkân yoktu. Ferhat'ı görmüştü az ötesinde. Bedeni birbirinden uzak parçalara bölünmüş haldeydi. Kızamıyordu kendisine bunun için ama gülmek geliyordu gerçekten de. Ölmekte olduğunu hissediyordu ve buna da gülmek geliyordu. *Ben bir hiçmişim, basit bir hedefmişim sadece,* diye düşündü. *Bu savaşın içinde basit bir kayıpmışım ve beni izleyen bütün herkes de benimle aynı kaderi paylaşan bir kurbanmış.* Kanserini, Almanya'yı düşünürken buldu kendisini, nal seslerini dinlerken ve de... Evet, garip bir ışık süzülüyordu uzaktan. Koca bir toz bulutu mu yoksa gerçekten bulutlar mı olduğundan emin olmadığı bir sis perdesinin arkasından sıçrayarak ilerleyen gölgeler halindeki atlıları görebiliyordu. Şimdi bir mutluluk gülüşü oturmuştu yüzüne. Bunu ölüme yaklaşmanın bir göstergesi sayan hemşirelerin yüzü buruştu. Emel son kez elini uzattı kendisine yaklaşan süvarilere. Çok uzaklara gitmeyeceklerdi; hep buralarda olacaklarını biliyordu, savaşmaya devam edeceklerdi, sonsuza kadar sürecek gibiydi bu savaş ve bir gün kazanılıp kazanılmayacağı bilinmese de sürüp gidecekti. Süvariler akıp gitti, bulutların arasında kayboldu.

Hastanedeki sesler ve koşuşturma azalmaya başlamıştı. Hayatın soğuk eli gerçeklerin üzerini kapatmaya ve o gerçekleri başka kodlar altında yazmak üzere kendisine verilen ilahî görevi yerine getirmeye başlamıştı işte. Az önce olanlar hafızalardan silinmek üzere beynin salgılarına hedef oluyordu yavaş yavaş. Yıkıntı bölgesindeki insanlar çıkarılmış ve bir yerlere taşınmıştı. Bombaların patladığı yerde hafif bir duman kalmıştı ve o da bir süre sonra kendi kendine yok olup gidecekti.

BAĞDAT HAREKÂT KOMUTA MERKEZİ

Merkezdeki operatörler ve subaylar yerlerinden fırlayıp birbirlerini kutlamaya başladılar. Bilgi yüzlerce değişik kanaldan dünyaya akmaya başladı ve büyük bir gürültü koptu. Amerikan Ordu yetkilileri bunu büyük bir başarı olarak pazarlamaya çalışıyor ve direniş psikolojisini bu yolla yok etmek istiyorlardı. İstanbul'u işgal için hazırlanırlarken, büyük direniş gösterebilecek binlerce insan kötü yakalanmış ve hemen hemen tamamına yakını ya ölmüş ya da bir daha hareket edemeyecek hale getirilmişti. Bağdat'taki komuta merkezinden operasyonu yöneten komutanlar, basına yaptıkları açıklamalardan bunun İstanbul'a yürüyen Amerikan güçlerine bir hediye olduğunu söylüyorlardı. Bu saldırı sayesinde binlerce silahlı direnişçi etkisiz hale getirilmişti ve bu, yüzlerce Amerikan askerinin hayatının kurtulması anlamına geliyordu. Kendilerine karşı İstanbul'u savunmak isteyecek güçlere de gözdağı verilmişti onlara göre.

CENTCOM

Duvardaki ekranlarda beliren uydu fotoğrafları saldırıdan birkaç saniye öncesini ve sonrasını gösteriyordu. Her şey açıkça görülebiliyordu, binlerce insan bir aradaydı ve bu şimdiye kadar bir savaşta direnişe karşı vurulan darbeyi en açık gösteren delildi. Televizyonlara dağıtılan görüntülerde, genel kalabalık içinde silahlı insanlar uzun uzun yer alıyordu.

Amerikan gençlerine karşı silahlanmış olanların cezası verilmişti ve aileler çocuklarını askere gönderirken korkmamalıydı. Onları korumak için her şey yapılıyordu ve ortaya çıkan tehditler bertaraf ediliyordu. Bu mesaj sürekli olarak basın yoluyla kamuoyuna verilmeye başlanmıştı. Amerikan Ordu birlikleri, özellikle 82. Hava İndirme ve 4. Mekanize Piyade Tümeni çok sevinmişti bu işe. Irak işgalinde sivil direnişçilerin kaç Amerikalıyı öldürdüğünü çok iyi hatırladıkları için böyle bir oluşumun geniş çaplı olarak ortadan kaldırılmış olması, aldıkları en güzel haberdi. Artık kendilerine daha çok güveniyorlardı, soru işaretleri azalmıştı. Önemli bir bölgeyi savunacakları planlanan insanlar artık kendilerine bir zarar veremezdi.

İSTANBUL

Haberi aldığında Hikmet Pars olduğu yere çöktü ve bir süre konuşmadı. Onları açıklık bir alanda bir araya getiren şey ne olabilirdi ki acemilikten başka? Hâlâ düşmanı tanımamışlar mıydı? Savaş acımasızdı, kendi başına bir karakterdi, hatayı asla affetmezdi ve bu kuralına yine sadık kalmıştı. Üzülmenin anlamı yoktu, Harbiye'deki merkezî bölgeyi savunmak için başka askerleri kaydırmak gerekiyordu şimdi. Belki de orayı savunmak için bir şey yapılmayacaktı. Oraya girecek düşman her taraftan sarılı hale gelirdi ki hiçbir komutan, askerlerini böyle bir riske atmazdı.

Yaptıkları toplantılarda Yeşilköy Atatürk Havaalanı ilk hedef olarak görülüyordu. Düşmanın burayı ele geçirmek isteyeceğine şüphe yoktu. Havaalanı merkez olarak kullanılmak için çok uygundu ve etrafı geniş düzlüklerle çevrili olduğu için de savunulması kolay olurdu. Bu bölgeye bir hava indirme bekleniyordu. Ancak bu indirme yapılmadan yoğun hava saldırıları olacağına şüphe yoktu. Havalimanını savunmak için güç harcayıp harcamama konusunda kararsızdı Hikmet Paşa. Düşman buraya çok büyük güçle yüklenecekti ve savunma güçleri ne kadar çok olursa olsun kaybedilecekti. Tam bir savunma yerine çeşitli yerlere mayın döşemeye ve uzakta oluşturulan hatlardaki küçük ceplerden bölgeye inen düşmana zayiat verdirilmeye çalışılacaktı. Havan topları ve roketlerle bu yapılabilirdi. Hem zayiat az olur hem de düşmana beklediğinden fazla kayıp verdirilebilirdi.

Hikmet Paşa, beş yüz kişilik bir Özel Kuvvet birliğini Beşiktaş ile Seyrantepe arasında kalan geniş bir bölgeye yerleştirmişti. Beş yüz deneyimli savaşçı ağır teçhizatları ile bu bölgenin savunulmasına katılacaktı. Düşman ile göğüs göğüse çarpışma emri almışlardı. Seyrantepe'nin kuzeyinde kalan ormanlık ve düzlük araziler tehlike altındaydı. Buralar, saldırıda Amerikalı askerler için zıplama noktaları olarak kullanılmaya müsaitti. Eğer buraya bir saldırı gelirse mutlaka ama mutlaka durdurulacaktı. Bu durumla ilgili bilgiler ince sızıntılar halinde Amerikan haberalma teşkilatlarının veri bankalarına geliyor ve buradan da Başkana aktarılıyordu. Amerikan üst yönetimi, İstanbul işgali sırasında çok kararlı bir düşmanla karşılaşacaklarını biliyor ama bunu gizli tutuyordu. Bunun yerine Türkler arasında kopmaların başladığı ve isyanların çıkma aşamasında olduğu söyleniyor, mitinge yapılan saldırı örnek gösterilerek direnişin çabuk çökebileceği söylentileri yayılıyordu.

04 Haziran 2007 - Saat: 18.00
İZMİT KÖRFEZİ GÜNEY KIYISI KARAMÜRSEL YAKINLARI / 82. HAVA İNDİRME TÜMENİ ÜSSÜ

Büyük depremden sonra inşa edilmiş olan konutlar, karanlığın içinde parıldıyordu. Amerikan Genelkurmayı, İstanbul saldırısı ile aynı anda tüm ülkede büyük bir hava operasyonu başlatacak ve altyapıya saldıracaktı. Eğer İstanbul direnirse bu saldırı devam ettirilecek, teslim olursa durdurulacaktı. Elektrik santrallerinin yok edilmesi, bütün organize sanayi bölgelerinin imha edilmesi, yolların ve köprülerin tamamen kullanılmaz hale getirilmesi, su ve doğalgaz şebekelerinin yok edilmesi gündemdeydi. Bu, bazı gruplara mesaj niteliğinde bir saldırı olacaktı. Amerika'nın beklediği iç ayaklanma başlamazsa eğer, herkes aynı kaderi paylaşmak zorunda kalacaktı.

Güneydoğu bölgesindeki sivil yerleşim bölgeleri harekete geçerek Türk Ordusuna saldırmazsa, Amerikan uçaklarının hedefi olacaktı. Bu bilgiler çeşitli biçimlerde iletiliyordu ama henüz Amerika'nın beklediği gibi bir hareket olmamıştı. Ergenekon kuvvetleri küçük gruplar halinde çok çabuk ve kesin şekilde hareket ediyordu.

Bu bilgiler 82. Hava İndirme'nin kurduğu üste değerlendirilmeye başlanmıştı. Gerçi onlar ikinci operasyondan habersizdi ama iç grupların ayaklandırılmaya çalışıldığını biliyorlardı. Tümgeneral Joseph Reed, Amerikan Ordusunun en acımasız generallerinden birisiydi. Dev cüssesi, sert bakışları ve yaşına rağmen simsiyah saçları ve ince kaşları ile görenlerde korku uyandırıyordu. Gerçek bir paraşüt komando olarak tanımlanıyordu ve paraşütçülük konusunda ordudaki her askeri eğitebilecek kapasitede olduğunu herkes biliyordu.

Joseph Reed, karargâh çadırında büyük portatif bir masanın önünde durmuş, masanın üzerinde açık duran detaylı İstanbul haritasında göz gezdiriyordu. O düşünürken 1. ve 2. Tugay Komutanları masaya yaklaşıp, Reed'in eliyle işaret ettiği noktalara dikkatle baktılar.

Joseph Reed, kendilerine verilen görev üzerine çok düşünmüştü, şimdi hareket zamanı geldiğinden durumu tekrar gözden geçirmesi gerekiyordu. Operasyon çok tehlikeliydi. Şimdiye kadar ilki Ankara'da denenen ve başarılı olan operasyon türünü ikinci deneyen kendisi olacaktı. Ankara operasyonundan farklıydı durum. İstanbul'da ölümüne direniş bekliyordu onları, bunu hissedebiliyordu. Askerlerini ateşe attığı düşüncesi geliyordu aklına ama o sırada eğitimi devreye giriyor ve onu ileri askerî taktiklerin denenmesi durumunda karşılaşılacak risklere karşı psikolojik olarak hazırlıyordu. Tabur ve bölük komutanları ayakta durmuş, belli bir alan bırakıp masanın etrafında çember oluşturmuştu. Subayların hepsi savaş teçhizatlarını en küçük detayına kadar hazırlamış ve üzerlerine yerleştirmişti. Çadırın içinde dumanlı bir hava vardı. Herkes dikkatle Reed'in yüzündeki ifadelerden ne düşündüğünü çıkarmaya çalışıyordu.

"Bu sefer çok farklı, çok."

Harita üzerinde başka noktalara koydu elini.

"Helikopterler iki ayrı kola ayrılacak ve alçaktan uçacak. Kollardan birisi güneyden dolaşıp Atatürk Havalimanı bölgesini ele geçirecek ve burada bir harekât üssü kuracağız."

"Bunu tahmin ediyorlardır efendim." 1. Tugay Komutanı Albay Henry Savannah araya girdi.

"Biz de bunu tahmin ettiklerini tahmin ediyoruz Henry." Gülümsedi. "Biz oraya inmeden o bölge cehenneme dönecek ve sanırım alevlerin arasına ineceğiz. 75. Ranger Alayının 1. ve 2. Taburu bizim için bölgeyi temizlemeye başlayacak."

"Her şey çok hızlı olmalı, hemen Havaalanını ele geçirip güçlü bir savunma hattı kurmalıyız. Hava Harp Okulu zaten bombalandığı için orayı düşünmemize gerek yok. Havaalanına inecek taburun orada sıkı tutunmasını istiyorum. Gerekirse göğüs göğüse çarpışacaksınız, çünkü oraya ihtiyacımız var."

"İstanbul, komutanım, bizim için fazla büyük bir hedef değil mi?" Tabur komutanlarından birisi sordu.

"Hedef İstanbul ama bizim oradaki görevimiz, İstanbul'da denetimin sağlandığı imajını yaratacak yerlerin ele geçirilmesi ve 4. Mekanize Tümen, şehre saldırdığında destek sağlanması."

Joseph Reed, etrafını saran askerlere döndü. Yüzünde sert ve keskin bir bakış vardı:

"Diğer hedeflerimiz arasında Maslak denen şu bölgede bulunan 3. Kolordu Komutanlığı Karargâhı var. Orası ikinci bir üs oluşturmak için çok uygun ve şehrin merkezine yakın olması nedeniyle denetim açısından bizim için önemli."

"Burasını ele geçirmek için Seyrantepe'nin kuzeyine ineceğiz ve oradan hareket edilerek bu karargâh ele geçirilecek. Eğer bu üç bölge sorunsuz halledilirse 4. Mekanize yetişmiş olacak ve gerisi sadece direniş unsurlarının temizlenmesi olarak özetlenebilir."

"Sabah saat 5'te helikopterlerimiz kalkmaya başlayacak. Biz oraya ulaştığımızda Ranger'ların çatışmaları devam ediyor olur sanırım. Buna dikkat edin ve iki ateş arasında kalmayın."

Tümgeneral Joseph Reed bunları söylerken İstanbul yönüne

giden savaş uçaklarının sesleri duyulabiliyordu. Eğer hava biraz sisli olmasaydı şehrin her yanında patlayan bombaların alevleri bulundukları yerden bile görülebilirdi.

AYNI SAATLERDE İSTANBUL...

Bombaların atıldığı yerler daha odaklıydı artık. Belirli bir hedef doğrultusunda atıldıkları belliydi. Rüzgâr olmadığı için kesif bir duman bulutu kaplamıştı her yeri. Sokaklarda sadece silahlı askerler görülebiliyordu. Şehrin bir savunmaya hazırlandığını tahmin etmek zor değildi. Sokakların köşelerinde taşlardan hazırlanmış küçük siperler vardı. Askerler, özel timler ve silahlı siviller sokaklarda devriye geziyordu.

İstanbul'un dış mahallelerinde ise farklı bir atmosfer vardı. İnsanlar tedirginlik ve şok içindeydi. Amerikan 4. Mekanize Piyade Tümeninin yaklaşması nedeniyle alçaktan uçan değişik savaş uçakları mahallelere bomba yağdırıyordu. Irak'taki deneyimleri sayesinde ilerleyen konvoylara ne tür yerleşim yerlerinden ateş açıldığını öğrenen Amerikan Ordusu şimdi bu bilgileri Türk toprakları üzerinde uyguluyordu. Gebze, Tuzla, Balçık köyü, Güzeltepe, Sultanbeyli, Orhanlı Köyü, Pendik ilçesinin dış mahalleleri ve Kartal'ın bazı bölgeleri neredeyse tamamen ateş altındaydı.

Tankları yok etmek için kullanılan zırhlı A-10 savaş uçakları alçaktan uçarak -ki zaten özel olarak bu tarz durumlar için tasarlanmışlardı- savunmaya yönelik görülen her tür yapıya 30 mm'lik gatling topu ile ateş yağdırıyordu. Amerikan Özel Kuvvetlerinin kullandığı C-130J'ler 105 mm toplarıyla mahallelerin dış taraflarındaki evleri vuruyor ve buralarda siper meydana getirilmesini engellemeye çalışıyordu. Bu şimdiye kadar görülmüş bir durum değildi ama operasyonun en hassas safhasına giren Amerikan Ordusu, sivil kayıpları düşünmeyi tamamen bırakmıştı. Yoğun ateş altındaki mahallelerde yaşayanlar Ömerli Barajı havzasına doğru kaçmaya başlamışlardı. Binlerce insan alabildiği ne eşya varsa alıp Ömerli

Barajına doğru yola koyulmuştu. Yollarda oluşan uzun konvoylar hiçbir savunmaları olmadan ilerlemeye çalışıyordu.

4. Mekanize Piyade Tümeninin öncü birliklerine bağlı zırhlıları artık yerleşim yerleri yakınlarında görülebiliyordu. Gece karanlığını yaran izli mermiler gelişigüzel saçılıyor gibiydi. Tümenin ana gücü, O-4 karayolu Derince Mevkii ile kuzeyinde kalan çevre yolu arasındaki bölgede toplanmıştı. Birlik tam savaş pozisyonunda bekliyordu. 82. Hava İndirme Tümeni saldırısına başladığı zaman onlar da harekete geçecekti. Birkaç saat içinde Maltepe-Ümraniye hattı üzerine gelmeyi planlıyorlardı. O zaman Anadolu yakasının işgali tamamlanmış olurdu. Eğer 82. Hava İndirme, hedeflerini ele geçirirse, ondan sonrası kolay olacaktı. Savaş beklenenin aksine çok çabuk da bitebilirdi.

15. ve 26. Deniz Piyade birliklerini taşıyan gemiler USS Tarawa ve USS Cole, Marmara'nın girişindeydiler. Birkaç dakika sonra resmen Çanakkale Boğazından geçiş yapacaklardı ve sabah olduğunda İstanbul kıyılarına varmış olurlardı. Onların hedefi de doğrudan Boğaz'a dalmak ve her iki yaka arasında iletişim ve harekât köprüsü meydana getirmekti.

75. Ranger Alayına bağlı 1. ve 2. Tabur çoktan İstanbul'daydı. Alçaktan uçan helikopterler ile şehrin çeşitli noktalarında operasyonu başlatmışlardı. Havaalanı çevresinde oturanlar savaş başladıktan sonra ilk kez farklı sesler duymaya başlamıştı. Akşam üstü başlayan ağır bombardımanın arkasından helikopter sesleri duymuşlardı. Helikopter sesleri bir süre sonra kesilmiş ve bu sefer makineli tüfek atışlarının yankılanan sesleri başlamıştı. Havaalanı etrafında konuşlu bulunan Türk jandarma birlikleri, aniden üzerlerinde beliren özel donanımlı Ranger kuvvetleriyle boğaz boğaza savaşmaya başlamıştı. Bazı yerlerde burun buruna geliyorlardı. Her iki taraf da birbirinin nefesini suratlarında hissediyordu.

Bu siviller için tam anlamıyla bir şoktu. Günlerdir konuşulan saldırı başlamış olabilir miydi ama nasıl olurdu da bir anda yanı başlarında bitebilirdi Amerikalılar? Evlerin bodrumlarına saklanan insanlar daha bir tedirgin olarak, saklandıkları yerleri daha güvenli hale getirmek için fazladan önlemler almaya başladılar. Apartman dışındaki mazgalların üzeri kapatıldı ve ışıklar söndürüldü. Evde bulunan silahlar iyice saklandı. İnsanlar ailelerinden ayrılmadan beklemeye başladılar.

Garip bir bekleyişti bu. Kimse ne yapacağını bilmeden bekliyordu. Bir şeyler yapmaları gerektiğini düşünüp yapamadıkları için derin bir huzursuzluk yaşıyorlardı. Havaalanı civarında neler yaşandığını bilmiyorlardı. Zor da olsa çıkan gazeteleri okudukça iyice kafaları karışıyordu. Birkaç gün önce en çok satan gazetelerden birisinin genel yayın yönetmeninin yazısı mantıklı gelmişti onlara ve acaba onun gibi mi düşünmeleri gerekiyordu?

"Türkiye zor zamanlardan geçiyor. Biliyorum, hepiniz büyük bir infialin içindesiniz. Hiç böyle bir şeyle karşılaşacağınızı düşünmemiştiniz ama oldu. Dünya tarihi böyle sürprizlerle doludur ve bir anda değişmeyecek gibi görünen hayatlarınız kökünden değişebilir. Şimdi de öyle oldu. Dünya bir sapağa geldi ve biz bu arada okka altına gittik.

Hep güvendiğimiz ordumuz, gelişen teknoloji karşısında yenik düştü ve Amerikan Ordusunun tankları topraklarımızda cirit atıyor. Gelen haberlere göre birkaç gün sonra da İstanbul'a saldırmaya hazırlanıyorlar.

Gelin, şimdi sakin olmaya ve mantıklı düşünmeye çalışalım.

Türk ulusu olarak pek çok badire atlattık şimdiye kadar. Bunlardan kimisinde küllerimizden dirildik, kimisinde yerin dibine gömüldük. Bakıyorum da artık yapacak bir şey yok. Sizi direnişe çağıran bir yazı yazabilirdim, sizin ölmenizi isteyebilirdim ama bunu demiyorum ve biliyorum ki üzerime çok ama çok öfke çekeceğim. Evet, ben Amerikan işgaline karşı çıkılmamasını ve onlarla anlaşma yoluna gidilmesini savunuyorum. Var mı bunu tartışmak isteyen?"

Gazeteyi okuyanlar şaşırmıştı, kafaları allak bullak olmuştu. Normal zamanlarda bu tür yazılara küfür edip geçerlerdi ama şimdi, şimdi normal bir zaman değildi. Bir vatandaş olarak sahip oldukları tüm değerler alt üst olmuşken, artık öğrendikleri her şeyi yadsımaları istenirken nasıl olurdu da mantıklı davranabilirlerdi?

Bombalar, mermiler, tanklar ve sorular. Bunlar bir arada iyi durmuyordu. Tanklar evinin önündeyken İstanbulludan nasıl olurdu da mantık beklenirdi?

Ses kirliliği, hava kirliliği, ruhların kirliliği sarmıştı herkesi. Her yerden sarılıyormuş hissine kapılıyordu insanlar. İstanbul kendi başına bir krallık gibiydi. Bütün dünya o krallığın düşüşünü bekliyormuşçasına haber ajanslarının başına toplanmıştı. Eğer İstanbul Krallığı düşerse dünya değişiminin önünde bir kapı açılacaktı. Daha önce de öyle olmamış mıydı; İstanbul, bir çağı kapatıp başka bir çağı açmamış mıydı?

Bundan sonra olanları normal bir insanın algılaması mümkün değildi. Beyinlerde yer eden sarsılmaz imajların çatırdaması kolay olmazdı. Savaş büyük bir oyundu, o varken başka oyunculara yer yoktu. Kahramanlar en fazla savaşın parıltıları olabilirdi, oysa o tek başına her şey demekti. Savaşın anlamı kimileri için yaşama katlanmanın en kolay yoluydu. Bu dünya, barışı anlamsız bulan insanlarla doluyken barışa sarılmanın zorluğunu anladığımız bir yer olarak aklımıza kazılacaktı şüphesiz.

Savaş en kesif anlarına yaklaşıyordu. Gecenin saatleri ilerledikçe Amerikan Ordusu son darbeyi vurmak ve Türk vatanının direnç noktalarını kırmak için yüklenmeye başlamıştı. Son dakika kararları ile planlar değişiyordu. Heyecan had safhadaydı. Ranger taburlarının Yeşilköy Havaalanı etrafında çatışmaya girdiği haberleri her yere ulaşmıştı. Dünya bu haberi duyunca alt üst olmuştu. Amerikan Ordusu şehrin kalbine ne zaman ulaşmıştı? Sorular birbiri ardına soruluyor ve Dışişleri bürokratları sürekli olarak bilgi alıp ülkelerine aktarmak için ter döküyordu.

İSTANBUL, BİLİNMEYEN BİR YER

Savaş bir yandan İstanbul'da kızışmak üzereydi ama bir başka savaş da ülkelerin Dışişleri bakanlıkları ve istihbarat örgütlerinin koridorlarında yaşanıyordu. Türkiye'de gerçekleşecek olan değişimler dünyanın her köşesindeki çıkarları etkileyecek kapasiteye sahipti. Amerikan Ordusu yıldırım hızıyla amaçlarına ulaşmaya çabalarken dünya ülkeleri de gelişmeleri etkilemek için diplomatik etkilerini kullanmaya çalışıyordu.

Dünyanın büyük ülkeleri arasında son günlerde hızlı bir görüşme trafiği yaşanmaya devam ediyordu. Rusya'nın yeni Çarı Putin diğer ülkeleri ikna etmeye çalışıyordu. Bu kolay değildi. Ve nihayet bir sonuca varmış gibiydiler.

Tayyip Erdoğan gizli karargâhta Hikmet Pars'ın gönderdiği son gelişmeleri öğrenirken aktarmalı telefondan Putin'in aradığını öğrendi. Şaşırmıştı. Dış ülkelerden günler önce ümidi kesmiş gibiydi.

Putin, "İyi akşamlar Sayın Başbakan," dedi Türkçe. Sonra Rusça devam etti. "Biliyorum, benden daha erken bir yanıt bekliyordunuz ama inanın öyle kolay olmuyor diğer ülkelerle ortak bir karara varabilmek."

Tayyip Erdoğan Rusça tercüman aracılığıyla konuştu. "Dediğinizi iyi anlıyorum ama burada bir millet ve ülke yok ediliyor. Size gönderdiğim raporu aldınız. Ve biliyorsunuz ki bizim yok oluşumuz sizinkini de getirecek."

"Evet, evet iyi biliyoruz. Yalnız tek başımıza hareket edemezdik. Nihayet Almanya, Fransa, Çin ortak bir tavır için bir sonuca gelmek üzereyiz. Yalnız sizden isteyeceğimiz bir şey var."

Tayyip Erdoğan bir umut ışığı belirdiği için sevinmişti ama gelecek isteğin de yenilir yutulur olmayacağının farkındaydı.

"Bu devletler girdikleri riske karşılık Bor, Toryum ve Uranyum'u işletecek ortak bir şirket kurulmasını ve her birine eşit yüzde verilmesini istiyorlar. Yani Almanya, Fransa, Çin, Türkiye ve Rusya ortak hisselere sahip olacak."

Başbakan çeviri yapılırken sevinç çığlığı atmamak için kendini zor tuttu. Ama şimdi sakin olmak gerekirdi. 'Eğer bana bu teklifi yapıyorlarsa işin önemini anladılar, harekete geçmeye karar verdiler demektir,' diye düşündü. Şimdi de, ne alabilirsek, diyorlardı.

Putin sabırsızlıkla, "Evet Sayın Erdoğan," dedi.

Tayyip Erdoğan blöfünü yaptı. "Hayır Putin, bu kadar büyük yüzdeler veremeyiz." Çevirmenin suratı bir an asılınca hemen çevirmesi için işaret etti. "Siz de çok iyi biliyorsunuz ki böyle bir durumda ABD geri çekilmeyi kabul etse bile şirkette önemli bir yüzde isteyecektir. Ayrıca İngiltere de işin içine girecektir. Bu da demektir ki Türkiye'nin hakkı iyice düşecek."

Putin bu gelişmeleri tahmin edebiliyordu. "Evet iyi bir durum değil. Ama sanırım başka bir seçim şansınız yok. En azından ülkeniz kurtulacak."

Tayyip Erdoğan bir an düşündü. "Her zaman ikinci bir seçim vardır Sayın Başkan. Ülkemizin büyük bir kısmı yerle bir oldu. Ve sizler harekete geçmek için çok beklediniz. O minarele halkımın ve ülkemin geleceği için ihtiyacımız var. Ve eğer geleceğimizi böyle bir ipotek altına alacaksanız belki de hiç direnmemeyi ve ABD'nin şartlarına tamamen teslim olmayı düşünebiliriz."

Evet, bu bir blöftü. Bir ülke olarak intihar edemezlerdi, teslim olamazlardı ama böyle bir ihtimal karşısında ittifak çağrısı yaptıkları ülkelerin de gelecekleri kalmayacaktı.

Telefonun karşı ucunda Putin'in sert yüzü bir an dondu, sonra aniden gülümsedi.

Çok sıkı pazarlıkçısınız Sayın Erdoğan, sizin teklifiniz nedir?"

Başbakan rahatlayıp, tuttuğu nefesi koyverdi. "Almanya, Fransa, Çin, ABD ve İngiltere ve Rusya'ya kurulacak şirketten yüzde beş hisse verilecek. Fakat bu karşılıksız olmayacak. Türkiye'nin yeniden imarı için belli yardımlar yapılacak. Örneğin Rusya'dan on yıl karşılıksız doğal gaz alabiliriz. Bu da Bor teknolojisi iyice geliştiğinde hiçbir şey demektir."

Putin tarafında bir süre sessizlik oldu. Nihayet, "Kabul," diye

Tayyip Erdoğan'ın o güne kadar duyduğu en güzel sözcük geldi. "Sayın Başbakan bence blöf yapıyorsunuz ama bu önerinizi kabul ediyorum. Bana diğer ülkeleri ikna etmek için bir-iki gün verin."

Tayyip Erdoğan arkasına yaslandı. Çevirmen de sevincinden küçük nidalar çıkarıyordu. Başbakan boğazını temizledi, "Peki Sayın Başkan, ama acele edin, zira İstanbul düşerse şansınız kalmaz. ABD'yi buradan hiçbir güç çıkaramaz."

İşin zor yanı aşılmış gibiydi, detayları Türk büyükelçileri halledebilirdi. Tayyip Erdoğan söz konusu işbirliğinin tam çerçevesinin belirlenmesi için büyükelçilerin aranmasını istedi. Yapılacak çok iş vardı. Türkiye direniyordu ve dünya artık bu direnişin yanında yer alacak düşünme payını bulmuştu.

Dünyadan...

Rusya sınırlarına yakınlığı nedeniyle oluşabilecek bir boşluğu değerlendirme amacıyla üç tank tümenini harekete geçirmişti ve bu tank tümenleri hızla Ermenistan'a ilerlemişti. Bunun yanı sıra Rus donanması Karadeniz'de tam teyakkuzdaydı. Ermenistan Ordusu da elindeki bütün imkânları Türk sınırına kaydırmıştı. Bunları yaparken sınırlarını korumayı ve kaçakları denetleme planlarını öne sürüyordu. Rum Ordusu ise sınırda pek çok noktada toplanmıştı ve karşıya geçmek için hazırdı. Sürekli uçan Rum savaş helikopterleri zaman zaman sınırın öte yanına geçiyordu ama Amerikan uçaklarının saldırıları o kadar yoğundu ki Rum Ordusuna ait Fransız yapımı Gazelle saldırı helikopteri, bir uçaktan atılan lazer güdümlü bomba tarafından yanlışlıkla vurulmuştu. Bu olaydan sonra Rum helikopterleri Türk sınırına fazla yaklaşmamaya özen gösteriyordu.

Yunan Ordusu da tam teyakkuz durumundaydı. İstanbul'a yapılan saldırı Yunanistan'da büyük yankı uyandırmıştı. Amerikalıların düşüncesiz bir kovboy gibi her yeri bombalaması Yunanlıları çok kızdırmıştı. Sokaklarında günler süren Amerikan karşıtı gösteriler yapılıyordu ne zamandır. Başbakan Papahandris'in açıklamaları Avrupa Birliği ve Amerika arasındaki ipleri gerecek cinstendi ama Amerikan Ordusu ve Başkan bütün dikkatini Türkiye üzerinde topladığı için dünyaya gözlerini tamamen kapatmıştı. Onların karşısında şimdi sadece Hikmet Pars'ın komutanlığını yaptığı, İstanbul'u savunan on binlerce tam teçhizatlı Türk askeri ve polisi vardı.

4. Bölüm: DÜNYANIN MERKEZİ

BÜYÜK İSTANBUL SAVAŞI
05 Haziran 2007

Ersin sıska bir çocuktu. Yirmi üç yaşında olmasına rağmen onu görenler on beş yaşlarında olduğunu düşünürlerdi. Panik atak hastası olduğu için dört yıldır dışarı çıkmıyordu. Savaş başladığından beri durumu daha da kötüleşmişti. Atatürk Havalimanına yakın olan Yeşilköy'de oturuyorlardı. Eski üç katlı bir binaydı evleri. Bodrumda yaşamak onu daha da boğuyordu, kendisini içinden hiç çıkamayacağı bir karabasanın içindeymiş gibi hissediyordu.

Anne ve babasının yüzündeki ifadelerden durumun daha da kötüye gittiğini hissedebiliyordu. Onların yüzlerinin beyazladığını görmek her şeyi zorlaştırıyordu. Silah sesleri, kendilerini korumaya çalıştıkları bodrum katına kadar ulaşıyordu. Radyodan bir şeyler öğrenmeye çalışıyorlardı ama anlam ifade eden bir haber duymaları neredeyse imkânsız gibiydi. Yiyecek stokları yoktu, bulabildiklerini yiyerek hayatlarını sürdürmeye çalışıyorlardı. Ersin, beyninin patlayacak gibi olduğunu duyumsuyordu, ne yapacağını bilmeden sonu olmayan bir yolda yürüdüğünü düşünmek onun hastalığını daha da kötüleştiriyordu, ilaçlar da fayda etmemeye başlamıştı. Gittikçe artan koyu bir karanlığın içine sürükleniyordu, buna dayanamazdı. Ya bir şeyler yapacaktı ya da kendi kendisini yok eden bir girdabın içinde hayatına son verecekti.

Ersin oturup başını dizleri arasına aldığı köşeden fırlayıp kalktı. Ayakta duruyordu, elleri titriyordu ve bedeni gerilmişti. Anne babası ona ne olduğunu anlamaya çalıştı. Gözleri anlamsız noktalara bakıyordu. Kapıya doğru koştu birden. Annesi atılıp kolundan yakaladı onu.

"Dur, ne yapıyorsun?" diye bağırdı. Ersin kendini tutamayacağını anladı, annesini kenara itip bodrumun kapısını açtı ve hızla merdivenleri tırmandı. Apartmanın dışına çıktığında yüzüne serin bir sabah rüzgârı ile birlikte makineli tüfek seslerinin yankıları çarptı. Karşısında duran manzaraya baktığı zaman garip bir şeyler oldu, beynini kemiren bütün solucanlar çıkıp gitmişti sanki. Gökyüzü açıktı ve havadaki hafif serinlik içini gıdıklıyordu. Gözleriyle önünde geniş bir açıdan bakabildiği manzarayı taradı. Güneşin kalbinden fırlayan ışık demetlerinin portakal bulamacına döndürdüğü gökyüzünde etrafa çılgınca sıçrayan ateş kıvılcımlarını seçebiliyordu.

"Allahım!" dedi, dudaklarından kendiliğinden dökülmüştü kelimeler. İnsanların nerelerde olduğunu tahmin edebiliyordu, Havaalanının etrafında çok yoğun silah atışlarının izleri seçiliyordu. Ersin durup etrafa baktı. Gökyüzü bu kadar güzelken ne yapmalıydı? Silahları ateşleyenler cesur insanlar olmalı, diye düşündü. Ölüme meydan okuyorlardı, uzaklardan gelip tanımadıkları bir ülkeyi ele geçirmeye çalışmak ve onların ölümcül silahlarına karşı koymak gerçekten Ersin için hayran olunacak özelliklerdi. Biliyordu bunlar saçma düşüncelerdi ve belki de başkaları bu düşüncelerini duysa onu ayıplardı ama kimse onun içinden neler geçtiğini bilemezdi. Büyük bir enerji birikmişti kalbinde ve onu dışarı çıkarmak zorunda hissediyordu kendisini. Arkasını döndü, apartmanın kapısında anne babası onu, güvenen bakışlarla süzüyorlardı. Çocuklarının aklından geçeni okuyor gibiydiler. Ersin koşmaya başladı. Havaalanına doğru koşuyordu, silahların çılgınca ateşlendiği yere.

Amerikan 75. Ranger birliğine bağlı 2 taburun, Havaalanı çevresindeki savunma unsurlarını temizlemek için indirme yaptığı yere. Şiddetli bir çatışmanın sürüp gittiği ve Ranger'ların ilk kez ağır kayıp olarak tanımlanacak kadar çok asker kaybettiği bir savaşın içine.

82. Hava İndirme Tümeni Komutanı Tümgeneral Joseph Reed savaş kıyafetlerini giydi. Şimdi emrindeki binlerce askerden bir farkı yoktu. Tabancası kolunun altında asılı duruyordu ve M-16 piyade tüfeği gece görüş dürbünü takılı halde sırtındaydı. Miğferinin altından etrafındaki askerleri korkutan bakışlar saçıyordu.

"Helikopterleri hazırlayın. Hazır kuvvetler helikopterlere. Zamanı ben biraz erkene alıyorum. Güneşin doğuşunu beklemeyeceğiz. Karanlıktan mümkün olduğunca yararlanmamız lazım."

Emir subayı bu emri derhal telsizden bütün birimlere geçti. Emrin verilmesiyle beraber dışarıda büyük bir koşturmaca başladı. Helikopterlerin dönmeye başlayan pervaneleri nedeniyle hiçbir ses duyulmuyordu. Joseph Reed karargâh çadırının dışına çıkıp etrafa baktı. Dev helikopterler uzun bir pist sırasınca dizilmişti ve kalkışa hazır hale getiriliyordu. Ağır teçhizatların yükü altında bedenleri kıvrılan askerlerin koşarak helikopterlere doluşmasını zevkle izledi Komutan. Hepsi gittikten sonra o da kendisi için hazırlanan MH-53 özel operasyon helikopteri ile İstanbul saldırısına katılacaktı. Bu, Joseph Reed'in askerlik anlayışıydı. Böylesine önemli bir operasyonda askerlerin yanında olmadığı izlenimini uyandıramazdı. Karargâhın yanından geçen askerler Tümgenerali savaş kıyafetleri içinde gördükleri zaman daha da heyecanla koşmaya başlıyorlardı. Bu, savaşta kullanılabilecek en iyi silahtı; kalbiyle savaşa giden bir asker.

Joseph tüm askerlerin helikopterlere bindiğinden emin olmak istiyordu. Yüzlerce metre uzunluğundaki pistte sıralı olarak duran ve pervaneleri dönen tam yüz elli dört helikopter vardı. Bu saldırı, modern savaş tarihinde doğrudan saldırı amaçlı kullanılan en büyük helikopter harekâtı olacaktı. Bu kez destek görevinde değil, doğrudan düşmanlarını teslim alacak bir güç olarak saldırıya katılıyorlardı. Geçen yıllar içerisinde uygulanan hafif kuvvetleri geliştirme çalışmaları burada denenecekti. Şu anda tam 3850 asker ağır silahlarıyla beraber helikopterlerde saldırı emrini bekliyordu. Onlara bakınca Joseph'in tüyleri diken diken oldu. Biraz sonra belki de Amerikan tarihinin en şiddetli şehir savaşlarından birisine girişeceklerdi ve o emri vermesi için herkesin gözü, onun üzerindeydi.

Havanın karanlığı operasyonun kendi lehlerine gitmesini sağlayacak seviyedeydi. Helikopterler 1. Tugayı Havaalanına ve Seyrantepe'deki ormanlık alana bıraktıktan sonra geri gelecek ve 2. Tugayı, gerekli görünen yerlere, savaşın gidişine göre taşımaya başlayacaktı. Joseph Reed, asker olduğu zaman, emekli bir Albay olan babasına verdiği sözü hatırladı. Reed soyadını savaş tarihinin en önemli isimlerinden birisi haline getirme sözü vermişti. Şimdi o sözün tutulma zamanıydı. Tümgeneral koşarak pistin en başına gitti. Bunu bizzat kendisi başlatmak istiyordu. Pistin başına geldiğinde durup yüzlerce metre halinde sıralanmış helikopterlere baktı, en öndeki helikopterde 1. Tugay Komutanı Albay Henry Savannah vardı. Gülerek Joseph'e bakıyordu. Joseph Reed aynı şekilde karşılık verdi ve elini kaldırıp helikoptere havalanmasını işaret etti. Helikopter derinden gelen bir gümbürtü ile kalkmak için motorlara güç verirken, Joseph üzerindeki yirmi kiloluk teçhizatı ile koşmaya başladı. Her helikopterin yanından geçerken kalkış işaretini tekrarladı. Doğrudan Tümgeneralden gelen kalkış emriyle beraber değişik tipteki nakliye helikopterleri sabaha dönmeye başlayan gecenin karanlığına doğru havalanmaya başladı. Gökyüzü garip kanatlı yaratıklarla dolmuş gibi görünüyordu. En son helikopter de havalandıktan sonra Reed, kendisi için hazırlanan MH-53J'nin yanına gitti. Aracın hemen kapısında 2. Tugay Komutanı Kıdemli Albay Henry Dubois duruyordu.

"Efendim. Sizinle sürekli kontak halinde olalım. Sizin verdiğiniz emirler doğrultusunda tugayımı saldırı için yönlendireceğim."

"Bak Dubois. Eğer bize bir şey olur da işler yolunda gitmezse, komuta sende olacak tamam mı?" Joseph'in kaybedecek zamanı yoktu ve bu, kesinlikle duygusallıktan uzak bir konuşmaydı.

"Emredersiniz. Umarım her şey yolunda gider."

Joseph, gözlerinde bulutlu bakışlarla Dubois'e baktı.

"Umarım."

"Hey Bill, nasıl hissediyorsun dostum?"

"Kahretsin, sanki midemin üzerinde büyük bir taş var gibi."

"Sence başaracak mıyız?"

"Sanmıyorum oğlum."

"Kahretsin, burada ölmek istemiyorum."

"Pek çoğumuz öldü, pek çoğumuz."

Helikopter havalanalı sadece üç dakika olmuştu. Marmara Denizi üzerinde uçan helikopterler çok geniş bir alanı kaplıyordu ve askerler açık duran kapılardan birbirlerini görebiliyorlardı. Denizden sadece yirmi beş metre yükseklikte büyük bir süratle uçuyorlardı. Helikopteri dolduran otuz kadar asker yüzleri arka çıkış kapağına ve yan taraftaki pencerelere dönük bir şekilde arka arkaya oturmuştu. Rahatsız bir durumdu ama rahat olup olmamak o anda düşünebilecekleri en son şeydi doğrusu.

Yirmi iki yaşında, Idaholu bir çiftçinin en küçük oğlu Jeffry Binch, gerçekten nereye gittiğini bilmiyordu. Etrafındaki çoğu askerin de bunu bildiğinden emin değildi. Asker olduğu günden beri yanından ayrılmayan dostu Bill Fuller, New Yorklu bir borsa simsarının tek oğluydu. Babası ona neden asker olmak istediğini sorduğunda doğru düzgün bir cevap verememişti ama aşağı yukarı, paranın alamayacağı şeylere sahip olmak için gibisinden bir şeyler söylediğini hatırlıyordu. Kendilerine güvenleri ise tamdı doğrusu. Eğitimlerine ve kondisyonlarına güveniyorlardı. Orduda, sivil hayatta rastlamadıkları pek çok şeyi bulmuşlardı. Kendilerini gerçek bir takımın parçası gibi hissediyorlardı. Bu işin kötü tarafı ise bazen bu kazançların geriye ödenmesinin istenmesiydi ve şimdi, o anlardan birisiydi. 82. Hava İndirme Tümeninde göreve başladıkları zaman onlara bu birliğin vazifesi anlatılmıştı. Her zaman için en önde gidenler onlar olurdu ve kurmay generaller gelişen teknolojiyi, bu birliğin kendisini derin savunma hatlarının arkasında tek başına koca düşman birlikleri ile savaşmayı becerecek şekilde geliştirmesine yardım edecek biçimde yönlendiriyordu.

Askerleri taşıyan helikopterler geri döndükten sonra, alacakları geri bildirim doğrultusunda ağır teçhizatları getirmek üzere tekrar havalanacaktı. İkinci tur, ya 2. Tugayın taşınması için ya da zırhlı Humvee araçların, top bataryalarının, ileri kontrol ve hedefleme araçlarının 1. Tugay tarafından kullanılması için taşınacaktı. Bu taşıma işlemlerine C-130 uçaklarının da katılması gerekiyordu.

"Jeffry, sence ne olacak?" Bill Fuller silahına sıkı sıkıya sarılmıştı ve dakikalar geçtikçe garip bir his içini dolduruyordu.

"Bill, kahretsin oğlum. Defol git başımdan, bana cevabını bilmediğim sorular sorup durma. Ne olabilir ki ha? Herhalde gidip Türklerle futbol oynamayacağız."

"Çok çetin geçecek oğlum. Bu savaş gerçekten çok çetin geçecek."

"Bill, dırdırlanmayı kes ve sana söylenenleri yap. O adamları şimdiye kadar yendik ve bu sefer de yenmememiz için bir neden yok. 101. başardıysa biz de başarabiliriz."

"Sana inanmak istiyorum Jeffry."

Jeffry Binch arkasına döndü ve sinirli bakışlar fırlattı. Bu, Bill Fuller'ın susması için yeterli olmuştu ama bir bacağı sinirden sürekli olarak oynuyordu. Helikopter, Yeşilköy'ün açıklarındaki adaların birkaç kilometre güneyinden geçti. Hedefleri doğrudan Yeşilköy Havaalanıydı. Ranger'ların bölgeyi temizlediği haberi gelmişti ve denizden gelecekleri için de fazla bir sorunla karşılaşmamaları gerekiyordu. Yine de tehlikeliydi ama. Eğer orayı üs haline getirebilirlerse ondan sonra ilerlemek kolaylaşırdı.

Adaların hizasında uçarken denizin üstünde ve adalarda alev topları gördüler. Marmara Denizinin üzerine ateş böcekleri doluşmuş gibiydi. Helikopterler kuzeye doğru yönlenmeye başlayınca artık kara onlardan fazla uzak değildi. Hava Kuvvetlerinin saldırısı yeniden başlamıştı. Çok yükseklerde jet motorlarının izlerini görebiliyorlardı. Savaş uçakları onların saldırısını kolaylaştırmak için iş başındaydı.

Jeffrey belli etmemeye çalışsa da ellerinin titremesini durdurmadığı için bacaklarının arasına sıkıştırmıştı. Terleyen sırtı nedeniyle çantası daha da ağırlaşmış gibi geliyordu. Etrafına bakındı. İçeridekilerin durumu pek de farklı sayılmazdı. Askerlerden kimisi kulaklıklarından yayılan gürültülü rock müzikleri dinliyor, kimisi dua ediyor, kimisi de hiçbir tepki göstermeden bir robot gibi yerinde duruyordu. Birazdan olacaklar hakkındaki görüşlerinin aynı olduğu, gözlerindeki ifadelerden anlaşılabilirdi. Korku birinci faktördü, belirsizlik ve biraz sonra gerçekleşecek olayın büyüklüğü konusunda şoka girmelerini önleyecek hazırlığa sahip olup olmadıklarının karanlıkta olması. Gökyüzünde kıvılcımlar gibi dolanan mermileri gördüklerinde her şeyin çok yaklaştığını anladılar. Helikopterlerinin yöneldiği alanda halen silah ışıltıları görülebiliyordu. Yeşilköy'e yaklaşıyorlardı ve inecekleri yer tam olarak güvenli sayılmazdı. Koskoca bir şehrin ortasına iniyorlardı, bu ne kadar güvenli olabilirdi ki? Zaten izli mermilerin yavaş yavaş onlara doğru gelmeye başladığını görmüşlerdi. Birkaç mermi helikoptere çarpmıştı ama etkili olmamıştı.

Başkan büyük bir dikkatle masanın üzerinde duran konsollardaki anahtarları çevirerek Türkiye'deki birliklerden gelen iletişim kanallarındaki konuşmaları dinleyebiliyordu. Kendisi için özel seçilen bazı telsizlerin ilettiği her şey hemen onun önündeki konsola ulaşıyordu ve o istediği kanala geçerek bu konuşmaları dinliyor ve artık son aşamasına giren savaşı neredeyse içindeymiş gibi izleyebiliyordu. Genelkurmay Başkanı Howard Strike da Başkanın kullandığına benzer bir konsoldan iletişim kuruyordu ama onun sahip olduğu sistemler daha fazlaydı. Eş zamanlı olarak bazı birliklerin ilerleyişini dahi takip edebiliyor ve yapılan hedeflemeleri bile bilgisayar ekranında görebiliyordu.

"Howard, burada askerler sürekli bağırıyor ve ben bu kahrolası sistemi kullanmayı doğru dürüst öğrenemedim. Bana neler olduğunu anlatır mısın lütfen?" Başkan önündeki konsola sert bir şekilde eliyle vurdu ve döner sandalyenin üzerinde bir tam tur attı. Howard Strike yüzünde sinirli bir ifade ile ona döndü.

"Sayın Başkan az önce Tümgeneral Joseph Reed, kendi inisiyatifi ile harekâtı erken başlattı. Bu harekât savaş tarihimizin en zor harekâtlarından birisi olabilir." Sözlerinde başka bir anlam vardı sanki, Başkanın biraz susmasını istiyor gibiydi. Teknolojiyi o kadar hızlı geliştirmişlerdi ki, oturdukları yerden çene çalarken bir yandan da 4. Mekanize Piyade Tümeninin silahlarının nişangâhını dahi izleyebiliyorlardı. Belki de bu kadar çok teknoloji iyi bir şey değildi, özellikle yanınızda konuşmayı iş yapmaktan çok seven bir Başkan varsa.

"Ranger'lar taburu Havaalanında denetimi ele geçirdi, diyebiliriz. İyi haberler alınıyor. Ancak halen etraf çok tehlikeli. Elliden fazla Ranger öldü. Pek çok da yaralı var. Helikopterler birkaç dakika sonra Havaalanına inmeye başlayacak ve sonra hemen geri dönecekler. Bir bölümü daha kuzeye yönlenerek ikinci bir noktada konuşlanacak. Çok hızlı olmalıyız yoksa Ranger'ların hepsini kaybedeceğiz."

"Askerler tehlikede mi?" Başkan ilk kez mantıklı bir soru sormuştu.

"Herhangi bir zırhlı hareketi görülmüyor ama tehlike büyük. Şiddetli bir direniş var. Bu savaşın uzun sürmesi halinde kazanma ihtimalimiz yok. Hava Kuvvetleri, Özel Kuvvet birimlerinin belirlediği noktalara hava saldırısı yapıyor. Yollarda hareket eden her şeye ateş emirleri var."

"Bu iyi. Aman Tanrım gerçekten buna inanamıyorum. Her şey çok çok iyi gidiyor."

Howard hoşnutsuz bakışlarla süzdü Başkanı. "Bu çılgın herif

her şey yolunda diyorsa mutlaka bir sorun çıkar," diye düşündü. Ona bu iş uzun sürerse savaşı kazanamayız diyorum ve o hâlâ her şey yolunda diyor.

"Başkan, şimdi yer birlikleri ile ilgili bazı bilgiler var. Derince bölgesinden hareket eden birlikler Ömerli Baraj havzasının güneyinde büyük bir direnişle karşılaşmışlar." Başkan direniş sözünü duyunca irkildi. Sanki çok olağandışı bir şeymiş gibi gelmişti kulağına, iyi giden bir operasyon, insanı büyük beklentilere sokuyordu.

"Ne tür bir direniş bu Howdy, tankların karşımıza çıkacağını sanmıyorum çünkü bunların çoğunu yerle bir ettiğinizi söylemiştiniz."

"Başkan bu doğru, bu bir zırhlı direnişi değil." Biraz düşündü ve gelen raporu dikkatli biçimde okudu. "Sanırım hafif araçlara yerleştirilen bazı tanksavar silahlarının kullanıldığı bir direniş. Pek çok tankı vurmuşlar." Sonra önündeki konsoldaki anahtarlardan birisini çevirip 4. Mekanizenin Komutanı Tümgeneral Harold Flynn'in telsizini dinlemeye koyuldu. Bunu yaptığında karşısındaki kullanıcının da haberi oluyordu. Harold Flynn aracının içinde çok meşgul olmasına rağmen Genelkurmay Başkanının kendisini dinlediğini fark edince ona selam göndermeden edemedi.

"Selam Howdy. Sanırım direniş haberi size kadar ulaştı ama önemli bir şey yok. Sadece cesurca bir hareket ancak tanklarımız bu konuyu halletti ve pek çok araç yok edildi."

Aynı anda Başkan da hatta girdi. "Harold size güveniyorum. 82. başladı, bir an önce onlarla buluşmanız gerekiyor."

"Selam Sayın Başkan. Biz de ileri hareketimize az önce başladık. Bu nedenle benzer direniş haberlerinin gelmesi şaşırtıcı olmasın. Bu çok doğal, Türkler topraklarını savunuyor ve bunun için onları suçlayamayız. Ama bu yaptıklarının sonuçlarına da katlanıyorlar efendim."

"Harold." Başkanın sesi emrediciydi.

"Evet komutanım." Harold ses tonundaki imayı anladığını belirtir şekilde cevap verdi.

"Türklerin ne yapmaya çalıştığı umurumda bile değil. Ben kafamda 82. ve 4. Mekanizenin bir arada olduğunu hayal ediyorum. Bir an önce bana yetişseniz iyi olur." Sözlerini bir kahkaha ile bitirdi. Güzel espri yaptığını düşünüyordu.

"Sayın Başkan, yaptığımız planların yanı sıra düşünmem gereken ikinci şey de askerlerimin hayatıdır."

Garip bir şekilde hat kesildi. Başkanın yüzünde şaşkınlık ifadesi vardı ve olayı geçiştirmek için sanki konsolda bir bozukluk varmış gibi anahtarlara vurup düzeltmeye çalıştı. Howard Strike hemen araya girdi ve aslında hoşuna giden olayı kapattı.

"Sayın Başkan, sanırım uydularla ilgili bir arıza."

Ersin'in gözleri faltaşı gibi açılmıştı. Denizin üzerinde hareket eden dev araçları görünce korkudan dizlerinin bağı çözülür gibi oldu. Ne kadardır yürüdüğünü bilmiyordu ama şimdi Ataköy ile Hava Harp Okulu arasındaki sahil yolunun üzerinde bir yerlerdeydi. Mermiler, etrafında uçuşuyordu. Çatışmalar Ataköy ile Şirinevler taraflarına yayılmıştı. Ranger taburları, Havaalanını savunmaları için yerleştirilen Türk askerlerini hayli uzağa geriletmişti. Yüksek binalardan bazılarında yangınlar görülebiliyordu. Havaalanı sakinleşmişti ve bazı noktalarında alelacele yapılmış küçük savunma mevzileri görülebiliyordu. Ersin'in gördüğü helikopterler artık denizi yalayan bir yükseklikte uçarak karaya yaklaşmaktaydılar. Bir dakika sonra alana inecek ve o bölgede güçlü bir üs kurmaya çalışacaklardı. Tam o anda, Ersin bir ses duydu. Dönüp arkasına baktığında yol ile deniz arasında kalan otluk alanda yere yatmış ve üzerlerini otlarla kapatmış bir sürü silahlı adamın olduğunu gördü. Elleriyle ona kendilerine gelmesini söylüyorlardı. Ersin kısa süren bir şokun ardından bir kez daha helikopterlere bakıp koşarak askerlerin yanına gitti ve hemen yere attı kendisini. Askerlerin üzerinde koyu yeşil renk kamuflaj elbiseleri ve yeşil bereler vardı. Hepsi de koca cüsseli insanlardı. Polisin Özel Harekât timleri bölgede yerleşmişti. Sayıları belirsizdi ama Havaalanı bölgesini çiçek bahçesine çevirecekmiş gibi de görünmüyorlardı. Hepsinin elinde M-16 tüfekleri vardı, belleri şarjörlerle doldurulmuştu ve kemerlerinden büyük colt tabancalar sarkıyordu. Birkaç tanesi FN makineli tüfeklerinden taşıyordu. Bu silahlar güneydoğudaki operasyonlarda kullanılmış olan, dakikada bin mermi atabilen çok etkili makineli tüfeklerdi, teröristlerin taktığı adla; çılgın kız.

Ersin yere yatınca bir adam sürünerek yanına gelip Başkomiser olduğunu söyledikten sonra onu otların altına sokmaya çalıştı. Birazdan helikopterler üzerlerinden geçecek ve alana inecekti. Aslında ateş etseler birkaç helikopter düşürebilirlerdi ama bu, onların da sonu olurdu. Nakliye helikopterlerinin tamamı ağır silahlarla donatılmıştı ve üstelik onları koruyan Apache helikopterleri de vardı. Tam anlamıyla silahlı bir armadanın üstlerinden geçmesini bekleyeceklerdi.

"Oğlum, bak şu büyük silahlı adam var ya, hemen onun yanına git ve yanındaki silah kutusunu taşı tamam mı?"

Ersin'in; bıyıklı, kır saçlı ve korkutucu bakışlı özel tim polisinin söylediklerine karşı çıkmasına imkân yoktu. Tansiyonu neredeyse zirvedeydi ve her an kalp krizinden öleceğini düşünüyordu. Bu düşüncelerle savaşmak zorundaydı. Böyle bir şeyin içinde kalacağını hayal bile edemezdi ama olmuştu işte. Etrafı silahlı adamlarla doluydu ve üzerlerine gelen korkutucu bir güç vardı.

"Tamam abi," diyebildi ancak. Yaprak gibi titriyordu. Polis ona güldü ve yuvarlayarak az ötedeki FN makineli tüfeğini taşıyan, daha da iri ve korkutucu bakışlı polisin yanına gönderdi. Polis, Ersin'in ensesine bir tokat vurup "Geç lan şuraya," dedi. Ersin'in hemen yanında koca bir kutu duruyordu, içi makineli tüfeğin şarjörleri ile doluydu.

"Ver, diye bağırdığımda çıkarıp bana vereceksin tamam mı? Çabuk olmak için elinde bir tane yedekle bekleyeceksin."

"Tamam abi." Söyleyecek bir şey yoktu.

Dev nakliye araçlarının rotorlarından gelen sesler kulaklarını doldurduğunda herkes kaskatı kesildi ve öylece bekledi. Ersin nefes bile almıyordu, kalp atışları yüz elliyi geçmiş olmalıydı.

Bir anda karanlık daha karanlık oldu. Helikopterler karanın üzerine gelince yerde ne kadar toz toprak varsa havalandı. Göz gözü görmüyordu. Hepsinin kulakları sağır olmuş gibiydi. Ersin kendisini çok yalnız hissetti. Kesilmiyordu sesler, bir ara başını çevirip havaya baktı parmaklarının arasından. Bir kasırganın ortasında gibiydiler. Dev yaratıklar üzerinden geçiyordu. Askerlerin sallanan ayaklarını görebiliyordu. Pencerelerden çıkan uzun namlulu silahları bile görebilmişti. *Allahım, ölüme ne kadar da yakınım,* diye düşündü. Kalp atışlarının yavaşladığını hissetti birden. Bu olamazdı, ölümle bu kadar yakınken, yo hayır normalleşemezdi. Ama olmuştu. Bedeni garip bir biçimde olumlu tepki vermişti. Kalbi hiç olmadığı kadar özgür ve çılgınca atıyordu. Kalp krizi geçirmek korkusu yoktu artık. Bedenine güveniyordu. Şu koca silahlara göğüs gerebilen birisi basit korkularla uğraşamazdı.

Dakikaların nasıl geçtiğini anlamadı. Bir süre sonra artık üzerlerinden bir şey geçmediğini fark ettiler. Ancak havaya kalkan tozun yatışması biraz zaman aldı. Başkomiser ayağa kalktı ve diğerlerine yerlerinde kalmalarını işaret etti. Koşarak yolun karşısına geçti. Yol ile alanı ayıran alçak duvarın arkasına saklanıp indirme yapan askerleri dürbünle gözlemlemeye başladı. Özel Tim polisleri de silahlarını hazırlamıştı. Makineli tüfekçi Ersin'e bakıp sırıttı.

"Korkma lan."

"Yok abi."

Başkomiser tekrar eski yerine geldi koşarak ama bu sefer ayakta durdu.

"Helikopterlerin hepsi inmiş." Sözlerini tamamladığı anda elektriklerin kesildiğini fark ettiler. Operasyon ciddi anlamda başlamıştı.

"Bence bu yönde saldırıya geçelim, ne dersiniz?"

Ersin kulaklarına inanamıyordu. Bu kadar adamla üzerlerinden geçen düşmana saldırmayı nasıl olur da düşünebilirlerdi ki? Bir an için kendini tutamadı.

"Abi saçmalık bu, hepiniz ölürsünüz. Burada elli kişi bile değilsiniz."

Bir an bütün özel tim polisleri susup gözlerini Ersin'e dikti. Başkomiser sevecen gözlerle inceledi onu.

"Çocuk haklı valla." Sonra eliyle otlukların ilerisindeki ağaçlık alana doğru bir işaret yaptı. Ersin de o tarafa döndü. Gözlerine inanamıyordu. Yüzlerce beden, saklandıkları yerde kımıldanmaya başlamıştı. Hepsi de boğazlarına kadar silaha sarılı olan özel tim polisleriydi. Ersin bir an için nasıl bir yerde olduğunun farkına vardı. Belki de İstanbul'da gerçekleşecek en sert çatışmanın en ön safında durduğunu fark edince irkildi, beti benzi attı. Başkomiser onun bu durumunu anlamıştı.

"Bizimle misin, değil misin aslanım?"

Bu soruya verilebilecek tek bir cevap vardı. Tüylerinin diken diken olduğunu hissetti. Panik atağın korkuyla kelepçelediği kalbi şimdi özgür bir kuş gibi atıyordu. Her yerinin terlediğini fark etti, gözleri kararıyordu. Eğer kendisine hakim olmazsa olduğu yere yığılıp kalabilirdi. Başkomiserin yüzüne bakarken içine doğan garip his beynine egemen olmaya başladı. Yavaşça aşağılara indi sıcak bir enerji ve kalbini sarmaladı. Korku duman olup uçmuştu birden, bedenini terk ettiğini hissedebiliyordu duyguların, onu yıllarca esir alan korku dolu duyguların.

Başını çevirip makineli tüfekçiye baktı. Hemen koşup yanında duran şarjör kutusunu kaptı ve yanına geçti. Ersin de artık savaşa hazırdı. Artık korkuların, hikâyelerin ve kişilerin zamanı geçmişti. Artık sadece yaşamak ve var olmaya çalışmak vardı.

Bu sırada deniz üzerinde başka helikopterler olduğunu fark ettiler. Özel Tim Polislerinden bir tanesi yerden on metre yukarıdan saatte yüz kilometre hızla gelen Black Hawk helikopterinin tam geliş istikametine geçti ve ayağa kalktı. FN makineli tüfeği ile taştan bir kaide gibi duruyordu ayakta. Helikopterin pilotu onu görmemişti, yandaki silahçının görmesine ise imkân yoktu. Kimsenin beklemediği bir noktada, gelen helikopterlerin –helikopterler şimdi 3 tane olmuştu- önlerinde duruyordu. Helikopterler, yaklaşık yüz metreye geldiklerinde Özel Tim Polisinin makinelisi alev kusmaya başladı. En öndeki Black Hawk'ın ön camı parçalanmıştı, pilotların ikisinin de başları yana düşmüştü, bilinçlerini yitirmiş gibiydiler. Helikopterden önce beyaz bir duman çıktı. Ve sonra beyazlık; koyu, siyah bir dumana dönüştü. Helikopterin denize düşmesi sadece beş saniye sürmüştü. Diğer iki Black Hawk helikopteri ise hemen yanlara doğru açılmıştı ve yanlardaki pencerelere takılı dört namlulu makineli topu ateşlemeye başlamışlardı. Bu ateş sonları oldu, gizlenen Özel Tim Polisleri nişan alarak, silahçıları alınlarından vurdu. Sonrasında da, uzaklaşmaya çalışan helikopterlerin pilotlarını hedeflediler. Black Hawk'lar hızla uzaklaşırken beyaz dumanlar çıkarıyorlardı. *Nasıl olsa düşerler birazdan,* diye düşündü Özel Tim Polisleri. Bu arada Havaalanına inen Amerikan askerleri çoktan etrafı saran polislerle savaşa başlamıştı.

82. Hava İndirme Tümeni helikopterlerinin bir bölümü, Havaalanında Ranger'lar tarafından nispeten güvenli hale getirildiği sanılan kısma iniş yaptı ve sonradan farkına vardıkları Özel Tim Polisleri ile şiddetli bir savaşa başladılar. Helikopterlerin bir diğer bölümü ise hızla Seyrantepe yönünde kuzeydoğuya doğru yola çıktı. Bu yaptıkları gerçekten de çılgınca idi. Havaalanına inmek daha mantıklıydı ama operasyon gitgide mantıktan uzaklaşıyordu. Hem alandaki savaş nedeniyle tekrar kalkmaları mümkün olmayabilirdi. Amerikan savaş kurmayları, askerlerden aldıkları verimi azamiye çıkarmak için onları daha fazla riske atmaktaydılar. Sesleri ve cüsseleri ile görenlerde korku yaratan dev kuşlar, alçaktan uçarak neredeyse ölümüne bir hareketle gecekondu mahallelerinin üzerinden geçip hedeflerine yönelmişti. Helikopterler çeşitli yerlerden uçaksavar ateşine maruz kalıyordu. Bu ateş nedeniyle bazı Amerikan helikopterleri vuruldu ve mahallelerin üzerine metal yığınları halinde düştüler.

Karanlık sabah, kendisini parçalı bulutlu bir güne teslim ederken mahallelerin üzerinden geçen askerler Amerikan hava bombardımanının etkisini ilk kez bu kadar açık olarak görebiliyordu. Herhangi açık bir hedef olmayan mahallelerde dev kraterler ve yanmış evler vardı. Hiçbirisi kaç insanın öldüğünü, nasıl öldüğünü bilemezdi ama buralar, savaştan önce kazandıkları birkaç kuruşla geçinme savaşı veren insanların yaşadıkları yerlerdi.

Helikopterlerin camlarından aşağıya bakan askerler araçlarının vurulup düşmemesi için dua ediyordu. Hele o mahallelerde düştükleri takdirde, kurtulanların başına neler geleceğini düşünmek bile istemiyorlardı. Az önce düşen bazı helikopterlere halkın nasıl üşüştüğünü görmüşlerdi. Oradan canlı kurtulmaktan daha kötü bir şey olamazdı. Pilotlar aralıklarla füze yanıltıcı sistemlerini devreye sokarak olası bir saldırıya karşı şanslarını artırmak istiyordu. Etrafa ışıltılı yanıltıcılar saçarak uçan cisimleri gören, erken uyanmış insanlar korkuyla pencerelerini kapatıp perdeleri çekiyordu. Askerler artık sokaklarda insanların olduğunu görebiliyordu, sabah olmak üzereydi.

En öndeki helikopterin hızla yere doğru alçalmaya başlamasıyla diğerleri de onu izledi. Yaklaşık altmış helikopter peş peşe ormanlık ve yeşillik araziye yaklaştı. Tekerleklerini yere koymadan askerlerin hızla boşaltılmasına imkân verecek bir yükseklikte hover pozisyonunda durdular ve beklediler. Dakikalar süren boşaltmanın ardından hızla Marmara Denizine doğru yöneldiler. En kısa sürede denize ulaşmalı ve İzmit'teki üslerine gitmeliydiler. Pilotlar heyecandan titremeye başlamıştı. Bu nasıl bir saçmalıktı. Hâlâ vurulmamış olduklarına inanamıyorlardı. Bu düşünceleri çok uzun sürmedi. Denize ulaşmalarına fazla bir zaman kalmamışken yerden yoğun bir ateş açıldı. Yerdeki birkaç noktadan açılan makineli tüfek ateşiydi bu. Aynı sırada ilerleyen helikopterlerin neredeyse hepsi vuruluyordu ama bu ateş onları düşürecek silahlardan gelmediği için şanslıydılar. Arkadan gelen pilotlar durumu kurtarmak için dağılarak havada kaotik bir görüntü oluşturdu. İzli mermiler uçan araçların dış çeperlerine çarpıyor ve orada sönüyordu. Bir süre sonra yalpalayarak ilerleyen helikopterler gözden kayboldu. Seyrantepe'nin ormanlık arazisine bırakılmış olan Amerikan askerleri kendilerini getiren helikopterlerden birisinin vurulduğunu ve düştüğünü gördüler. Diğerleri kendilerine açılan ateşten kurtulmayı başarmıştı.

Hikmet Pars, nerede olduğunu kimsenin bilmediği bir evin geniş bodrum katında, etrafında toplanmış olan subayları ve diğer güvenlik güçlerinin amirleri ile bilgi alışverişinde bulunuyordu. Amerikan Ordusu, Türkiye ile ilgili her türlü bilgiye sahip olduğu için tamamen anlık olarak seçilen bir yere kurulmuştu bulundukları karargâh. Askerlerden birisinin bir tanıdığının apartmanının bodrum katı, gerçekten modern araç gerecin koyulmasına yetecek kadar genişti. Şimdilik kimse burasının yerini bilmiyordu. Mümkün olduğunca gözlerden uzak durmak gerekiyordu ama bir süre sonra bu nokta pek çok insan tarafından bilinir hale gelecekti. Öyle ki, çok sayıda insanın bir arada bu binaya girmesi bile tehlikeliydi. Şans faktörü savaşta bazen önemli bir avantaj ya da dezavantaj oluşturabilirdi.

"Bu sabah İstanbul hava saldırılarıyla uyandı ve hemen arkasından aldığımız bilgilere göre, şimdiye kadar yapılan en büyük ve en riskli helikopter saldırısı ile Amerikan askerleri resmen İstanbul içine sızmış durumda."

"Gelen bilgiler, Havaalanında kontrolün onların elinde olduğunu gösteriyor. Geceden başlayan özel birlik taarruzu neticesinde savunmadaki askerlerimiz Ataköy ve Şirinevler istikametinde geri çekilmiş durumda. Ancak Özel Timlerin yaptığı bir saldırı neticesinde çok kayıp verdiklerini biliyoruz. Savaşın maliyeti onların için de her saniye artıyor."

"Her şey düşündüğümüz gibi gerçekleşiyor. Onları eğer buraya gelirken durdurmaya çalışsaydık kayıplarımız çok olurdu ve en kritik kuvvetlerimizi kaybederdik."

Hikmet Paşa konuşurken sürekli olarak İstanbul haritası üzerinde belirlenen noktaları eliyle işaret ediyor, bir yandan konuşurken bir yandan da düşünüyordu. Ne yazık ki, şimdi karşısında Türkiye değil İstanbul haritası vardı sadece. Ülkenin geri kalanı ile bağlantıları kesilmişti. Pars, oradaki subayların bir şekilde halkla beraber çalışıp işleri yolunda tuttuğuna inanmak istiyordu. Ankara'nın ne durumda olduğu ile ilgili bir bilgi de gelmiyordu epeydir. Büyük bir sorumluluk omuzlarına yüklenmişti. Koskoca bir direnişi örgütleyip organize etmek zorundaydı. Eğer direniş organize hale gelmezse dağınık kalır ve bir etki gösteremezdi. *Neden daha önce bu riski düşünüp gerekli önlemleri almadık*, diye kızdı kendisine.

Şimdi tek yapması gereken, bu şehri saldırıdan kurtarmaktı. İçinden bir ses Amerikan harekâtının İstanbul'da bir dönüm noktası olduğunu söylüyordu. Eğer onları burada durdurabilirse bir şeylerin değişeceğinden şüphesi yoktu. Ancak düşünmeden de yapamıyordu; Kıbrıs'taki altmış bin Türk askeri ne durumdaydı? Uzun zamandır saldırı altında olmalıydılar, ikmal açısından kötü durumda olmaları da kaçınılmazdı ve Rumlar her an ileri harekete geçebilirdi. Aynı şey diğer sınırlar için de geçerliydi. *Allah kahretsin, kesinlikle bir baskına karşı hazırlıklı olmalıydık*, diye düşündü.

"Arkadaşlar bundan sonra hepimiz birer savunma birimiyiz. Beni de içinizden biri görebilirsiniz. Silahlarımızı kuşandık ve savaşmaya gideceğiz. Başka yapacak bir şey yok. Allah yardımcımız olsun."

"Amin," sesleri odayı doldurdu.

Bodrum katının kapısında Albay Kemal Türkkan bekliyordu. Hikmet Pars ona seslendi, "Kemal, al adamlarının hepsini. Seyrantepe civarında büyük bir yığınak oluşmuş. Onları bulundukları yerde mıhlayıp hareketsiz bırakmaya çalışın. Şehre dağılırlarsa, psikolojik üstünlük kazanmış olurlar. Dünyaya şehri ele geçirdik mesajı verebilirler ki bu da çok başka hareketlerin ortaya çıkmasına neden olabilir."

Kemal Türkkan kendisinden isteneni hemen anlamıştı. Amerikan askerlerine karşı sokak savaşı değil, düpedüz cephe saldırısı yapmak zorundaydılar. Beklemenin gereği olmadığını düşündü. Emir en büyük merci tarafından kendisine verilmişti ve bunu hemen uygulayacaktı. Kendi ölümünü kutlamaya başlamıştı bile. Bunu yapmak zorundaydı. Düşman kolay kolay alt edilebilecek bir düşman değildi. Kendisi ölüme hazırlanmazsa askerlerine hazır olmalarını nasıl söyleyebilirdi?

Başkan, Harekât odasında sürekli olarak bilgi ekranından akan dataları inceliyordu. *Tanrım bir savaşa aynı anda katılmak ne heyecan verici,* diye düşündü. 4. Mekanize Tümen, saldırıya başlamıştı. Ekrana gelen bilgilerde henüz kayıplardan bahsedilmiyordu. Aceleyle yapılmış olan savunma hatlarının tank saldırılarına dayanamadığı rapor ediliyordu. Ömerli Baraj havzasından yerleşim yerlerine doğru yaklaşılmıştı. Tank kuvvetleri ana arterleri kullanarak bu yerleşim birimlerindeki halkı pasifize ediyordu.

"Howdy, işler mükemmel gidiyor." Birkaç metre ötesinde irtibat subaylarına emir yazdıran Howard Strike, emirlerinden çoğu istediği gibi uygulanmadığı için sinirliydi zaten, Başkanın ortalıkta çocuk gibi dolaşması huzurunu bozuyordu iyice. Ona cevap vermemeyi öğrenmişti. Adam kendi havasında bilgisayar oyunu oynar gibi davranıp konuşuyordu.

"Allah kahretsin." Strike, niye bağırdığını anlamak için ona baktı. Başkan yüzünü buruşturmuştu.

"Şuraya bakın, 4. Mekanize'nin bir tankı havaya uçmuş. Bir mayın sanırım."

Howard Strike, bunun üzerine kendi ekranına baktı ve işine devam etti. Kim bilir, daha ne kayıp haberleri gelecekti! Strike'ın esas merak ettiği halen devam etmekte olan Havaalanı savaşıydı. Orada kontrolü ele geçirdiklerini düşünürken önemli sayılabilecek bir piyade gücü, ağır silahlarla, Havaalanına inen birliklere karşı saldırıya geçmişti. Çatışma çok şiddetli sürüyordu, burada meydana gelen kayıplar hakkında bilgi yoktu henüz. Askerler, hava desteği istemişti. İzmit'ten kalkan Apache'ler ve şimdi onlara yeni eklenen A-10 uçakları Havaalanına saldıran Türk kuvvetlerini vuruyordu. Saldırı zırhlılarla desteklenmediği için bir sonuç alamazlardı ama öylesine dirençli bir saldırı olduğu haberi gelmişti ki, bu şimdiye kadar harekâtta girişilen en şiddetli göğüs göğüse çatışmaydı. 82. Hava İndirme'nin 2. Tugayı da üsse ulaşmış olan helikopterlere doluşmuş, kalkmayı bekliyordu. Ancak hâlâ İstanbul'a inen birliklerden gerekli bilgi gelmiyordu. Çatışmalar o kadar yoğunlaşmıştı ki destek birlik istemek için bile zamanları yoktu Amerikalı askerlerin.

82.'nin komutanı Tümgeneral Joseph Reed, kendisi için özel hazırlanmış olan MH-53J helikopteri ile Marmara Denizinin üzerinde tur atıyor ve sürekli olarak birlikleri ile bağlantı halinde kalıyordu. Helikopterin içinde kendisinden başka, idarî ekibinden bir Albay, bir Binbaşı ve bir Yüzbaşının yanı sıra on iki komando bulunuyordu. Komandolar herhangi olağan dışı bir durumda kurtarma operasyonu düzenlemek üzere hazır tutulan kurtarma birliğinin üyesi ve bu helikopterin her zamanki mürettebatıydı.

"Şu adalarda bir Apache üssü kuralım," diye işaret etti yanındaki Albaya. Aracın içerisindeki ses nedeniyle bağırarak konuşmak zorunda kalıyordu Reed. Albay başıyla onayladı ve Yüzbaşıdan, gerekli bilgiyi İzmit'teki üsse iletmesini istedi. Adalarda uygun olan birisine bir araştırma birliği gönderirler ve hemen bir bölük helikopteri kaldırabilecek kapasitede basit bir üs kurabilirlerdi.

Telsizden sürekli olarak bilgi geliyordu. Seyrantepe bölgesindeki askerlere karşı yoğun bir saldırı başlatılmıştı. Amerikalı askerlerin telsiz konuşmalarında Vietnam'ı hatırlatan sesler geliyordu. Artık bu savaş politik olmaktan çıkıp alandaki insanların hayatlarını sürdürme savaşına dönüşmüştü.

Savaşmaya başladılar, diye düşündü Joseph Reed. Havaalanına yapılan saldırıyı uzaktan dürbünle izliyordu. Kıyının birkaç mil açığında deniz üzerinde uçup sonra yerdeki hedeflere saldıran helikopterleri ve uçakları görebiliyorlardı. Çok fazla yaklaşmamalıydılar, yerden değişik çapta silahlarla atcş açılıyordu. Bu arada Seyrantepe bölgesinin çok zorlandığını belirten mesajlar geliyordu. Tabur komutanı bir Binbaşı, intihar saldırılarına benzer bir saldırı altında olduklarını bildiriyordu telsiz mesajında. Daha şimdiden on iki Amerikan askerî hayatını kaybetmişti ve ilk indikleri pozisyondan yüz metre kadar geriye çekilmek zorunda kalmışlardı.

Joseph Reed, bu bilgi üzerine çok sinirlendi. Ne yapacağını bilemedi önce, oradaki durumu derhal tersine döndürmeliydi. Saldırının geldiği yönde hava desteği istenmişti, ciddi bir F-15E desteği yoldaydı. A-10'lar da aynı bölgeye doğru yola çıkmıştı. Garip bir savaş sürüyordu. Bütün dünya durmuş İstanbul Savaşını seyrediyor gibiydi. Joseph Reed, ani bir hareketle Albaya bir şeyler söyledi. Albay duyduklarına inanamadı ama emre uymak zorundaydı. Hemen pilotun yanına gidip kulağına bir şeyler fısıldadı. Pilot dönüp Komutana baktı. Reed'in yüzündeki ifade çok şey söylüyordu. Helikopter sert bir manevra ile Havaalanına doğru harekete geçti. Telsizle askerlere Tümgeneralin kendilerini denetlediği bildirildi. Helikopter alana doğru dalış yaparken havada uçuşan izli mermilerin kendilerine doğru gelmeye başladığını gördüler. Birkaç saniye sonra mermilerin dış zırha çarptığını duydular, mermilerden sıyrılıp alanın üzerinde tur atarken askerler kendilerine el sallıyordu. Joseph Reed de aracın açık kapısına takılı duran ağır makineli tüfek ile Türk askerlerinin üzerine ateş ederek kendi askerlerini selamladı. Büyük bir heyecan dalgası kapladı 82.'nin saflarını ve açılan ateş yoğunlaştı. Joseph Reed, hayatını riske atarak şov yapıyor ve askerlerine moral veriyordu. Bu da işe yarıyordu doğrusu.

Pilot sorgulayan bakışlarla komutanına baktı. Reed başını sallayarak *devam et*, işareti verdi. Bu durum pilotun hoşuna gitmemişti. Mermilerin üzerine gitmek, gereğinden fazla kahramanlık olmuyor muydu? Helikopterin içindeki diğer askerler de endişeli ama ifadesiz bakışlarla süzdüler komutanı. Neyi neden yaptığını bilen bir asker olduğunu düşünüyorlardı. Pilot alçaktan uçuşa geçti ve büyük bir hızla Seyrantepe'ye yöneldi. Günün ışıması ile birlikte hava saldırıları yeniden başlamıştı. Gökyüzündeki karmaşa, helikopter için az da olsa koruma sağlayabilirdi. Uçaklarla baş etmeye çalışan hava savunmacıların, hemen yanlarından geçen bir helikoptere ayıracak zamanları olmayacaktı büyük ihtimalle. Tabii MH-53'ün de dikkat etmesi gereken bir durumdu bu. Uçaklardan atılan bombalar ile hedef arasına yanlışlıkla girmemeliydi. Bunu bir Rum helikopterinin yaşamış olduğunu unutmuyorlardı.

Seyrantepe yakınlarına geldiklerinde gördükleri manzara ile irkildiler. Ormanlık alanda yangın çıkmıştı ve savaş alanı çok geniş bir bölgeye yayılmıştı. Buradaki taburlar değişik yönlerden saldıran direnişçilere karşılılık vermek için hatlarını uzatmak zorunda kalmıştı, bu da bazı noktalarda zayıflık meydana getirebilirdi. Helikopterden bakar bakmaz durumun iyi olmadığını gördü, Reed. Pilota gidip alanın üzerinde yüksekten birkaç tur atmasını istedi. Pilot bu emri yerine getirirken yerdeki savaşçılar da üzerlerinde uçan büyük ve garip dizaynlı helikopterden hoşlanmamış ve ateşe başlamıştı. Bu sefer devreye uçaktaki komandolar girdi, açık olan kapının kenarına gelip kendilerine ateş eden noktalara ellerindeki silahlarla nişan almaya başladılar. Kapıya monte edilmiş olan döner namlulu ağır makineli tüfeği kullanan asker de çıldırmış gibi bu ateşe katılmıştı. Aşağıdaki 82.'nin askerleri şaşırmış haldeydi. *Bu deli de kim*, diye düşünürken telsizden delinin komutanları olduğu haberi geldi. Askerler arasında hareketlenme oldu. Helikopter birden hızla aşağıya doğru kırdı burnunu ve yere iniş yaptı. Çarpma ile inme arası bir şeydi işte. Helikopterden çıkan askerler koşarak kendilerine uygun bir siper buldular. Bir tepeliğin arkası olduğu için güvendeydiler şimdilik. Tabur komutanı Binbaşı bir süre sonra onları buldu. Üstü başı çamur, is ve kan içindeydi. Yaralı askerlerin taşınmasına yardım etmiş olduğu her halinden belliydi.

"Efendim buradan çıkmak zorundayız sanırım."

"Evet Binbaşı ama şu karşımızdakileri temizleyerek."

Anladım, der gibi başını salladı Binbaşı ve bölük komutanlarını yanına alıp yeni bir plan yaptı. Tümgeneral de onlara yardım etti. İleri kontrol görevlisini alıp tepenin ucundan gözetleme yaptı ve hava saldırısı desteği için koordinatları bizzat kendisi belirledi. Uçaklar yardım için geldiğinde ileri kontrol görevlisi asker lazer işaretleyiciyi kullanarak direnişçilerin bulunduğu noktaları lazerle aydınlatacak ve bu sayede hedeflerin kolaylıkla vurulması sağlanacaktı. Joseph Reed, askerlerini bu kadar tehlikeli ve kapalı bir bölgeye indirdiği için üzgündü ama buradan çıkabilirlerse harekât onların lehine dönecekti. Bunu Türkler de anlamış olacaktı ki, ek olarak başka askerî güçler de saldırıya katılmıştı.

Birkaç dakika sonra gökyüzünde beliren uçaklardan süzülen bombalar, karşılarındaki tepelerin arkasında duran siperlerde patladı. Joseph Reed, kısa bir araştırmadan sonra 82.'nin elindeki gücü yeterince kullanamadığını gördü ve çatışmayı idare etmeye başladı. Hava saldırısı devam ederken telsizlerden Reed'in 2. Tugayı bölgeye çağıran emri geldi. Maslak ve çevresindeki araziye inmelerini istiyordu 2. Tugay'ın. O emri verdikten sadece dakikalar sonra dev CH-47'ler, Black Hawk'lar ve CH-53'ler havalanmıştı. Ancak bu helikopterler yer ateşi nedeniyle dağınık bir halde, vurularak ve kayıp vererek gelebilecekti.

Başkan artık gelen bilgileri anlamaz haldeydi. Tek anladığı, İstanbul'da çok ciddi bir çatışmanın meydana geldiği ve bu çatışmaların şehrin neredeyse merkezlerinde olduğuydu. Ekrana fazla bakmak işine gelmiyordu. Bazı kayıp haberleri vardı, bunlar normal olabilirdi belki ama bir politikacı olarak halka yapacağı üzüntü dolu konuşmaları düşününce morali bozuluyordu doğrusu.

"Hey, Howdy sence durum nasıl?"

"Sayın Başkan bana kalırsa pek iyi sayılmaz. 82. Hava İndirme Tümeni kahramanca savaşıyor. Eğer başarırlarsa bu işi bitiririz. 4. Mekanize de çok iyi gidiyor ancak çok kaybı var. Bu zaten beklenen bir şeydi."

"Biliyor musun Howdy, keşke bir süre daha bombalasaydık şehri diyorum."

O, Amerika'nın beklediği büyük kahraman liderdi. Buna gönülden inanıyordu. Belki diğer Başkanlar da bu yolda önemli görevler yapmıştı ama o en büyüklerine cesaret eden insan olarak tarihe geçecekti.

Hikmet Pars'ın yüzü gergindi. Gelen haberler hoşuna gitmiyordu. Havaalanındaki çatışmalarda çok fazla özel tim polisi şehit düşmüştü, ancak polisler kahramanca savaşırken farkında olmadan en iyi Amerikan birliğini de mahvetmişti. Hava saldırısı nedeniyle bir arada durmalarına imkân yoktu ve küçük gruplar halinde yapılan çatışmalar, yedi yüz özel tim polisinden oluşan gücün gittikçe azalmasına neden olmuştu. Havaalanında kontrol tamamen Amerikalılardaydı ama kontrolü kaybetme işaretleri görülmeye başlamıştı. Düşman, lojistik olarak felaket durumdaydı. Bir başka Hava İndirme Tugayı daha yardıma gelmişti ve bu yardımın bir bölümü Havaalanındaki güçlere destek olmak için Yeşilköy'e indirilmiş, büyük kısmı ise Seyrantepe'deki çatışmalara katılmak için kuzeye devam etmişti. Bu sefer daha geniş bir yay çizerek yerleşim birimlerinin etrafından dolaşmaya özen göstermişlerdi.

Pars, etrafındaki pek çok askerle beraber Barbaros Bulvarına paralel sokaklardan ilerleyerek Amerikalı askerlere yaklaşmaya başladı. Seken bir kurşunla yanındaki asker düştü. Doktor onunla ilgilenirken Pars ve yanındakiler silah seslerinin kulakları sağır ettiği bölgeye doğru koşarak ilerlemeye başladılar. Onlar ilerlerken yeni birlikleri indiren helikopterler de uzaklaşmaktaydı. Seyrantepe ve Levent arasındaki bir bölgede, buna ana yollar da dahil olmak üzere Amerikan askerî kontrol noktaları oluşmuştu. Bu kontrol noktaları kurulduktan bir süre sonra Türk asker ve polis birlikleri tarafından vurulup yok ediliyordu.

Pars çıldırmak üzereydi, bu saçmalığı bir an önce bitirmesi gerekiyordu. Amerikan Tümeni gittikçe şehre yerleşiyordu, bunu küçümseyemezlerdi. Amerika Afganistan'ın tamamını kontrol etmek için sadece on bin kişilik 10. Dağ Komando Tümenini kullanmıştı. Her ne kadar tam kontrol sağlamasalar da, en azından Taliban'ın yönetimi ele geçirmesini engelleyen bir güç olmuştu. Burada da o sistemi uygulamak istiyorlardı ama bunu yapmaları imkânsızdı.

Birden köşeyi döndüğünde kendisini üç Amerikalı askerle karşı karşıya buldu. O an öleceğini düşündü ama birden sağ taraftan makineli sesi duyuldu. Amerikalılar vurulmuştu. Genç bir asker yanına gelip selam durdu. Hikmet Pars, "Rahat asker, kimsin sen?"

"Ömer Altınel komutanım. Savaş başlayınca gönüllü oldum."

"Helal olsun sana, yanımdan ayrılma emi."

Ersin yanında durduğu özel tim polisinin yerde sessizce yatmasına bir anlam veremiyordu. Biraz önce yanı başında kaplanlar gibi dövüşen adam, sanki çocuklaşmıştı. Kafasındaki delikten dışarı çıkan kan yerde küçük bir göl oluşturmuştu. Çatışmanın başladığı yerden çok uzakta ve beraber başladıkları insanlardan çok ayrıydılar. Uçaklar gelince her şey bozulmuştu. Bir sürü Amerikan askeri öldürmüşlerdi. Onların vuruldukları zaman çıkardıkları sesleri duymuş ve mermiler bedenlerine çarptığında nasıl parçalandıklarını görmüştü.

Uçaklar o kadar çok ateş etmişlerdi ki üzerlerine, Ersin hâlâ kurtulduğuna inanamıyordu ama mermi kutusunu taşıdığı polis hayatını kaybetmişti. Şimdi ne yapacağını bilemez halde öylece bir apartmanın köşesinde kalakalmıştı. Amerikalı askerleri görebiliyordu. Etrafı araştırıyorlardı. Onların bu kadar rahat hareket etmesi hoşuna gitmedi. Sanki her işi bitirmiş ve savaşı kazanmış gibi davranıyorlardı. Ersin polisin nasıl yaptığını baka baka öğrenmişti. Şarjörlerden birisini silaha taktı. Aynı polisin yaptığı gibi yere uzanıp dikkatlice kavradı makineli tüfeği. Tüfek, hemen uyum göstermişti eline. Nişan aldı. Amerikalı askerleri nişangâhtan görebiliyordu. Üç dört kişi bir toprak yığınının etrafına bakıyorlardı. Tetiği kavradı ve sıkıca bastı. Silah bir anda arka arkaya mermileri yolladı hedefe. Sanki kendi kendisine ateş ediyor gibiydi. Askerlerin olduğu yerden çığlıklar yükseldi. Ersin kaçını vurabildiğini görememişti. Ama birden fazla olmalıydı. Birkaç saniye geçmesinin ardından bulunduğu yere mermi yağmaya başladı. Hemen ayağa kalkıp orayı terk etti. Silahını orada bırakmıştı. Dönüp almayı düşündü ama askerlerin kendisini takip ettiğini görmüştü. Ateş ederek geliyorlardı. Mermiler yanından geçip evlerin duvarlarına çarpıyordu. Bir anda kanı dondu, tam karşısında korkunç görünümlü bir Amerikalı asker vardı. Ersin'e doğrulttuğu silahı ateşlemek üzereydi. Ersin sesini bile çıkaramadan olduğu yerde çakılıp kaldı ve gözlerini kapadı. Evet, ölmek üzere olduğunu düşünüyordu ve bu yaklaşıldığında o kadar da kötü bir şey değildi doğrusu. *Ölüm hoş geldin,* dedi kendince. *Hadi, bekliyorum,* diye düşündü. Ama olmuyordu, beklediği metal darbesini hissedemiyordu. Gözünü açtığında etrafının sarılı olduğunu gördü. Dört asker etrafını sarmıştı, yere yatmasını söylüyorlardı. Hemen dediklerini yaptı, çok öfkeli görünüyorlardı. Ayaklarıyla kafasına basıp ellerini arkadan kavuşturdular. Canı çok yanıyordu ama bağıramıyordu, hem bağırırsa onu vuracaklarmış gibi geliyordu. Çok büyüktüler, ellerinden kurtulmasına imkân yoktu. Sürekli olarak bağırıyorlardı. Ersin'i kaldırıp kendi merkezlerine doğru sürüklemeye başladılar. Yürürken ateş ettiği askerleri gördü Ersin. İki asker vurulmuş yatıyor ve doktorların ulaşmasını bekliyordu. Acı içinde kıvrananlara bakarken garip duygular geçti içinden. O yerde yatanlara bakarken kendisini sürükleyen asker kafasına sert bir tokat indirdi. Bir şeyler de söylemişti ama anlamadı ne dediğini.

Bunu kabullenemezdi Pars, yani Irak türü bir direnişi. İşgali kabullenip sonra gerilla taktiği ile direniş düşmana kayıp verdiriyordu ama bu, ülkenin bölünmesi ile sonuçlanırdı, tıpkı Irak'taki gibi. Elindeki bütün seçenekler tükeniyordu. Halkın ayaklanıp direnişe geçmesini beklemişti ama bu hâlâ olmamıştı. Onları örgütleyecek zamanları olmamıştı. Örgütledikleri adamların bir kısmı vurulmuştu. Karargâha dönmeye karar verdiler. Yanlarında mümkün olduğunca çok yaralı götürmeye çalıştılar ama hepsini almalarına imkân yoktu. Bir kısmı düşmana bırakılacaktı, en azından tedavi edilirlerdi. Hızla ara sokaklara dalıp karargâh eve doğru yola koyuldular. Ortalık tehlikeli hale gelmişti. Amerikan askerleri gittikçe daha çok saldırganlaşıyordu ve hafif zırhlı araçlarla yollara çıkmaya başlamışlardı.

Howard Strike durumun kötüye gitmekte olduğunu görüyordu. Havaalanı alınmıştı. İlk sert çatışmalar kazanılmıştı ama buraları elde tutmaları zor görünüyordu. Bine yakın Amerikan askeri ölmüştü. Artık bir an önce ele geçirilen noktalar güçlendirilmeli ve siyasî etkiler yaratılarak harekât başlatılmalı, ikinci aşamaya geçilmeliydi. Eğer ikinci aşama uygulamaya konulursa, İstanbul'un direnişe başlaması da önemini yitirecekti. Türkiye'nin çok hassas olan dinamikleri bir kez harekete geçti mi, onu durdurmak için hiçbir güç bir şey yapamazdı. Bir anda domino taşları birbirini devirir ve büyük bir bölgesel çalkantı yaşanırdı ama buradan tek bir kazanan çıkardı mutlaka. O da Amerika olmalıydı. Tek kazanan olmak için kartlarını iyi oynamalıydılar.

"Howard, harikasın."

"Sağolun efendim, ama durum iyi görünmüyor. Ya ayrılıkçılar işe başlar ya da kaybederiz. İstediğiniz gibi İstanbul'u aldık."

"Ne, sen buna almak mı diyorsun? Saçmalama, sadece içerideyiz."

"Bu önemli değil. Dünyaya gösterecek bir havaalanımız ve şehrin merkezine yakın bir askeri karargâh var. Bunlar diğer adımı başlatmak için yeterli olur."

"Evet hemen gerekli görüntüleri toplayın ve derhal CNN'i çağırın. Onlara bu açıklamayı ben yapmak istiyorum."

Açıklamaların etkisi ölümcül bir deprem sarsıcılığında gerçekleşti. Dünya dilini yutmuş gibi ekranları karşısına çakılı kaldı, Başkanın sırıtarak yaptığı açıklamayı garip bir sessizlik içinde dinledi. Başkan açıklamasını bitirdikten sonra ekranlara Yeşilköy Atatürk Havaalanı önünde gülüşerek poz veren Amerikan askerlerinin görüntüleri geldi. C-130 uçakları sürekli olarak alana inip kalkıyor ve zırhlı araç getiriyordu. Stryker zırhlı araçları alanın bir kenarında birikiyordu. Çok kısa bir süre sonra 82. Hava İndirme'nin 1. Tugay askerleri tamamen zırhlı bir tugay haline dönüşecekti. O zaman şehir içinde operasyonların daha yoğun biçimde yapılması mümkün olabilirdi.

Bu açıklama Rusya'nın ikna etmeye çalıştığı ülkelerdeki tereddüdü bitirmişti. Kararlar alındı. Diplomatik kanallarda yoğun bir çalışma başladı. Gizli servisler sürekli olarak hükümetlerine durum raporları gönderiyordu. Rusya'da önemli bir askerî hareketlenme gözüküyordu. Tank tümenleri hızla Türk sınırına doğru ilerliyordu ve Rusya bu konuda ölüm sessizliğine bürünmüştü.

Birkaç saat içinde New York'taki Birleşmiş Milletler binasında dört büyük ülkenin temsilcileri ABD temsilcisiyle gizli bir görüşme yaptı. Temsilci Clark M. Ashton verilen ültimatomu şaşkınlıkla dinledi.

Rus temsilcisi, "Ortak ordular, şu anda Türkiye'ye doğru harekete geçti eğer geri çekilmez ve bize saldırırsanız karşınızda dört ülkeyi birden bulacaksınız," dedi.

Başbakan Recep Tayyip Erdoğan günlerdir en fazla birkaç saat uyuyabilmişti ama şimdi kendini son derece dinç hissediyordu. Putin harekete geçtiklerini bildirmişti. Şu anda Ermenistan sınırında birlikleri vardı. İstedikleri zaman yardımlarına geleceklerdi. Fransa, Almanya ve Çin de harekâtta ortak hareket edecekti. O zaman, "Amerikalılar çekilsin yeter, ülkemizi biz koruruz yine," diye cevap vermişti.

Danışmanı Suavi telefonda Hikmet Pars'ın olduğunu söyleyince hemen yerinden fırladı, "Paşam başardık!" diye bağırıp durumu anlattı.

Hikmet Pars, "Hemen oraya geliyorum Başbakanım," dedi.

"Dur Paşam," dedi gülerek Tayyip Erdoğan, "Bağcılar'da buluşalım. Bu haberi televizyondan verelim milletimize. Direnenlere güç verir bu haber."

Tüm dünya oluşan yeni güç dengesi nedeniyle şaşkındı. Gelişmeler çok hızlı oluyordu. Howard Strike, *olacağı buydu,* diye düşündü. Bu iki kişinin oynadığı bir satranç maçı değildi. Diğer oyuncuları hafife almışlar, Türklere çok konsantre olmuşlardı.

FBI Başkanı Robert Müller, CIA Direktörü Porter Goss, Dışişleri Bakanı Condoleezza Rice ve Savunma Bakanı Donald Rumsfeld bu yeni gelişme üzerine toplantı yapıyorlardı. Condoleezza Rice, "Çaresisiz," dedi. "Tek süper gücüz ama karşımızda tüm dünya birleşmişse bu ancak yıkıma giden bir savaş olur."

Howard Strike bir an odada Başkanın olmadığını fark etti, "Başkan ne diyor bu duruma?" diye sordu.

Donald Rumsfeld parmaklarını birleştirdi. "Şu anda Başkan dinleniyor. Kararı biz vereceğiz. Howard, Bayan Rice'la ben Yüksek Mahkeme'nin, Washington bombalamasından kurtulan iki üyesinden bir karar aldık. Eğer Başkanı istifaya ikna edemezsek bu kararı uygulayacağız. Yanımızda mısınız? Bu savaşı bitirmeliyiz."

Howard Strike şaşırmıştı. ABD'nin Şahin diye anılan, Neo-Con denilen iki ismi şimdi barış istiyordu. "İtiraf etmem gerekiyor ki karşımızda başka bir güç bulmasak da Türkler karşısında zor durumdayız. Yanınızdayım," dedi.

07 Haziran 2007 - Saat: 17.00
NEW YORK

Gökhan mucizevî açıklamayı dinlerken bastonuna dayanıp ayağa kalktı. Sanki o anda oturmak bir saygısızlık gibi gelmişti.

ABD Dışişleri Bakanı, Başkanın istifa ettiğini, yerine Washington'da ölen Başkan Yardımcısı Dick Cheney'nin makamına atanan Savunma Bakanı Donald Rumsfeld'in geçtiğini söylüyordu.

Esas önemli olan haber bu değildi: Savaş bitmişti!

ABD ordusu Türkiye'den bir an önce çekilecekti.

Yorumcular diplomatik gelişmelerin olduğunu, diğer ülkelerin ABD'ye ültimatom verdiklerini söylüyordu. Özellikle Ruslar, Türk sınırına dayanmış ve ABD birliklerinin çekilişini gözleyeceklerini açıklamışlardı.

Spiker bir an kulaklığından gelen bilgiye dikkat kesildi.

"Sayın seyirciler şu anda Türkiye Cumhuriyeti Başbakanı Recep Tayyip Erdoğan bir basın açıklaması yapıyor..."

Gökhan'ın gözleri, Başbakan, Genelkurmay Başkanı Hikmet Pars ve yanındaki sağ kalan kabine üyelerine dalıverdi. Savaşın en acımasız ve zorlu günlerini burada tıkılı, iyileşmeyi bekleyerek geçirmişti.

Tayyip Erdoğan kalabalık basın mensuplarının yerleşmesini ve gürültünün kesilmesini bekledi.

"Bu zor bir mücadeleydi," diye başladı. "Var olma mücadelesi. Türkiye her kesimiyle önemli bir sınav verdi, savaş verdi. Neler olup bitti, daha sonra uzun uzun üzerinde duracağız. Ama şimdi diyebileceğimiz tek şey şu: Savaş bitti ve Türkiye Cumhuriyeti ayakta..."

Tayyip Erdoğan'ın konuşması çevrilirken içeri Gerard Werchtmann girdi. Gökhan bu adamı Bay Dday diye tanıyordu.

İlk tanıştıkları anı hatırladı Gökhan...

Baskının yapıldığı gün, kolu kırık ve ayağından yaralanmış halde kaçmaya çalışırken siyah bir minibüs hemen Gökhan'ın yanında sert bir fren yapmış, arka kapısyı açıp fırlayan iki kişi kollarından tuttukları gibi yaralı adamı içeri atıvermişti. Tüm operasyon üç saniye sürmüştü. Gökhan nedense bunların kendisinden yana olduğunu anlamıştı.

Kan kaybından neredeyse bayılacakken kendisine gülümseyen kır saçlı adamı fark etmişti. Zaten sonra da kendini kaybetmişti.

Ayıldığında aynı adam yatağının başındaydı. Yarası tedavi edilmiş, kırığı sarılmıştı.

"Merhaba," diye başlamıştı adam. "Sen beni tanımıyorsun ama

ben seni iyi tanıyorum Gökhan. Yoksa Frank Consal mı demeliyim?"

Gökhan karşılık vermemişti. Biraz yorgunluktan, biraz o küçük çocuğa Teoman Amcanın verdiği öğütten: Soru olmayan cümlelere yanıt verme.

"Herhalde benim kim olduğunu merak ediyorsundur. Bana Bay Dday diyebilirsin. Ama bu isim de bir şey ifade etmez değil mi? Doğrusunu istersen ben senin Rotterdam'daki son işinin patronuyum."

Gökhan'ın gözleri parladı. Demek sisteme girip onu yönlendiren bu adamdı.

Adam güldü. "Ne düşündüğünü tahmin edebiliyorum ama izin ver de biraz daha şaşırtayım seni..."

Adam odanın diğer ucundaki sandalyeyi yatağın yanına getirip oturdu. "Sadece o iş için seni yönlendirmedim. Malum dosyanın eline geçmesini, arabayı patlatıp bir an önce Türkiye'ye dönmeni de sağladım. Hepsi dolaylı yollardan Türklerin ABD'nin planlarını öğrenmesi içindi ama planım başarılı olmadı."

Bir pipo çıkarıp yakacakmış gibi yaptı, sonra Gökhan'a bakıp, *neyse,* der gibi tekrar cebine tıktı. "O sırada Amerika'ya dönmem gerekiyordu ve senin izini kaybettim. Ta ki televizyonda aranıyor ilanların çıkana dek. O bombanın arkasında senin olman şaşırtıcıydı doğrusu. Tamamen başarısız olduğumu düşünürken hem de... Neyse seni çok sıkmayayım, polisin içindeki adamımızdan baskını öğrenince buralarda olmamız gerektiğini düşündüm. Böylece sen pencereden atladığında -çok cesur adamsın- oralardaydık işte. Bütün hikâye bu."

Böylece Bay Dday, Gökhan'ın iyileşmesi için yardımcı olmuştu. Dday, Tayyip Erdoğan açıklama yaparken içeri girmişti ama yalnız değildi. İki güzel bayan ellerinde yemek dolu tepsilerle birlikte geldi.

"Kutlamaya değer bir haber diye düşündüm Gökhan," dedi Bay

Dday. Arkasından bir şişe çıkardı, içi portakal suyu doluydu, "Tedavi dönemin boyunca alkol yasak sana. O yüzden vitamin deposu sıkma portakal suyu içeceğiz."

Gökhan elbette mutluydu ama bir kırıklık vardı içinde, beraber yemek yerken açıklamaları izliyorlardı. Baş döndürücü bir haber trafiği vardı.

Almanya, Fransa, Rusya, hatta Çin Türkiye'nin yeniden imarı için yardımcı olacaklarını söylüyorlardı. Yeni Başkan Donald Rumsfeld de, ABD'nin kendini sorgulayacağını, çılgın bir Başkanın verebileceği zararı gördüklerini söylüyordu. Oysa ABD'yi bu duruma getiren politikanın mimarları arasında o da vardı.

Gökhan, "Amerikalılar hep böyle işte, suçu birine attılar ve kendilerini sıyırmaya çalışıyorlar," dedi uzun sessizliğini bozarak.

Bay Dday gülümsedi. "Merak etme, bu kez burunları fena sürtüldü. Özellikle sen Washington'ı yok ederek, yaptıklarının bir bedeli olduğunu onlara çok güzel gösterdin. Belki böyle daha iyi oldu."

Gökhan mırıldandı. "İyi mi oldu, yüz binlerce insanın..."

Dday'in ağzındaki lokma boğazına kaçtı. Öksürükler arasında, "Özür dilerim," dedi. "Ama biliyorsun, ben engel olmaya çalıştım. Sen de..."

Doğru söylüyordu. Gökhan elini salladı. "Boş ver. Neler olduğunu biliyor musun, ABD çekilmeyi nasıl kabul etti? Bombanın bir etkisi olmamıştı."

Dday kahkaha attı. "Gariptir ama Türkiye'nin kurtuluşu yine senin raporun sayesinde oldu. Dolayısıyla benim. Savaşı engelleyemedik ama bitirebildik. Başbakanınız akıllı adam. Raporu diğer ülkelere gönderip ABD'nin tek başına Anadolu'ya sahip olması durumunda ne olacağı konusunda onları uyardı. Ve hepsi birleşip -biraz yavaş oldu ama- harekete geçtiler. Gerçi böyle bir süper güce karşı direnmeseydiniz belki de cesaret bulamazlardı. Askerî stratejistlerimiz bu anlaşma olmasa bile Amerikalıların üstünlüğü yitirdiğini, orta vadede Anadolu'daki direnişe tutunamayacaklarını söylüyor."

Gökhan'ın içinde bir sevinç büyüdü. En başından beri savaş sırasında ülkesinde olmadığı, engel olamadığı için suçluluk duyuyordu. Bu haber onu mutlu etmişti. En azından bu dosyayı ulaştırmasının bir yararı olmuştu.

"Görüyorum ki günlerdir ilk kez seviniyorsun. İnsanların saldırıya uğrarken, savaşırken burada tıkılı kaldığın için rahatsızsın değil mi? Merak etme sana çok önemli bir hediyem olacak."

Gökhan gözlerini kısıp baktı. Dday önündeki yemek tepsisinin altını işaret etti.

Gökhan tepsiyi kaldırdığında sarı bir zarfın yapıştırılmış olduğunu fark etti. Açtığında bazı fotoğraflar eline düştü.

Uzun suratlı, zalim ifadeli bir adam vardı bazılarında. Bir de gösterişli bir malikane görülüyordu.

Dday, "Bu Adrian III. Lynam," dedi. "O senin."

Gökhan zarfı masanın üzerine attı. "Yaptıklarının karşılığını mı istiyorsun?" Kızmıştı.

Dday alınmamıştı, piposunu yakarken manalı bir şekilde gülümsedi. "Yanlış anladın. O adam yeryüzünde bir süre yalnız kalmayı en çok istediğin adam bence."

Gökhan şaşırmıştı, resme bir daha baktı. "Kim bu Adrian III. Lynam?"

"Lynam ailesi Amerikan iç savaşından beri giderek zenginleşiyor. Patrick Lynam savaş sonrası Güneylilerin arazilerine el koyarak, çetesiyle onları soyarak zenginleşmişti. Daha sonra demir çelik ve maden işine girdi. Ha, bir de ülkedeki mezarlıkların çoğu onun..."

Bir an piposundan nefes çekip anlatmayı kesti.

Gökhan sabırsızlıkla, "Eee," diyerek devam etmesini istedi.

"Madencilik dedim, anlamadın mı? Bu adam Ornicron'un ve daha önemlisi Türkiye işgal planının arkasındaki tek isim."

Başka bir şey söylemesine gerek yoktu. Gökhan resmi alıp uzun uzun baktı.

08 Haziran 2007
TÜRKİYE

Savaşın bittiği günün ertesinde, güneş farklı bir Türkiye'nin üstüne doğdu. Yaşanan bunca acıya ve kayıplara rağmen insanlar, korkunç bir kâbustan uyanmanın rahatlığını hissediyordu. Bu topraklar, dünyanın kalbiydi ve ona sahip olmak ateşle imtihanı gerektiriyordu. Ve her nesil bu imtihanı vermek zorunda kalabilirdi, kalmıştı.

Kuşluk vakti koyunları alıp Malazgirt Ovasına otlatmaya götüren Hasan, Arabistan'da çalışan amcasının gönderdiği radyoyu da yanında götürmüştü. Radyo 1'den sürekli olarak haber yayını yapılıyordu. Yorumcular bir süper güç olan ABD'nin Türkiye'de ağır bir darbe aldığının altını çiziyor, yurtdışı muhabirleri bütün dünya başkentlerinden tepkileri aktarıyordu. Türkiye tıpkı bir önceki asrın başında olduğu gibi varlığına karşı bir tehdidi bertaraf etmişti.

Hasan radyoyu dinlerken içinde bir güç, damarlarını zorluyordu. Sene ortasında bıraktığı okulu aklına geldi. Birden kendini hayaller kurarken buldu. Dünya liderini yenmiş bir ülkenin çocuğuydu o, okulu bitirip önemli bir insan olmalıydı. Amcasına söylerse, o babasını ikna eder, hatta şehirde okuması için yardım ederdi. Etrafına baktı, ilk kez bu toprakların tarihteki yerini hatırladı, Alpaslan burada Türkleri Anadolu'ya sokan zaferi almıştı. Türkler hâlâ bu toprakların efendisiydi.

Güneş, kültürlerin beşiği Anadolu üzerinde yükselmeye devam etti. Malatya'da Erhaç Hava Üssünde gece boyu enkazları temizlemeye çalışan yorgun ve yaralı askerleri yeni gün, büyük bir sürprizle karşıladı. Sivil halk erkenden minibüs ve kamyonlara doluşmuş, ordusunun yanına geliyordu. Yanlarında yeni hazırlan pestillerle beraber, gece soğuğuna karşı giyecek ve çadırlar vardı.

İlk minibüsten elinde kazması, beyaz sakalıyla Ahmet Emmi indi. Hâlâ onlara şaşkınlıkla bakan Yüzbaşının karşısında selama durup, "Hele bi' de bakalım yeğenim, nereye el atalım," dedi.

İnsanlar güne coşkuyla, ülkesi için bir şeyler yapma isteğiyle başlıyorlardı.

ABD'nin geri çekilmesi Güneydoğu'daki kargaşayı bıçak gibi kesmişti. Devletin yanında yer alan aşiretlerin de desteğiyle tutuklamalar devam ediyor, teröristler Kuzey Irak'a kaçıyordu. Kaçan teröristlerin takibi yapılırken, coşku içinde teslim olanlara rastlanıyordu.

Güneş, yaralarını saran Hatay, Adana ve Konya'nın üzerinden geçti. Ankara belki de en ağır saldırılara maruz kalmış ama yine de teslim olmamıştı. Karadeniz bölgesinden, yanlarında erzakla gelen jandarma ve askerî birlikler halka ekmek dağıtımı yapıyor, enkaz kaldıranlara yardım ediyordu. Bütün iş makineleri daha görkemli bir Ankara'nın yükseleceği başkenti temizliyordu.

İzmir'de insanlar sanki sözleşmişçesine deniz kıyısına kahvaltı yapmaya gidiyorlardı. Çekilen sıkıntılar herkesi birbirine yakın kılmıştı, tanıyan tanımayan birbirine selam veriyor, gülümsüyordu.

İstanbul kurtuluşu en fazla hisseden kentti, Türk askerleri Amerikalıların geride bıraktığı bütün askerî teçhizata el koymuştu; tank, helikopter ve diğer araçlar üslere götürülüyordu.

Belediye ve valiliğin koordinasyonuyla hizmet akışı başlamıştı. Alt yapının tahrip olan bölümleri hemen tespit ve tamir ediliyordu.

Bütün ülke bir şantiye haline gelmişti.

13 Haziran 2007 - Saat: 02.30
CHICAGO HEAVENGATE – LYNAM MALİKANESİ

Malikane gölgeler içindeydi. Adrian III. Lynam birden uyandı. Kulaklarını kabarttı. Neden uyanmıştı? Bir şey yoktu... Bir şey eksikti. Uğultu. Evin her tarafını saran güvenlik tertibatı, elektrikli teller, bilgisayar... Bunlar sürekli olarak bir uğuldama yaratıyordu, tıpkı evin nabız atışları gibi. İşte şimdi o yoktu ve sürekli evinde yaşayan adam bunu fark etmişti.

Ama şimdi onu korkutan başka bir ses vardı, yakında. Hem de çok yakında bir nefes sesi. Karanlıktı yatak odası. El yordamıyla gece lambasına uzandı ve düğmesine bastı ama hiçbir şey olmadı.

Önündeki karanlık hareket etti. Biri yatağın kenarına oturdu. "Bay Lynam," dedi fısıltı.

Lynam korkuyordu ama en azından bu ses bir öcüye değil, insana ait gibiydi. "Evet," diye cevap verdi, mantıklı bir diyalog kurma umuduyla. Sonra da hemen ekledi, "Derdin paraysa dolaptaki çantada üç milyon dolar var!"

Para lafı, o sesin sahibini etkilememişti. "Sizi götürmeye geldim," diye cevap verdi karanlık.

Lynam birden ürperdi, "Nereye?" diye korkuyla sordu.

"Cehenneme!" ve ağzına bastırılan şeydeki kloroform kokusunu aldı.

14 Haziran 2007
ABD BİLİNMEYEN BİR YER

Kloroformun yarattığı baş ağrısıyla kendine geldi Adrian III. Lynam, az mobilyası olan sıradan bir oturma odasının ortasındaydı. Vücudu buhar tankından bozma bir şeyin içine kapanmıştı. Üstündeki yuvarlak delikten kafası çıkabiliyordu ancak. Yandaki deliklerden de kolları çıkarılmıştı. Sanki bir zırhın içine sokulmuş ortaçağ şövalyesi gibiydi. Bedeni ve ayakları tankın içindeydi ve buradan kurtulmak için yapabileceği bir şey yoktu. Tankın ön kapısındaki kilitleri sol tarafındaki boy aynasından görebiliyordu.

Sanki gerçeküstü bir rüyanın içindeydi. Bu rüyanın en garip yanı da odanın parçası olan mutfakta, sırtı dönük yemek hazırlayan adamdı.

Bu onu kaçıran yabancı olmalıydı, şimdi yavaş yavaş hatırlıyordu.

Adam, yemeği ocağın üstüne koyduktan sonra ona baktı. Bu bakıştaki bir şey Lynam'ı korkuttu. Sanki bir insana değil de eşyaya bakar gibi gibiydi adam.

Yan odaya giden yabancı, ayaklı bir kamera getirip kurdu. Kısa bir kayıt yapıp, kameranın çalışıp çalışmadığını kontrol etti.

Bu yüz, Lynam'a yabancı gelmiyordu. Hatırlayacak gibi oluyordu ama tam çıkaramıyordu.

Uzun süre konuşmadılar. Yabancı, yemek pişince bir tabağı tepeleme doldurup yanına geldi. Lynam kendisini doyurmaya niyetli adamın suyuna gitmeye karar verdi. İlk birkaç kaşıktan sonra zamanının geldiğini düşünüp sordu: "Fidye mi?"

Adam olumsuz anlamda başını salladı, sonradan aklına gelmiş gibi, "Gerçi dolaptaki parayı aldım. Teşekkürler, işime yarayacak," dedi. "Seni fidye için kaçırmadım."

"Peki ne için?"

"Dedim ya, cehenneme götürmek için. Öleceksin."

"İyi ama neden?"

"Ornicron desem ya da Metal Fırtına operasyonu..."

Adrian III. Lynam birden bu yüzü hatırladı. Biraz zayıflamıştı, bıyık bırakmıştı ama yine de tanıdı. "Sen o teröristsin," dedi tükürür gibi... "Binlerce masum insanı öldürdün o bombayla!"

Adam bir an kaşığı tabağın içinde gezdirdi. Ardından kenarına bıraktı ve Lynam'ın suratına güçlü bir tokat vurdu. "Demek ben teröristtim ha, bir maden için halkımın yok oluşunu planlayan adam beni yargılıyor ha!" Çok kızmıştı, elini yumruk yaptı Lynam. Adamın kontrolünü kaybedip kendisini öldüreceğini düşündü. Gözlerini kapattı endişeyle. Ama beklediği darbe gelmedi. Adam gülümsüyordu.

"Yok," dedi. "Ölümün öyle kolay olmayacak. Sana bir hikâye anlatayım."

Bir yandan da Lynam'a zorla yemek yedirmeye devam ediyordu.

"Orta Asya'da yüz kızartıcı bir suç işleyen olursa ona ibret olsun diye inanılmaz bir ölüm hazırlarlarmış. İçi boş bir kütük bulurlar ve adamı, kafası dışarıda kalacak şekilde kütüğün içine sokarlarmış. Ve bütün delikleri kapadıktan sonra suçluyu yedirir içirirlermiş."

Lynam bu hikâyenin kendi durumuna uyduğunu elbette fark edebiliyordu. Ağzına sokulmaya çalışılan kaşığı itmeye çalıştı kafasıyla. Adam saçından çektiği zaman acıyla haykırdı. "Beni iyi dinle, eğer yemeğini yemezsen seni yavaş yavaş budarım, anlıyor musun?" Eliyle, Lynam'ın dışarıda kalan kollarını işaret ediyordu. "Çığlıklarını biri duyar diye umutlanma. Bir dağ kulübesindeyiz." Lynam bu adamın elinde tamamen çaresiz olduğunu anladı. Uzatılan kaşığın içindeki yemeği itiraz etmeden yedi.

"Neyse, devam edeyim," dedi Gökhan, insanı rahatlatmaktan çok korkutan bir sırıtması vardı. "Suçlu yiyip içtikçe, kütük, adamın pisliğiyle dolarmış tabii. Bir süre sonra suçlunun bedeni kendi pisliği içinde kalıp çürümeye başlarmış. Acı dolu, yavaş ve ibretlik bir ölüm."

Lynam ağzındaki yemeği yutmaya çalışırken karşısında çalışan kameraya baktı bir daha ve dehşet içinde fark etti ki bağırsakları zorlanmaya başlamıştı!